M. C. POETS
BERECHNUNG

THRILLER

ROWOHLT TASCHENBUCH VERLAG

«Berechnung» ist im Mai 2014 zuerst als E-Book erschienen.
Für die gedruckte Ausgabe wurde der Roman
redaktionell überarbeitet.

Veröffentlicht im Rowohlt Taschenbuch Verlag,
Reinbek bei Hamburg, April 2015

Umschlaggestaltung any.way,
Barbara Hanke/Cordula Schmidt
Abbildung plainpicture/Readymade-Images/
Maria Stijger; shutterstock.com
Satz Minion PostScript, InDesign
Gesamtherstellung CPI books GmbH, Leck, Germany
ISBN 978 3 499 27060 4

TEIL 1
GEFANGEN

1. KAPITEL

Irgendwo bellte ein Hund. Die Sonne brannte heiß von einem wolkenlosen Himmel, und der Wind, der von der Prärie herüberwehte, trug den Staub in jede noch so kleine Ritze. Vor der Rezeption des heruntergekommenen Motels an dem wenig befahrenen Highway lehnte ein Mann an der maroden Holzbalustrade. Mit langsamen Mahlbewegungen schob sein Kiefer einen Kaugummi hin und her, während er auf die Tür des Zimmers mit der Nummer 15 starrte, dem letzten in dem langgestreckten Gebäude.

Er hob den Kopf und blickte in Richtung Osten, wo am Horizont ein Hubschrauber auftauchte. Während er beobachtete, wie der Helikopter näher kam, ein paar Sekunden über dem Motel kreiste und schließlich neben dem Grundstück herunterging, wurden seine Kieferbewegungen hektisch. Aus der Staubwolke tauchten mehrere unförmige, maskierte Gestalten auf.

Ein hochgewachsener Schwarzer kam auf den Mann mit dem Kaugummi zu.

«Special Agent Dan Mullen.» Er nickte knapp zur Begrüßung. «Haben Sie angerufen?»

Der Mann musterte ihn von oben bis unten, dann schob er seinen Kaugummi in die linke Backentasche. «Ja. Ich bin Allister McLaugh. Mir gehört der Laden hier.» Mit einer Kopfbewegung deutete er auf das letzte Zimmer. «Sie hat das Zimmer dahinten. Hat sich nicht von der Stelle gerührt.»

Mullen sah auf die Uhr. Seit dem Anruf des Mannes waren drei Stunden vergangen. «Und Sie haben die Frau ganz sicher erkannt?»

«Aber hundertpro. Das Bild kommt ja ständig im Fernsehen. Linda meint auch, dass sie es ist. Das ist meine Frau», fügte er hinzu, als er Mullens Stirnrunzeln sah.

«Wie lange ist sie schon hier?»

«Seit Dienstagabend. Hat bar bezahlt, für zwei Nächte.»

«Und wieso haben Sie erst heute Morgen angerufen?»

McLaungh kratzte sich am Kopf. «Weil's Dienstag dunkel war und spät und die Frau 'ne Baseballkappe und Sonnenbrille aufhatte. Heute Morgen ist Linda zu ihr rein, um das Zimmer sauber zu machen. Da lag sie im Bett und hat gepennt, Sie wissen schon, von den Tabletten. Linda denkt, die ist tot, und brüllt los wie am Spieß.» Er schielte zu dem Zimmer. «Ich hin und seh die da liegen. Erst denk ich auch, die ist tot. Aber dann merk ich, dass sie noch atmet. Und dann erst merk ich, wer das ist.» Er wischte sich den Schweiß von der Stirn. «Man kommt ja erst mal gar nicht auf die Idee, dass sich so eine bei einem einquartieren könnte.» Er kaute nervös an seinem Kaugummi. «Und dann auch noch das ganze Zimmer vollkotzt.»

«Hat sie sich seitdem irgendwie bemerkbar gemacht?», fragte Mullen. «Haben Sie die Frau gesehen? Oder gehört?»

«Nee. Linda wollte ja den Notarzt rufen, Sie wissen schon, wegen den ganzen Tabletten, aber als ich dann diese Hotline angerufen habe, sagte man mir, wir sollten nur aus sicherer Entfernung die Tür beobachten und uns sofort melden, falls sie abhaut.» Er zuckte die Achseln. «Ist sie aber nicht.»

Mullen sah sich um. Keine fünfzig Meter von der Rezeption entfernt lag die Straße, auf der um diese Uhrzeit nur wenig Verkehr herrschte. Die Autofahrer, die am Motel vorbeikamen, blinzelten neugierig zu dem schwarzen Hubschrauber mit der Aufschrift FBI hinüber. Die Männer des SWAT-Teams waren inzwischen ausgestiegen und warteten auf seine Anweisungen. Sie trugen schwarze Kampfuniformen, kugelsichere Westen,

Sturmhauben und Maschinenpistolen. Mullen war als Einziger in Zivil, er trug Jeans und ein dunkles T-Shirt, dazu Sportschuhe.

Er wandte den Blick wieder dem Motel zu. Ein heruntergekommener Bau mit einer schmalen Holzveranda, von der die Zimmertüren abgingen, daneben jeweils ein kleines Fenster. Die Rezeption befand sich am Ende des Gebäudes, der kleine Raum hinter dem großen Glasfenster war hell erleuchtet. Am Tresen erkannte er eine Frau mit blondierten Haaren, deren blauer Lidschatten bis auf den Parkplatz hinaus zu leuchten schien. Das musste Linda sein.

«Haben die Zimmer Fenster oder Ausgänge nach hinten raus?», fragte er.

Der Mann schüttelte den Kopf.

«Haben Sie im Moment noch weitere Gäste?»

Der Parkplatz war bis auf einen roten Pick-up vor dem Zimmer Nummer 15 leer, und Mullen konnte sich auch nicht vorstellen, wer sich in dieser gottverlassenen Gegend in so einer Absteige einmieten sollte. Der nächste Ort war dreißig Meilen entfernt, und es war ihm ein Rätsel, wieso der Laden überhaupt noch existierte. McLaungh schüttelte erneut den Kopf.

Nachdenklich nagte Mullen an der Unterlippe. Wenn die Frau tatsächlich unter Medikamenteneinfluss stand und sie zudem das Überraschungsmoment auf ihrer Seite hatten, würden sie leichtes Spiel haben. Seit seiner Ankunft war es in dem Zimmer ruhig geblieben. Keine Bewegung hinter der fadenscheinigen, schief hängenden Gardine. Fast etwas *zu* ruhig. Schließlich zog er seine Pistole aus dem Schulterholster.

«Okay, Mr. McLaungh, ich möchte, dass Sie jetzt zu Ihrer Frau in die Rezeption gehen und erst herauskommen, wenn ich es Ihnen sage, verstanden?» Der Mann sah aus, als wollte er protestieren, doch Mullen brauchte ihn nur einmal anzusehen und dabei die Augen leicht zusammenzukneifen. «Sie wissen doch, mit wem wir es hier zu tun haben.»

McLaungh schluckte. «Aber das mit der Belohnung, das stimmt doch, oder? Die kriegen wir doch?» Nervös blickte er zu dem Zimmer hinüber.

Schweigend musterte Mullen den Mann. «Warten wir erst mal ab, ob Sie sich nicht vielleicht geirrt haben», sagte er schließlich. Es wäre nicht der erste Fehlalarm, dachte er, ohne es laut auszusprechen. Ohne Widerrede verschwand McLaungh in der Rezeption.

Er nickte John Carter zu, dem Chef des SWAT-Teams. Mit aufmerksamen Blicken beobachteten die Männer das Motel und die Umgebung.

«Dick», sagte Carter leise zu einem seiner Männer, «du sicherst das Gebäude mit deinen Männern von hinten.» Der Angesprochene nickte, und sechs schwarz gekleidete Gestalten schwärmten aus. «Rob, Bosbin, ihr geht rein. Möglicherweise hat sie Tabletten geschluckt und ist benebelt, aber verlasst euch lieber nicht darauf.»

Zwölf Männer rannten gebückt über den Parkplatz und bauten sich links und rechts von der Tür mit der Nummer 15 auf. Die Anführer der Gruppen nickten sich zu, Rob trat die Tür auf, sicherte, Bosbin stürmte und sicherte erneut.

Das Zimmer war ein typisches Motelzimmer mit einem schmalen Doppelbett und einer Kommode, die schon bessere Tage gesehen hatte. Auf einem Nachttisch standen eine halbvolle Whiskeyflasche und ein leeres Glas, daneben lagen mehrere Tablettenfläschchen. Auf dem abgewetzten Linoleum vor dem Bett war eine halb eingetrocknete Pfütze mit graurotem Erbrochenem, in dem man deutlich die weißen Tabletten sah.

Die Frau lag auf der Seite im Bett und rührte sich nicht, als die Männer lärmend den Raum stürmten. Sie war vollkommen angekleidet und nur bis zur Hüfte mit dem dünnen Laken zugedeckt. Die weiße Bluse und das Kinn waren dreckig, das Gesicht war bleich und verschwitzt.

Vier Männer zielten mit ihren Waffen auf die Frau, als Rob sie unsanft an der Schulter packte und schüttelte. Sie stöhnte leise, wachte jedoch nicht auf. Er gab ihr ein paar Ohrfeigen, bis sie schließlich mühsam die Augen öffnete, doch offensichtlich begriff sie nicht, wie ihr geschah. Rob zerrte sie aus dem Bett und warf sie auf den Boden. Auf dem kalten Linoleum presste er ihr ein Knie in den Rücken und legte ihr Handschellen an.

Mullen betrat das Zimmer und sah sich um. Rob riss die Frau an den Haaren vom Boden hoch, doch sie hatte die Augen geschlossen und war weit davon entfernt, Widerstand zu leisten. Vielleicht ging es ihr wirklich so dreckig. Vielleicht hatte sie auch nur kapiert, dass das Spiel aus war.

Grelles Sonnenlicht fiel durch die offene Tür. Eine Strähne des dunkelblonden Haares hing ihr ins Gesicht, auf der rechten Wange zeichnete sich das Muster des zerknautschten Kissens ab. Von den Ohrfeigen waren die Wangen gerötet. Sie trug eine Bluse und Jeans, ein Paar feste Schuhe stand vor dem Bett. Obwohl sie totenblass war, erkannte man, dass ihre Haut sonnenverbrannt war, als hätte sie sich in der letzten Zeit viel im Freien aufgehalten.

Mullen starrte auf sie hinab. Die hohen Wangenknochen und die schmale Nase waren ihm schon auf dem Fahndungsfoto aufgefallen, dem einzigen Bild jüngeren Datums, das es von ihr gab. Carter hatte inzwischen die Reisetasche durchsucht, die auf einem Stuhl hinten im Raum gelegen hatte. Jetzt pfiff er leise und hob triumphierend einen Führerschein in die Höhe.

Mullen beugte sich über die Frau. Er widerstand der Versuchung, sie ins Gesicht zu schlagen, sie zu würgen oder auch nur anzuspucken.

«Elsa Jones, ich verhafte Sie wegen Mordes in mindestens zwei

Fällen. Sie haben das Recht zu schweigen und das Recht auf einen Anwalt. Alles, was Sie von jetzt an sagen, kann gegen Sie verwandt werden.»

Nur mit Mühe gelang es ihr, die Augen zu öffnen. Sie schien etwas sagen zu wollen, doch sie musste sich erst räuspern. «Aber …», stieß sie schließlich hervor, doch da hatte Mullen das Zimmer bereits verlassen.

2. Kapitel

Ihr war schlecht, was bei dem ständigen Schaukeln und Ruckeln nicht besser wurde. Bei jedem Schlagloch hob sich ihr Magen, und sie hatte Mühe, sich nicht zu übergeben. Eingepfercht zwischen zwei schwer bewaffneten Männern in schwarzen Uniformen, die Hände auf dem Rücken gefesselt, hockte sie auf der schmalen, harten Bank im hinteren Teil eines Humvees. Ihr Kopf dröhnte, und sie hatte keine Ahnung, was überhaupt los war. Man hatte sie festgenommen, so viel war ihr klar, aber wieso? Zweimal hatte sie versucht, etwas zu sagen, und beide Male hatte sie sich lediglich einen heftigen Stoß in die Rippen eingefangen. Also schwieg sie und versuchte, so gut es ging, die bohrenden Kopfschmerzen und die Übelkeit zu ignorieren. Die Luft im Wagen war heiß und stickig, es roch nach Leder, Schweiß und Benzin. Ihr Blick war auf ein Paar Stiefelspitzen gerichtet. Drei Männer saßen auf der Bank ihr gegenüber, komplett schwarz gekleidet und bewaffnet. Langsam hob sie den Kopf und erkannte die Buchstaben FBI auf den Brusttaschen. Die Männer musterten sie. Niemand lächelte. Sie schaute wieder auf den Boden.

Sie war so müde, dass sie immer wieder einnickte. Vielleicht wurde sie auch ohnmächtig, sodass ihr Kinn auf die Brust sackte, bis sie aufschreckte und schlagartig wieder wach wurde. Sie wusste nicht, wie lange sie unterwegs waren, es mussten mehrere Stunden sein. Zuerst fuhr der Wagen lange in einem gleichmäßigen Tempo geradeaus, wie auf einem Highway oder einer Landstraße, dann wurde er langsamer, und sie bogen ein paarmal ab. Als sie endlich anhielten, hörte sie draußen Stimmen, Schritte, das Klappen von Wagentüren. Anspannung lag in der Luft. Die hintere Tür wurde aufgerissen, die Männer, die ihr gegenübersaßen, sprangen hinaus. Sie wurde unsanft hochgezerrt und aus dem Wagen halb gestoßen, halb gezogen. Die Sonne schien. Im hellen Licht musste sie blinzeln, sodass sie von ihrer Umgebung kaum etwas erkannte. Die Übelkeit wurde noch stärker, ihr Kopf pochte dröhnend, und jetzt kam auch noch Schwindelgefühl hinzu. Links und rechts fühlte sie sich von kräftigen Händen gepackt, man zerrte sie über ein kurzes Stück Straßenpflaster, dann ein paar Stufen hinauf und in ein Gebäude hinein. Überall standen Menschen, und alle schienen sie anzustarren. Sie hörte das Klicken von Fotoapparaten. Ein Name wurde immer wieder gerufen: Elsa Jones.

Wie betäubt ließ sie alles mit sich geschehen. Man nahm ihre Fingerabdrücke und machte Fotos von ihr, wobei sie ein Schild vor ihre Brust halten musste. Ein Arzt horchte sie ab, leuchtete ihr mit einer kleinen Lampe in die Augen und nahm ihr Blut ab, sie musste eine Speichelprobe abgeben und ihr wurden ein paar Haare ausgezupft. Man befahl ihr, sich nackt auszuziehen, dann tastete eine FBI-Agentin ihre Vagina und ihren Anus ab, während ein Kollege breitbeinig und mit schussbereiter Waffe danebenstand. Sie versuchte, etwas zu sagen, doch sie war so schwach, dass man ihren Protest einfach ignorierte. Benommen ließ sie die Prozedur über sich ergehen. Niemand sprach sie direkt an, außer um ihr Anweisungen zu erteilen: «Schauen Sie nach rechts. Nach links. Vorbeugen. Hände ausstrecken.» Niemand sah ihr ins Gesicht, obwohl sie spürte, dass alle sie anstarrten. Sobald sie versuchte, jemandem in die Augen zu schauen, wandte derjenige den Blick ab, drehte ihr demonstrativ den Rücken zu oder versetzte ihr einen boshaften Stoß in die Rippen, den Rücken, gegen den Kopf. Sie hätte sich gerne empört über die grobe Behandlung, aber dazu fühlte sie sich viel zu elend. Sie glaubte, ihr Kopf müsse jeden Augenblick explodieren, und mehr als einmal war sie kurz davor, das Bewusstsein zu verlieren. Wogegen sie nichts einzuwenden gehabt hätte: einfach einzuschlafen und dieser Hölle, in die sie aus heiterem Himmel geraten war, zu entfliehen. Um später wieder aufzuwachen und festzustellen, dass alles nur ein Albtraum gewesen war.

Doch sie wurde nicht ohnmächtig, und der Albtraum, der sich so erschreckend wenig wie ein Traum anfühlte, dauerte an. Man führte sie in einen fensterlosen Raum und drückte sie auf einen harten Metallstuhl, die Hände vor dem Bauch gefesselt. Mit einem dumpfen Knall fiel die Tür hinter den Männern, die sie hergebracht hatten, ins Schloss, und sie war allein.

Reglos und mit geschlossenen Augen hockte sie auf dem Stuhl und lauschte angespannt in die plötzliche Stille, die sie umgab. Ihr Mund war wie ausgedörrt, die Zunge fühlte sich pelzig an, und das Schlucken fiel ihr schwer. Niemand hatte sich die Mühe gemacht, ihr etwas zu trinken anzubieten, und sie selbst hatte nicht daran gedacht, schwach und willenlos, wie sie war. Sie wusste weder, wie spät es war, noch, welcher Tag heute war oder wo sie sich befand. Sie öffnete die Augen einen Spalt. Ihr Blick fiel auf grauen Betonfußboden und ein Paar Schuhe, die sie noch nie gesehen hatte, obwohl es ihre Füße waren, die darin steckten. Sie trug eine Jeans, die ihr ebenso wenig gehörte wie die weiße Bluse, die sie anhatte. Aber die Hände, das waren ihre eigenen, wie sie mit einem absurden Anflug von Erleichterung feststellte. Schmale, gebräunte Finger mit kurzen Nägeln, hinter denen jetzt schwarzer Dreck steckte. Die Handgelenke waren von den Handschellen aufgeschürft, am linken Unterarm hatte sie eine frische Prellung.

Was zum Teufel wollte man eigentlich von ihr?

Vorsichtig hob sie den Kopf. Jede Bewegung verstärkte den Kopfschmerz und die Übelkeit, und sie fühlte sich wie schwer verkatert. Dabei trank sie niemals Alkohol. Aber sie konnte sich an so gut wie nichts erinnern. Welcher Tag war heute? Wie war sie in dieses Motelzimmer gekommen, aus dem die Männer sie heute verschleppt hatten?

Das Denken bereitete ihr Schwierigkeiten, also konzentrierte sie sich wieder auf ihre unmittelbare Umgebung. Vor ihr stand ein abgewetzter Tisch, dahinter zwei Stühle. Die Wand, auf die sie starrte, bestand aus einem durchgehenden Spiegel, und es dauerte einen Moment, bis sie begriff, dass es sich um einen Einwegspiegel handeln musste. Und dass auf der anderen Seite vermutlich jemand stand und sie beobachtete. Sie senkte den Kopf und schloss die Augen. Ein Albtraum, dachte sie wieder. *Ich muss einen Albtraum haben.* Ihre Kehle war wie zugeschnürt.

Der Raum war etwa fünf mal vier Meter groß und zwei Meter fünfzig hoch. Wandfläche fünfundvierzig Quadratmeter, mit Boden und Decke fünfundachtzig. Für einen einfachen Anstrich bräuchte man demnach 9,3 Liter. Das Raumvolumen betrug 50 Kubikmeter, also war sie von 50 000 Litern Luft mit insgesamt 10 Litern reinen Sauerstoffs umgeben.

Sie wurde ruhiger, und es gelang ihr, ihren Magen zu besänftigen, der jeden Moment zu rebellieren drohte.

Als die Tür aufgerissen wurde, schreckte sie auf. Ihr Blick folgte den beiden Männern, die den Raum betraten und ihr gegenüber Platz nahmen. Beide waren hochgewachsen und kräftig. Der leicht rotgesichtige Ältere steckte in einem dunkelblauen Anzug, das blonde Haar war kurz geschnitten, die Krawatte korrekt gebunden. Der Jüngere hatte ebenfalls kurze Haare, doch er trug Jeans und ein weißes T-Shirt. Und er war schwarz. Sie konnte sich nicht erinnern, jemals einen Menschen mit dunklerer Haut gesehen zu haben, aber sie erinnerte sich an diesen

Mann. Er war heute Morgen dabei gewesen, als man sie verhaftet hatte.

Beide Männer musterten sie stumm, und sie versuchte, ihre Blicke zu enträtseln. Neugier meinte sie zu erkennen, beim Jüngeren ein kaum verhohlenes Triumphgefühl. Dazu Verachtung, vielleicht sogar Hass.

Warum hasste er sie? Sie versuchte zu schlucken, doch die Zunge klebte unangenehm am Gaumen.

Schließlich holte der Jüngere tief Luft und sagte: «Nun, Ms. Jones, das war's dann wohl.» Er klang überaus zufrieden.

Stirnrunzelnd starrte sie ihn an. Wieso nannte er sie Ms. Jones? Doch dann begriff sie. Eine Verwechslung! Sie war das Opfer einer Verwechslung geworden, eines Irrtums, der sich schnell aufklären lassen würde.

«Aber», wollte sie sagen, doch alles, was herauskam, war ein Krächzen. Sie räusperte sich und unternahm einen zweiten Anlauf. «Aber ich bin nicht Ms. Jones. Mein Name ist Hannah Marcks.»

Die Männer sahen sich an.

«Können Sie das beweisen?», fragte der Ältere.

«Ja, natürlich. In meinem Rucksack sind mein Reisepass, meine Kreditkarte und mein Flugticket», sagte sie und lehnte sich zurück. Eine zentnerschwere Last schien von ihr abzufallen. Jetzt würde sich alles aufklären, der Albtraum war vorbei. «Sie finden alles im Wohnmobil.»

«In welchem Wohnmobil?»

Irritiert blickte sie von einem zum anderen. Sie war mit einem Wohnmobil unterwegs gewesen und war sich sicher, dass sie es noch nicht wieder bei der Autovermietung abgegeben hatte. «In dem Wohnmobil, das ich in New York gemietet habe und in San Francisco wieder abgeben will.» Sie sah die skeptischen Blicke und fuhr hastig fort: «Ich bin Deutsche, ich habe hier Urlaub gemacht und will Anfang September zurückfliegen.»

Sie runzelte die Stirn. Ihr Rückflug war für den 7. September gebucht, aber welcher Tag war heute?

«In Ihrem Zimmer wurde kein Rucksack gefunden. Nur eine Reisetasche mit einem Führerschein, ausgestellt auf Ms. Elsa Jones. Mit Ihrem Foto.»

Sie begriff nicht. «Das kann nicht sein.»

«Es ist aber so», sagte der Ältere. «Von wo aus wollten Sie fliegen?»

«Von San Francisco.»

«Wann?»

«Am 7. September, 1:30 Uhr mittags.»

Erneut sahen die Männer sich an.

«Mit welcher Fluglinie?»

«Lufthansa.»

Der Jüngere stand auf, ging zur Tür und wechselte ein paar Worte mit jemandem, der vor dem Raum wartete.

«Und was hatten Sie dann in einem Motelzimmer in Texas zu suchen, rund 1500 Meilen vom Flughafen entfernt?»

Entgeistert blickte sie den Älteren an. «Ich ... ich verstehe nicht. Ich ...» Ihr wurde schwindelig.

Der Jüngere setzte sich wieder, lehnte sich zurück und verschränkte die Arme vor der Brust. Sie öffnete den Mund, ohne genau zu wissen, was sie sagen wollte, doch heraus kam nur ein heiseres Krächzen. Sie schluckte. «Kann ich bitte etwas zu trinken bekommen?», brachte sie schließlich mühsam heraus.

Dieses Mal stand der Ältere auf, verließ kurz den Raum und kehrte mit einer kleinen Plastikflasche und einem Becher zurück. Er schenkte ihr sogar das Wasser ein. Die Handschellen klirrten leise, als sie den Becher mit beiden Händen ergriff und gierig trank. Das Wasser war lauwarm, aber das war egal, völlig egal. Ohne zu fragen, schenkte sie sich nach und leerte den Becher ein zweites Mal, ohne abzusetzen.

Die Männer beobachteten sie schweigend.

«Wie lange waren Sie in unserem Land, Ms. … Marcks?», fragte der Ältere.

«Drei Monate. Anfang Juni bin ich in New York gelandet, ich blieb ein paar Tage dort und habe mir dann ein Wohnmobil gemietet.»

«Und Sie haben hier Urlaub gemacht, sagen Sie?»

«Ja.»

«Allein?»

«Ja.»

«Haben Sie Freunde besucht?»

Sie schüttelte den Kopf, doch sofort meldete sich der Kopfschmerz zurück, und der Raum begann sich zu drehen. «Nein, ich kenne hier niemanden. Ich bin einfach drei Monate durch die Gegend gefahren und habe mir das Land angesehen.»

«Können Sie uns Ihre Reiseroute beschreiben?»

«Ja, natürlich.» Sie überlegte kurz. «Von New York aus 297 Meilen Richtung Westen bis kurz hinter Winchester, dann 131 Meilen durch die Apalachen Richtung Westen zum Monongahela National Forest, dann hoch nach Michigan, zum Huron National Forest, 654 … nein, 659 Meilen.» Der Jüngere zog die Augenbrauen hoch, aber sie bemerkte es nicht. «Dann … hören Sie, es geht mir nicht gut, ich habe Kopfschmerzen und kann kaum einen klaren Gedanken fassen. Ich bin drei Monate kreuz und quer durch die Gegend gefahren, ich habe alles genau festgehalten.»

Sie dachte an ihr Tablet, das in ihrem Rucksack steckte, zusammen mit dem Smartphone, dem … Ihr wurde abwechselnd heiß und kalt. Wenn ihr Rucksack verschwunden war, war auch ihr Tablet verschwunden und mit ihm sämtliche Aufzeichnungen, die sie während der Reise gemacht hatte. Dazu alle Quittungen, die sie aufgehoben hatte, alle Prospekte und Eintrittskarten.

Der jüngere der FBI-Agenten verharrte reglos und musterte

sie, ohne mit der Wimper zu zucken. Der Ältere nickte immerhin, obgleich auch er keine Miene verzog.

«Hören Sie, ich habe hin und wieder in einem Motel übernachtet. Ich habe Menschen kennengelernt, mich mit ihnen unterhalten, sie zu Hause besucht. Eine Frau, Annie, hat mich ein paar Tage bei sich wohnen lassen, in Louisiana war das, ich kann Ihnen beschreiben, wie man zu ihrer Farm kommt. Ich ... diese Menschen können bezeugen, dass ich Hannah Marcks bin.»

«Klar», sagte der Jüngere. Es war das erste Mal, dass er etwas zu ihr sagte. Seine Stimme klang erstaunlich sanft und warm, was überhaupt nicht zu seinem scharf konturierten Gesicht und dem festen Zug um den Mund passte. Natürlich hatte sie in ihrem Leben schon Schwarze gesehen, aber noch nie hatte sie jemanden kennengelernt, dessen Haut tatsächlich *schwarz* zu sein schien.

«Natürlich», riss der Ältere sie mit fast versöhnlicher Stimme aus ihren Gedanken, «wenn Sie diesen Menschen erzählt haben, Sie seien Hannah Marcks, werden die das jetzt natürlich bestätigen. Aber Beweise sind das nicht.»

Der Jüngere hatte sie keine Sekunde aus den Augen gelassen. Sie versuchte, seinem Blick standzuhalten. *Ich bin keine Lügnerin.* Er blinzelte nicht einmal. Sie senkte den Kopf. Es war ganz still im Raum, nur das leise Atmen der drei Menschen war zu hören.

«Was machen Sie beruflich?», fragte der Ältere in das Schweigen hinein.

Sie zögerte kurz. «Ich bin Schäferin.»

Der Jüngere verzog den Mund, sagte jedoch nichts.

«Sie sind Schäferin?», fragte der Ältere skeptisch. «Und davon können Sie sich einen dreimonatigen Urlaub in den Staaten leisten? Das müssen aber ziemlich wertvolle Viecher sein, die Sie da züchten.»

Sie holte tief Luft. «Meine Großmutter starb vor einem halben Jahr, sie hat mir etwas Geld hinterlassen.»

«Wo haben Sie so gut Englisch sprechen gelernt?»

Sie zögerte erneut. «Ich habe drei Jahre in England gelebt.» Sie wusste, dass ihr britischer Akzent sie kultivierter wirken ließ, als sie momentan aussah. Eher Oxford als Cockney und schon gar nicht USA.

«Was ist mit Ihren Eltern?»

«Die sind tot.»

«Wie alt sind Sie?»

«Dreiunddreißig.»

«Wo waren Sie am 4. September?»

Der Ältere hatte zwar die Frage gestellt, doch es war der Jüngere, dessen Blick sie nicht ausweichen konnte und vor dem sie sich nackt und entblößt fühlte. Sein Kinn war glatt rasiert, die Nase sah aus, als sei sie schon einmal gebrochen gewesen, doch die Hände wirkten fast zart für einen Mann. Das herbe Rasierwasser, dessen Geruch sich langsam im Raum ausbreitete, verstärkte ihre Übelkeit, und sie hatte Schwierigkeiten, sich zu konzentrieren.

«Ich … ich weiß nicht.» Sie schloss die Augen. «Ich … mir ist schlecht», sagte sie, und im nächsten Moment beugte sie sich vor und begann zu würgen, aber mehr als etwas Wasser und Galle kam nicht heraus, obwohl sich ihr Magen in schmerzhaften Krämpfen zusammenzog. Sie wollte sich wieder aufrichten, als der Raum sich um sie zu drehen begann und sie kaum noch spürte, wie sie langsam vom Stuhl rutschte.

Als sie die Augen wieder aufschlug, lag sie auf dem kalten Boden. Der ältere FBI-Agent kniete neben ihr und hielt einen Becher Wasser in der Hand. Er half ihr, sich aufzurichten und an die Wand zu lehnen, dann ließ er sie trinken.

«Wann haben Sie zuletzt etwas gegessen?», fragte er.

«Ich kann mich nicht erinnern.»

Er reichte ihr ein Thunfisch-Sandwich, an dem sie erst vorsichtig knabberte, bis sie es immer gieriger verschlang. Bei jeder Bewegung klirrten die Handschellen leise. Sie hatte gar nicht gemerkt, wie ausgehungert sie war. Kein Wunder, dass sie umgekippt war. Sie spülte den letzten Bissen mit einem Schluck Wasser herunter, wischte sich den Mund mit einer Papierserviette ab und sagte leise: «Danke.»

Der Mann saß vor ihr auf dem Stuhl, die Beine auseinander, die Ellenbogen auf die Knie gestützt, und beobachtete sie schweigend. Er war weit davon entfernt zu lächeln, aber er wirkte auch nicht ganz so abweisend wie sein Kollege. Sie suchte den Raum nach dem anderen Mann ab. Er war fort.

«Wo bin ich hier eigentlich?»

«Beim FBI in Austin, Texas.»

«Und welcher Tag ist heute?»

«Der 8. September.»

Verwirrt sah sie ihn an, doch er hob nur eine kleine Wasserflasche in die Höhe. «Wollen Sie noch etwas trinken?» Als sie nickte, füllte er den Becher erneut und reichte ihn ihr.

Sie trank in kleinen Schlucken. Ihr Kopfschmerz hatte etwas nachgelassen, genau wie die Übelkeit. Ihr war immer noch schwindelig, aber nach ein paar tiefen Atemzügen wurde auch das besser. Als der Mann aufstand und einen Schritt auf sie zumachte, zuckte sie unwillkürlich zusammen und hob die Hände, doch er nahm ihr nur den leeren Becher aus der Hand, sammelte die Papierserviette auf und ging zur Tür.

«Wir lassen gerade Ihre Angaben überprüfen.»

Er hatte sich halb zu ihr umgewendet und musterte sie nachdenklich. «Danach sehen wir weiter.»

Dann war sie allein.

Sie starrte die graue Metalltür an, hinter der er verschwunden war. In der Mitte befand sich eine Panzerglasscheibe, durch die man sie ebenso beobachten konnte wie durch den Einwegspiegel an der Wand. Sahen ihr auch jetzt Menschen dabei zu, wie sie hier auf dem Boden hockte, die beschmutzte Bluse betrachtete und die Nase rümpfte, als ihr eigener Gestank ihr in die Nase stieg? Sie konnte diesen Gedanken kaum ertragen, kam sich nackt und schutzlos vor. So musste sich ein Tier im Zoo fühlen. Sie zog die Beine eng an ihren Oberkörper, legte den Kopf auf die Knie und wünschte sich weit, weit fort. Die Handschellen schnitten ihr schmerzhaft ins Fleisch.

Nachdenklich blickte Mullen durch den Einwegspiegel. Gefährlich wirkte die Frau nicht, wie sie dort auf dem Boden hockte, den Kopf auf die Knie gestützt. Es ließ sich nicht leugnen, dass sie völlig erschöpft und verwirrt war. Aber war das ein Wunder? Seit vier Tagen war sie auf der Flucht, das ganze Land war förmlich mit ihrem Gesicht tapeziert, und sie hatte gerade versucht, sich mit einer Überdosis Tabletten und Alkohol das Leben zu nehmen. Mullen wusste jedoch, dass der äußere Schein täuschen konnte. Menschen, die nach außen hin sanft und friedlich wirkten, konnten innerlich vollkommen von Hass und Gewaltphantasien zerfressen sein. Elsa Jones gehörte offenkundig zu diesen Menschen, und er würde nicht den Fehler machen, auf ihren plumpen Versuch einzugehen, sich als das unschuldige Opfer einer Verwechslung darzustellen. Die Fakten sprachen gegen sie, und er war sich sicher, dass es nur noch eine Frage der Zeit war, bis sie einknickte. Aber im Grunde war es egal. Sie brauchten kein Geständnis, die Beweise waren erdrückend.

Die Tür öffnete sich, und Taylor trat ein. Der Kaffee in seinem Becher dampfte noch, als er vorsichtig einen Schluck nahm. Schweigend starrte er auf die Frau im Nebenraum, und Mullen wusste, dass sie auch ihm nichts vormachen konnte. Mike Taylor mochte sich ihr gegenüber zwar freundlich verhalten, aber das hatte nichts zu bedeuten. Er war ein konservativer, latent rassistischer Republikaner mit klaren Wertvorstellungen und ziemlich antiquierten Ansichten über Frauen und Männer. Beim Anblick einer schwachen, erschöpften Frau regte sich vermutlich sein Beschützerinstinkt – ein wahrer Gentleman, wie Mullen nicht ohne Spott dachte. Er kannte Taylor seit fast zehn Jahren, und seit fünf Jahren arbeiteten sie zusammen am Fall Elsa Jones, doch Freunde waren sie auch nach so langer Zeit nicht geworden. Mullen hielt seinen Vorgesetzten für einen steifen und sturen Bürokraten, der nicht bereit war, irgendwelche Risiken einzugehen. Im Gegenzug sah Taylor in ihm vermutlich einen ehrgeizigen Emporkömmling, der es nur aufgrund der Quotenregelung für Schwarze überhaupt aufs College geschafft hatte.

Dabei traf nichts weniger zu. Mullens Vater lehrte Strafrecht an der University of California, seine Mutter arbeitete als Psychologin, er selbst hatte Geschichte studiert. Eigentlich hatte er nach seinem Masterabschluss noch promovieren wollen, doch dann, kurz nach seiner Hochzeit mit Zara, einer jungen Anwältin, wurde eines Nachts sein bester Freund, ebenfalls ein Schwarzer, von drei betrunkenen Weißen niedergestochen. Die Polizei ermittelte schlampig und ließ die Täter laufen. Sie hätten aus Notwehr gehandelt, hieß es, obwohl sein Freund Schnittwunden an Händen und Armen hatte, wie sie für Opfer von Messerattacken üblich waren. Mullen bewarb sich beim FBI, aus Wut, aus Trotz, um dafür zu sorgen, dass so etwas irgendwann nicht mehr geschehen konnte. Fünfzehn Jahre war das jetzt her, doch seine Wut war immer noch nicht weniger geworden, im Gegenteil. Im Laufe der Zeit war daraus fast eine Art Besessenheit geworden. Wenn ihn ein Fall gepackt hatte – und das tat fast jeder Fall irgendwann –, konnte er sich darin verbeißen wie ein Pitbull in eine Ratte. Und dieser Fall hatte ihn gepackt wie kein anderer. Elsa Jones war im Laufe der Jahre, in denen er ihr nachjagte, fast zu so etwas wie seiner persönlichen Feindin geworden. Selbst Kathy, seiner Kollegin, war das schon aufgefallen. «Pass auf, dass du dich nicht zu sehr in die Sache hineinziehen lässt», hatte sie ihn einmal gewarnt. «Du führst hier keinen Privatkrieg.»

«Und?», fragte Taylor jetzt. «Was hältst du von der Geschichte, die sie uns da aufgetischt hat?»

«Totaler Blödsinn. War wohl das Erstbeste, was ihr auf die Schnelle eingefallen ist.»

Taylor lachte. «Schäferin. Wie kommt sie bloß auf so was?»

Mullen sagte nichts. Es war ihm egal, was für Lügengeschichten Elsa Jones ihnen auftischte. Irgendwann würde sie schon einsehen, dass sie damit nicht durchkam.

«Gibt's schon irgendwelche Ergebnisse?», fragte Taylor.

«Die Kollegen arbeiten auf Hochtouren.» Er kippte den letzten Schluck Kaffee herunter. «Bei den Waffen, die wir in der Reisetasche gefunden haben, handelt es sich definitiv um Modelle vom selben Kaliber wie die Tatwaffen. Die Ballistiker sind dran, kann aber ein paar Tage dauern.»

«Und der Führerschein? Könnte der gefälscht sein?»

Mullen hob die Schultern. «Das wird gerade überprüft, aber ich glaub's nicht.»

Ungeduldig schaute Taylor auf die Uhr. Es war kurz vor sieben. «Wie lange braucht denn diese verdammte Fluggesellschaft, um einen Namen in ihren Computer einzugeben?»

Mullen bedachte seinen Vorgesetzten mit einem Seitenblick. Er konnte seine Ungeduld sehr gut nachvollziehen. Er war sich zwar sicher, dass sie Elsa Jones endlich gefasst hatten, aber solange noch ein letzter Rest Zweifel blieb, würde auch er keine Ruhe finden.

«Ich bin gespannt, wie lange sie ihre Maskerade aufrechterhalten will», sagte er.

Ein Officer betrat den Raum und reichte Mullen einen Zettel. Der Bescheid der Fluglinie. Er verzog den Mund, dann drückte er Taylor das Blatt Papier in die Hand und ging zur Tür.

«Dann wollen wir mal», sagte er und hätte sich am liebsten die Hände gerieben.

Die Frau, die behauptete, Hannah Marcks zu sein, hatte sich inzwischen wieder auf den Stuhl gesetzt. Sie wirkte ruhig und gefasst. Als Mullen mit Taylor den Raum betrat, blickte sie auf. An ihrer linken Schläfe würde sie in den nächsten Tagen einen gewaltigen blauen Fleck bekommen, die weiße Bluse war schmutzig, das dunkelblonde Haar strähnig.

Schweigend nahmen die Männer ihr gegenüber Platz. Ebenso schweigend blickte sie von einem zum anderen.

«Okay, Ms. Jones, einen Versuch war es wert.» Mullen lehnte sich zurück und verschränkte die Arme vor der Brust. «Die Fluggesellschaft hat Ihre Angaben bestätigt. Eine gewisse Ms. Hannah Marcks hatte tatsächlich für den 7. September einen Flug bei der Lufthansa gebucht.» Die Frau legte den Kopf leicht schräg, Hoffnung keimte auf, doch sie schien zu spüren, dass diese sogleich wieder zunichtegemacht werden würde. «Allerdings ist Ms. Marcks auch tatsächlich zurück nach Deutschland geflogen und wohlbehalten dort angekommen.» Er schaute demonstrativ auf seine Uhr. «Inzwischen dürfte die Dame längst zu Hause sein.»

Ungläubig starrte die Frau ihn an, bis sie ganz langsam begann, den Kopf zu schütteln. «Nein», sagte sie. «Nein, das kann nicht sein. Ich sitze hier, *ich* bin Hannah Marcks. Das muss ein Irrtum sein. Jemand hat mein Ticket gestohlen und ist damit nach Deutschland geflogen. Ich …»

«Ms. Jones, vergessen Sie's.» Mullen holte tief Luft. «Ich weiß ja nicht, was Sie mit Ihrem Spielchen bezwecken, aber versuchen Sie nicht noch einmal, uns für dumm zu verkaufen!»

«Aber ich bin nicht Ms. Jones!»

Mullen hörte die Empörung in ihrer Stimme. Verdammt gut gespielt, dachte er.

«Sie müssen einfach nur …»

Mullen beugte sich vor und schlug mit den Handflächen auf den Tisch. Der dumpfe Knall brachte sie zum Schweigen. «Wir müssen gar nichts. Und wagen Sie es ja nicht, uns zu erzählen, wie wir unseren Job zu erledigen haben.»

Die Frau zuckte zurück, musterte ihn aus weit aufgerissenen Augen und atmete hörbar ein und aus.

«Ich bin nicht Ms. Jones. Ich bin Hannah Marcks», sagte sie mit leiser, aber fester Stimme. Dieses Mal hielt sie seinem Blick stand, obwohl er ihr anmerkte, wie viel Kraft es sie kostete.

«Glauben Sie wirklich, eine Lüge wird dadurch wahr, dass Sie sie ständig wiederholen?», fragte Taylor.

«Das ist keine Lüge! Ich bin …»

«Hören Sie auf mit diesem Scheiß!» Langsam wurde Mullen sauer, und man tat gut daran, ihn in diesem Zustand nicht zu reizen, schon gar nicht, wenn man das Pech hatte, im Vernehmungszimmer auf der anderen Seite des Tisches zu sitzen.

Stumm rang die Frau um Fassung. Schließlich hob sie die Hände und massierte sich die Schläfen. Die Handschellen klirrten leise. «Was hat diese Ms. Jones eigentlich getan?», fragte sie schließlich leise.

Mullen lehnte sich zurück und warf Taylor einen raschen Blick zu. Endlich zeigte sie Anzeichen von Angst, und dazu hatte sie auch allen Grund. Und ja, gestand er sich ein, er genoss diesen Moment, dieses hektische Flackern in ihren Augen, den Anblick der kleinen Schweißperlen, die ihr auf die Stirn traten.

«Sie haben ein Dutzend Menschen umgebracht, schon vergessen?», sagte Mullen. «Mindestens zwei der Morde werden wir Ihnen nachweisen, das schwöre ich Ihnen, so wahr ich hier sitze.»

Er beugte sich erneut vor. «Darunter den an der sechsjährigen Samantha Wheeler. Dafür landen Sie in der Todeszelle.»

Die Frau war immer blasser geworden. Es schien einen Moment zu dauern, bis sie die Bedeutung des letzten Satzes vollkommen begriff. Sie bewegte die Lippen, als wollte sie etwas sagen, brachte aber keinen Ton heraus. Sie sah Mullen an, dann Taylor, als erhoffte sie Hilfe von ihm, doch als er ihren Blick nur ausdruckslos erwiderte, schaute sie zur Seite, als sähe sie irgendwo in der Ferne, hinter den dicken, grauen Mauern etwas, das ihr weiterhelfen würde. Schließlich presste sie die Lippen zusammen, senkte den Kopf und schwieg.

3. KAPITEL

Die Anwaltszimmer im Bezirksgericht von Austin waren winzig und fensterlos. Der Putz an den Wänden war einmal hellbraun gewesen, im Laufe der Jahre jedoch zu einem schmutzigen Grau nachgedunkelt. Gewalt und Verzweiflung hatten ihre Spuren hinterlassen, mehrere Flecken sahen aus, als stammten sie von Blut. Oder von Kaffee, den jemand voller Wut an die Wand geschleudert hatte. An der Decke flackerten Neonröhren, es roch nach Angst und Armut.

Hannah saß an einem breiten Metalltisch, der beinahe von einer Wand zur anderen reichte und den Raum in zwei Hälften teilte. Trotz des leicht pochenden Kopfschmerzes und der im Hintergrund lauernden Übelkeit fühlte sie sich eine Spur besser als am Tag zuvor. Allerdings war sie immer noch Lichtjahre davon entfernt, sich wohl zu fühlen. Dazu bräuchte sie noch mindestens eine Nacht voll Schlaf in einem richtigen Bett, eine ausgiebige Dusche, saubere Kleidung, ein ordentliches Frühstück, frische, kühle Luft, den Anblick von grünen Bäumen oder zumindest eines bunten Herbstwaldes. Und vor allem bräuchte sie das Gefühl, einfach aufstehen und gehen zu können, wohin sie wollte. Doch daran hinderte sie nicht zuletzt die Kette, mit der ihre Füße an den Boden gefesselt waren.

Man hatte ihr mitgeteilt, dass ihr Anwalt gleich mit ihr sprechen würde. Ihr Anwalt! Er würde sie hier herausholen. Mit seiner Hilfe würde sie beweisen, dass sie nicht Elsa Jones war, und diesen absurden Irrtum aufklären. Sie empfand eine schon fast lächerliche Euphorie und Erleichterung.

Nachdem die FBI-Agenten am Vortag von der Fluggesellschaft erfahren hatten, dass eine Frau unter dem Namen Hannah Marcks am Tag ihrer Verhaftung in Frankfurt gelandet war, waren sie nicht mehr auf ihre Beteuerungen eingegangen, sie sei Hannah Marcks. Stattdessen hatten sie angefangen, sie zu verhören, obwohl Hannah wiederholt nach einem Anwalt verlangt hatte, da sie einsah, dass sie allein gegen die beiden keine Chance hatte. Doch die Männer hatten ihre Bitte ignoriert und ihr stundenlang Fragen gestellt. *Wo waren Sie am 3. Februar 2011, am 4. März 2009, am 15. September 2008?* Sie legten ihr Bilder vor, die sie kaum ansah, und verlangten Geständnisse von ihr. *Sie haben Malcolm und Samantha Wheeler getötet. Geben Sie es endlich zu.* Ihre Erschöpfung war mit jeder Frage gewachsen, bis sie kaum noch begriff, was man von ihr wollte. Rasende Kopfschmerzen machten jeden klaren Gedanken unmöglich, und irgendwann war die Übelkeit wieder so heftig geworden, dass sie den Großteil des Sandwiches vom Nachmittag wieder erbrach. Nach einer kurzen Pause, in der man ihr einen Becher mit lauwarmem Wasser hinhielt, gingen die Fragen weiter. *Wo waren Sie am 3. Februar dieses Jahres? Woher stammen die Waffen in Ihrem Motelzimmer? Mit wem waren Sie in Atlanta?* Sie hatte nur noch zusammengesunken auf dem Stuhl gehockt, die Augen fest geschlossen und versucht, den Schmerz, die Angst, die Beschimpfungen und Drohungen auszublenden. Die Stimmen der Männer waren zu einem fernen Rauschen verblasst, und als sie einfach vornüber gegen den Tisch gekippt war, hatte sie nicht einmal mehr gemerkt, wie sie sich die Lippe aufschlug.

Da hatten sie wohl eingesehen, dass sie aus ihr kein vernünftiges Wort herausbekommen würden. Man brachte sie in eine Zelle mit rauen, unverputzten Wänden und einem großen Eisengitter zum Gang hin. Aus der Toilette stank es. Das Bett bestand aus einem schmalen Betonsockel, doch sie war so erschöpft gewesen, dass sie sofort eingeschlafen war.

Heute Morgen hatte man ihr nach einer wenig erholsamen Nacht eine Tasse lauwarmen Tee und ein pappiges Sandwich gebracht, das sie nur mit Mühe heruntergewürgt bekam. Sie hatte keinen Hunger, aber die Vernunft sagte ihr, dass sie etwas essen musste. Ein Wärter brachte ihr eine Schüssel mit Wasser und ein winziges, fadenscheiniges Handtuch, damit sie sich notdürftig waschen konnte. Als der Wärter die Schüssel wieder abholte, fragte sie ihn, was heute mit ihr geschehen würde. Man werde sie dem Richter vorführen, lautete die Antwort. Er versuchte, Gleichgültigkeit vorzutäuschen, aber sie sah die Neugier in seinem Blick und kam sich vor wie ein seltenes Exemplar im Zoo. Schwer zu fangen und extrem gefährlich.

Die Tür auf der anderen Seite des Tisches öffnete sich. Mit gemischten Gefühlen starrte Hannah die junge Frau in dunkelblauem Kostüm und weißer Bluse an, die den Raum betrat. Schweigend beobachtete sie, wie sie ihren Aktenkoffer auf den Tisch legte, den Stuhl heranzog und sich setzte. Alles ohne ein einziges Wort. Sie starrten einander an, und der Mundwinkel der Frau sackte ein winziges Stück nach unten, was ihrer Miene etwas Verächtliches verlieh. Noch ehe sie den Mund aufgemacht hatte, wusste Hannah, dass ihre Anwältin nicht auf ihrer Seite war.

«Ich bin Liza Mendez, Ihre Pflichtverteidigerin», erklärte sie mit fein modulierter Stimme. Ihre Haut war weich und makellos, die Augen dunkelbraun, doch der Blick war kalt. «Solange Sie keinen eigenen Anwalt benennen, werde ich in Ihrem Prozess Ihr Rechtsbeistand sein.»

Sie blinzelte kein einziges Mal. Und diese Frau sollte ihr helfen, hier rauszukommen?

«Ich habe nichts getan. Ich habe niemanden umgebracht.»

Liza Mendez zog die Brauen hoch, und es fehlte nicht viel, und sie hätte die Augen verdreht. «Sie wollen also auf nicht schuldig plädieren, Ms. Jones?»

«Ich bin nicht Elsa Jones.»

«Wie bitte?» Sie musterte Hannah prüfend von Kopf bis Fuß, als würde sie sie kennen und sich lediglich vergewissern, dass sie sich nicht täuschte. «Und wer sind Sie dann, wenn ich fragen darf?»

Hannah riss sich zusammen, um nicht ihrerseits sarkastisch zu werden. Sie hatte keine Ahnung, was diese arrogante Schnepfe, die gerade frisch von der Uni zu kommen schien, gegen sie hatte. Oder ging sie mit all ihren Mandanten so um?

«Man hält mich für Elsa Jones, das stimmt. Aber das ist eine Verwechslung. Ein Irrtum. Ich bin Hannah Marcks. Ich komme aus Europa», fügte sie hinzu.

Mendez lehnte sich zurück und musterte sie eingehend. Dann klappte sie ihren Aktenkoffer auf, sodass der Deckel wie eine Barriere zwischen ihnen stand, und holte einen dünnen Stapel Papiere heraus. Wenn Hannah mehr als das Gesicht von ihr hätte sehen wollen, hätte sie sich zur Seite lehnen müssen. «Das Problem ist nur, dass Sie Ihren Führerschein dabeihatten, Ms. Jones.»

«Ich bin nicht Elsa Jones», wiederholte sie. «Der Führerschein muss gefälscht sein. Jemand muss ihn mir untergeschoben haben.»

Sie hasste diesen leicht schrillen Unterton, der sich in ihre Stimme geschlichen hatte, und holte tief Luft. «Hören Sie, ich weiß nicht, was hier vor sich geht, aber bitte rufen Sie meinen Stiefbruder in Deutschland an, Marek Lukow. Er hat einen Schlüssel zu meinem Haus, er kann Ihnen meinen Personalausweis schicken, Briefe, Urkunden, was immer Sie brauchen.»

Die Frau betrachtete sie mit regloser Miene. Es war offensichtlich, dass sie ihr nicht glaubte. Hannah sah ihr direkt in die Augen. Sie hasste das Gefühl, von dieser Frau abhängig zu sein.

Schließlich zückte Liza Mendez ihr Smartphone. «Also gut. Sagen Sie mir die Nummer.» Sie seufzte, als könne sie nicht fassen, wie sie so nachgiebig sein konnte.

Ohne zu überlegen, diktierte Hannah ihr die sechzehnstellige Nummer. «Das ist seine Handynummer. Seine Festnetznummer lautet …»

Liza Mendez sah sie misstrauisch an, als sie auch die zweite Nummer, ohne zu stocken, aufsagte. Schließlich warf Mendez demonstrativ einen Blick auf ihre Armbanduhr.

«Das wird Ihnen im Moment allerdings nicht viel nützen, in fünf Minuten müssen Sie vor dem Richter erscheinen.»

Unwillkürlich musste Hannah schlucken. «Vor dem Richter? Aber …»

Einen panischen Moment lang glaubte sie, dass schon jetzt, in den nächsten Minuten, über ihr Schicksal entschieden würde, ohne jede Vorbereitung, oder dass sie diese Vorbereitung vielleicht versäumt hatte, verschlafen, verträumt in einem Dämmerzustand, der nicht, wie sie dachte, einen Tag, sondern bereits einen Monat, ein Jahr andauerte. Die nächsten Worte der Anwältin beruhigten sie, wenngleich sie nicht besonders aufmunternd waren.

«Das ist der Haftprüfungstermin, bei dem das Gericht entscheidet, ob Sie überhaupt in Haft kommen oder nicht.» Liza Mendez zuckte gleichgültig die Schultern. «Ich würde mich an Ihrer Stelle schon mal darauf einstellen, dass Sie ein Weilchen hierbleiben werden, egal, ob Sie Elsa Jones oder Hannah Marcks heißen.»

Die Frauen starrten einander an.

«Eine Freilassung gegen Kaution können Sie natürlich vergessen.»

«Aber ich habe nichts getan!», protestierte Hannah. Wie konnte diese Frau so ruhig dasitzen und zulassen, dass ihr ein Unrecht angetan und sie wie eine Schwerverbrecherin behandelt wurde?

«Ja klar», sagte Mendez gelangweilt, ohne Hannah anzusehen, und tippte etwas in ihr Smartphone ein.

Ehe sie sich empören, ehe sie auch nur eine weitere Frage stellen konnte, wurde sie abgeholt und in Handschellen in den

Gerichtssaal geführt. Die vielen Menschen, die neugierigen, sensationshungrigen Blicke, das Stimmengewirr, das leiser wurde, sobald sie den Raum betrat, das Blitzlichtgewitter, das sie auf dem Weg zu ihrem Platz begleitete, waren fast mehr, als sie ertragen konnte. Waren diese vielen Menschen etwa alle ihretwegen hier? Sie geriet ins Straucheln, doch die beiden uniformierten Männer zerrten sie weiter. In Gegenwart anderer Menschen hatte sie sich schon immer unwohl gefühlt, und als sie jetzt so unversehens im Fokus der Aufmerksamkeit stand, wäre sie am liebsten in einem riesigen schwarzen Loch verschwunden. Sie drehte den unzähligen Kameras und Handys den Rücken zu, um den Richter anzusehen, einen Mann mittleren Alters mit Halbbrille und Vollglatze. Streng, aber gerecht, dachte sie. Gerechtigkeit, genau das wollte sie. Gerechtigkeit und Respekt. All diese Leute, deren Blicke des Abscheus sie fast körperlich spürte wie tausend kleine Nadelstiche, alle sollten wissen, dass sie sich irrten, dass sie, Hannah Marcks, unschuldig war und nie einem Menschen etwas zuleide getan hatte.

Fünf Minuten später war alles vorbei.

Richter Leighton stellte Hannah ein paar Fragen zu ihrer Person, dann kam der Staatsanwalt zu Wort, ein junger, energischer Kerl, geschniegelt und im Anzug, der ausführlich darlegte, welche Verbrechen Elsa Jones zur Last gelegt wurden. Im Saal wurde es ganz still, als er die Namen der Toten aufzählte. Judith Beckett, Walter Cheltham, Alicia Brights, Felipe Alonso, Jeff Morgan, Allan Springs, Mohammed Ben'Ali, Elaine Rotham, Julia Michaels, Clark Mansion, Malcolm und Samantha Wheeler. Wie aus weiter Ferne hörte Hannah die Namen der Menschen, die sie nie gesehen hatte und mit denen sie nichts verband. Elsa Jones hatte diese Menschen getötet, nicht sie. Sie hatte mit der ganzen Sache nichts zu tun. Warum glaubte ihr denn niemand, warum *sah* denn niemand, dass sie unmöglich Elsa Jones, eine Mörderin, sein konnte? War das denn so schwer zu kapieren?

Noch mehrere Augenblicke nachdem der Staatsanwalt seine Aufzählung beendet hatte, blieb es totenstill im Saal. Nicht einmal ein Rascheln oder verstohlenes Scharren waren zu hören. Keine Sekunde hatte Hannah den Staatsanwalt aus den Augen gelassen, seit dieser den Mund aufgemacht hatte. Die Worte ihrer Anwältin, die darauf hinwies, dass die Identität ihrer Mandantin nicht zweifelsfrei geklärt sei, nahm sie kaum wahr. Wie Mendez prophezeit hatte, ordnete Leighton Untersuchungshaft für Hannah an, wobei er sie beharrlich Ms. Elsa Jones nannte, und verkündete, den Termin für die Voruntersuchung in Kürze bekannt zu geben. Er klopfte einmal mit dem Hammer auf sein Pult, und das war's.

Zwei Uniformierte zogen die immer noch wie betäubte Hannah vom Stuhl. Die Reporter brüllten ihr Fragen zu, die jedoch im allgemeinen Stimmengewirr untergingen. Blitzlichter prasselten auf sie ein wie brennende Speere. Widerstandslos ließ sie sich aus dem Saal führen.

Sie wurde auf einen kleinen Hof gebracht, wo man ihr Fußfesseln und Ketten anlegte. Ungläubig starrte sie in den bereitstehenden Van, in den ein winziger Stahlkäfig mit einer harten, schmalen Bank eingebaut war. Sie stockte, als man ihr befahl einzusteigen, nein, dachte sie, nein, ich bin doch kein wildes Tier, das hinter Gitter gehört. Sie wollte den Kopf schütteln, wollte schreien und sich sträuben, aber da spürte sie schon den Hieb eines Schlagstocks an ihrer Schulter und einen zweiten am Kopf. Mit groben Knüffen stieß man sie in den Wagen und den Käfig. Zwei bewaffnete Wärter stiegen mit ein, dann setzte sich das Fahrzeug mit seiner gefährlichen Fracht in Bewegung.

Die Fahrt dauerte nur wenige Minuten, bevor die Tür wieder geöffnet und der Käfig aufgesperrt wurde. Man zerrte sie heraus, drei kleine, schlurfende Schritte, dann betrat sie an der Seite ihrer

Bewacher ein hohes Gebäude, dessen Betonfassade bedrohlich und fensterlos über ihr aufragte.

Stumm ließ sie die Aufnahmeprozedur im Bezirksgefängnis von Austin, Texas, über sich ergehen. Man nahm noch einmal ihre Fingerabdrücke und machte Fotos von ihr. In Gegenwart von zwei Wärterinnen in hellbraunen Uniformen musste sie sich nackt ausziehen, sich vorbeugen und an der Wand abstützen. Eine der beiden Frauen streifte sich Gummihandschuhe über und bohrte die Finger in ihre Vagina und ihren Anus. Dieses Mal war sie nicht mehr so benommen wie am Tag zuvor, und die Demütigung traf sie mit voller Wucht. Sie biss die Zähne zusammen, um nicht laut zu schreien.

Die Frau packte sie an der Schulter und richtete sie wieder auf. Die andere drückte ihr ein Kleiderbündel in die Hand.

«Anziehen.»

Mit gesenktem Kopf schlüpfte Hannah in die Unterwäsche, die graue Hose mit Gummizug und die graue, einfach geschnittene Bluse. Wortlos deutete eine der Wärterinnen auf ein Paar Slipper. Anschließend wurden ihr die Hände erneut auf dem Rücken gefesselt.

Sie wurde einem Arzt vorgestellt, der sie oberflächlich untersuchte und keine Bemerkung zu den Prellungen oder ihrer aufgeplatzten Lippe machte. Er horchte sie ab, fragte sie nach Allergien oder sonstigen chronischen Krankheiten und erklärte sie, als sie alle Fragen verneinte, nach nicht einmal fünf Minuten für gesund.

Zwei Gefängniswärter führten sie durch neonhelle Gänge. Sie blieb stehen, wenn die Männer stehen blieben, beobachtete, wie schwere Gittertüren sich öffneten, und bewegte mechanisch die Beine, wenn sie weitergezerrt wurde. Drei, vier, fünf Gittertüren wurden für sie geöffnet und hinter ihnen wieder geschlossen. Die Gänge waren breit, ihre Schritte hallten auf dem glänzenden Linoleum wider. Schließlich blieben sie vor einer Metalltür stehen, an der die weiße Farbe großflächig abgeblättert war. Einer der Wärter schloss die Tür auf, der andere schob sie in die Zelle. Sie nahmen ihr die Handschellen ab und versetzten ihr einen Stoß. Taumelnd stürzte sie in den Raum und konnte sich gerade noch an der Wand abstützen. Wieder fiel eine Tür hinter ihr ins Schloss, Schlüssel wurden klappernd umgedreht, Riegel vorgeschoben.

Sie war allein.

Langsam lehnte sie sich gegen die Wand und sah sich um. Die Zelle war vielleicht zwei Meter breit, drei Meter lang und drei Meter hoch. Achtzehn Kubikmeter, also 18 000 Liter Luft. Gesetzt den Fall, der Raum wäre hermetisch verschlossen, würde die Luft etwa für 7,5 Tage reichen. Sie atmete tief aus.

Die schmale Pritsche war fest mit der Wand verschraubt, am Fußende stand eine Edelstahlkombination aus Toilette und Waschbecken mit einem winzigen Stück Seife und einem dünnen Handtuch, kaum größer als ein Taschentuch. Gegenüber der Tür, oberhalb der Pritsche, entdeckte sie hoch oben eine Art dickes, gemauertes Gitter, durch das spärliches Tageslicht fiel. Das Fenster. Links darunter ein schmaler, fest verschraubter Tisch und ein ebenfalls am Boden verschraubter Hocker, über dem Tisch ein schmales Regal. Auf dem Bett lag eine dünne Decke, über dem Waschbecken hing eine zerkratzte Metallplatte, die sie erst nach einigem Überlegen als Spiegel identifizierte. An der Decke flackerte eine Neonröhre, die Tür hatte in Brusthöhe eine Klappe, die jetzt geschlossen war.

Die Knie wurden ihr weich. Am ganzen Körper zitternd, machte sie zwei kleine Schritte auf die schmale Pritsche zu und ließ sich daraufsinken. Sie war so erschöpft, dass sie einfach zur Seite kippte und sich auf der nackten Matratze zu einer Kugel zusammenrollte. Obwohl es in der Zelle warm und stickig war, konnte sie nicht aufhören zu zittern. Die Kopfschmerzen waren wieder stärker geworden, und von den Schlägen und Knüffen tat ihr der ganze Körper weh. Vorsichtig fuhr sie sich mit der Zunge über die aufgeplatzte Lippe und zuckte zusammen.

Aus der Matratze stieg ihr ein unangenehmer, stechender Geruch in die Nase. Mühsam drehte sie sich auf den Rücken, doch dabei merkte sie, dass ein Teil des Gestanks von ihr selbst ausging. Sie schien in einer Wolke aus fremden Gerüchen festzustecken, so wie sie in diesem falschen Leben festsaß, in das sie hineingeraten war.

Irgendwann hörte sie auf zu zittern. Mit geschlossenen Augen lag sie da und lauschte. Erst jetzt fiel ihr auf, wie laut es hier im Gefängnis war. Metallisches Klappern und Scheppern, Knallen wie von zufallenden Türen, Gebrüll und manchmal raues Gelächter.

Sie dachte an ihre Anwältin. Kaum fünf Minuten hatte die Unterredung mit ihr gedauert, und sie hatte keine Ahnung, wie sie die Frau erreichen konnte oder wie es jetzt weitergehen würde. Immerhin hatte sie sich Mareks Namen und seine Nummer notiert, und sie konnte nur hoffen, dass Liza Mendez ihn tatsächlich anrufen würde. Nie zuvor in ihrem Leben hatte sie sich so machtlos, so ausgeliefert gefühlt.

Als sie den Kopf anhob und den Arm darunterschob, schaute sie direkt auf die Edelstahltoilette. Die Neonlampe an der Decke summte leise. Vorsichtig setzte sie sich auf und lehnte sich mit angezogenen Beinen gegen die Wand, damit sie nicht ständig die Toilette im Blick hatte. Wie war sie bloß in diese Situation geraten? Was war passiert? Und vor allem: Wie kam sie hier wieder raus, und zwar so schnell wie möglich?

Das Letzte, woran sie sich erinnerte, war der Morgen des 3. September. Sie hatte die Nacht in ihrem Wohnmobil auf einem Parkplatz direkt am Strand nördlich von San Francisco verbracht und war wie immer früh aufgestanden. Am Abend zuvor war sie allein auf dem Platz gewesen, doch jetzt stand dort noch ein Fahrzeug, ein weißer Lieferwagen. Sie kletterte aus dem Wohnmobil und stieg den schmalen Pfad zum Strand hinunter. Die Sonne war gerade aufgegangen und ließ den Ozean wie eine Decke aus Myriaden Diamanten glitzern und funkeln. Sie atmete tief ein, betrachtete den vor ihr liegenden Reichtum und hörte dem sanften Rauschen zu. Barfuß schlenderte sie durch den Sand, bis das eiskalte Wasser des Pazifiks ihre Füße umspülte. Heute würde sie das Wohnmobil abgeben, drei Tage in San Francisco verbringen und am 7. September den Rückflug antreten. Die Abflugzeit hatte sie sich bereits telefonisch bestätigen lassen und Marek eine SMS mit ihrer Ankunftszeit geschickt.

Als sie Schritte hinter sich hörte, drehte sie sich um. Ein Mann kam den Weg von der kleinen Klippe herunter, braun gebrannt und kräftig. Er trug Shorts und T-Shirt und schien wie sie den Morgen am Strand genießen zu wollen. Wortlos nickte er ihr zu, und sie war froh, dass er ebenso wenig Lust auf eine Unterhaltung zu haben schien wie sie. Doch obwohl er sie weder ansah noch sich in ihrer Nähe herumtrieb, fühlte sie sich unbehaglich. Sie war gerne allein, und der Zauber, den Menschenleere auf sie ausübte, war der Hauptgrund für diese Reise gewesen. Jetzt kam ihr der Strand beinahe übervoll vor, und ihre ruhige Morgenstimmung war verdorben. Sie hatte sich abgewandt und war zum Parkplatz zurückgegangen.

Sie starrte auf die graue Wand vor sich und versuchte, sich zu erinnern, was danach geschehen war. Sie erinnerte sich genau an den steilen Weg, an die Sonne, die ihr angenehm warm ins Gesicht schien, und den sanften Wind, der mit ihren Haaren spielte. Sie erreichte das Wohnmobil. Öffnete die Seitentür.

Sie schloss die Augen, um sich besser konzentrieren zu können, doch ihre Gedanken liefen immer wieder ins Leere. Irgendetwas war auf diesem Parkplatz geschehen, man musste sie entführt und nach Texas gebracht haben, aber sie konnte sich an absolut nichts mehr erinnern. Sie musste bewusstlos gewesen sein, fast fünf Tage lang. Wenn man sie niedergeschlagen hätte, hätte sie irgendwelche Verletzungen davongetragen. Hatte man sie unter Drogen gesetzt? Das würde erklären, warum sie sich an nichts mehr erinnerte. Mullen und Taylor hatten das natürlich auf die Tabletten und den Whiskey geschoben, die man im Motelzimmer gefunden hatte, aber der Arzt, der Hannah gleich nach ihrer Verhaftung untersucht hatte, hatte ihr erklärt, dass sie den Großteil der Tabletten wieder erbrochen hatte. «Sonst wären Sie jetzt tot», hatte er hinzugefügt und dabei ein zufriedenes Gesicht gemacht, als freue er sich, dass sie es nicht war. Sie hatte sich nicht aus der Verantwortung stehlen können, wie Mullen ihr vorgeworfen hatte. Aber Hannah war sich sicher, dass sie niemals freiwillig die Tabletten geschluckt und schon gar keinen Alkohol getrunken hätte. Sie vertrug keinen Alkohol, und sie hasste es, nicht klar denken zu können.

Angenommen, man hätte sie tatsächlich unter Drogen gesetzt und fünf Tage lang schlafen lassen, dann hätten diejenigen, die aus ihr Elsa Jones gemacht hatten, genügend Zeit gehabt, sie nach Texas zu bringen, in das Motelzimmer zu verfrachten und ihr den Alkohol und die Tabletten einzuflößen. Doch sosehr sie sich auch bemühte, die fünf Tage vor ihrer Verhaftung blieben für sie im Dunkeln.

Was war eigentlich aus dem Wohnmobil geworden? Stand es immer noch auf dem Parkplatz nördlich von San Francisco? Und was war mit dem Mann, der nach ihr den Weg zum Strand hinuntergekommen war? Hatte er etwas mit ihrer Entführung zu tun? Gehörte ihm der weiße Lieferwagen? Sie versuchte, sich an das Fahrzeug zu erinnern. Es war ein Ford gewesen, da war sie sich sicher, aber was für ein Modell? Das neuste gewiss nicht, dazu war der Lack zu stumpf und müde gewesen. Am linken Kotflügel hatte er eine leichte Beule gehabt, vielleicht faustgroß. Sie kniff die Augen zusammen, versuchte, das Bild des Lieferwagens heraufzubeschwören, aber vergeblich. Ein paar flüchtige Bilder, der Hauch einer Erinnerung – mehr war da nicht.

Vorsichtig rieb sie sich über die Stirn, fuhr sich mit den Fingern durch die Haare, tastete die Wunde an der Lippe ab. Sie fühlte sich klebrig und schmutzig und hätte gerne geduscht, aber das Einzige, was ihr zur Verfügung stand, war dieses winzige Waschbecken direkt über der Toilette. *Es gibt Tage, da verliert man, und es gibt Tage, da gewinnen die anderen.* Das war einer von Mareks Lieblingssprüchen, und unwillkürlich musste sie lächeln. Er würde ihren Ausweis herschicken oder, noch besser, ihn persönlich vorbeibringen und sich für sie verbürgen. Sie war nicht Elsa Jones, und natürlich würde sich alles aufklären. Sie musste nur ein wenig Geduld haben.

Sie stand auf, holte tief Luft und streckte sich.

4. KAPITEL

Bläulicher Rauch stieg aus der Ruine auf. Noch aus mehreren Metern Entfernung spürte er die Hitze, die von den verkohlten Trümmern abstrahlte. Schwarze Holzbalken, zusammengeschmolzene Klumpen, die einmal Möbelstücke gewesen sein mochten, grotesk verformte Elektrogeräte, wo sich früher einmal die Küche befunden hatte.

Er war bis an die Absperrung der Feuerwehr herangetreten, eine junge Polizistin stand neben ihm. Gestalten in weißen Schutzanzügen kletterten vorsichtig in den Trümmern dessen herum, was einmal das Haus seiner Schwester gewesen war. Marek konnte den Blick nicht von der weißen Plane abwenden, unter denen sich die Umrisse einer menschlichen Gestalt erahnen ließen. Man hatte ihm gesagt, der Leichnam sei bis zur Unkenntlichkeit verbrannt, trotzdem drängte es ihn, einen letzten Blick auf den Körper zu werfen, obwohl er wusste, dass die Überreste keinerlei Ähnlichkeit mit seiner Schwester hatten.

Er hörte Schritte hinter sich. Die Polizistin begrüßte jemand in einem ernsten Ton, dann fragte eine weiche Frauenstimme: «Herr Lukow?»

Er drehte sich um.

Die Frau war einen halben Kopf kleiner als er, hatte kastanienbraune Haare und trug Jeans und einen leichten Pullover. Der September in Norddeutschland war oft mild, so auch in diesem Jahr. Die alten Bäume, die das Grundstück umgaben, rauschten sanft im Wind.

Marek nickte der Frau zu.

«Ich bin Miriam Winkler, Kriminalpolizei.»

Er nickte erneut, dann schaute er wieder zu der abgedeckten Leiche hinüber.

«Sie sind der Stiefbruder von Hannah Marcks?»

Er nickte ein drittes Mal.

«Ich würde Ihnen gerne ein paar Fragen stellen.»

Als er nicht reagierte, berührte sie ihn sanft am Ellenbogen. «Herr Lukow? Bitte kommen Sie mit.»

Er machte keine Anstalten, sich vom Fleck zu rühren. «Wann werden Sie wissen, ob es wirklich Hannah ist?», fragte er leise, ohne den Blick von der weißen Plane abzuwenden, die fast unanständig grell in der schwarzen Ruine aufleuchtete.

«Ein paar Tage wird es wohl dauern. Vermutlich wird der Pathologe sie anhand der Zähne identifizieren.» Sie schwieg einen Moment. «Es tut mir leid.»

Marek atmete tief ein. Die Luft roch nach Tod.

«Stimmt es, dass Ihre Stiefschwester gerade erst aus den USA zurückgekehrt war?», fragte Miriam Winkler, als sie langsam über die lange Auffahrt zur Straße gingen, wo die Wagen standen. Auf dem kleinen Hof direkt am Haus fanden mit Mühe und Not die Fahrzeuge der Feuerwehr und der Spurensicherung Platz.

«Sie sollte gestern Mittag in Frankfurt landen, das stimmt. Sie hatte mir vor ein paar Tagen ihre Flugdaten geschickt, aber seitdem hat sie sich nicht mehr bei mir gemeldet.»

Hin und her gerissen zwischen Verärgerung und Sorge, hatte er immer wieder versucht, sie zu erreichen, vergeblich. Und dann der Anruf heute Morgen. Kristina, die Nachbarin, die wie er einen Schlüssel zu Hannahs Haus hatte, hatte ihn informiert. Ein Brand im Haus seiner Schwester. Feuerwehr, Polizei … Sie hatte kaum zu Ende gesprochen, da saß er bereits im Auto und war von Hamburg hierhergerast, in das kleine Dorf, in dem Hannah seit vier Jahren lebte.

Winkler ließ sich die Flugdaten geben und versprach, ihn zu informieren, sobald sie Näheres wusste.

«Wissen Sie schon, wie es zu dem Brand gekommen ist?», fragte er.

Sie schüttelte den Kopf. «Dazu ist es noch viel zu früh, und bisher haben sich keine Zeugen gemeldet.» Sie sah sich um. «Das Haus liegt ja ziemlich abgeschieden. Wer weiß, wie lange es schon gebrannt hat, ehe es dem Bauern aufgefallen ist, der die Feuerwehr alarmiert hat.» Sie seufzte. «Ich bin keine Brandexpertin, aber ich vermute, dass es eine Weile dauern wird, bis die genaue Ursache feststeht.»

Sie hatten die Straße erreicht. Marek drehte sich um und schaute zurück zum Haus, doch hinter den hohen, dichten Bäumen war nichts zu erkennen außer der dünnen Rauchsäule, die kurz über den Wipfeln vom Wind zerrissen wurde.

«Was hat Ihre Stiefschwester in den USA gemacht? War sie beruflich dort?» Miriam Winkler lehnte sich an den schwarzen Passat, mit dem sie gekommen war.

«Nein», sagte Marek. «Sie hat Urlaub gemacht, sie ist mit dem Wohnmobil von der Ostküste zur Westküste gefahren.»

«Hatten Sie in der Zeit Kontakt zu ihr?»

«Nein», sagte er und sah Miriam Winkler an. «Sie wollte ihre Ruhe haben. Meine Schwester ist sehr eigen, wissen Sie. Sie hat nicht gerne Menschen um sich, und manchmal geht sie tagelang nicht ans Telefon, wenn sie keine Lust hat.»

«Was macht Ihre Schwester beruflich?»

«In den letzten vier Jahren hat sie ihre kranke Großmutter gepflegt. Nebenbei hat sie einem Bauern hier aus dem Dorf mit den Schafen geholfen. Sie ist regelrecht besessen von den Viechern und hat sogar schon davon gesprochen, die Herde zu übernehmen, wenn der Bauer aufs Altenteil geht.» Er holte tief Luft. «Dabei hat sie studiert, Physik und Mathematik.»

Miriam Winkler zog die Brauen hoch. «Ach ja?»

«Zuerst in Hamburg, dann in London.»

«Und was hat Ihre Schwester nach ihrem Abschluss gemacht? Seitdem müssen doch einige Jahre vergangen sein.»

«Nach ihrer Rückkehr aus London hat sie als Programmiererin in einer großen Softwarefirma gearbeitet. Als ihre Großmutter pflegebedürftig wurde, hat sie von heute auf morgen gekündigt und ist in dieses kleine Dorf in das Haus der Großmutter gezogen.»

«Und ihre Eltern? Ich weiß nur, dass sie tot sind.»

«Das stimmt», bestätigte er. «Ihr Vater starb, als sie noch ganz klein war, zwei oder drei Jahre alt. Als Hannah dreizehn und ich vierzehn war, haben ihre Mutter und mein Vater sich kennengelernt.» Er lächelte versonnen. «Und damit haben wir uns auch kennengelernt. Ich wohnte bei meiner Mutter und besuchte meinen Vater und seine neue Familie nur am Wochenende, aber wir haben uns auf Anhieb gemocht. Ich bin nur ein knappes Jahr älter als sie, wissen Sie. Wir haben dieselben Interessen und trafen uns auch oft, wenn ich nicht bei meinem Vater war. Als ich zwanzig und sie neunzehn war, starben unsere Eltern bei einem Autounfall, das heißt mein Vater und ihre Mutter.»

Miriam Winkler musterte ihn nachdenklich. «Sie scheinen sehr an Ihrer Stiefschwester zu hängen», sagte sie schließlich.

Marek biss sich auf die Lippen und wandte sich ab. Erneut schaute er in die Richtung, in der Hannahs Haus, das Haus ihrer Großmutter, gestanden hatte. Früher einmal war Hannah für ihn mehr gewesen als eine Schwester. Früher einmal hatte er sie geliebt. Aber sie hatte seine Liebe nicht gewollt.

Stunden später lag er auf seinem Sofa und starrte an die Decke. Die CD war schon längst durchgelaufen, jetzt rauschten nur noch die Lautsprecher leise, als warteten sie auf neue Anweisungen. Sobald er die Augen schloss, glaubte er wieder, verbranntes nasses Holz zu riechen, und sah die schwarze Ruine vor sich. Tanja hatte angerufen und gefragt, ob sie vorbeikommen solle, aber er hatte abgelehnt. Er brauchte Zeit für sich, Zeit, um zu begreifen, dass Hannah wahrscheinlich tot war.

«Bist du sicher, dass du jetzt allein sein willst?», hatte Tanja gefragt.

«Ja», hatte er erwidert und ohne ein weiteres Wort aufgelegt.

Erst als das Telefon klingelte, begriff er, dass er eingedöst sein musste. Er schaute auf die Uhr, es war kurz nach neun. Draußen war es dunkel und ruhig, nur das übliche Großstadtrauschen drang durch das geöffnete Fenster herein. Er hob das Telefon vom Fußboden auf und drückte auf die grüne Taste. Wahrscheinlich war es Tanja.

«Hi.»

«Spreche ich mit Mr. Marek Lukow?», fragte eine Frau auf Englisch.

«Ja. Wer ist da?»

«Mein Name ist Liza Mendez, ich bin Anwältin in Austin, Texas, in den USA. Eine meiner Mandantinnen bat mich, Sie anzurufen.» Die Frau zögerte kurz. «Stimmt es, dass Hannah Marcks Ihre Stiefschwester ist?»

Mit einem Schlag war er hellwach und setzte sich auf. «Was wissen Sie über meine Schwester?»

«Meine Mandantin behauptet, sie sei Ms. Marcks.» Verwirrt hörte er sich an, was die Anwältin ihm über die Verhaftung einer Frau namens Elsa Jones erzählte. «Das FBI hat festgestellt, dass Ms. Marcks wie geplant von San Francisco nach Frankfurt geflogen ist. Ich würde gerne von Ihnen wissen, ob Sie Ihre Stiefschwester inzwischen gesehen haben und bestätigen können, dass sie in Deutschland angekommen ist.»

Marek lehnte sich zurück und schloss die Augen. Seine Gedanken schossen wie Billardkugeln auf Speed hin und her. Nein, das konnte er nicht bestätigen. Stattdessen gab es eine Leiche, bei der es sich nur um Hannah handeln konnte. Aber Hannah hatte ihren eigenen Kopf, gut möglich also, dass sie den Flug gar nicht angetreten hatte. Aber wer war dann unter ihrem Namen nach Frankfurt geflogen? War Hannah möglicherweise doch noch am Leben?

«Nein, das kann ich nicht bestätigen. Ich habe Hannah seit mehr als drei Monaten nicht gesehen.» Er holte tief Luft. «Und Sie sagen, Hannah säße bei Ihnen in Texas im Gefängnis?»

«Nicht ganz. Hier ist eine Frau, die *behauptet*, Hannah Marcks zu sein. Im Moment geht es darum, ihre Identität festzustellen.» Marek hörte ein Seufzen. «Diese Frau, meine Mandantin, meinte, Sie könnten mir irgendwelche Papiere zuschicken, die ihre Identität belegen … Ausweise, Urkunden, so etwas.»

«Das ist alles verbrannt», sagte Marek langsam.

«Wie bitte?» Die Anwältin schien zu glauben, sie hätte sich verhört. Marek erzählte ihr von dem Brand – und von der Leiche, die man in der Ruine gefunden hatte.

«Weiß man schon, um wessen Leiche es sich handelt?», fragte Liza Mendez.

Marek holte tief Luft. «Bislang geht die Polizei davon aus, dass es Hannah ist. Der Schluss liegt einfach nahe. Außer einer Nachbarin und mir hatte sonst niemand einen Schlüssel.»

Er rieb sich die Stirn. Könnte es sein, dass diese Frau in Texas tatsächlich Hannah war? Aber wer lag dann verkohlt in ihrem Haus? Und wieso hielt man Hannah für jemand anderes? «Ich habe noch nicht einmal ein aktuelles Bild von ihr, das ich Ihnen schicken könnte. Sie hasst es, fotografiert zu werden.»

«Haben Sie einen Internetzugang?», fragte Mendez.

Marek sprang auf und war schon auf dem Weg ins Arbeitszimmer, wo er den Computer aus dem Schlaf weckte. «Suchen Sie nach Elsa Jones», forderte die Anwältin ihn auf. «Da werden Sie jede Menge Bilder finden. Und Videos.»

Er tippte den Namen ein, und tatsächlich gab es gleich mehrere tausend Treffer. Er klickte auf den Link von NBC. In einer kurzen Videosequenz war ein überfüllter Gerichtssaal zu sehen, der Großteil der Zuschauer waren Journalisten. Der Sprecher erklärte, dass das Gericht von Austin, Texas, beim heutigen Haftprüfungstermin erwartungsgemäß Untersuchungshaft für Elsa Jones angeordnet hatte, eine Kaution war nicht festgesetzt worden. Eine Frau wurde in den Saal geführt. Sie hielt den Kopf gesenkt und wirkte völlig erschöpft, doch dann blickte sie auf und sah direkt in die Kamera.

«Scheiße», sagte Marek. «Das ist Hannah.»

«Sind Sie sicher?», fragte Liza Mendez.

«Natürlich! Ich werde doch wohl meine Schwester erkennen. Aber was … warten Sie, was wird ihr vorgeworfen? Zwölffacher Mord? Das ist absurd. Hannah würde niemals …»

«Mr. Lukow, hören Sie», unterbrach Liza Mendez ihn. «Nicht Ihrer Schwester werden diese Verbrechen zur Last gelegt, sondern Elsa Jones. Im Moment geht es zunächst darum zu klären, wer hier eigentlich im Gefängnis sitzt.»

Marek runzelte die Stirn, während er sich weiter durch die Websites verschiedener Fernsehsender und Online-Ausgaben der Zeitungen klickte. Er ging zur Seite der *New York Times*. Hannahs Gesicht sprang ihm gleich auf der Startseite entgegen. *Serienmörderin verhaftet.* Die Worte bohrten sich wie Nadeln in sein Hirn. Das Bild zu dem Artikel zeigte eine völlig erschöpfte Frau, die man offenkundig misshandelt hatte. Er ballte die Fäuste. «Was haben die mit ihr angestellt?» Fassungslos schüttelte er den Kopf. «Verdammt noch mal, die haben sie verprügelt!»

Die Frau am anderen Ende seufzte. «Ich fürchte, ja. Sehen Sie, man hält sie für die Frau, die unter anderem einen Polizisten und ein kleines Mädchen umgebracht hat …»

«Hören Sie, ich komme nach Austin, so schnell ich kann. Ich kann sie zweifelsfrei identifizieren.»

«Okaaay», sagte die Anwältin gedehnt.

«Ich melde mich bei Ihnen, sobald ich weiß, wann ich ankomme.» Marek ließ sich Mendez' Telefonnummer geben, dann legte er auf.

Nachdem er einen Flug für Sonntagnachmittag gebucht hatte, klickte er erneut auf den *Times*-Bericht über den heutigen Haftprüfungstermin. Er starrte auf das Bild, das Hannah beim Betreten des Gerichtssaals zeigte. Sie hatte den Kopf leicht abgewandt und sah auf einen Punkt, der hinter der Kamera lag. Ihr Blick hatte den gehetzten Ausdruck eines Tieres auf der Flucht. Die aufgeplatzte Lippe war deutlich zu erkennen, ebenso die Flecken auf der Bluse. *Vorgeführt*, dachte Marek, man hatte sie nicht nur dem Richter vorgeführt, sondern dem breiten Publikum, wie eine Jagdbeute und Trophäe.

Er suchte nach weiteren Informationen über Hannahs Verhaftung und über die Frau namens Elsa Jones, für die man sie fälschlicherweise hielt. Die Frau war vierunddreißig Jahre alt, also ein Jahr älter als Hannah, und stammte aus Alabama. Sie war vier Jahre bei der Armee gewesen, aber niemand schien zu wissen, was sie in der Zeit von 1999 bis heute getrieben hatte, wo sie gewohnt, was sie beruflich gemacht oder ob sie in den Jahren überhaupt in den Staaten gelebt hatte. Erst am 3. Februar 2011 trat sie wieder in Erscheinung. Nach einer Demonstration gegen die National Riffles Association in Atlanta tötete sie einen, wahrscheinlich sogar zwei Menschen mit gezielten Schüssen. Allein dem Zufall war es zu verdanken, dass das FBI ihr auf die Spur gekommen war, denn ein Zeuge hatte Elsa Jones erkannt, bevor sie die tödlichen Schüsse abgefeuert hatte. Vor fünf Tagen, am Morgen des 4. September 2011, hatte Elsa Jones in der Nähe von Austin erneut zwei Menschen erschossen. Der schwarze Kongressabgeordnete

Malcolm Wheeler war mit seiner sechsjährigen Tochter Samantha wie jeden Sonntag unterwegs zu seinen Eltern gewesen, als sie auf einer einsamen Landstraße aufgehalten und regelrecht hingerichtet wurden.

Langsam ließ Marek sich auf seinem Stuhl zurücksinken. Sein Kopf fühlte sich leer an. Als hätte jemand jeden vernünftigen Gedanken herausgesaugt. Reglos starrte er den Bildschirm an und konnte nicht glauben, was er sah.

5. KAPITEL

Ein lautes Klappern riss sie aus dem Schlaf. Der schwere Riegel wurde zurückgeschoben, dann schwang die kleine Luke in der Metalltür auf.

«Jones. Frühstück», rief eine schroffe Frauenstimme.

«Ich bin nicht Elsa Jones.»

Die Wärterin zeigte sich unbeeindruckt. «Wollen Sie was essen oder nicht?»

Hannah riss sich zusammen und erhob sich von der Pritsche. Barfuß und nur in die dünne Decke gewickelt, lief sie über den kalten Betonfußboden zur Tür und nahm den Plastikteller mit einer undefinierbaren Pampe und den Pappbecher mit einer lauwarmen Plörre entgegen, deren Geruch entfernt an Kaffee erinnerte. Von der Frau auf der anderen Seite der Tür sah sie nicht mehr als die kräftige, ringlose Hand und ein Stück von ihrem Oberkörper, darauf ein Namensschild.

«Ms. Gallagher, könnte ich vielleicht irgendwo duschen?», fragte sie höflich. Sie bückte sich, um der Frau ins Gesicht blicken zu können, doch die war bereits dabei, die Luke wieder zu schließen.

«Duschen für Sie freitags und dienstags.» Heute war Samstag.

Hannah biss die Zähne zusammen und starrte die Metalltür an. Sie schluckte ihren Zorn hinunter, dann drehte sie sich um, stellte Teller und Pappbecher auf dem Tisch ab und stieg widerwillig in die graue Anstaltskleidung. Sie setzte sich an den winzigen Tisch, griff nach dem Plastiklöffel, der in dem Brei steckte, und begann, in dem Essen herumzustochern. Es schien eine Art Haferbrei zu sein, hier und da entdeckte sie sogar ein Stückchen Apfel. Sie probierte vorsichtig. Kalt und geschmacklos. Sie wollte den Löffel schon zur Seite legen, als ihr Magen drohend zu knurren begann und nach Nahrung verlangte. Sie nahm noch einen Löffel voll. Und noch einen. Dann widmete sie sich dem Zeug im Pappbecher. Widerlich süß und lauwarm. Dünner Kaffee mit viel Milchpulver und Zucker. Vielleicht auch dünner Tee mit viel Milchpulver und Zucker. Oder auch nur Wasser mit viel Milchpulver und Zucker. Egal, immerhin war es nicht mit Chlor versetzt wie das Wasser aus dem Wasserhahn. Sie leerte den Becher in einem Zug. Den Brei wollte sie stehen lassen, aber wer weiß, wann sie wieder etwas zu essen bekäme. Sie zwang sich, noch drei gehäufte Löffel herunterzuwürgen, dann schob sie den Teller endgültig beiseite.

Sie streckte sich und drehte sich auf dem Hocker um. Durch das Fenster fielen kleine Lichtflecke auf den Boden. Sie hatte keine Ahnung, wie spät es war, aber sie hatte erstaunlich gut geschlafen und fühlte sich zum ersten Mal seit ihrer Festnahme ausgeruht und nicht benommen. Vorsichtig ließ sie den Kopf kreisen, im Nacken knackte es leise. Die Prellung an der Schläfe pochte, aber der Schmerz war fast zu vernachlässigen. Sie stand auf, ging zu dem kleinen, zerkratzten Spiegel und versuchte zu erkennen, wie es um ihre Lippe bestellt war. Mehr als ein schemenhaftes Gesicht konnte sie nicht erkennen. Behutsam tastete sie mit der Zunge die verschorfte Wunde ab.

Sie wusch sich das Gesicht und trocknete sich mit dem winzigen Handtuch ab. Dann drehte sie sich langsam um die eigene Achse und besah sich die Zelle erneut. Nichts hatte sich seit gestern verändert. Der Raum war noch genauso klein, die Wände genauso grau, die Luft genauso stickig. Auch das Klo stank noch genauso wie gestern.

Sie stellte sich auf Zehenspitzen auf das Bett, doch das Fenster war zu hoch, und sie war zu klein, als dass sie hätte hinausschauen können. Ihr Blick fiel auf den winzigen Tisch, und sie hatte gerade ein Bein angehoben, um daraufzusteigen, als sie ein lautes Klappern an der Tür hörte. Hastig sprang sie vom Bett und setzte sich hin. Unwillkürlich fing ihr Herz an zu pochen.

Die kleine Klappe schwang auf.

«Jones, das Geschirr.» Es war dieselbe Frau, die ihr das Frühstück gebracht hatte, Ms. Gallagher.

«Ich bin nicht Elsa Jones», erwiderte sie automatisch, doch wie schon vorhin ging die Wärterin nicht darauf ein.

«Wird's bald? Ich hab nicht den ganzen Tag Zeit.»

Hannah stand auf und brachte den Plastikteller zur Tür.

«Wo ist der Becher?» Ms. Gallaghers Stimme bekam einen scharfen Unterton, dem sie nicht zu widersprechen wagte. Hastig reichte sie auch den Pappbecher hinaus.

«Sie werden gleich abgeholt.»

Abgeholt? Der bedrohliche Klang des Wortes legte sich ihr wie ein Strick eng um die Brust. «Wo bringt man mich hin?», rief sie, aber die Klappe war schon wieder geschlossen.

Vielleicht ließ man sie ja frei. Vielleicht hatten diese FBI-Leute, Mullen und Taylor, eingesehen, dass sie die Falsche erwischt hatten. Vielleicht hatte Marek es irgendwie geschafft, quasi über Nacht hierherzukommen. Sie stellte sich vor diesen Witz von einem Spiegel und fuhr sich mit den Fingern durch die Haare. Sie waren fettig, aber daran konnte sie jetzt nichts ändern. Sie wollte sich gerade die Hände waschen, als die Klappe in der Tür erneut geöffnet wurde.

«Jones, stellen Sie sich mit dem Gesicht zum Fenster.» Eine tiefe Männerstimme, die es gewohnt war, Befehle zu erteilen. Hastig schlüpfte sie in die Slipper und stellte sich vor den Tisch.

«Hände hinter den Rücken, Daumen nach oben, Beine auseinander.»

Sie, die Autoritäten und Befehle hasste, gehorchte sofort. Sie hörte, wie die Tür geöffnet wurde, jemand näherte sich mit schweren Schritten. Kräftige Männerhände tasteten ihren Körper ab, pressten leicht ihre Brüste zusammen. Mit dem Fuß wurden ihre Beine auseinandergeschoben, dann fuhren die Hände mit dem Abtasten fort. Sie unterdrückte einen Aufschrei.

Sie spürte kaltes Metall, als der Mann ihr Handschellen anlegte. Dann packte er sie am Arm und schob sie vor sich aus der Zelle. Auf dem Gang wartete ein zweiter Wächter, der sie ebenso grob packte, und zusammen führten sie Hannah durch dieselben endlosen Gänge wie gestern. Auf den gebohnerten Linoleumböden spiegelte sich das Neonlicht.

Man brachte sie in einen einfachen, fensterlosen Raum. Auch hier waren Wände und Boden grau, an der Decke flackerte die unvermeidliche Neonlampe. In der Mitte des Raumes stand ein Tisch, auf beiden Seiten mit jeweils zwei Stühlen. Sie wurde auf einen Stuhl gedrückt. Die Handschellen wurden geöffnet und sofort vor dem Bauch wieder verschlossen. Ehe sie recht begriff, hatte man ihre Füße an einen im Boden eingelassenen Metallring gekettet. Dann ließ man sie allein.

Sie starrte auf die Metallfessel an ihren Händen. Auf die Fußfesseln. Die Kette. Das konnte doch nicht wahr sein! Das war ja lächerlich!

Die Kette schien aus Edelstahl zu sein, Hannah zählte achtundvierzig Glieder. Jedes Glied war etwa drei Zentimeter lang und einen Zentimeter breit. Rasch berechnete sie die Gesamtoberfläche der Kette, ihr Gewicht sowie die Länge, wenn man jedes Glied auseinanderbiegen und aneinanderlegen würde. Das Engegefühl in ihrer Brust ließ nach, sie bekam wieder leichter Luft.

Sie schaute sich um. Der Raum ähnelte dem, in dem man sie am ersten Tag verhört hatte, doch hier gab es statt des Einwegspiegels Kameras in den Ecken. Vermutlich würde man sie also erneut vernehmen.

Die Tür wurde geöffnet, Liza Mendez trat ein.

Sie nickte Hannah knapp zu und zog den Stuhl ein Stückchen von ihr zurück. Sie stellte ihren Aktenkoffer ab und setzte sich, ohne den Blick von ihr abzuwenden.

«Guten Morgen», sagte Hannah.

«Guten Morgen.»

Hannah fühlte sich von der Frau auf unangenehme Weise taxiert. Liza Mendez erschien ihr weniger abweisend als zuvor, aber darauf wetten wollte sie nicht. Als sie versuchte, das rechte Bein auszustrecken, wurde sie unangenehm an die Fußfessel erinnert. Sie blickte demonstrativ nach unten und hob die gefesselten Hände. «Muss das sein?», fragte sie. Sie wollte gelassen wirken, aber sie hörte selbst, wie kläglich ihre Stimme klang.

Mendez zuckte die Achseln. «Vorschrift. Für Sie gilt die höchste Sicherheitsstufe.»

Absurd. Das ist einfach absurd. «Und was bedeutet das noch – diese höchste Sicherheitsstufe?»

«Einzelhaft, Kontaktsperre zu anderen Gefangenen, kein Hofgang, keine Telefonate, keine Post außer Anwaltspost, Besuche außer Anwaltsbesuchen nur mit Genehmigung des Richters, außerhalb der Zelle müssen Sie ständig gesichert sein.»

Damit waren vermutlich die Fesseln gemeint. Hannah starrte die Anwältin an, doch diese zuckte mit keiner Wimper. Anscheinend hielt sie diese Behandlung für vollkommen angemessen.

«Haben Sie mit meinem Bruder gesprochen?», fragte sie schließlich.

«Ja. Ich habe den Mann angerufen, dessen Nummer Sie mir genannt haben. Er hat Sie erkannt.»

«Er hat mich erkannt? Aber wie …?»

«Im Internet, im Video eines Nachrichtensenders.» Sie musste ein vollkommen verständnisloses Gesicht gemacht haben, denn Mendez erklärte: «Sämtliche Nachrichten sind voll mit der Geschichte Ihrer Verhaftung. In den Zeitungen von heute haben Sie es auf mindestens ein Dutzend Titelseiten geschafft.»

Ihr wurde abwechselnd heiß und kalt, und mit zitternden Fingern griff sie nach der Ausgabe der *Herald Tribune*, die Mendez ihr zuschob. Das Bild auf der ersten Seite zeigte eine Frau, die verstört in die Kamera blickte. Nein, das war nicht sie, völlig unmöglich. Sie vermied es, fotografiert zu werden, sie mochte es nicht, wie ihr Leben mitten in der Bewegung zu erstarren schien, abgetrennt vom Moment davor und danach. Doch dann erinnerte sie sich an die Fotoapparate und Kameras im Gerichtssaal, an die blendenden Blitzlichter. Die Frau auf dem Zeitungsbild hatte ihre Gesichtszüge, ihre Haare, dieselbe Wunde an der Lippe wie sie. Die fleckige Bluse war deutlich zu erkennen und auch die Handschellen an den wie zur Abwehr halb erhobenen Händen. Sie wirkte verletzt und verletzlich, und jedem, der dieses Bild sah, würde sich dieser Moment größter Demütigung einprägen. Nur dieser eine Moment, nicht der davor, nicht der danach.

Hannah schloss die Augen. Marek hatte das Bild gesehen, dieses oder ein anderes, und er hatte sie darauf erkannt. Das war gut, egal wie sehr sie dieses Bild hasste. Alles würde wieder gut werden.

Sie holte tief Luft. «Natürlich hat er mich erkannt. Er ist mein Bruder.» Sie sah Liza Mendez an. «Schickt er Ihnen die Papiere zu?»

Die Anwältin schüttelte langsam den Kopf. «Das geht nicht», sagte sie. «Es hat offensichtlich einen Brand gegeben. In Ihrem Haus.» Sie wählte ihre Worte mit Bedacht. «Soweit ich Ihren Bruder verstanden habe, ist alles bis auf die Grundmauern niedergebrannt.»

Sie starrte Liza Mendez an. «Was sagen Sie da? Es hat gebrannt? Aber … wieso hat er mir nichts davon erzählt? Er hat doch meine Nummer, ich war doch …»

«Das war erst gestern.»

Sie sah das kleine Backsteinhaus vor sich, den spitzen Giebel, die weißen Fenster, den kleinen Anbau, in dem sich früher der Stall befunden hatte. Das Haus ihrer Großmutter, das ihr so vertraut war, dass es einem Zuhause am nächsten kam. Nach dem Tod ihres Vaters hatte sie dort gelebt, vier Jahre lang, bis sich ihre Mutter so weit erholt hatte, dass sie selbst wieder für Hannah sorgen konnte. Sie ging fort, doch sie kam regelmäßig zurück, zu Besuch, in den Ferien und einmal sogar für drei Monate, als sie nach ihrer Rückkehr aus England zunächst keine Wohnung hatte. Vor vier Jahren, als die alte Frau nicht mehr allein zurechtkam, war sie wieder an den vertrauten Ort zurückgekehrt. Nach dem Tod der Großmutter hatte sie das Haus geerbt, aber dieser Gedanke war noch nicht selbstverständlich für sie. Es war ihr Zuhause, aber nicht ihr Haus, es war ein Gefühl, kein Besitz. Und dieses Haus war jetzt abgebrannt? Sie schloss die Augen, stellte sich vor, wie die Flammen aus den zerborstenen Fenstern schlugen, sich gierig durch die Holzfußböden und Decken fraßen, die Teppiche und Vorhänge emporzüngelten wie Schlangen und alles vernichteten, was sich ihnen in den Weg stellte. Alles vernichteten? Alles, was sie besaß, alles, womit sie beweisen könnte, dass sie Hannah Marcks war?

Sie schlug die Augen auf und sah die Anwältin an. «Konnte man irgendetwas aus den Trümmern bergen? Ich meine, Papiere, Unterlagen …» Sie verstummte, als die andere den Kopf schüttelte.

Liza Mendez musterte sie einen Moment. «Da ist noch etwas. In der Ruine wurde eine Leiche gefunden.»

Hannah spürte, wie das Blut fluchtartig ihren Kopf verließ. «Wer …» Sie musste sich räuspern. «Wer ist es?» Marek hatte einen Schlüssel und Kristina, ihre Nachbarin. Es konnte eigentlich nur einer von den beiden sein, aber wenn Mendez gestern mit Marek telefoniert hatte –

«Die Leiche wurde noch nicht identifiziert, aber die Polizei in Deutschland geht anscheinend davon aus, dass es sich um die sterblichen Überreste von Hannah Marcks handelt.»

«Was? Aber ich bin nicht tot! Ich bin hier! Ich … *ich* bin Hannah Marcks!»

Die Wände schienen plötzlich auf sie zuzukommen und die Luft im Raum zusammenzupressen, bis sie zu dicht zum Atmen war. Die Zeit schien stillzustehen, und Hannah schwebte wie ein Taucher in dieser dichten, dicken Luft.

Denk nach! Dafür gibt es eine logische Erklärung!

«Ms. Jones! MS. JONES! Hören Sie mir zu.» Wie aus weiter Ferne hörte sie die Stimme, doch sie konnte nicht gemeint sein, denn sie war nicht Elsa Jones. Jemand packte sie am Arm und schüttelte sie.

Sie öffnete die Augen und starrte Liza Mendez an. Diese ließ sie los und setzte sich wieder auf ihren Stuhl.

«Noch ist gar nichts sicher. Vermutlich wird man die Leiche anhand der Zähne zu identifizieren versuchen. Sie brauchen sich also keine Sorgen zu machen.» Sie betrachtete Hannah aufmerksam. «Vorausgesetzt, Sie sind tatsächlich Hannah Marcks.»

Sie hatte Schwierigkeiten zu schlucken. Stumm musterte sie die Anwältin.

«Es könnte allerdings problematisch werden, das zu beweisen.»

«Aber …» Sie musste sich erneut räuspern, «Marek kennt mich, er kann bestätigen, wer ich bin.»

Liza Mendez sah sie nachdenklich an, als könne sie sich nicht entscheiden, ob sie ihr glauben sollte oder nicht. «Sehen Sie», sagte sie schließlich, «das wäre vermutlich kein Problem, wenn Sie einfach Ihren Führerschein oder Pass verloren hätten und einen neuen beantragen möchten. Aber hier es geht nicht um einen verlorenen Reisepass. Hier geht es um Mord.» Sie zuckte die Achseln. «Der Staatsanwalt wird sich in Ihrem Fall doppelt und dreifach absichern, und im Moment steht Ihrer Aussage, Sie seien *nicht* Elsa Jones, ein Beweisstück in Form eines offiziellen Führerscheins der Vereinigten Staaten entgegen. Außerdem wird vermutlich ein ganzer Haufen Leute bezeugen, dass Sie Elsa Jones sind.»

Sie starrte Mendez an. «Aber … wieso? Ich …»

Mendez unterbrach sie. «Und selbst wenn Sie beweisen könnten, dass Sie Hannah Marcks sind – vergessen Sie nicht, dass man bei Ihnen Waffen gefunden hat, mit denen möglicherweise mehrere Menschen getötet wurden. Ganz zu schweigen von den Fotos, die Sie am letzten Tatort zeigen.»

«Fotos? Was für Fotos?», fragte sie alarmiert.

Ungläubig sah Mendez Hannah an. Dann holte sie wortlos ein paar Abzüge aus ihrem Aktenkoffer, legte sie auf den Tisch und schob sie in Hannahs Richtung. Zögernd nahm sie die Bilder. Das erste zeigte einen weißen SUV, der quer auf einer schmalen Straße im Wald stand. Die Fahrertür war offen, ein Schwarzer in einem teuer aussehenden Anzug machte gerade Anstalten, aus- oder einzusteigen, so genau war das nicht zu erkennen. Vielleicht vierzig Meter hinter dem Fahrzeug stand ein zweiter Wagen, ein roter Pick-up. Eine Frau stand hinter der Fahrertür und zielte mit einem Gewehr auf den Mann, wobei der Arm das Gesicht verdeckte. Auf dem nächsten Bild lag der Mann reglos auf dem Boden, neben seinem Kopf war eine Blutlache zu erkennen.

Die Frau war hinter der offenen Fahrertür nur schemenhaft zu sehen. Durch das hintere Fenster des SUV waren die Umrisse eines Kopfes zu erkennen. Eines Kinderkopfes. Das letzte Bild zeigte die Frau, wie sie aus vielleicht einem Meter Entfernung die Waffe auf die offene hintere Wagentür gerichtet hielt. Von dem Kind waren nur seine kleinen rosa Schuhe zu erkennen. Die Frau hatte den Kopf erhoben und schaute leicht zur Seite. Sie lächelte entspannt und schien direkt in die Kamera zu blicken.

Fassungslos starrte Hannah in ihr eigenes Gesicht.

Sie wusste nicht, wie viel Zeit vergangen war, bis ihre Hände aufhörten zu zittern und sie das Gefühl hatte, wieder atmen zu können.

Denk nach!

Diese Fotos zeigten sie dabei, wie sie gerade zwei Menschen tötete. Aber wie konnte das sein? Sie hatte nie jemanden erschossen, hatte nie auch nur eine Waffe in der Hand gehalten. Sie runzelte die Stirn und betrachtete das letzte Bild genauer. «Das muss eine Fälschung sein», sagte sie schließlich, ohne den Blick vom Foto abzuwenden.

«Ja, klar», sagte Liza Mendez.

«So etwas ist heute kein Problem mehr.»

«Ja, klar», wiederholte Mendez.

Sie hob den Kopf und sah ihre Pflichtverteidigerin an. «Sie glauben mir nicht», stellte sie fest.

«Nein.»

Sie ließ sich auf den Stuhl zurücksinken und begann, an ihrer Unterlippe zu nagen. Erneut blickte sie auf die Bilder vor sich auf dem Tisch. «Dieses Mädchen … ist sie auch tot?», fragte sie leise.

«Ja. Samantha Wheeler, sechs Jahre alt. Sie war mit ihrem Vater unterwegs zu ihren Großeltern.» Mendez sah sie an. «Malcolm Wheeler, der erste schwarze Kongressabgeordnete aus Texas», fügte sie hinzu und musterte sie scharf.

Hannah hob den Kopf. «Ich habe niemanden getötet», sagte sie. Ihre Wangen waren heiß.

Das Schweigen dehnte sich unangenehm zwischen ihnen wie zäher Sirup, der alles zu ersticken drohte. Um Mendez' Blick nicht länger ertragen zu müssen, schaute sie erneut das letzte Foto an. «Wer hat die Bilder eigentlich aufgenommen?»

«Ein Hobbyfotograf. Leider hat er die Abzüge nicht dem FBI zur Verfügung gestellt, sondern an eine Boulevardzeitung verkauft.»

Hannah schloss die Augen. Diese Bilder waren in einer Zeitung erschienen? Und vermutlich nicht nur in der Printausgabe, sondern auch online. Das heißt, jeder Mensch auf der Welt konnte sich diese Bilder ansehen, nicht nur jetzt, sondern so lange, bis das Internet seinen Geist aufgab. Selbst wenn sie eines Tages freikam und ihre Unschuld bewiesen war, würde nichts diese Bilder aus der Welt schaffen.

Eine Eiseskälte kroch ihren Rücken empor, bis sie sich schüttelte, um dieses Gefühl loszuwerden, doch die Kälte blieb. Sie öffnete die Augen und nahm erneut das letzte Bild in die Hand. Sie besah sich den Abzug genauer, auf der Suche nach irgendwelchen verräterischen Stellen, die darauf hinwiesen, dass ihr Gesicht nachträglich einmontiert worden war, doch sie konnte nichts erkennen. Aber das hatte nichts zu bedeuten. «Das Bild ist manipuliert worden», wiederholte sie. «Sie wissen, dass so etwas ohne Probleme machbar ist.»

Mendez sagte nichts, ließ sie aber nicht aus den Augen.

«Ich möchte, dass Sie einen Gutachter finden, der dieses Bild beurteilt. Die meisten Fälschungen lassen sich immer noch nachweisen.»

«So, so, einen Gutachter möchten Sie haben.» Der spöttische Unterton ließ sie aufhorchen.

«Was ist daran so witzig?»

«Wissen Sie, wie teuer so ein Gutachten ist? Mein Budget, *Ihr* Budget für solche Dinge ist ziemlich klein.»

Hannah legte das Bild zurück auf den Tisch, hob die Hände und rieb sich mit den Fingerspitzen vorsichtig über die Stirn. Die Handschellen klirrten leise. Verstohlen wischte sie sich über die Augen, als sie die Hände wieder sinken ließ. «Fragen Sie meinen Bruder. Er ist Journalist, er kennt bestimmt einen guten Fotografen, der uns helfen kann. Der *mir* helfen kann.»

«Das können Sie ihm selbst sagen. Er kommt hierher.»

«Marek kommt? Wann?»

«Er sagte, am Sonntag. Sonntagabend. Er muss sich allerdings erst den Besuch genehmigen lassen, vermutlich werden Sie sich also bis mindestens Montag gedulden müssen.»

Marek kam! Sie schloss kurz die Augen, um dieses Gefühl der Erleichterung auszukosten. Marek würde den Leuten erklären, dass sie Hannah Marcks war. Im Erklären war er schon immer gut gewesen, viel besser als sie.

«Ms. Jones.»

Liza Mendez' Stimme riss sie aus ihrer kurzen Flucht. Sie schaute demonstrativ auf ihre Armbanduhr. Hannah wollte gerade den Mund aufmachen, um sie zu bitten, sie nicht Ms. Jones zu nennen, doch Mendez kam ihr zuvor. «Das FBI will mit Ihnen sprechen. Ich rate Ihnen, von Ihrem Aussageverweigerungsrecht Gebrauch zu machen.»

«Wieso?» Sie lachte spöttisch. «Könnte ich mich sonst so richtig in die Scheiße reiten? Ich finde, ich sitze schon ziemlich tief drin.»

Liza Mendez zuckte die Achseln. «Wie Sie meinen. Aber in der Regel ist Schweigen die bessere Alternative.»

Wenn man etwas zu verbergen hatte, dann vielleicht. Aber sie hatte nichts zu verbergen, im Gegenteil. Sie wandte den Blick ab.

«Na, dann wollen wir mal», sagte Taylor und betrat entschlossen das Vernehmungszimmer. Mullen folgte ihm. Da die Verdächtige in den letzten beiden Tagen von den Tabletten noch reichlich benommen gewesen war, würden sie heute noch einmal ihr Glück versuchen. Mullen bezweifelte, dass sie Elsa Jones jemals zu einem Geständnis würden bewegen können, weder heute noch in der Zukunft, aber er war gespannt, ob sie weiterhin an der Behauptung festhalten würde, Hannah Marcks zu sein.

Sein Blick fiel auf die Bilder, die auf dem Tisch lagen. Er schaute von Mendez zu Jones und hatte den Eindruck, dass die beiden sich geflissentlich zu ignorieren schienen. Sehr gut. Wenn Anwältin und Mandantin sich nicht ausstehen konnten, hätten Taylor und er ein umso leichteres Spiel.

Jones blickte von ihm zu Taylor. Sie sah wacher aus als in den letzten Tagen, offenbar hatte die Wirkung der Tabletten endlich nachgelassen. Sie trug frische Kleidung, wenn auch nur die graue Gefängniskluft, und sie hatte die Haare aus dem Gesicht gestrichen. Die Prellung an der Schläfe schillerte blaulila, aber die Wunde an der Lippe schien gut zu verheilen.

Taylor zeigte auf die Fotos auf dem Tisch. «Nun, Ms. Jones? Haben Sie uns dazu etwas zu sagen?»

«Ich bin nicht Ms. Jones.»

Mullen verdrehte die Augen. Taylor seufzte.

«Ms. Jones, wann sehen Sie endlich ein, dass Sie damit nicht weiterkommen?» Mullen meinte fast, einen Hauch von Mitgefühl aus Taylors Stimme herauszuhören. «Das Einzige, was Ihnen jetzt noch irgendetwas nützt, ist ein Geständnis. Umfassend und ausführlich.»

«Ich kann nicht etwas gestehen, das ich nicht getan habe.» Sie klang ruhig und fest.

«Diese Bilder zeigen Sie dabei, wie Sie zwei Menschen erschießen, und Sie streiten es immer noch ab?»

Jones holte tief Luft. «Diese Fotos sind manipuliert worden, zumindest dieses hier.» Sie tippte auf das Bild, das ihr Gesicht in Großaufnahme zeigte. Wegen der Handschellen musste sie beide Hände dafür anheben, was ihrer Geste unwillkürlich etwas Hilfloses verlieh.

«Machen Sie sich doch nicht lächerlich!»

Ihre Augen wurden schmal. «Haben Sie noch nie etwas von Photoshop gehört? Solche Manipulationen sind längst ein Kinderspiel.» Sie deutete auf das Foto, das inzwischen jeder Mensch kannte, dann blickte sie auf und musterte Taylor scharf. «Haben

Sie den Fotografen befragt? Ich habe diese beiden Menschen nicht erschossen, wenn er das sagt, dann lügt er.»

Taylor ließ sich mit der Antwort Zeit. «Die Fotos wurden der Zeitung anonym zugesandt», räumte er schließlich ein.

«Ach», sagte sie gedehnt, «und das hat niemanden stutzig werden lassen?»

Widerwillig musste Mullen zugeben, dass sie recht hatte. Natürlich suchten sie fieberhaft nach dem Fotografen, der ja auch ein wichtiger Tatzeuge war, und solange sie den Mann oder die Frau nicht fanden, blieben diese Bilder eine Schwachstelle in der Beweisführung – auch wenn der Gutachter des FBI zu dem Schluss gekommen war, dass die Aufnahmen nicht manipuliert worden waren. Doch die Gegenseite brauchte nur einen zweiten Gutachter hinzuzuziehen, der das Gegenteil behauptete, und schon hatten sie den Salat. Dann käme es allein darauf an, welcher Sachverständige vor Gericht den besseren Eindruck auf die Geschworenen machte.

Taylor lehnte sich zurück und musterte die Frau aufmerksam. «Und was ist Ihrer Meinung nach wirklich geschehen?»

Jones sah ihn an, als versuche sie herauszufinden, inwieweit er die Frage ernst meinte. «Jemand anders hat diese beiden Menschen erschossen. Vermutlich die echte Elsa Jones. Ich weiß nicht, wo ich zu dem Zeitpunkt war, aber ich gehe davon aus, dass man mich entführt hat.»

«Man hat Sie entführt? Vor dem 4. September?»

«Ja, eine andere Erklärung gibt es nicht.»

Mullen verkniff sich ein spöttisches Auflachen und sah kurz zur Anwältin hinüber. Liza Mendez schenkte dem Märchen ihrer Mandantin anscheinend ebenso wenig Glauben wie er. Taylor hingegen spielte den aufrichtig Interessierten bis zur Perfektion.

«Und dann hat man Sie bis zu Ihrer Festnahme gefangen gehalten?»

«Ja.»

«Können Sie sich an irgendetwas erinnern?»

«Nein. Ich nehme an, man hat mich unter Drogen gesetzt.»

Taylor sah die Frau ernst an. «Und Sie können sich wirklich an nichts erinnern?»

Sie schüttelte den Kopf. «Das Letzte, woran ich mich erinnere, ist der Morgen des 3. September. Ich stand mit dem Wohnmobil auf einem Parkplatz direkt am Strand, nördlich von San Francisco. Da waren ein Mann und ein weißer Lieferwagen. Mehr weiß ich nicht.» Sie holte tief Luft. «Jemand muss mich entführt und einen Führerschein mit meinem Foto erstellt haben.»

«Und dann hat man Sie in das Motelzimmer gebracht und Ihnen die Tabletten und den Alkohol eingeflößt?», fragte Taylor.

Jones musste den zweifelnden Unterton in seiner Stimme gehört haben, denn sie lehnte sich zurück und musterte ihn nachdenklich. Ihre nächsten Sätze waren ein für Mullen unverständliches Kauderwelsch. Als sie seine und auch Taylors Verwirrung sah, fügte sie auf Englisch hinzu: «Sie wundern sich, weil ich Deutsch spreche? Nun, da ich Deutsche bin, ist das eigentlich nichts Besonderes.» Sie betonte ihren Oxford-Akzent in übertriebener Weise. «Und ist Ihnen auch nie aufgefallen, dass ich kein amerikanisches, sondern britisches Englisch spreche?» Sie schaute von einem zum anderen, ein leichtes Triumphgefühl schien in ihrem Blick zu liegen.

Spöttisch verzog Mullen den Mundwinkel. «Nun, Ms. Jones, uns ist durchaus bekannt, dass Sie bereits während der Schulzeit ein gewisses schauspielerisches Talent haben erkennen lassen.» Er sprach spitz und akzentuiert im besten britischen Upperclass-Englisch. «Sprachen kann man erlernen, Akzente nachahmen. Ihre Sprachkünste beweisen gar nichts.»

Wütend starrte sie ihn an, als habe er sie bei einer Lüge ertappt. Dann wandte sie den Blick ab, beugte sich vor und redete eindringlich auf Taylor ein. «Hören Sie, Sie haben die Falsche verhaftet. Ich bin *nicht* Elsa Jones. Mein Bruder kommt hierher, er wird Ihnen das bestätigen.»

Zum ersten Mal seit Beginn der Vernehmung sah sie ihre Anwältin an. «Ms. Mendez hat gestern mit ihm telefoniert. Marek hat mich auf den Fotos im Internet erkannt.»

Taylor runzelte die Stirn. «Sie haben einen Bruder?», fragte er, als würde diese Tatsache ihn überraschen.

«Stiefbruder, um genau zu sein.»

«Und er kommt her und bringt Papiere mit, die Ihre Identität belegen?»

Jones zögerte einen Moment, dann blickte sie erneut zu Mendez. Als diese nichts sagte, erklärte sie: «Mein Haus in Deutschland ist gestern Vormittag abgebrannt. Und mit ihm sämtliche Papiere.»

Taylor sah die Anwältin fragend an.

Liza Mendez nickte. «Das hat Mr. Lukow zumindest erzählt. Mehr weiß ich auch nicht.»

Mullen verschränkte die Arme vor der Brust und beobachtete Elsa Jones. Merkwürdig war das schon. Dass sie behauptete, jemand anders zu sein, ließe sich ja noch damit erklären, dass sie hoffte, auf diese Weise ihren Kopf aus der Schlinge ziehen zu können. Aber dass ausgerechnet das Haus der Frau niederbrannte, die zu sein sie vorgab?

«Warum weigern Sie sich so kategorisch, auch nur in Erwägung zu ziehen, ich könnte die Wahrheit sagen?», fragte Jones und blickte von Taylor zu Mullen und wieder zurück.

«Weil es absurd ist», antwortete Mullen. «Warum sollte jemand sich so viel Mühe geben, Sie in den Knast zu bringen?»

Die Frau sah ihn direkt an. «Vermutlich sollte ich gar nicht hier sitzen. Wenn ich die Tabletten nicht wieder ausgekotzt hätte …» Sie holte tief Luft.

«… dann hätten Sie sich Ihrer gerechten Strafe entzogen.»

«… dann würden Sie Elsa Jones jetzt für tot halten und nicht weiter nach ihr suchen.»

Mullen musterte sie stumm. Eine gewisse Logik war diesem Gedanken nicht abzusprechen, aber der Aufwand, der mit solch einer Inszenierung verbunden wäre, sprach einfach dagegen. Er warf Taylor einen raschen Blick zu. Nachdenklich kaute der an der Unterlippe.

Die Frau schien zu spüren, dass sie zumindest einen Hauch von Zweifel gesät hatte, und ihre Stimme wurde fester. «Ich sage die Wahrheit. Ich weiß nicht, was passiert ist, aber jemand hat mir meine Identität gestohlen. Jemand hat mich entführt und unter Drogen gesetzt. Jemand hat meine Papiere gestohlen und ist damit nach Frankfurt geflogen. Mein Haus ist abgebrannt, und zu allem Überfluss wurde auch noch eine Leiche darin gefunden. Ich habe …»

Mullen unterbrach sie. «Warten Sie, wie war das mit der Leiche?»

Diesmal erklärte Liza Mendez, was sie von diesem angeblichen Stiefbruder erfahren hatte. «Die Polizei geht davon aus, dass es sich bei der Toten um Hannah Marcks handelt», schloss sie.

Die Verdächtige war blass geworden. «Das muss jemand anders sein», flüsterte sie. «Ich bin nicht tot. Ich sitze hier vor Ihnen, ich bin Hannah Marcks! Ich lüge nicht, und ich habe auch niemanden umgebracht!»

6. KAPITEL

Special Agent Dan Mullen keuchte vor Anstrengung, als er mit hohem Tempo am Ufer des Colorado entlanglief und dabei immer wieder anderen Joggern, Spaziergängern und Radfahrern auswich. Der Schweiß lief ihm über die Stirn, sein T-Shirt klebte am Rücken, und seine Muskeln schmerzten. Doch nach dem stundenlangen Eingesperrtsein im tristen Vernehmungszimmer tat es gut, sich richtig auszupowern.

Vom Fluss strich eine kühle Brise über sein Gesicht. Mullen bog links ab, um entlang der Eisenbahntrasse zu seinem Hotel zurückzulaufen. Dass ein Verdächtiger seine Unschuld beteuerte und dafür die absurdesten Theorien ins Feld führte, kam häufig vor, aber selten geschah das mit einer solchen Beharrlichkeit, wie er es heute bei Elsa Jones erlebt hatte.

Als sie das Bezirksgefängnis verlassen hatten, hatte er Taylor gegenüber sogar den Verdacht geäußert, sie könnte möglicherweise unzurechnungsfähig sein. «Ich meine, sie scheint ja vollkommen von dem überzeugt zu sein, was sie uns da auftischt», hatte er gesagt und dann hinzugefügt: «Vielleicht sollten wir ein psychiatrisches Gutachten einfordern.» Er wusste, wie wenig Taylor davon hielt. Jeder, der ein Verbrechen begangen hatte, gehörte seiner Ansicht nach dafür bestraft, egal, ob er gewusst hatte, was er tat, oder nicht. Straftäter in die Psychiatrie einzuweisen und dort «zu verhätscheln», wie Taylor es nannte, grenzte in seinen Augen schon fast an Strafvereitelung. Unter Umständen, spann Mullen den Gedanken weiter, hatte Jones auch genau das im Sinn: Sie spielte die Bekloppte, um nicht in der Todeszelle zu landen.

Doch Taylor war gar nicht näher auf den Vorschlag mit dem Gutachten eingegangen, sondern hatte stattdessen gefragt: «Wie hieß dieser Kerl noch, der angebliche Stiefbruder?»

«Marek Lukow.»

«Vielleicht sollten wir den im Auge behalten. Für alle Fälle.»

«Und was ist mit Hannah Marcks?», hatte Mullen nachgehakt. «Ich meine, mit der echten Hannah Marcks in Deutschland? Irgendwie muss Jones ja auf ihren Namen gekommen sein. Vielleicht kennen sich die beiden, dann könnte Hannah Marcks eine Komplizin sein.» Oder eine wichtige Zeugin, deren verkohlte Überreste jetzt irgendwo in Übersee in einem Leichenschauhaus lagen.

Taylor hatte eine Weile geschwiegen und schließlich genickt. «Okay. Ich setze Kathy darauf an. Sie soll sich mit der Polizei in Deutschland in Verbindung setzen und herausfinden, was es mit diesem Brand und der Leiche auf sich hat.»

Unter der Dusche drehte er abwechselnd den Heiß- und Kaltwasserhahn auf. Nach einer Viertelstunde hatten sich die überanstrengten Muskeln gelockert, und er fühlte sich angenehm ausgepowert, doch seine Gedanken kamen nicht zur Ruhe. *Man hat mir meine Identität gestohlen.* Mullen war sich sicher, dass sie die echte Elsa Jones hatten, trotzdem nagte dieser Satz an ihm. Identitätsdiebstahl kam in der Tat häufig vor, aber in diesem Fall hätten sie es ja weniger mit einem Diebstahl zu tun, sondern … Gab es überhaupt ein Wort dafür, einem Menschen eine Identität überzustülpen wie einen neuen Pullover? Wie wahrscheinlich war es, dass man mit so etwas durchkäme?

Absolut unwahrscheinlich, entschied Mullen, als er aus der Dusche stieg und sich abtrocknete. Was wiederum dafür sprach, dass die Frau, die er vor zwei Tagen verhaftet hatte, Elsa Jones war. Mullen nahm sich ein Bier aus der Minibar und trat hinaus auf den winzigen Balkon seines Hotelzimmers. Direkt unter ihm staute sich der Verkehr auf der breiten Hauptverkehrsstraße, doch dahinter lag eine ausgedehnte Grünanlage, die sich bis zum Fluss erstreckte. Das Bier rann angenehm kühl durch seine Kehle, die Abendluft war mild und warm.

Auf dem Nachttisch im Zimmer klingelte sein Handy. Er schaute auf das Display und seufzte.

«Hi Zara», meldete er sich.

«Hi Dan.» Ihre tiefe Stimme ertönte direkt an seinem Ohr, als stünde sie neben ihm. Er schloss die Augen, ließ sich einen Moment von diesem melodischen Alt umhüllen und stellte sich vor, ihr Parfüm einzuatmen. Doch schon die nächsten Worte oder besser die kühle Distanziertheit, die in der Stimme mitschwang, verwischte die Erinnerung an bessere Zeiten. «Wie war dein Tag?»

«Anstrengend. Wir haben Jones vernommen.» Stundenlang hatte Taylor sie ihre Lügengeschichte erzählen lassen, beinahe minuziös hatte sie ihnen aufgelistet, wann sie sich in den letzten drei Monaten wo aufgehalten hatte. Schon bei der ersten Vernehmung am Donnerstag war ihm aufgefallen, dass sie die genauen Entfernungsangaben zwischen den Orten heruntergerasselt hatte, dazu die Namen sämtlicher Leute, mit denen sie mehr als drei Worte gewechselt hatte. Als hätte sie diese Fakten auswendig gelernt.

Er war so in Gedanken versunken, dass ihm Zaras Schweigen erst jetzt auffiel. «Zara?»

Sie holte tief Luft. «Weißt du schon, wann du wieder nach Hause kommst?» Es gelang ihr nicht, den scharfen Unterton zu unterdrücken, aber vielleicht wollte sie es auch gar nicht.

«Nein.»

Sie schwieg, und dieses Schweigen sagte mehr als jedes Wort. Er starrte zur Decke empor. Die weißen Paneele waren zu einem schmutzigen Grau nachgedunkelt, der Lampenschirm hing schief an einem Kabel voller Fliegenschiss. Seit Anfang des Jahres, seit dem Mord an Julia Michaels und Clark Mansion, war er nur selten zu Hause in Washington gewesen, vielleicht ein, zwei Tage am Wochenende, vorausgesetzt, er befragte keine Zeugen oder ging Hinweisen nach, von denen sich die meisten dann doch nur als falsche Fährten entpuppten. Seit einem halben Jahr lebte er praktisch in Hotels, und seine Beziehung zu Zara bestand im Grunde nur noch aus Telefonaten. Wenn ihre Ehe ein engmaschiges Netz aus Zuneigung, Leidenschaft und gemeinsamen Träumen und Sehnsüchten gewesen wäre, hätte dieses Netz die Zeit der Trennung vielleicht auffangen können. Doch schon bevor er sich auf die Jagd nach Elsa Jones gemacht hatte, hatte es nur noch wenig Verbindendes zwischen ihnen gegeben, zu unterschiedlich waren ihre Vorstellungen von dem, was im Leben zählte. Und je länger er fort war, desto mehr Fäden rissen, desto löchriger wurde das Netz, von dem beide einmal gedacht hatten, es sei für die Ewigkeit gewebt. Er wollte Zara gerne etwas Tröstliches sagen, doch er merkte, dass er bereits zu lange geschwiegen hatte. Genau wie sie.

Nachdem sie aufgelegt hatten, setzte er sich mit einem Bier wieder auf den Balkon, doch abschalten konnte er immer noch nicht. Die letzte Woche war anstrengend gewesen, aber es hatte sich gelohnt. Sein Einsatz in den vergangenen Monaten würde seiner Karriere gewiss nicht schaden.

Dabei war es nur dem Zufall zu verdanken, dass er jetzt der Held der Nation war. Am Montag war er nach Austin geflogen, um die Ermittlungen zum Mord an Malcolm und Samantha Wheeler zu koordinieren, daher war er Donnerstagmorgen zur Stelle, als bei der Hotline die Meldung einging, ein Zeuge habe Elsa Jones im Sutton County in Texas erkannt, in einem gottverlassenen Motel an der Interstate 10, dreihundert Meilen westlich von Austin. Es war die bislang wichtigste und spektakulärste Festnahme in seiner Laufbahn gewesen, und er empfand immer noch

Stolz, wenn er an Taylors lobende Worte vor dem versammelten Team dachte.

Heuchler, meldete sich eine leise Stimme im Hinterkopf. Mit achtzehn schwer bewaffneten Männern eine von Medikamenten halb betäubte Frau festnehmen – was für ein Kunststück! Missmutig verzog er das Gesicht. Die Stimme hatte nicht ganz unrecht.

Trotzdem, es war ein gutes Gefühl, endlich das Phantom gefasst zu haben, nach dem das FBI seit fünf Jahren fieberhaft fahndete. Die ersten Morde, die Elsa Jones mittlerweile zugeschrieben wurden, lagen sogar noch weiter zurück. 2002 wurde Judith Beckett umgebracht, eine bekannte schwarze Sozialwissenschaftlerin, die sich für den Ausbau des Sozialsystems und die Lockerung der Einwanderungsgesetze einsetzte. Sie wurde auf dem Heimweg von der Universität in Chicago in ihrem Auto erschossen, als sie mit offenem Fenster an einer Ampel wartete. Zeugen gab es keine. Zwei Jahre später starb in Arizona Walter Cheltham, ein Anwalt, der hauptsächlich von der Abschiebung bedrohte illegale Immigranten verteidigte und selbst mit einer Mexikanerin verheiratet war. Auch er wurde in seinem Auto erschossen. Es folgten Alicia Brights, 2005 in Kalifornien, Felipe Alonso, 2006 in New Mexico, und Jeff Morgan, ebenfalls 2006 in New Jersey. Alle Opfer waren liberale Anwälte oder Intellektuelle, und alle traten öffentlich für die Rechte von Minderheiten ein. Alle wurden erschossen, Felipe Alonso in seinem Garten, Jeff Morgan, als er am Abend nach Hause kam, und Alicia Brights traf es morgens beim Joggen im Wald.

Die Opfer lebten über das ganze Land verstreut, und die Ermittlungen wurden von den örtlichen Sheriffs nicht immer den neusten Erkenntnissen der Polizeiarbeit und den Vorschriften entsprechend geleitet, um es diplomatisch auszudrücken. So versäumten es zum Beispiel die zuständigen Ermittler der Morde an Walter Cheltham, Alicia Brights und Felipe Alonso, die verwendeten Kaliber und die genaueren Tatumstände an das zentrale Register des FBI zu melden. Erst bei dem Mord an Jeff Morgan erfolgte die nächste Meldung. Der Literaturprofessor war mit derselben Waffe erschossen worden wie die Sozialwissenschaftlerin Judith Beckett vier Jahre zuvor. Das FBI schickte einen dringenden Aufruf an alle Polizeidienststellen, und siehe da, die ballistischen Untersuchungen ergaben, dass mindestens drei weitere Morde mit ein und derselben Waffe begangen worden waren. Alle Patronen des Kalibers .223 wiesen dieselben Laufspuren auf. Sobald diese Verbindung zwischen den Morden hergestellt war, übernahm das FBI die Ermittlungen, doch ohne Zeugen und ohne weitere Spuren kam auch Taylors Team nicht weiter. Bei keinem der Verbrechen war der Täter näher als einhundertfünfzig Meter an das Opfer herangekommen. Man versuchte, das Leben der Opfer in den letzten Tagen und Wochen vor den Morden zu rekonstruieren, denn es war davon auszugehen, dass alle vor ihrem Tod beobachtet worden waren, um in ihrem gewohnten Tagesablauf den geeigneten Moment für den Anschlag zu finden. Eine Nachbarin von Alicia Brights gab an, in den Wochen vor deren Tod häufiger einen roten Pick-up vor dem Haus gesehen zu haben, und ein Kollege von Jeff Morgan war sich sicher, zwei Tage vor dem Tod des Literaturprofessors beobachtet zu haben, wie dieser von einer Frau mit braunen Haaren verfolgt wurde. Er hatte sie für eine verliebte Studentin gehalten, gab er zu Protokoll, und dass er Morgan am nächsten Tag damit aufgezogen habe, doch dieser wusste nichts von einer Frau, die ihm nachstellte. Jeff Morgan lebte offen schwul, Frauen interessierten ihn nicht. Nach der Beschreibung des Kollegen wurde vom Zeichner des FBI ein Phantombild der Frau erstellt. Wie alle Phantombilder hatte es nur wenig Ähnlichkeit mit Elsa Jones, trotzdem war es eine erste Spur, auf die die Medien sich stürzten wie eine hungrige Meute auf einen Hasen. Bisher war man von einem Einzeltäter ausgegangen, von einem

Mann, wie bei so gut wie allen Serienmorden, bei denen Schusswaffen verwendet wurden. Doch hier war anscheinend eine Frau mit im Spiel. War sie eine Komplizin? Oder gar die Täterin? Eine Serienmörderin! Als die Veröffentlichung des Phantombilds keine Ergebnisse brachte, kühlte das Medieninteresse zunächst wieder ab.

Das Morden jedoch ging weiter. 2007 wurde Allan Springs, der sich für die Schließung des Gefangenenlagers Guantanamo einsetzte, in Florida erschossen. 2008 folgte Mohammed Ben'Ali, ein Anwalt, der mehrere Gefangene in Guantanamo vertrat. Diese beiden waren die einzigen Opfer, die sich nachweislich gekannt hatten. Beide wurden auf dem Weg zur Arbeit erschossen, in ihren Leichen fand man .223er-Patronen mit den bereits bekannten Laufspuren. Wieder gab es keine Zeugen, und der Druck auf Taylors Team wuchs. Sieben Morde in sechs Jahren, und der einzige vage Hinweis war die Phantomzeichnung einer braunhaarigen Frau. Taylors Team konzentrierte sich bei seiner Suche auf Angehörige der Armee oder Polizei sowie Mitglieder der NRA, die als gute Schützen aufgefallen waren, doch das war nicht mehr als ein Stochern im Nebel.

2009 wurde in Virginia die Vorsitzende der örtlichen Sektion von Amnesty International, Elaine Rotham, bei einem Spaziergang im Park erschossen. Wieder wies die Patrone dieselben Laufspuren auf wie bei den anderen Opfern, doch es gab einen Zeugen, der eine braunhaarige Frau gesehen hatte, die nach den Schüssen eilig den Park verlassen habe und in einem roten Pick-up davongefahren sei. Mullen selbst hatte mit dem Mann gesprochen und ihm auch das Phantombild vorgelegt, doch der Zeuge konnte die Frau dem Bild nicht mit Sicherheit zuordnen. 2010 fand nach den bisherigen Erkenntnissen kein Mord statt, der in die Serie passte, doch am 3. Februar 2011 wurde Julia Michaels in Atlanta, Georgia, erschossen. Sie hatte als Hauptrednerin auf einer Demonstration gegen die National Rifle Association gesprochen. Nach der Kundgebung wurde sie aus hundertachtzig Meter Entfernung getötet, mit zwei gezielten Schüssen aus einer .223-kalibrigen Waffe. In unmittelbarer Nähe zu der Stelle, wo der Schütze gestanden hatte, wurde die Leiche des Police-Officers Clark Mansion gefunden. Er starb durch drei Kugeln aus einer Pistole vom Kaliber 9 mm. Vom Täter fehlte jede Spur, doch es gab wieder einen Zeugen. Und, noch besser, dieser Zeuge hatte die Täterin erkannt.

Major Keith Helling war vor fünf Jahren aus dem aktiven Dienst bei der Armee ausgeschieden und stand der örtlichen Sektion der NRA vor. An jenem 3. Februar ging er zu der Demonstration der Waffengegner, um sich «über den Feind zu informieren», wie er später aussagte, als er am Rand der Menschenmenge Elsa Jones erkannte. Bis zu ihrer Entlassung aus der Armee im Jahre 1999 war er ihr Vorgesetzter gewesen, und obwohl seitdem zwölf Jahre vergangen waren, erkannte er die Frau auf Anhieb. Sie war immer noch schlank und drahtig, das braune Haar war zu einem Pferdeschwanz zurückgebunden. Laut Aussage des Majors war sie in Begleitung eines Mannes gewesen, doch keiner der Zeugen, die man später befragte, konnte diese Aussage bestätigen. Major Helling erinnerte sich gut an Elsa Jones, die eine ausgezeichnete Soldatin gewesen war, und beobachtete sie neugierig aus der Ferne. Als ehemaliger Offizier erkannte er sofort, ob jemand nur zum Vergnügen irgendwo entlangschlenderte oder ob er das Terrain auskundschaftete. Die Art, wie Elsa Jones sich bewegte, ließ ihn stutzig werden. Dieser leicht federnde, lauernde Gang, diese aufmerksamen Blicke, die unauffälligen Zeichen, die sie ihrem Begleiter gab. Major Helling, der nach einem Herzinfarkt gesundheitlich immer noch angeschlagen war, sah einen Police-Officer, informierte ihn über seine Beobachtung und riet dem Mann, sicherheitshalber Verstärkung anzufordern. Doch Clark Mansion zweifelte an der Urteilskraft des Majors, der keuchte wie ein altes

Walross und älter aussah, als er war – eine Entscheidung, die er mit dem Leben bezahlte. Man vermutete, dass er Elsa Jones folgte und beobachtete, wie sie – oder ihr möglicher Begleiter – Julia Michaels erschoss. Als Mansion entdeckt wurde, musste er ebenfalls sterben.

Nach diesen beiden Morden und den Beobachtungen des Majors lag der Verdacht nahe, dass sie es nicht mit einer Einzeltäterin zu tun hatten, sondern dass mindestens zwei, wenn nicht noch weitere Personen hinter der Mordserie steckten. Für Mullen lag es auf der Hand, einen terroristischen Hintergrund zu vermuten, schon allein die Auswahl der Opfer sprach dafür. Doch Taylor wiegelte ab. Terroristen wollten Angst und Schrecken verbreiten, sie wollten auf ihre Taten und Ziele aufmerksam machen und bekannten sich zu ihren Taten. Elsa Jones hingegen war zehn Jahre lang unentdeckt geblieben, und der Modus Operandi entsprach eher dem eines Serienmörders. Oder, in diesem Fall, einer Serienmörderin.

Mullen holte sich noch eine Dose Bier aus der Minibar. Der kleine Klappstuhl auf dem Balkon knarzte, als er sich darauf niederließ. Er lehnte den Kopf zurück und schloss die Augen. Er konnte sich noch gut an das hektische Frühjahr erinnern. Der Großteil des Teams war nach Atlanta beordert worden, und sie hatten Tag und Nacht fieberhaft gearbeitet. Major Helling hatte Elsa Jones zwar auf den Videobändern einer Überwachungskamera identifiziert, doch da man nicht mehr als ein paar schemenhafte Gesichtszüge erkennen konnte, waren die Bilder für die Fahndung unbrauchbar. Von ihrem Begleiter ließen sich überhaupt keine Aufnahmen finden, was Taylor zu der Bemerkung veranlasste, dass auf den alten Major vielleicht doch nicht mehr hundertprozentig Verlass sei.

In den Folgemonaten stürzten sich die Ermittler und die Medien auf alle Informationen über Elsa Jones, derer sie habhaft werden konnten, doch zu ihrer eigenen Überraschung fanden sie nicht viel. Die Frau wurde 1977 in einem winzigen Kaff in der Nähe von Birmingham, Alabama, geboren. Mit achtzehn ging sie zur Armee, vier Jahre später, 1999, nahm sie ihren Abschied – und war seitdem quasi verschwunden. Beide Eltern waren tot, Geschwister oder sonstige Verwandte gab es keine. Mullens Team fuhr nach Alabama und befragte alte Nachbarn, Lehrer, Schulfreunde. Heerscharen von Journalisten folgten ihnen, und wochenlang wurde Elsa Jones' Lebensgeschichte oder zumindest der Teil, der davon bekannt war, in aller Ausführlichkeit in den Medien breitgetreten. In ihrem Heimatort konnten sich die meisten Menschen zwar noch an Elsa Jones erinnern, aber nachdem sie zur Armee gegangen war, hatte sie niemand mehr gesehen oder etwas von ihr gehört. Allerdings erzählte ihm praktisch jeder, dass Elsa schon immer etwas gegen «Nigger und sonstiges Pack» gehabt habe, wie der Pächter der Tankstelle es ausdrückte.

«Kein Wunder, bei den Eltern», hatte Elsas ehemalige Lehrerin Ms. Bishop erklärt. «Ihr Vater war in den sechziger Jahren einer der Anführer des Ku-Klux-Klan in Birmingham gewesen, und seine Frau hatte die Gruppe nach Kräften unterstützt. Sie schleppten Elsa schon als Kleinkind zu ihren Treffen mit, und ab ihrem siebten Geburtstag veranstaltete ihr Dad mit seinen Kumpanen jeden Sommer so eine Art paramilitärisches Ferienlager, wo die Kinder Tag für Tag Krieg spielen mussten.» Ms. Bishop hatte den Kopf geschüttelt. «Jedes Mal, wenn Elsa nach den Ferien wieder in die Schule kam, gab es erst einmal Ärger. Den ganzen Sommer über hatte sie nur gehört, dass Schwarze minderwertig und Einwanderer aus Mexiko der Untergang des weißen Amerikas seien, und dann saß sie plötzlich in einer Klasse, in der die Hälfte der Mitschüler schwarz war. Ich weiß nicht mehr, wie oft sie sich geprügelt hat, aber sie war mehr als einmal kurz davor, von der Schule zu fliegen.»

«Das klingt ja eher nach einem Jungen als einem Mädchen», hatte Mullen angemerkt.

«Ja, da haben Sie recht», hatte die Lehrerin erwidert. «Robert und Mary Jones wollten unbedingt einen Jungen haben, aber Elsa blieb ihr einziges Kind. Also machten sie aus ihr einfach einen Sohn.» Nachdenklich hatte die Frau ihn angesehen. «Aber ich glaube, Elsa hat sich in dieser Rolle ganz wohl gefühlt. Barbiepuppen und rosa Schleifchen im Haar hätten einfach nicht zu ihr gepasst.»

Mullen legte ihr das Bild vom Überwachungsvideo aus Denver vor. «Ist sie das?»

Anne Bishop setzte sich ihre Lesebrille auf, betrachtete das Foto aufmerksam und wiegte unschlüssig den Kopf. «Ich weiß nicht recht. Sie müssen bedenken, dass ich Elsa seit sechzehn Jahren nicht mehr gesehen habe. In der Zeit kann sich ein Mensch sehr verändern. Aber warten Sie», sagte sie plötzlich und ging zu einem alten Schrank aus dunklem Mahagoni, «ich muss hier irgendwo noch das Jahrbuch von ihrem Abschlussjahr haben, das muss 1994 oder 1995 gewesen sein.»

«1995 ist sie zur Armee gegangen», sagte Mullen.

«Dann muss es das hier sein.» Ms. Bishop zog ein typisches Highschool-Jahrbuch aus dem Schrank und blätterte bis zu den Bildern des Abschlussjahrgangs. Sie tippte auf eines der kleinen Schwarz-Weiß-Bilder. «Das ist sie.»

Was Mullen als Erstes auffiel, waren der trotzige Blick und die zusammengepressten Lippen der jungen Frau. Achtzehn Jahre war sie damals alt gewesen, aber nicht einmal für das Abschlussfoto hatte sie sich Mühe mit ihrem Äußeren gegeben. Die Haare waren kurz geschnitten, sie trug ein einfaches, dunkles T-Shirt und weder Schmuck noch Make-up.

«Ms. Bishop, wissen Sie, mit wem Elsa damals befreundet war? Hatte sie einen festen Freund?»

Die alte Lehrerin runzelte die Stirn. «Freundinnen hatte sie, soweit ich weiß, nie. Sie verbrachte ihre Zeit lieber mit den harten Jungs. Es gab da so eine Clique, in der das Mädchen praktisch das Sagen hatte. Die waren natürlich alle weiß, und sie teilten Elsas Ansichten über Schwarze. Beziehungsweise die Ansichten ihres Vaters.»

Ms. Bishop rieb sich die Arme, als sei ihr auf einmal kalt, obwohl es in dem kleinen Wohnzimmer stickig heiß war.

«Das waren schon ziemlich harte Brocken», sagte sie. «Drei von denen sind im Knast gelandet, einer hat sich im Rausch totgefahren, und Billy Williams schlägt sich als Gelegenheitsarbeiter durch.» Ihre Miene hellte sich auf. «Nein, warten Sie, Matthew Donaldson, der ist ebenfalls zur Armee gegangen, und soweit ich weiß, ist aus ihm ein ganz ordentlicher Kerl geworden.»

Mullen notierte sich die Namen der Jungen, aber er hatte wenig Hoffnung, dass einer von ihnen noch Kontakt zu Elsa Jones hatte. Er verabschiedete sich von Ms. Bishop, die ihn traurig ansah und sagte: «Wissen Sie, mir tut es so leid um all die armen Menschen, die Elsa getötet hat, aber … ich bin eigentlich nicht überrascht. Normalerweise denkt man ja immer, die Menschen, die man persönlich kennt, würden nie so etwas Schreckliches tun. Aber bei Elsa ist das etwas anderes. Sie war schon immer so kalt», schloss sie. «Kalt und hart.»

7. Kapitel

Als die Luke mit einem lauten Klappern geöffnet wurde, war Hannah bereits wach und lag zusammengerollt auf der Pritsche. Vor einer halben Stunde waren die Neonröhren mit einem lauten Summen angesprungen und hatten den Tag für sie eingeläutet, den vierten Tag ihrer Gefangenschaft.

«Jones, Frühstück.»

«Ich bin nicht Elsa Jones», antwortete sie, aber nicht so laut, dass die Frau draußen es hätte verstehen können. Sie erhob sich, ging zur Tür und nahm Plastikteller und Pappbecher entgegen. Die Luke wurde zugeknallt.

Langsam ging sie zu dem kleinen Tisch und stellte den Teller ab. Die gleiche Pampe wie am Vortag starrte ihr entgegen. Sie starrte zurück, und ihr knurrender Magen verzog sich wie ein winselnder Köter in eine stille Ecke. Seufzend zwang sie sich, ein paar Löffel von dem Brei herunterzuwürgen. Der Köter würde garantiert bald wieder angekrochen kommen. Seit ihrer Verhaftung war ein nagender Hunger fast schon zum Dauerzustand geworden.

Heute war Sonntag. Heute würde Marek kommen.

Noch nie hatte sie sich so gefreut, ihn zu sehen, dabei war er der wichtigste Mensch in ihrem Leben. Aber das hatte nicht viel zu bedeuten, nicht bei ihr.

Als Ms. Gallagher kam, um das Geschirr abzuholen, fragte sie, wann es Mittagessen gebe. «Um eins», lautete die brummige Antwort. Frühstück gab es um acht Uhr, wie sie inzwischen herausgefunden hatte, jetzt mochte es also halb neun sein. Blieben viereinhalb lange Stunden, die sie irgendwie totschlagen musste.

Am Vortag hatten Taylor und Mullen sie mehrere Stunden lang verhört. Liza Mendez hatte die ganze Zeit gelangweilt danebengesessen, Löcher in die Luft gestarrt oder mit ihrem Smartphone gespielt. Taylor ließ sich haarklein schildern, was sie in den letzten drei Monaten getrieben hatte. Er sprach sie nie direkt mit Namen an, aber es war schon eine Wohltat, von ihm nicht «Ms. Jones» genannt zu werden. Er war weit davon entfernt, ihr Hoffnung zu machen oder auch nur zu signalisieren, dass er ihr glaubte, aber immerhin hörte er ihr zu und ließ sie erzählen.

Mullen dagegen hatte ihr gegenüber eine schon fast persönliche Feindseligkeit ausgestrahlt, die sie sich nicht erklären konnte. Und er nannte sie konsequent «Ms. Jones». Sie biss die Zähne zusammen und beantwortete seine Fragen, so gut sie konnte, aber ihre Antworten trieben ihn mehr als einmal fast an den Rand eines Wutausbruchs. *Ms. Jones, wo waren Sie am 3. Februar 2011? Wo waren Sie am 29. April 2009? Am 17. November 2008 … 2007 … 2006?* Bis ins Jahr 2002 reichte seine Zählung zurück, doch als sie ihm sagte, dass sie 2002 in London an der Universität gewesen war, schien er nahe davor zu sein, ihr an die Kehle zu springen. «Ach, haben Sie dort Schafzucht studiert?», hatte er spöttisch gefragt.

«Nein. Physik und Mathematik.» Daraufhin hatte er geschwiegen, und weder Taylor noch er waren später noch einmal darauf eingegangen. Vermutlich glaubten sie ihr ohnehin nicht.

2002 war ihr drittes Jahr in London gewesen. Sie war mit einem Begabtenstipendium nach London gekommen, eine günstige Gelegenheit für sie, von Marek fortzukommen. Nach dem Tod ihrer Eltern vier Jahre zuvor waren sie einander nähergekommen, näher als für Geschwister üblich. Eines Abends hatte Marek sie geküsst, und sie hatte ihn gewähren lassen. Sie war neugierig auf Berührung, neugierig auf Sex, aber sie ging kühl und analytisch an die Sache heran, so wie sie alles gründlich untersuchte, was sie interessierte. Irgendwann hatte sie das Gefühl gehabt, genug darüber zu wissen, und das Interesse verloren. Marek konnte das nicht akzeptieren, warf ihr vor, ihn nur wegzustoßen, weil sie Angst vor Nähe habe. Immer wieder fing er damit an, bis ihr seine bloße Gegenwart lästig wurde. Als ihr Professor ihr ein Begabtenstudium in London vorschlug, sagte sie, ohne zu zögern, ja.

In London bewohnte sie ein kleines Studentenzimmer direkt auf dem Campus, und ihr Leben bestand quasi nur noch aus Physik und Mathematik. Sie merkte nicht, dass sie sich immer weiter von der alltäglichen Welt entfernte, die sie mit sieben Milliarden Menschen teilte. Sie tauchte ein in die Welt des Winzigen, des Unsichtbaren, die Welt der Atomkerne und Elektronen und Quanten, deren Existenz nicht mehr sinnlich nachvollzogen, sondern nur noch durch logisch aufgebaute Experimente und endlose Beweisketten nachgewiesen werden konnte. Die Phantasie, die sie brauchte, um die Quarks und Strings dingfest und in mathematischen Formeln sichtbar werden zu lassen, begann, über die Stränge zu schlagen. Nur so zum Spaß stellte sie sich das Kleine im Großen vor: Jede Materie besteht aus Atomen, aus Elektronen, Protonen und Neutronen, aus Quarks und Quanten und letztendlich aus Energie. Die alltäglichsten Gegenstände wurden zu einer Ansammlung von Wellen und Teilchen oder Wellen oder Teilchen oder Wellen, die entweder Welle oder Teilchen oder Teilchen, die entweder Teilchen oder Welle, aber niemals beides zugleich sein konnten und die sich allein dadurch veränderten, dass Hannah sie betrachtete. Minutenlang konnte sie am Tisch sitzen, den Teller anstarren und sich dabei vorstellen, wie das Licht, das von ihren Augen reflektiert wurde, in den Teller eindrang, in dieses nur scheinbar feste Gefüge, wie es tief in die Quantenstruktur des Porzellans hineinfuhr und dort vorn, kurz vor der kleinen Unebenheit in der Glasur, ein Elektron abdrängte, das daraufhin über den Tellerrand hinausschoss, über den Tisch schlitterte, durch eine Lücke der Molekularstruktur des Tisches purzelte und dort neues Unheil anrichtete. Natürlich wusste sie, dass die Erkenntnisse der Quantenphysik nicht auf die klassische Physik anwendbar waren. Natürlich wusste sie, dass Heisenberg und Bohr und Schrödinger sich im Grabe umdrehen würden, wenn sie wüssten, wie Hannah das Elektron aus dem festen Teller in den nicht minder festen Tisch schubste und dann auf das feine Geräusch lauschte, mit dem es auf dem Fußboden aufschlug.

Sie bekam es mit der Angst zu tun. Wenn die Welt für sie nur noch ein loses Gewebe aus Nichts und Teilchen war, wie sollte sie dann noch darauf vertrauen können, dass diese Welt sie trug? Dass sie nicht eines Tages aus Versehen durch das grobmaschige Netz fallen würde, sich auflösen würde, weil die Teilchen, aus denen sie zusammengesetzt war, beschlossen, als Wellen das Weite zu suchen? Ihre Furcht wuchs, sie aß und trank kaum noch, und die quälenden Gedanken und Bilder ließen sie nicht mehr los. Sie wagte nicht, mit einem anderen Menschen über ihre Ängste zu sprechen, aus Furcht, man könnte sie für verrückt halten.

Doch der normale Alltag wollte weitergelebt werden, auch wenn ihr die Anstrengung, die ihr das Leben als Studentin abverlangte, fast über den Kopf wuchs. Sie war immer noch die begabte Studentin, die Sätze sagte wie: «Für skalare Felder erhält man Pi gleich Delta Null mal Phi konjugiert als kanonisch konjugiertes Feld zu Phi und Pi konjugiert gleich Delta Null mal Phi als kanonisch konjugiertes Feld zu Phi konjugiert.» Vollkommen souverän ließ sie in ihrer Examensprüfung Begriffe wie Klein-Gordon-Gleichung, Planck'sche Konstante, Lagrangedichte oder Einstein'sche Summenkonvention einfließen, doch während sie mit ihrem Professor über die Quantenfeldtheorie sprach, sah sie förmlich, wie die Teilchen seiner Brille sich für den Bruchteil einer Sekunde entschieden, Wellen zu sein, und die Brille vor ihren Augen zu zerfließen begann, dem armen Professor, der nichts davon ahnte, übers Gesicht rann und in den Kragen hineintropfte. Sie sah seinen verstörten Blick, dachte, er würde dieses Zerfließen der Realität genauso wahrnehmen wie sie, und wurde ohnmächtig.

Als sie auf der Krankenstation der Universität aufwachte, erklärte man ihr, dass sie die Prüfung bestanden habe, aber völlig unterzuckert und dehydriert gewesen sei. Wann sie denn zum letzten Mal etwas gegessen und getrunken habe? Sie aß und trank, was man ihr vorsetzte, dann schickte man sie nach Hause. Drei Wochen später hatte sie ihren Master in Physik und Mathematik.

Doch was nützte ihr das jetzt? Sie hockte hier in der kleinen Zelle im Bezirksgefängnis von Austin, Texas, in der das Gesetz der USA herrschte, nicht die Gesetze der Quantenphysik oder der Logik.

Aus den Fragen, die Taylor und Mullen ihr gestern gestellt hatten, konnte sie sich zusammenreimen, dass Elsa Jones bereits seit Jahren durch das Land zog und scheinbar wahllos Menschen erschoss. Niemand hatte ihr bis jetzt erklärt, aus welchem Grund diese Frau tötete. Es gab Zeugen, es gab diese Bilder vom Mord an Malcolm und Samantha Wheeler, es gab die Waffen, die im Moment auf Fingerabdrücke untersucht wurden, aber natürlich würde man nichts darauf finden. So dumm würde Elsa Jones nicht sein, nachdem sie sich so viel Mühe gegeben hatte, diese Falle für Hannah zu konstruieren.

Sie dachte an Liza Mendez. Sie war ihre Anwältin, sie sollte sie unterstützen und für sie kämpfen, doch stattdessen hatte sie das Gefühl, dass diese Frau ihr regelrecht feindlich gesinnt war. Sollte sie vielleicht versuchen, sich jemand anders zu suchen, jemanden, der ihr glaubte und der sich für sie einsetzen würde? Sie war zwar nicht gerade wohlhabend, aber ihre Großmutter hatte ihr das Haus und genügend Geld hinterlassen, damit sie sich die Reise gönnen konnte und trotzdem noch etwas übrig hatte. Das Haus. Ihr fiel ein, dass es nicht mehr existierte, dass nichts als verkohlte Balken und Mauern davon übrig geblieben waren. Mehr als hundert Jahre hatte es, friedlich hinter Bäumen versteckt, am Deich gestanden, und jetzt? *Gut, dass Oma das nicht mehr erleben musste*, war ihr erster Gedanke. Doch dann traf sie mit voller Wucht die Erkenntnis, dass mit dem Haus alles verbrannt war, was sie selbst besessen hatte. Ihre gesamte Habe war vernichtet, alles, was in den dreiunddreißig Jahren ihres Lebens trotz zahlreicher Umzüge, Aufbrüche und Neuanfänge bei ihr hängen geblieben war. Viel war es nicht gewesen: Kleidung, ein paar Bücher, CDs, eine Schachtel mit Fotos von ihren Eltern, ein Karton mit alten Zeugnissen und Urkunden. Urkunden, die ihr eine Identität gegeben hatten. Und jetzt – puff, alles in Flammen aufgegangen und damit auch ihre Identität. *Ich bin Hannah Marcks.* Wenn sie das nicht beweisen konnte, war diese Gewissheit keinen Pfifferling wert.

Sie lehnte den Kopf an die Wand. Wie spät mochte es sein? Die schmalen Lichtstreifen, die durch das Gitter in die Zelle fielen, bewegten sich nie, denn das Fenster zeigte nach Norden, und so hatte sie keine Möglichkeit, die Zeit abzuschätzen. Draußen auf dem Gang war es ruhig, nur ab und zu hörte sie lautes Geschrei, zumeist von Männerstimmen. Es war warm und stickig, und die Anstaltsbluse roch unangenehm unter den Achseln, aber sie hatte nichts zum Wechseln. Sie besaß nichts mehr, nichts als ihr nacktes Leben. Sie schloss die Augen und sah erneut das Bild einer ausgebrannten Ruine vor sich.

Und in dieser Ruine lag eine Leiche, bis zur Unkenntlichkeit verbrannt. Wer war in ihrem Haus gestorben?

Das blieb nicht die einzige Frage, die sie sich an diesem Sonntag stellte. Die Stunden verrannen nicht, sie lösten sich Tropfen um Tropfen aus der Zeit, schwer und zäh wie Pech. Hannah döste, trank gechlortes Wasser direkt aus dem Hahn, aß mittags ein pappiges Sandwich und abends lauwarmes, matschiges Huhn mit kalten Pommes, bei deren bloßem Anblick sie Verzweiflung und Zorn packten. Sie gehörte hier nicht her! Elsa Jones sollte hier sitzen, die echte Elsa Jones, und die grauen Wände anstarren, die mit der Zeit immer näher auf sie zuzukommen und sie zu erdrücken schienen.

Irgendwann musste sie eingeschlafen sein, denn das laute Klappern der Luke ließ sie aufschrecken. Im ersten Moment wusste sie nicht, wo sie sich befand. Sie hatte geträumt, sie würde die Schafe auf dem Deich vor sich hertreiben, Elfriede, die sie jedes Mal um ein Stückchen Brot anschnorrte, und Otto, den Bock, der sauer wurde, wenn sie aufhörte, ihn hinter den Ohren zu kraulen.

«Jones, Frühstück!»

«Ich bin nicht Elsa Jones», murmelte sie.

Wieder derselbe Brei, und wieder zwang sie sich, ein paar Löffel davon herunterzuwürgen. Der Pappbecher enthielt heute eindeutig Kaffee, wenn auch nur in homöopathischer Dosierung.

Heute würde Marek sie besuchen.

Kurz nachdem das Frühstücksgeschirr eingesammelt worden war, wurde die Klappe erneut geöffnet.

«Jones, mit dem Gesicht zum Fenster.»

Unwillkürlich verwandelte sich ihr Magen in einen harten Klumpen. Sie sprang auf und versuchte, ruhig zu bleiben.

«Hände in den Rücken, Daumen nach oben, Beine auseinander.»

Sie gehorchte.

Die Handschellen, das Abtasten, der feste, fast schmerzhafte Griff am Oberarm, das grobe Vorwärtsstoßen – alles genau wie beim ersten Mal. Aber dieses Mal würde man sie zu Marek bringen, das allein zählte.

Man führte sie in einen Besucherraum mit einer Glasscheibe, öffnete die Handschellen und schloss sie vor dem Bauch wieder zusammen. Hannah sah sich um, musterte die schmutzigen Wände, auch sie grau wie alles hier. Ihr Blick blieb an dem klobigen Telefonhörer hängen. Nervös strich sie sich mit den Fingern durchs Haar. Anschließend fühlten sich ihre Hände so klebrig an, dass sie sie an der Hose abwischte. Die Handschellen klirrten leise.

Auf der anderen Seite der Glasscheibe wurde die Tür geöffnet. Sie erhaschte einen kurzen Blick auf eine Uniform, dann betrat ein Mann den Raum. Klein, stämmig, rotgesichtig. Das war nicht Marek.

Hannah versuchte, ihre Enttäuschung herunterzuschlucken. Es war noch früh, und Marek musste sich den Besuch erst vom Richter genehmigen lassen. Sie musste sich gedulden. Bis dahin konnte sie froh sein um die Ablenkung, froh, dass sie aus der Zelle herauskam.

Der Mann setzte sich und griff zum Telefonhörer. Die Umgebung schien ihn nicht zu beeindrucken. Der Anzug saß tadellos, die rot-weiß-blaue Krawatte war korrekt gebunden, das weiße Hemd frisch gebügelt. Langsam nahm Hannah den Hörer.

«Guten Morgen, Ms. Jones», sagte der Mann und lächelte. «Ich bin …»

«Ich bin nicht Elsa Jones», sagte Hannah.

Ihr Gegenüber stutzte, dann nickte er kurz, als hätte er ihre Bemerkung fürs Protokoll zur Kenntnis genommen, und begann noch einmal: «Ich bin Harold Stanton.» Er sah sie erwartungsvoll an.

«Ja, und?»

Er wirkte ein wenig irritiert, als hätte er erwartet, dass sie seinen Namen kannte. «Ich bin Anwalt und würde Sie gerne in Ihrem bevorstehenden Prozess verteidigen.»

Vor Verblüffung vergaß Hannah beinahe das Luftholen. Sie besah sich den Mann genauer. Das dunkelblonde Haar war akkurat geschnitten, die Fingernägel sorgfältig manikürt. Harold Stanton war etwa Mitte vierzig und sah aus, als habe er noch nie einen Prozess verloren.

«Wie komme ich zu dieser Ehre?», fragte sie schließlich.

Erneut wirkte er irritiert. «Nun, Ihnen wurde natürlich ein Pflichtverteidiger zur Verfügung gestellt, wie es das Gesetz vorschreibt, aber Sie wissen ja selbst, dass Ihre Chancen damit gegen null gehen.»

«Und Sie wollen mich aus freien Stücken verteidigen?»

«Ja.» Er lächelte sie erneut an. Sie konnte es kaum fassen. Dieser Mann wollte eine Serienmörderin verteidigen. Freiwillig.

«Aber ich habe kein Geld», sagte sie, «das heißt ...» Sie wollte erklären, dass es eine Weile dauern würde, bis sie an ihr Geld herankäme, doch er unterbrach sie.

«Machen Sie sich darum keine Sorgen, Ms. Jones. Sie haben Freunde, die für die Kosten aufkommen.»

Hannah runzelte die Stirn. Sie hatte keine Freunde. In Deutschland nicht und hier in den USA schon gar nicht. Aber hier ging es ja gar nicht um sie. Elsa Jones hatte Freunde.

«Was für Freunde?»

Harold Stanton lächelte erneut und beugte sich ein Stückchen zur Glasscheibe vor. «Aufrechte amerikanische Patrioten – aber das muss ich Ihnen ja wohl nicht genauer erläutern.»

Langsam lehnte sie sich auf dem Stuhl zurück. Wenn dieser Mann Freunde von Elsa Jones kannte, könnten diese bestätigen, dass *sie* nicht Elsa Jones war. Doch irgendetwas an der Sache kam ihr merkwürdig vor, es war die Art, wie er das Wort *Freunde* betont hatte. Fremde Freunde, Freunde, die Elsa Jones vielleicht nie gesehen hatten, aber guthießen, was sie getan hatte. Sie fröstelte und hätte sich gerne kräftig die Oberarme gerieben, um die Gänsehaut zu vertreiben, aber mit den Handschellen war das unmöglich.

Wer war dieser Mann?

«Sehen Sie, Ms. Jones, ich kann und will Ihnen natürlich keine falschen Hoffnungen machen. Ohne die Akten zu kennen, kann ich Ihnen nichts versprechen, aber ich kann mir gut vorstellen, dass für Sie durchaus noch ein Lebenslänglich drin ist. Mindestens.»

Lebenslänglich? Bei ihm hörte sich das an wie ein Schnäppchen. Wollte der Kerl sie auf den Arm nehmen?

«Aber es geht ja auch um die kleineren Annehmlichkeiten, Sie wissen schon, die das Leben im Gefängnis doch erheblich erleichtern können. Ich habe meine Beziehungen, wie Sie sich sicherlich vorstellen können, und glauben Sie mir, wir werden Sie nicht im Stich lassen.»

Sie horchte auf. «Wir?»

Er lächelte erneut. «Ihre Freunde und ich.»

«Die aufrechten amerikanischen Patrioten?»

Etwas am Klang ihrer Stimme wischte das Lächeln aus seinem Gesicht. Seine Augen wurden schmal, doch zugleich wirkte er irritiert, als zeige sie ein weiteres Mal nicht die erwartete Reaktion. Sie hielt seinem Blick stand, bis er sich ebenfalls langsam zurücklehnte.

«Ich würde Sie natürlich niemals anwaltlich vertreten, wenn wir nicht gewisse Grundüberzeugungen teilten», sagte er schließlich.

Sie hielt den Atem an.

«Wie Sie zweifellos wissen», fuhr er fort, «setze ich mich seit Jahren für diejenigen ein, die gegen den Niedergang jener Werte und Tugenden kämpfen, mit denen unsere Vorfahren dieses Land aufgebaut haben.»

Lauernd beobachteten sie einander. In die Stille drangen die Geräusche des Gefängnisses, laute Schritte auf dem Gang hinter ihr, Türenschlagen und Schlüsselrasseln, gedämpfte Stimmen und gebrüllte Befehle. *Die kleinen Annehmlichkeiten, die das Leben im Gefängnis erleichtern.* Schon jetzt, nach wenigen Tagen, begann sie zu ahnen, wie viel solche kleine Annehmlichkeiten ausmachen, wie viel von guten Beziehungen abhängen konnte. Frische Kleidung. Bücher. Genießbares Essen. Respekt. Vielleicht könnte dieser Mann dafür sorgen, dass sie nicht ständig diese verdammten Handschellen tragen musste, er und seine *Freunde*. Elsa Jones' Freunde. Menschen, die sich freuten, dass ein kleines Mädchen mit rosa Schuhen tot war.

«Verschwinden Sie», sagte sie leise.

Sie wurde zurück in ihre Zelle gebracht, hin und her gerissen zwischen Hochgefühl und Verzweiflung, sodass ihr zunächst nicht auffiel, wie grob die beiden Gefängniswärter mit ihr umsprangen. Endlich hatte sie wieder einmal etwas selbst entschieden – aber hatte sie damit nicht vielleicht einen schrecklichen Fehler begangen? Da war jemand, der ihr helfen wollte, der versprach, ihr das Leben zu erleichtern, und sie hatte ihn weggeschickt. Sie hoffte nur, dass sie diese Entscheidung nicht eines Tages bitter bereuen würde.

Auf dem Weg durch die neonhellen Gänge stellten die beiden Männer, die sie so kräftig an den Armen gepackt hatten, dass es weh tat, ihr immer wieder ein Bein, sodass sie stolperte und grob weitergezerrt wurde. Jedes Mal schnitten ihr die Stahlfesseln schmerzhaft ins Fleisch. Anders als bei den bisherigen Malen stieß man sie nicht einfach in die Zelle, sondern die Wärter kamen mit herein. Einer riss ihre auf dem Rücken gefesselten Arme mit einem Ruck nach oben, sodass sie den Oberkörper vorbeugen musste. Sie wäre beinahe gestürzt, wenn die Männer sie nicht festgehalten hätten. Sie wollte sich wieder aufrichten, doch die Männer waren durchtrainiert. Sie hatte nicht die geringste Chance gegen sie. Hilflos stand sie zwischen ihnen und spürte, wie sie ihr die Hose herunterzogen und sie einer Leibesvisitation unterzogen, gegen die die Prozeduren, die sie bisher über sich hatte ergehen lassen müssen, die reinsten Wellnessbehandlungen waren.

Der eine hielt ihr den Mund zu, damit niemand ihre Schreie hören konnte, obwohl es vermutlich ohnehin niemanden veranlasst hätte einzuschreiten. Hannah traten Tränen in die Augen, die schwarzen Stiefel der Männer verschwammen vor ihren Augen. Seine Hand bedeckte fast die Nasenlöcher, und sie bekam kaum noch Luft.

Sie ließen sich Zeit, und als sie fertig waren, wurde ihr Oberkörper hochgerissen, ein Arm legte sich wie ein Schraubstock um ihren Hals. Mit Gewalt zwangen die Männer ihre Lippen auseinander, dann schob derjenige, der sie zuvor untersucht hatte, ihr zwei Finger in den Mund und tastete sie auch hier ab. Sie spürte den widerwärtigen, bitteren Geschmack ihres Anus auf der Zunge. Als er endlich fertig war, nahmen sie ihr die Handschellen ab, versetzten ihr einen Stoß und, als sie sich auf dem Boden zusammenkrümmte, noch einen kräftigen Tritt in den Unterleib. Sie lachten, als sie die Zelle verließen und die Tür hinter sich verriegelten.

Angespannt lauschte sie auf das Gelächter und die Schritte der Männer, die sich langsam entfernten. Die Kälte des Betonfußbodens kroch durch ihre nackte Haut und ließ sie am ganzen Leib zittern, bis sie sich mühsam mit zusammengebissenen Zähnen aufrichtete. Sie schob sich zum Waschbecken und spülte sich den Mund mit dem verchlorten Wasser aus, einmal, zweimal, dreimal. Doch sooft sie das Wasser wieder ausspuckte, der bittere Geschmack auf ihrer Zunge wollte nicht verschwinden.

Sie weinte nicht, als sie sich schließlich auf der Pritsche zusammenkauerte und die dünne Decke über sich zog. Sie zählte die kleinen Sandkörner, die sie in einem Quadratzentimeter Beton erkennen konnte, und berechnete, wie viele davon allein die Oberfläche ihrer Zellenwände enthielt. Wie viele Sandkörner würde der Beton um sie herum enthalten, wenn er zwei Zentimeter, fünf Zentimeter und zehn Zentimeter dick wäre? Sie sah die Zahlen vor sich, gewaltige Zahlen mit schier unglaublich vielen Nullen, für die es keinen Begriff und keinen Namen gab, und wurde ruhiger.

Kurz blitzte der Gedanke in ihr auf, dass Harold Stanton sie gewiss vor so einer groben Behandlung hätte bewahren können. War es also doch ein Fehler gewesen, diesen Mann fortzuschicken? Den einzigen Menschen, der auf ihrer Seite zu stehen schien?

Doch dann sah sie das Gesicht des Anwalts vor sich, erinnerte sich an das Lächeln, das gewinnend sein sollte, aber eher einem fratzenhaften Grinsen glich, an den Blick, in dem, wie sie jetzt glaubte, ein Hauch Bewunderung gelegen hatte. *Sie haben Freunde.*

Was für ein Mensch war Elsa Jones? Hannah wurde bewusst, dass sie so gut wie nichts über diese Frau wusste, deren Identität man ihr übergestülpt hatte wie ein enges Korsett, das ihr die Luft zum Atmen nahm. Wenn es stimmte, was Mullen und Taylor in den Verhören hatten durchklingen lassen, dann war sie irgendwo in Alabama aufgewachsen. Sie musste etwa so alt sein wie Hannah und hatte vier Jahre beim Militär gedient. Sie hatte zwölf Menschen getötet. Aber warum?

Bisher waren ihre Gedanken allein um die Fragen gekreist, wie sie beweisen konnte, dass sie Hannah Marcks war, und wie sie diesen Albtraum beenden konnte. Die echte Elsa Jones hatte sie nicht weiter interessiert. Der Vorwurf, sie habe zwölf Menschenleben auf dem Gewissen, war so schockierend und zugleich so absurd, dass sie nie die Frage nach dem Warum gestellt hatte. Und wie ihr jetzt auffiel, hatte auch niemand sonst diese Frage gestellt, weder Taylor noch Mullen, noch Liza Mendez. Sie alle schienen genau zu wissen, aus welchem Motiv Elsa Jones all diese Menschen getötet hatte.

Sie sah das Foto vor sich, das den Mord an Malcolm und Samantha Wheeler zeigte, die kleinen rosa Schuhe, die Waffe in der Hand der Frau, die Hannahs Gesicht gestohlen hatte. Malcolm und Samantha Wheeler waren Schwarze gewesen. Sie ging rasch die Namen der anderen Opfer durch ... Felipe Alonso, Mohammed Ben'Ali. Mindestens zwei der Toten waren dem Namen nach keine Weißen gewesen. Und die anderen?

Dan Mullen, der FBI-Agent, der schwärzer war als jeder andere Mensch, den sie kannte, brachte ihr eine Verachtung und einen Hass entgegen, die weit über ein normales Maß hinauszugehen schienen. Ihre Anwältin, die keinerlei Anstalten machte, sie zu unterstützen, war eine Latina. Der Gefängniswärter, der ihr gerade mit dem schmutzigen Finger im Mund herumgewühlt hatte, war ebenfalls schwarz gewesen. Harold Stanton dagegen, der Elsa Jones für eine amerikanische Patriotin hielt, hatte angeboten, sie kostenlos zu verteidigen.

Hannah glaubte nicht an Zufälle. All das zusammengenommen konnte nur bedeuten, dass Elsa Jones aus rassistischen Motiven getötet hatte. Und es womöglich wieder tun würde.

8. KAPITEL

Als sie zum zweiten Mal an diesem Tag abgeholt wurde, befürchtete sie, erneut von den Gefängniswärtern misshandelt zu werden, doch es waren nicht dieselben wie am Morgen. Schweigend und mit abweisenden Mienen, aber nicht grob, führten sie Hannah durch die Gänge. Sie entspannte sich ein wenig und versuchte, so etwas wie Zuversicht zu empfinden. Dieses Mal würde man sie zu Marek bringen, es konnte gar nicht anders sein.

Doch es kam anders.

Man brachte sie in einen Raum, in dem bereits mehrere andere Frauen warteten, alle etwa in ihrem Alter und ihrer Größe und alle unauffällig gekleidet. Man nahm Hannah die Handschellen ab, und unter den Blicken schwer bewaffneter Gefängniswärter musste sie die Anstaltskleidung aus- und Jeans und Bluse anziehen. Niemand sah ihr in die Augen, niemand richtete das Wort an sie. Niemand lächelte. Sie musste sich unter die Frauen reihen, und gemeinsam wurden sie in einen Nebenraum geführt. Erst als sich alle mit dem Gesicht zu einem Einwegspiegel aufstellen mussten, wurde Hannah klar, dass gerade eine Gegenüberstellung stattfand.

Ihr wurde abwechselnd heiß und kalt, doch sie zwang sich, ruhig und langsam zu atmen. Sie hatte nichts getan, hatte niemanden getötet, niemand konnte sie wiedererkennen, weil kein Zeuge sie je gesehen hatte. Der Gedanke beruhigte sie, und sie ließ den Blick über den Spiegel gleiten, als könnte sie hindurchblicken und die Menschen dahinter sehen, Menschen, die über ihr Schicksal entschieden. Doch was sie sah, war sie selbst, eine graue, müde

Gestalt zwischen lauter Frauen, die aussahen, als kämen sie gerade aus dem Büro oder vom Einkaufen. Sie wirkte als Einzige, als käme sie direkt aus einer Gefängniszelle. Natürlich würde das auch der Zeuge hinter dem Spiegel bemerken. Er würde nicht auf ihr Gesicht achten, auf ihre Augen, ihre Haare oder was immer ihm vor drei, vier, fünf Jahren besonders aufgefallen war, sondern er würde feststellen, dass sie die Einzige war, die gerötete Augen hatte und angestrengt auf den Spiegel starrte, weil dahinter ein Mensch saß, der möglicherweise über ihr Leben oder Sterben entschied.

Obwohl es ihr wie eine Ewigkeit vorkam, konnten nicht mehr als ein paar Minuten vergangen sein, bis sie wieder die Anstaltskleidung anziehen musste und man ihr erneut Handschellen anlegte. Doch man brachte sie nicht zurück in die Zelle, sondern in einen Vernehmungsraum, was bedeutete, dass man sie wieder am Boden ankettete. Man ließ sie warten, sie wusste nicht, wie lange. Ihr Zeitgefühl funktionierte schon seit Tagen nicht mehr richtig. Vom langen Sitzen wurden allmählich die Beine steif, und ihr Magen meldete sich mit einem schüchternen Knurren. Es klang wie der erste Versuch eines jungen Welpen.

Bei diesem Bild fiel ihr sofort Rufus ein, der Welpe, den sie als junges Mädchen von Tomas, ihrem Stiefvater, geschenkt bekommen hatte, einen wunderschönen Irish Setter.

Die Erinnerung an Tomas ließ sie an Marek denken. Er war hier, er würde Liza Mendez und Mullen und Taylor überzeugen, dass sie nicht Elsa Jones war, er würde alles erklären können. Niemand kannte sie so gut wie er. Sie war dreizehn gewesen, als ihre Mutter seinen Vater kennenlernte, er vierzehn. Er lebte zwar weiterhin bei seiner Mutter, doch alle vierzehn Tage verbrachte er das Wochenende bei seinem Vater. Beim ersten gemeinsamen Ausflug der neuen Patchworkfamilie zum Hamburger Hafengeburtstag hatte Hannah gar nicht mitkommen wollen. Menschenmassen waren ihr ein Gräuel, und dieser pickelige Junge, den die Mutter ihr als ihren «neuen Bruder» vorgestellt hatte, interessierte sie nicht. An den Landungsbrücken hatte Tomas für alle ein Eis ausgegeben. Es herrschte ein Riesengedränge, Kinder schrien, die Boote tuteten, die Hochbahn ratterte im Minutentakt hinter ihnen vorbei. Hannah stand an der Balustrade und rechnete aus, wie viel Liter Wasser ein zehn Meter breites Stück Fluss zwischen den beiden Ufern enthielt. Darüber vergaß sie ihr Eis und merkte nicht einmal, wie es ihr über die Finger lief, bis Tomas sie darauf aufmerksam machte.

«Hey, was ist denn mit dir los?», hatte er gefragt, als er ihren geistesabwesenden Blick bemerkte.

«Ich rechne», sagte sie nur und sah nicht, wie ihre Mutter die Augen verdrehte. Tomas runzelte die Stirn, Marek jedoch fragte neugierig, was sie denn rechne. Sie erzählte es ihm, aus Trotz und um ihn abzuschrecken, doch zu ihrem Erstaunen rechnete er mit und stellte dann die nächste Frage: Wie viele Wasserstoffatome, die jetzt im Elbwasser vor ihnen vorbeidümpelten, hatten schon den Kiel der *Santa Maria* berührt, mit der Kolumbus auf der Suche nach dem Seeweg nach Indien über den Ozean gesegelt war? Sie scheiterten an dieser Aufgabe, zu vieles galt es zu bedenken: die Gesamtmenge aller Wasserstoffatome, die Meeresströmungen, die Erdbeschleunigung, die genaue Route der *Santa Maria*, die Chaostheorie. Doch sie scheiterten gemeinsam, kringelten sich vor Lachen und einigten sich schließlich darauf, dass mindestens ein Wasserstoffatom aus ihrer Elbe schon Kolumbus an Deck der *Santa Maria* hatte vorbeischippern sehen.

Für einen Moment hatte sie vergessen, wo sie sich befand, und ein leichtes Lächeln umspielte ihre Lippen, als die Tür aufgerissen wurde und sie auf einen Schlag wieder gefesselt und angekettet im Vernehmungszimmer im Bezirksgefängnis von Austin, Texas, saß. Taylor und Mullen betraten den Raum, Liza Mendez folgte ihnen mit verschlossener Miene. Niemand sagte etwas, als sie sich Stühle heranzogen und sich setzten. Schweigend legte Mullen zwei schwere, in durchsichtige Plastiktüten gehüllte Gegenstände auf den Tisch. Ein Gewehr und eine Pistole.

Sie hatte noch nie eine Waffe aus der Nähe gesehen. Das Gewehr: dreiundsiebzig Zentimeter kompaktes, todbringendes Metall. Sie starrte auf den Lauf und den Abzug, die einzigen Teile, deren Namen sie sicher zu benennen wusste. Die Pistole, sie nahm an, dass es sich um eine handelte, war kleiner und handlicher, was sie nicht weniger tödlich machte.

Es musste einen Grund geben, warum man ihr diese Waffen zeigte. Langsam hob sie den Kopf und sah Mullen an. Seine schwarze Haut schien noch schwärzer zu sein als je zuvor. Taylor beobachtete sie mit abschätzig heruntergezogenen Mundwinkeln, Liza Mendez hatte die Arme vor der Brust verschränkt und sah aus, als wäre sie am liebsten meilenweit entfernt.

Noch ehe Mullen den Mund aufmachte, wusste sie Bescheid.

«Ms. Jones, die ballistischen Untersuchungen haben ohne jeden Zweifel ergeben, dass mit diesen Waffen zwölf Menschen erschossen wurden.» Sie konnte den Blick nicht von ihm abwenden. «Und auf beiden Waffen wurden Ihre Fingerabdrücke sichergestellt.» Er schwieg einen Moment. «Zudem hat Ihre alte Englischlehrerin, Ms. Bishop, Sie vorhin bei einer Gegenüberstellung zweifelsfrei identifiziert.»

Sie hatte das Gefühl, keine Luft mehr zu bekommen. Wie in Zeitlupe wanderte ihr Blick wieder zu den Waffen, von denen sie sicher war, sie nie zuvor gesehen, geschweige denn in den Händen gehalten zu haben. Sie schloss die Augen.

Denk nach! Es muss eine logische Erklärung geben!

Wie aus weiter Ferne drang Taylors Stimme zu ihr. Er klang sanft, beinahe mitfühlend, als er sagte: «Wann sehen Sie endlich ein, dass es keinen Zweck hat, noch länger zu leugnen, Ms. Jones?

Sie haben zwölf Menschen erschossen. Sie machen es sich nur noch schwerer, wenn Sie sich weiterhin so stur stellen.»

«Ich bin nicht Elsa Jones.» Ihre Stimme war so leise, dass sie zunächst nicht wusste, ob man sie verstanden hatte. Taylor sagte nichts, Liza Mendez holte vernehmlich Luft. Mullen ergriff erneut das Wort.

«Aber Sie haben getötet», sagte er scharf.

«Nein!» Sie schrie dieses Wort fast, hörte die Verzweiflung, die ihrer Stimme einen schrillen Unterton verlieh, und hasste sich dafür. Sie wollte nicht verzweifeln. «Ich bin nicht Elsa Jones, und ich habe niemanden umgebracht. Ich sehe diese Waffen zum ersten Mal. Ich habe überhaupt keine Ahnung, wie man so ein Ding bedient.»

«Und wie sind dann Ihre Fingerabdrücke darauf gekommen? Und zwar nicht nur außen, sondern auch auf die Teile, die man nur berührt, wenn man die Waffen auseinandernimmt, um sie zu reinigen?»

Denk nach! «Man muss mir die Waffe in die Hand gedrückt haben, als ich bewusstlos war.»

Mullen beugte sich vor und schlug mit flachen Händen auf den Tisch. «Lassen Sie diesen Scheiß!»

Er sprang auf, als könne er seinen Zorn nicht länger bändigen, und mit drei Schritten war er neben ihr. «Jetzt hören Sie mir gut zu, Ms. *Jones.*» Mit einer Hand stützte er sich auf die Rückenlehne ihres Stuhls, mit der anderen auf den Tisch. Er beugte sich zu ihr hinunter, bis sie seinen Atem an ihrer Wange spürte. Sie wagte nicht einmal, schützend die Hände zu heben, sondern zog nur den Kopf ein, so tief es ging, und biss sich auf die Lippen.

«Ich habe mir Ihre aberwitzigen Ausreden lange genug angehört. Damit ist jetzt Schluss. Ich will alles von Ihnen wissen. Wo haben Sie sich seit der Entlassung aus der Armee herumgetrieben? Wo haben Sie sich versteckt? Wer sind Ihre Komplizen?» Er beugte sich noch ein Stück näher, bis sie zitternd zurückwich. «Ich will *alles* wissen, sonst …» Er nahm die Hand vom Tisch, packte sie an der Kehle und drückte zu.

«Mr. Mullen, ich bitte Sie!»

Es war das erste Mal, dass Liza Mendez bei diesem Verhör den Mund aufmachte. Mullen zog seine Hand zurück und wischte sie angewidert an der Hose ab. Er richtete sich auf und blickte auf Jones herab. Es hätte nicht viel gefehlt, und er hätte sie angespuckt.

«Dan», sagte Taylor warnend, und Mullen zog sich widerstrebend zurück. Natürlich war es verboten, Gefangene zu misshandeln, aber verdammt, manchmal platzte ihm einfach der Kragen.

Jones hockte zusammengekauert auf dem Stuhl und hielt den Kopf gesenkt. Schließlich holte sie tief Luft, hob den Kopf und richtete sich auf. Sie hatte sich die Lippe blutig gebissen, ein winziger Tropfen schimmerte wie eine rote Träne. Ihre Hände zitterten heftig, bis sie sie zwischen die Oberschenkel schob. Obwohl es im Raum unangenehm heiß und stickig war, waren die dünnen Arme, die aus der grauen Bluse hervorschauten, mit Gänsehaut überzogen.

«Ms. Jones», ergriff Taylor das Wort. «Sie wissen, dass das Spiel aus ist. Sie haben nichts mehr zu verlieren, wenn Sie mit uns reden, Sie können nur noch gewinnen.»

Sie sagte nichts.

«Denken Sie daran, dass Sie nach dem Urteil noch jahrelang auf die Vollstreckung warten werden», sagte Mullen. «Wissen Sie, wie man mit renitenten Gefangenen umspringt, die stur auf ihrer Unschuld beharren?» Im Raum war es totenstill. «Sie werden sich den Tod wünschen, Ms. Jones, aber man wird Sie nicht sterben lassen. Bis der endgültige Hinrichtungsbefehl kommt.»

Jones schloss kurz die Augen, dann blickte sie Mullen direkt an. «Sie irren sich», sagte sie überraschend ruhig. «Ich weiß, dass es für Sie so aussehen muss, als hätte ich zwölf Menschen erschossen, aber das ist nicht wahr.»

Hannah sah Mullen und Taylor nach, als sie den Raum verließen. Liza Mendez saß mit verschränkten Armen vor ihr und musterte sie. Sie trug heute kein Kostüm, sondern Jeans und Bluse, sommerlich luftig und seltsam unpassend für diesen Ort. Sie hatte ihren Stuhl so weit nach hinten geschoben, dass Hannah sie, angekettet, wie sie war, nicht erreichen könnte, selbst wenn sie es gewollt hätte.

«Kann ich bitte etwas zu trinken bekommen?», fragte Hannah leise. Im ersten Moment schien Mendez sie nicht verstanden zu haben, oder sie hielt die Bitte für unverschämt. Doch schließlich stand sie auf und ging zur Tür. Sie steckte den Kopf hinaus und sagte etwas zu jemandem, kurz darauf kam sie mit einer kleinen Wasserflasche und einem Pappbecher zurück. Wortlos stellte sie beides vor ihr auf den Tisch. Hannah schraubte den Deckel ab und trank direkt aus der Flasche.

«Danke.» Sie sah Liza Mendez an und hielt ihrem Blick stand. Wenn es stimmte, dass Elsa Jones aus rassistischen Motiven getötet hatte, würde sie von dieser Frau keine Hilfe erwarten können.

Sie brauchte einen anderen Anwalt. Marek musste sich sofort darum kümmern.

«Haben Sie mit meinem Bruder gesprochen?», fragte sie.

«Nein. Er hat sich nicht bei mir gemeldet.»

Hannah starrte die Frau an. Wenn Marek hier in Texas wäre, hätte er sich bei ihrer Anwältin gemeldet. Warum war er nicht gekommen? Das konnte nicht sein. Er würde sie nie im Stich lassen, niemals. Er musste aufgehalten worden sein, ihm musste etwas zugestoßen sein.

«Haben Sie versucht, ihn anzurufen? Vielleicht hatte sein Flieger Verspätung.»

Liza Mendez zuckte die Achseln. «Ich habe keine Ahnung, wo

er steckt, und es interessiert mich ehrlich gesagt auch nicht. Ich schlage vor, Sie beauftragen Harold Stanton mit der Suche nach Ihrem geheimnisvollen Bruder.»

Hannah runzelte die Stirn.

«Solche Dinge sprechen sich rasch herum, Ms. Jones. Ich weiß, dass Stanton Sie heute Morgen besucht hat.» Sie erhob sich und machte Anstalten, den Raum zu verlassen. «Sobald er dem Richter die Mandatsbeauftragung vorgelegt hat, wird er Ihnen vermutlich jeden Wunsch von den Augen ablesen.»

«Harold Stanton ist nicht mein neuer Anwalt.»

Liza Mendez verharrte mitten in der Bewegung. Hannah merkte ihr die Überraschung an.

«Er vertritt nämlich nur aufrechte amerikanische Patrioten. Da ich weder Amerikanerin noch irgendeine Patriotin bin, werde ich den Teufel tun, mich von jemandem wie ihm vertreten zu lassen.»

Liza Mendez setzte sich wieder. Hannah ließ sie nicht aus den Augen.

«Ms. Mendez, ich weiß, was Sie in mir sehen, in mir sehen *müssen*. Aber so wie es aussieht, werden wir noch eine Weile miteinander auskommen müssen. Ich verspreche Ihnen, dass ich mir einen neuen Anwalt suche, sobald mein Bruder hier ist und ich irgendwie an mein Geld komme.» Sie zögerte. «Sie sind im Moment mein einziger Kontakt zur Außenwelt. Bitte, versuchen Sie meinen Bruder zu erreichen. Es ist ja auch in Ihrem Interesse», konnte sie sich nicht verkneifen hinzuzufügen. «Je eher mein Bruder sich darum kümmern kann, desto schneller sind Sie mich los.»

Mendez' nachdenklicher Blick ruhte auf ihr. «Also gut», sagte sie schließlich, «ich werde versuchen, diesen Marek Lukow zu erreichen. Ich nehme an, Sie verfügen über genügend Mittel, um einen Anwalt bezahlen zu können?»

Hannah musste zugeben, dass sie sich darüber noch keine Gedanken gemacht hatte, aber das brauchte Mendez nicht zu wissen. Sie könnte das Haus ihrer Großmutter verkaufen oder besser, die Ruine. Aber das Haus war natürlich versichert gewesen, und womöglich erwies sich das Feuer jetzt sogar als Glücksfall, denn das Gebäude war klein und alt gewesen und hätte dringend renoviert werden müssen. Zum ersten Mal, seit sie von dem Brand erfahren hatte, empfand sie so etwas wie Erleichterung, weil sie sich darum wenigstens nicht mehr kümmern musste. Aber das beantwortete noch nicht die Frage, ob das Geld ausreichen würde, um sich einen guten Anwalt leisten zu können. Dann fiel ihr etwas ein.

«Setzen Sie sich bitte mit dem deutschen Konsulat in Verbindung. Als deutsche Staatsangehörige müssen die mich unterstützen.»

«Vergessen Sie's.»

«Wie bitte?»

«Ich sagte: Vergessen Sie es. Solange Sie nicht nachweisen können, dass Sie Deutsche sind, wird eine deutsche Behörde keinen Finger für Sie rühren.»

«Versuchen Sie es trotzdem.»

Liza Mendez zuckte die Achseln und machte erneut Anstalten, sich zu erheben.

Die Vorstellung, von dieser Frau abhängig und ihr auf Gedeih und Verderb ausgeliefert zu sein, behagte Hannah gar nicht. Besser, sie behielt selbst die Kontrolle, so gut es ging.

«Und ich möchte eine Kopie meiner Akte haben», sagte sie und störte sich nicht an Lisa Mendez' gereiztem Blick.

«Ich kann Ihnen Kopien der wichtigsten Seiten zukommen lassen.»

«Ich will die gesamte Akte.»

«Das ist nicht üblich», sagte Mendez.

«Aber es ist auch nicht verboten, oder?»

«Nein.»

«Also dann. Ich will auch die Zeitungsberichte über Elsa Jones haben, über … ihre Opfer, keine Ahnung, alles, was Sie finden.»

«Ich bin Ihre Pflichtverteidigerin, nicht Ihre Privatsekretärin.»

«Davon, dass Sie meine Anwältin sind, habe ich bisher nicht viel gemerkt.»

Mendez' Augen wurden schmal. «Kopien kosten Geld, ganz zu schweigen davon, Ihnen die Zeitungsberichte herauszusuchen. Das ist im Budget nicht drin.»

Hannah sog scharf die Luft ein. «Ich glaube nicht, dass Sie sich bisher für mich überarbeitet haben.»

Liza Mendez musterte sie kühl. «Also gut, Sie bekommen Ihre Akte. Sonst noch was?»

«Wie wäre es mit ein paar juristischen Fachbüchern? US-amerikanisches Strafrecht zum Beispiel wäre nicht schlecht.» Spöttisch fügte sie hinzu: «Besonders die Kapitel über die Rechte und Pflichten von Pflichtverteidigern würden mich interessieren.»

Liza Mendez starrte sie einen Moment an, dann bückte sie sich nach ihrem Aktenkoffer, schob ihr Smartphone in die Handtasche und stand auf. «Sie können sich die Bücher in der Gefängnisbibliothek ausleihen, falls Sie meinen, dass Ihnen das etwas nützt.»

Sie sah auf Hannah hinunter und zuckte die Schultern. «Aber wenn Sie meine ehrliche Antwort hören wollen: Sie kommen hier nicht mehr raus. Egal, wer Ihr Anwalt ist, und egal, wie oft Sie behaupten, unschuldig zu sein.»

9. KAPITEL

Als Marek endlich die Tür zu seiner Wohnung aufschloss, war er so erschöpft, dass er über die Schwelle stolperte und samt Reisetasche und Rucksack auf den Boden knallte. Ein stechender Schmerz im Handgelenk schreckte die Gehirnzellen auf, die im Ruhemodus vor sich hindämmerten. Fluchend rappelte er sich wieder auf. Draußen war es dunkel, aber eine genauere Bestimmung der Tageszeit war ihm ohne einen Blick auf die Uhr nicht möglich. Zwei Kontinentalflüge in achtundvierzig Stunden, Schlafmangel und Jetlag hatten seinen Rhythmus völlig durcheinandergebracht.

Er ließ Reisetasche und Rucksack, wo sie waren, und schwankte ins Badezimmer. Er brauchte eine Dusche, einen starken Kaffee, und dann musste er diese Anwältin anrufen, Liza Mendez. Als man ihn bei der Passkontrolle am JFK-Flughafen in New York festgenommen hatte, hatte man ihm sein Gepäck abgenommen, samt Smartphone und Laptop. Zunächst hatte er sich nichts weiter dabei gedacht. Es kam häufig vor, dass Menschen bei der Einreise stichprobenartig befragt wurden, vielen Kollegen von ihm, die wie er häufig beruflich in den USA zu tun hatten, war das schon passiert. Doch nach ein, zwei Stunden hatte man sie stets mit einem freundlichen «Genießen Sie Ihren Aufenthalt in den Staaten» wieder laufen lassen. Nicht so Marek. Er wurde befragt, eine Stunde, zwei Stunden, drei, vier. Was er in den USA vorhabe. Wen er besuchen wolle. Ob er hier Freunde habe. Wohlweislich verschwieg er, dass er eine Frau besuchen wollte, der mehrfacher Mord vorgeworfen wurde, weil er wusste, dass das seine Chancen nicht gerade verbessern würde. Man fragte ihn über seine Familie aus, ritt auf seinem osteuropäischen Namen herum. «Lukow – ist das nicht ein russischer Name?» «Nein, polnisch. Die Familie meines Vaters stammt aus Polen.» Der Beamte musterte ihn skeptisch. Hielt man ihn etwa für einen russischen Spion? Marek musste sich zusammenreißen, um nicht sarkastisch zu werden. Irgendwann hörten die Fragen auf, und er wurde in eine kleine Zelle gesperrt. Seine Bitten, einen Anwalt anrufen zu dürfen, wurden ignoriert. Inzwischen musste es Abend sein, und er hoffte, dass Liza Mendez sich wundern würde, wo er steckte, und Nachforschungen anstellen würde. Mit etwas Glück würde sie ihn irgendwie hier herausbekommen, damit er nach Austin konnte, zu Hannah.

Als man ihn im Morgengrauen aus der Zelle holte, war er zunächst erleichtert, bis er feststellte, dass man ihn direkt zum Flieger brachte, der in einer halben Stunde nach Frankfurt starten würde. Buchstäblich zwischen Tür und Angel erklärte einer der Beamten ihm, dass er in den USA als unerwünschte Person galt, ohne ihm auch nur einen einzigen Grund dafür zu nennen. Marek wollte protestieren, aber er wurde unsanft in den Sitz gedrückt und angeschnallt. Erst im letzten Moment nahm man ihm die Handschellen ab, und erst da fielen ihm die neugierigen Blicke der anderen Fluggäste auf.

Sein Gepäck war bereits eingecheckt, er hatte keine Möglichkeit, an sein Telefon zu kommen, und im Flugzeug hätte er ohnehin nicht telefonieren dürfen. Als er am Montagabend um sieben Uhr Ortszeit in Frankfurt landete, war der Akku seines Smartphones leer.

Eine halbe Stunde nachdem er in seine Wohnung gestolpert war, saß Marek mit einem Becher dampfenden Kaffees vor seinem Computer. Unablässig musste er gähnen. Es war kurz nach zwölf, in Austin war es jetzt also fünf Uhr nachmittags. Er suchte die Nummer der Anwältin heraus.

«Liza Mendez», meldete sich die Frau mit klarer, fein modulierter Stimme.

«Ms. Mendez, hier ist Marek Lukow. Der Bruder Ihrer Mandantin Hannah Marcks.»

«Hallo.» Jetzt klang sie kühl und abweisend.

«Ich bin heute Morgen aus den Staaten ausgewiesen worden und gelte als unerwünschte Person.» Er schwieg. «Man hat mir mein Telefon abgenommen, deshalb konnte ich mich nicht früher bei Ihnen melden.» Als sie nichts sagte, fuhr er fort: «Man hat mir keine Gründe genannt, aber ich könnte mir vorstellen, dass es etwas mit Hannah zu tun hat. Obwohl ich sie mit keinem Wort erwähnt habe.»

Liza Mendez sagte immer noch nichts.

Schließlich fragte er: «Wie geht es ihr?»

Liza Mendez seufzte. «Mr. Lukow, ich möchte Ihnen eine Frage stellen. Sind Sie sicher, dass es sich bei der Toten in dem abgebrannten Haus nicht doch um Ihre Schwester handelt?»

Marek schloss die Augen und massierte sich den steifen Nacken. Er war so müde, dass er kaum noch einen klaren Gedanken fassen konnte. Liza Mendez schwieg, und Marek, der im Internet nach neuen Berichten über den Fall Elsa Jones suchte, starrte wieder einmal auf das Bild, das seine Schwester zeigte, unmittelbar nachdem sie ein kleines Kind erschossen hatte.

«Ich bin mir sicher, dass die Frau, die bei Ihnen verhaftet wurde, Hannah ist.»

«Aber Sie kennen nur die Bilder im Internet, oder?»

«Ja, aber …»

«Und was ist, wenn Sie sich irren? Wenn Ihre Schwester und Elsa Jones sich einfach nur sehr ähnlich sehen?»

Zum ersten Mal geriet Mareks Überzeugung ins Wanken.

Konnte es sein, dass er zu voreilig gewesen war? Konnte es sein, dass er sich zu sehr an die Hoffnung geklammert hatte, Hannah könnte noch leben – anstatt als verkohlte Leiche in einem Leichenschauhaus zu liegen?

«Und warum hat die Frau Sie dann gebeten, mich anzurufen?»

Er dachte nach. «Bitte finden Sie heraus, ob die Frau wirklich meine Schwester ist.»

Er hörte, wie die Frau am Telefon scharf die Luft einsog.

«Und wie stellen Sie sich das vor?»

«Fragen Sie sie, wie der Hund hieß, den mein Vater ihr geschenkt hat. Er hieß Rufus.»

Liza Mendez seufzte. «Selbst wenn sie die Antwort wüsste, würde es gar nichts beweisen. Die Fragen könnten vorher abgesprochen worden sein.»

«Wie – abgesprochen? Wie meinen Sie das?»

«Ganz einfach – Elsa Jones hat sich schon vor ihrer Verhaftung eine Verteidigungsstrategie zurechtgelegt, und Sie schlüpfen jetzt in die Rolle des angeblichen Bruders …»

«Das ist doch völlig an den Haaren herbeigezogen», sagte Marek. «Wenn Ihre Mandantin wirklich Elsa Jones wäre, wieso sollte sie sich so eine komplizierte Geschichte ausdenken?»

«Keine Ahnung. Aber ich garantiere Ihnen, dass die Anklage genau so argumentieren wird. Ihre Fragen können Sie also getrost vergessen.»

Marek schloss die Augen. Sie hatte recht. Aber er hatte nicht damit gerechnet, dass sich die Anwältin so unkooperativ verhalten würde. «Glauben Sie, dass Ihre Mandantin die echte Elsa Jones ist?»

«Ja», erwiderte Liza Mendez knapp.

Dass die Anwältin sich so sicher war, war kein gutes Zeichen. Immerhin kannte sie die Frau, die man verhaftet hatte, hatte sie gesehen und mit ihr gesprochen. Sie kannte die Akten, die Beweise, die gegen sie vorlagen. Er selbst kannte nur die Bilder aus dem Internet.

«Bitte fragen Sie Ihre Mandantin trotzdem. Für mich. Ich muss wissen, ob sie meine Schwester ist oder nicht.»

10. KAPITEL

Hannah stand vor dem Tisch in ihrer Zelle und betrachtete die Papierstapel vor sich. Ganz obenauf lag die Titelseite einer Boulevardzeitung. *EISKALT!* lautete die Schlagzeile, gesetzt in zehn Zentimeter hohen Lettern. Unter diesem einen Wort war jenes Bild abgedruckt, das eine Frau mit ihrem Gesicht zeigte, das Bild, das sie bereits kannte und das sich in ihr Gedächtnis eingebrannt hatte. Ihr Blick fiel auf die kleinen Beine mit den rosa Kinderschuhen, und sie musste schlucken. Sie drehte die Zeitung um und griff stattdessen nach der Aktenkopie. Oben auf dem ersten Blatt klebte ein kleiner Notizzettel. *Die geschwärzten Stellen stammen vom Staatsanwalt. L. Mendez.*

Vor drei Tagen war sie morgens in das Anwaltszimmer des Gefängnisses gebracht worden. Liza Mendez hatte sie kühl gemustert und ihr erklärt, Marek Lukow sei die Einreise in die Vereinigten Staaten verweigert worden. Anschließend hatte sie Hannah Fragen gestellt – persönliche Fragen, deren Antworten nur sie und Marek kannten.

«Wie hieß der Hund, den Mareks Vater Ihnen geschenkt hat?»

«Rufus», antwortete sie wie aus der Pistole geschossen. «Ein Irish Setter.»

Lisa Mendez nickte. «Wie hieß Ihr Mathematiklehrer auf dem Gymnasium, bei dem Sie Abitur gemacht haben?»

«Herr Maschner. Georg Maschner.»

«Wie viele Zimmer hatte das Haus, in dem Sie mit Ihrer Mutter und Ihrem Stiefvater lebten? Wie lautete die damalige Adresse? Wie hieß dieser pickelige Tutor, dem Sie im ersten Semester vorgerechnet haben, dass seine Lösung viel zu kompliziert ist?»

Hannah beantwortete jede Frage korrekt und ohne zu zögern. Liza Mendez las die Fragen sachlich vor und ließ sich nicht anmerken, was sie von diesem Spielchen hielt. Dann kam eine letzte Frage. «Wie viele Liter Wasser passen in ein zehn Meter breites Stück Elbe?»

Erstaunt runzelte Hannah die Stirn. Mit allem hatte sie gerechnet, aber nicht damit, dass Marek sich daran erinnern würde. «Vierzig Millionen fünfhunderttausend Liter», sagte sie leise. Dann sah sie Liza Mendez an und lächelte traurig. «Aber nur bei mittlerem Hochwasser über dem alten Elbtunnel», fügte sie hinzu, auch wenn sie dafür nur einen verständnislosen Blick erntete.

Liza Mendez lehnte sich zurück und betrachtete sie nachdenklich. Hannah ahnte, was in ihr vorging: Bewies die Tatsache, dass sie alle Fragen richtig beantwortet hatte, dass sie Hannah Marcks war?

«Und?», brach Hannah schließlich das Schweigen. «Glauben Sie mir jetzt?»

Die Anwältin ließ sich Zeit mit der Antwort. «Darauf kommt es nicht an», sagte sie schließlich ausweichend, «sondern darauf, ob sich dadurch an Ihrer Situation irgendetwas ändert. Und das tut es nicht. Vor Gericht haben diese Fragen und Antworten keinerlei Bedeutung.»

Ein unangenehmes Schweigen breitete sich in dem kleinen Raum aus, während die beiden Frauen sich stumm musterten. Liza Mendez trug wieder ein Kostüm, helles Leinen dieses Mal, und ein leichter Hauch ihres Parfüms wehte zu Hannah herüber. Schließlich seufzte die Anwältin, öffnete ihren Aktenkoffer und holte zwei Bücher heraus. *Einführung in das Strafrecht* und *Texanische Gesetzessammlung*, dicke Schwarten, die vermutlich der Abschreckung unbedarfter Jurastudenten im ersten Semester dienten.

«Hier, nehmen Sie. Ich kann sie eine Weile entbehren. Die Akte und die Zeitungsartikel», fügte sie hinzu, als Hannah gerade danach fragen wollte, «bekommen Sie in ein paar Tagen. Ich muss erst alles zusammensuchen.»

Hannah hatte nur genickt. Vielleicht glaubte die Anwältin ihr immer noch nicht, dass sie Hannah Marcks war, doch immerhin waren ihr erste Zweifel gekommen.

Verglichen mit dem kleinen Berg an Zeitungsartikeln, der sich vor ihr stapelte, war die Akte erstaunlich dünn. Hannah setzte sich auf die Pritsche und überflog die Seiten, um sich einen ersten Überblick zu verschaffen. Zu jedem Mord, der Elsa Jones zugeschrieben wurde, gab es spärliche Informationen: Name, Wohnort und Geburtstag des Opfers, eine Zusammenfassung des Obduktionsberichts sowie die Gutachten der Ballistiker. Die Namen sämtlicher Zeugen waren geschwärzt, ebenso die Namen aller ermittelnden Beamten und hinzugezogenen Sachverständigen. Alles in allem erfuhr sie aus den vielleicht zweihundert Seiten kaum etwas, was sie nicht bereits wusste, weil sie es sich aus den Fragen, die Mullen und Taylor ihr gestellt hatten, zusammengereimt hatte. Es blieb dabei: Elsa Jones hatte mutmaßlich zwischen 2002 und 2011 zwölf Menschen getötet.

Fast alle Opfer waren aus großer Entfernung erschossen worden. Die einzigen Ausnahmen bildeten Clark Mansion und die Wheelers. Clark Mansion war mit einer Glock 18 getötet worden, einer Pistole, deren effektive Reichweite mit höchstens vierzig Metern angegeben wurde. Alle anderen Opfer hingegen starben durch jeweils zwei Schüsse aus dem Gewehr, das man im Motelzimmer gefunden hatte. Das SIG 552 war ein Präzisionsgewehr, wie es Scharfschützen verwenden, mit einer Reichweite von bis zu dreihundert Metern. Hannah runzelte die Stirn. Elsa Jones war also beim Mord an den Wheelers eindeutig von ihrer sonstigen

Vorgehensweise abgewichen. Statt ihre Opfer wie zuvor aus sicherer Entfernung zu töten, war sie dieses Mal nah an sie herangekommen. Warum? Wollte sie nur Malcolm Wheeler erschießen und hatte erst anschließend gemerkt, dass das kleine Mädchen im Wagen saß? Musste sie also ganz nah herankommen, um die unerwartete Zeugin zu beseitigen?

Hannah beugte sich vor und zog die oberste Zeitung vom Stapel auf dem Tisch. Sie holte tief Luft, drehte sie um und betrachtete die Bilder vom Mord an Malcolm und Samantha Wheeler. Auf dem ersten Bild stand der rote Pick-up vielleicht vierzig Meter vom weißen SUV des Kongressabgeordneten entfernt. Eine Frau zielte mit einem Gewehr auf Malcolm Wheeler, der im Bildvordergrund zu erkennen war. Sie war also schon bei diesem Mord von ihrem üblichen Vorgehen abgewichen. Bei allen anderen Opfern waren die Schüsse aus mindestens hundertfünfzig Metern Entfernung abgefeuert worden.

Hannah überflog den Text neben den Bildern, wobei sie versuchte, nicht auf ihr eigenes Gesicht zu starren. Die Wheelers waren wie jeden Sonntag unterwegs zu den Eltern des Kongressabgeordneten gewesen, wobei die Mutter und der kleine Bruder von Samantha Wheeler an jenem Tag nur ausnahmsweise zu Hause geblieben waren. *Wie jeden Sonntag*. Wenn Elsa Jones ihr Opfer vorher ausspioniert hatte, musste sie also gewusst haben, dass noch jemand mit im Auto sitzen würde. Hannah schloss einen Moment die Augen. Was war das für eine Frau, die kaltblütig den Tod von vier Menschen, davon zwei Kinder, plante? Und aus welchem Grund war sie dieses Mal von ihrem üblichen Vorgehen abgewichen? Nie zuvor war sie so nah an ihre Opfer herangekommen, und nie zuvor hatte sie bei einem Anschlag mehr als einen Menschen mit einer Waffe erschossen. Und nie zuvor war sie dabei fotografiert worden.

Sie betrachtete die Bilder auf der Titelseite der Zeitung erneut.

Mit drei Aufnahmen wurde hier die Geschichte einer Hinrichtung erzählt, eine andere Deutung war gar nicht möglich. Man sah die Mörderin, die Waffe, die Leiche des Mannes. Eine perfekte Bilderfolge. Als hätte der Fotograf genau gewusst, welche Ansprüche an ein Zeitungsfoto gestellt wurden: klare Bildstrukturen, deutliche Kontraste, möglichst wenige, aber dafür aussagekräftige Details. Bei aller Grausamkeit des tatsächlich verübten Doppelmordes wirkten die Bilder gestellt, als sei die gesamte Szene sorgsam inszeniert worden. Auf dem Originalfoto des letzten Bildes musste Elsa Jones das Gesicht ebenfalls direkt in die Kamera gehalten haben, allenfalls hatte sie den Blick ein wenig abgewandt. Konnte es sein, dass die Aufnahme mit der ausdrücklichen Absicht gemacht wurde, nachträglich Hannahs zuvor unbemerkt fotografiertes Gesicht einzufügen? Aber warum?

Hannah schloss die Augen und lehnte den Kopf gegen die Wand. Ihrer Überzeugung nach war sie von Elsa Jones und ihren Komplizen am Morgen des 3. September in der Nähe von San Francisco entführt und fünf Tage später mit einem gefälschten Führerschein und zwei Tatwaffen in ein Motelzimmer in Texas gebracht worden. Elsa Jones hatte ein engmaschiges Netz aus falschen Beweisen und Indizien gesponnen, damit Hannah sich darin verfing und nie wieder herauskam. Und nicht nur das. Alles, was dazu dienen könnte, dieses Netz zu zerreißen und die Beweise zu widerlegen, war systematisch vernichtet worden. Ihr Gepäck und die Papiere, mit denen sie in die USA eingereist war, waren verschwunden. Ihr Haus, und mit ihm sämtliche Beweise ihrer Identität, war abgebrannt. Marek, so ziemlich der einzige Mensch, der sie sicher identifizieren konnte, war des Landes verwiesen worden.

Wie elektrisiert schreckte sie auf. Konnte es sein, dass Elsa Jones auch hinter Mareks Abschiebung stand? Ein kurzer Anruf bei der Einwanderungsbehörde, ein Tipp, dass ein gewisser Marek

Lukow doch bitte schön genauer zu überprüfen sei, weil … Der Anrufer oder die Anruferin hätte sich vermutlich alles Mögliche aus den Fingern saugen können. Mr. Lukow sei ein russischer Spion. Ein tschetschenischer Terrorist. Ein homosexueller Sozialist, der hier Propaganda für die Homoehe machen wolle. Ein islamistischer Konvertit, der das Weiße Haus in die Luft sprengen wolle. Hannah konnte sich vorstellen, dass so etwas schon reichte, um einen harmlosen Touristen ein für alle Mal zu diskreditieren.

Müde hob sie die Hände und massierte sich die Schläfen. Natürlich gab es noch mehr Menschen, die sie kannten, Nachbarn aus dem Dorf, ehemalige Arbeitskollegen in Hamburg, Professoren und Kommilitonen in London. Aber zu niemandem hatte sie je ein enges Verhältnis gehabt, war nie auf irgendwelche Partys gegangen, hatte keine näheren Bekanntschaften oder gar Freundschaften geschlossen. Sie dachte an die Menschen, die sich für sie verbürgen könnten. Kristina. Ihr Professor in London, obwohl sie sich nie wieder bei ihm gemeldet hatte, nachdem sie vor seinen Augen zusammengebrochen war. Hermann, der Bauer, dessen Schafe ihr in den letzten vier Jahren ans Herz gewachsen waren. Ein alter, wortkarger Mann, der nie aus seinem Dorf herausgekommen war, der morgens um fünf aufstand, um die Kühe zu melken, der den Tag auf dem Traktor verbrachte und abends um neun todmüde ins Bett fiel. Die Schafe betreute er nebenbei, weil ein Deich Schafe brauchte und keiner sonst mehr da war, der sich darum kümmerte. Hermann, der ihr alles beigebracht hatte, was er über Schafe wusste, und der sie nur mit großen Augen ansah, wenn sie die Kennnummern der Tiere auswendig herunterrattern konnte, dazu das Geburtsjahr und den Termin der letzten Impfung. Hannah versuchte, sich Hermann in Austin, Texas, vorzustellen, wie er im Zeugenstand saß, um zu ihren Gunsten auszusagen. «Jau», würde er sagen, «das ist Hannah, die Enkelin von Anna aus dem Dorf.» Vielleicht würde er noch erzählen, dass er sie von klein auf kannte und dass sie schon immer ein wenig sonderlich gewesen war, aber nie, niemals einem anderen Lebewesen etwas zuleide tun könnte. Und er würde von den Lämmern erzählen, die sie mit der Flasche aufgezogen hatte, davon, dass die Tiere sie kannten und ihr vertrauten und dass die Tiere niemandem trauten, der böse war. Hermann, der kein Wort Englisch sprach, dessen guter Anzug über dreißig Jahre alt war, dessen Welt aus den Weiden und Wiesen seines Dorfes bestand. Sie stellte sich vor, wie er von Mullen befragt wurde oder von dem Staatsanwalt in dem geschniegelten Anzug; stellte sich vor, wie die Reporter sich auf Hermann stürzten, mit ihren Kameras auf ihn zielten, ihm die Mikrophone vor die schmalen Lippen hielten und ihm Fragen entgegenschrien, die er nicht verstand und vielleicht nicht einmal begriff. Sie würden ihn zerreißen. Sie würden sich über ihn lustig machen und noch schlimmer, sie würden ihn verachten, weil er sich für eine Mörderin einsetzte. Bestenfalls würden sie ihn bemitleiden, weil er, der Dümmling, auf das perfide Spiel einer intelligenten Frau hereingefallen war.

Und welche Beweiskraft hätte seine Aussage vor einem amerikanischen Geschworenengericht? So gut wie keine, vermutete sie.

Sie kommen hier nicht mehr raus. Der Satz ihrer Anwältin verfolgte sie, seit sie ihn ihr entgegengeschleudert hatte wie eine Harpune, die sich mit ihren Widerhaken in Hannahs Fleisch bohrte und sich von ihr mitschleifen ließ, egal was sie tat, egal in welche Richtung sie ihre Gedanken zu lenken versuchte. Resignation machte sich in ihr breit, und sie zog die Knie an, um den Kopf daraufzulegen.

Unvermittelt fühlte sie sich zurückversetzt in jenen Sommer, in dem sie aus London nach Deutschland zurückgekehrt war. Marek hatte vorgeschlagen, dass sie eine Weile bei ihm wohnen könnte, doch rasch wurde klar, dass er dabei nicht nur an eine geschwisterliche Wohngemeinschaft dachte. Als sie einen Job in einer Buchhaltungsfirma annahm, wo sie eine neue Datenbank mit den alten Kundendaten füttern sollte, war er entsetzt. Sie würde ihr Talent verschwenden, warf er ihr vor, und warum sie nicht promovieren wolle, das sei doch das einzig Richtige für sie.

Doch Hannah hatte das Interesse an der Wissenschaft verloren. Gewiss, sie dachte gerne an die Zeit in London zurück, als sie sich vollkommen in der Welt der Zahlen verloren hatte, aber schon gleich nach ihrem Zusammenbruch während des Examens hatte sie gewusst, dass ihr das nicht genügte. Sie wollte das wahre Leben kennenlernen, wollte arbeiten, wollte verstehen, wie andere Menschen lebten. Auch wenn sie schon damals ahnte, dass sie immer nur Zaungast bleiben würde in dem, was andere Normalität nannten.

Bei ihrem Job stellte sie fest, dass die neue Datenbank, von einem mit dem Chef befreundeten Programmierer entwickelt, schlecht durchdacht und fehleranfällig war. Hannah sah sich den Quellcode an – sie hatte während des Studiums selbst ein paar Programme geschrieben, und mit Datenbanken kannte sie sich als Physikerin aus. Sie nahm hier und da kleine Veränderungen vor, korrigierte den einen oder anderen Fehler und rundete das Ganze mit ein paar Zusatzfunktionen ab, mit denen sie im Studium gute Erfahrungen gemacht hatte. Die Datenbank funktionierte prima, der Programmierer allerdings lief rot an, als Hannah ihm in Gegenwart des Chefs und dreier Kollegen freundlich erklärte, was er falsch gemacht hatte. Am nächsten Tag stand sie auf der Straße.

Marek lachte zunächst, als er die Geschichte hörte, doch dann fing er wieder damit an, dass sie endlich promovieren solle. Er setzte sich neben sie auf das Sofa und legte ihr den Arm um die Schulter. «Hannah, ich weiß, dass du es unbedingt mal ausprobieren wolltest, aber du gehörst einfach nicht in die freie Wirtschaft. Du bist Wissenschaftlerin, nichts anderes.»

Hannah hatte ruhig seinen Arm genommen und ihn Marek in den Schoß gelegt. «Du irrst dich», hatte sie gesagt. Zwei Tage später war sie zu ihrer Großmutter aufs Land gegangen.

Ihre Großmutter hatte sich gefreut, sie nach drei Jahren endlich wiederzusehen. Anna Marcks war damals noch gesund gewesen und hatte keine Hilfe gebraucht, um ihr kleines Häuschen und die sechs Hühner zu versorgen. Hannah hatte alle Freiheit, um durch den Wald und über die Wiesen zu streifen und Onkel Hermann zu besuchen, der gar nicht ihr Onkel war, den sie aber schon als kleines Mädchen gekannt und gerne besucht hatte, wegen der Schafe. Jetzt im Frühsommer waren die Lämmer schon so groß, dass sie rauskonnten auf den Deich, aber immer noch so klein, dass sie sich sicherheitshalber an die Mutter drängten, wenn ihnen etwas begegnete, das sie noch nicht kannten. Doch immer wieder siegte die Neugier über die Angst, sodass es nicht lange dauerte, bis sie sich zaghaft dem unbekannten Wesen näherten, das oft stundenlang zwischen ihnen auf dem Deich saß. Einmal hatte Hannah genauso dagesessen, wie sie jetzt auf der schmalen Pritsche hockte, mit aufgestellten Beinen, den Kopf auf die Arme gelehnt. Mit geschlossenen Augen lauschte sie dem Wind, der über das Schilfrohr am Fluss strich, dem gelegentlichen Blöken der Lämmer und den leisen Zupfgeräuschen, die die Tiere beim Grasen machten, ohne dass sie zu berechnen versuchte, wie viel Kilo Gras ein Schaf durchschnittlich fraß und wie lange es dauerte, bis es eine Fläche von einem Hektar abgegrast hatte, unter Berücksichtigung der Wuchsgeschwindigkeit des Grases in Abhängigkeit von der durchschnittlichen Niederschlagsmenge und der Sonnenscheindauer.

Sie saß einfach nur da, hörte leise, tappende Schritte, und etwas Kaltes berührte ihre Hand. Vorsichtig öffnete sie ein Auge und blickte direkt in ein bernsteinfarbenes Lämmerauge. Langsam streckte sie einen Finger aus, und das Tier begann zaghaft daran zu knabbern und zu saugen. Behutsam, um das Kleine nicht zu erschrecken, hob sie den Kopf und kraulte es mit den Fingern unterm Kinn. Das Lamm sah sie an, dann legte es den Kopf schräg, als wollte es sagen: Hier, bitte am Ohr kraulen.

In diesem Moment begriff Hannah, dass sie sich in der Nähe eines Menschen noch nie so wohl gefühlt hatte wie bei diesem Lamm, weder bei ihrer Mutter noch bei Marek und selbst bei ihrer Großmutter nicht, dem einzigen Menschen, der sie so nahm, wie sie war. Diese stumme Verständigung, die vorsichtige Annäherung, die Neugier aufeinander, ohne einander festhalten zu wollen – nie zuvor hatte sie das Gefühl gehabt, in Gegenwart eines anderen Wesens so ganz und gar sie selbst sein zu können.

Einen Sommer lang blieb sie bei der Großmutter, half Hermann bei den Schafen und der Großmutter im Garten. Kein einziges Mal fragte diese, was sie denn nun vorhabe mit ihrem Leben, wann sie denn endlich mal Geld verdienen oder sich wenigstens einen Mann suchen würde, der das Geld für sie verdienen konnte. Anna brauchte ihre Enkelin nur anzusehen, um zu wissen, dass die Deern was ausbrütete. Und dass niemand ihr reinreden konnte, wenn sie sich was in den Kopf gesetzt hatte, das wusste sie schon lange, schon seit das Mädchen damals bei ihr gelebt hatte, als ihr Vater so früh verunglückt und Hilke, ihre Mutter, mit dem frühreifen Kind überfordert war. Nach drei Monaten, als die Tage wieder kürzer wurden und morgens die ersten Nebeldecken über den Wiesen lagen, ging Hannah zurück nach Hamburg.

In den nächsten Tagen reichte ihr Ms. Gallagher immer wieder eine Handvoll Zeitungsartikel durch die kleine Luke, stets mit dem knappen Kommentar: «Von Ihrer Anwältin.» Der Stapel auf dem kleinen Tisch wuchs und wuchs, und Hannah war dankbar für die Ablenkung, die ihr die Beschäftigung damit bot. Konzentriert arbeitete sie die Akte und die Zeitungsartikel durch, las jeden einzelnen Text, auch wenn sich die Inhalte oft wiederholten, aber sie wollte nicht das Risiko eingehen, irgendetwas zu übersehen. Aus der ersten Zeit gab es nicht viele Artikel, einen Nachruf in einer liberalen Zeitung auf Judith Beckett, das erste Opfer von Elsa Jones, in der sie als brillante und engagierte Sozialwissenschaftlerin gewürdigt wurde, sowie einen Bericht über Felipe Alonso, das vierte Opfer, der es als Sohn mexikanischer Einwanderer zum Anwalt gebracht hatte. Der Artikel war in einer konservativen Regionalzeitung erschienen, und der Verfasser deutete an, Alonso sei möglicherweise in Drogengeschäfte verwickelt gewesen. Damals war noch nicht bekannt, dass er eines von mehreren Opfern einer Mordserie war, und da er mexikanische Wurzeln hatte, lag für den Reporter offensichtlich der Schluss nahe, dass *so einer* selbst Dreck am Stecken haben musste.

Der Großteil der Berichte jedoch stammte aus diesem Jahr. Als sie las, dass beim Anschlag in Atlanta ein pensionierter Offizier der Armee Elsa Jones erkannt hatte, richtete Hannah sich wie elektrisiert auf. Der Anschlag lag gerade einmal sieben Monate zurück. Wenn der Mann Elsa Jones damals zweifelsfrei erkannt hatte, musste er jetzt auch merken, dass *sie* nicht Elsa Jones war.

Hektisch suchte sie in den Akten der Staatsanwaltschaft nach Hinweisen auf diesen Zeugen. Trotz der geschwärzten Namen fand sie rasch die Protokolle der Vernehmungen, doch sie entdeckte keinen Hinweis darauf, ob der Mann sie auch nach ihrer Verhaftung bei einer Gegenüberstellung wiedererkannt hatte. Hannah wollte die Akte schon wieder beiseitelegen, als ihr Blick auf eine kleine, handschriftliche Notiz fiel, ganz unten auf dem Blatt, auf dem der Zeuge das Protokoll unterschrieben hatte. *Zeuge verstorben am 25. Mai 2011.*

Hannah runzelte die Stirn. Der einzige Zeuge, der neben Marek möglicherweise zu ihren Gunsten aussagen könnte, war tot? Woran war er gestorben? Einer Zeitungsnotiz entnahm sie, dass der Major vor einem Jahr einen schweren Herzinfarkt erlitten hatte, sein Tod konnte also ganz natürliche Ursachen haben. Oder auch nicht.

Hannah glaubte nicht an Zufälle.

Um sich abzulenken, wandte sie sich wieder den Zeitungsberichten zu. Nach dem Anschlag von Atlanta hatte die Presse den kleinen Ort, aus dem Elsa Jones stammte, wochenlang förmlich belagert. Ihre Lehrer, Nachbarn, der Pfarrer ihrer Gemeinde, die Leiterin der Bibliothek, der Tankstellenpächter – jeder und jede schien ausführlich interviewt worden zu sein, und anders als in den Akten des Staatsanwalts waren in den Zeitungsartikeln keine Namen geschwärzt. Hannah las jeden Beitrag, betrachtete jedes Bild, merkte sich jedes Detail. Nach einer Woche kannte sie die Namen sämtlicher Mitschüler, mit denen Elsa Jones sich je geprügelt hatte, wusste, mit wem sie ihre Freizeit verbracht hatte und was ihr Lieblingsessen in der Mensa gewesen war – Porridge und Pop-Tarts. Elsa Jones war eine gute Schülerin gewesen, die allerdings in keinem Fach besonderes Engagement gezeigt hatte, es sei denn, das Unterrichtsthema hatte etwas mit Waffen oder dem amerikanischen Bürgerkrieg zu tun. Als sie in englischer Literatur den Roman *Wer die Nachtigall stört* lesen sollte, weigerte sie sich, das Buch von dieser *Niggerfreundin* Harper Lee auch nur in die Hand zu nehmen, und aus der Theatergruppe war sie trotz ihres Talents ausgeschlossen worden, da sie sich beharrlich weigerte, mit schwarzen Mitschülern zusammen in einem Stück aufzutreten.

Während die alten Nachbarn und Bekannten in Alabama sich als äußerst redselig erwiesen, hielt man sich beim Militär sehr bedeckt, wenn es darum ging, Informationen über Elsa Jones preiszugeben. 1995 ging sie zur Armee, machte ihre Ausbildung im Fort McPherson in der Nähe von Atlanta und war später unter anderem in Honduras und Paraguay stationiert. 1999 quittierte sie den Dienst im Rang eines Sergeants. Der Ermittlungsakte war nicht zu entnehmen, was sie genau in diesen vier Jahren gemacht hatte, da die ohnehin schon spärlichen Informationen, die die Armee herausgerückt hatte, fast komplett geschwärzt waren. Lediglich die Beurteilungen durch ihre Vorgesetzten konnte Hannah lesen.

Elsa Jones galt als hervorragende Schützin, doch offensichtlich hatte sie mehr als einmal afroamerikanische Kameraden beleidigt und war deswegen verwarnt worden. Knapp zwölf Jahre später war es einem Reporter des *Denver Telegraph* gelungen, einen ehemaligen Kameraden von Elsa Jones aufzuspüren. Miles Henderson war bei der Armee geblieben und 2004 im Irakkrieg schwer verwundet worden. Jetzt saß er im Rollstuhl, bezog eine Rente vom Department of Veteran Affairs und freute sich vermutlich über die ungewohnte Aufmerksamkeit, die ihm der Reporter entgegenbrachte – und wohl auch über das kleine Honorar, das er für das Interview bekam.

«Elsa Jones», hatte Henderson dem Reporter erzählt, «war echt eine ganz Harte. Eine ausgezeichnete Schützin und Nahkämpferin, bekam nur beste Bewertungen. Ich habe mich gewundert, dass sie nach vier Jahren aufhörte, und da war ich nicht allein.»

Was er denn glaube, was sie dazu bewogen haben könnte, fragte der Reporter, und Henderson antwortete: «Offiziell hieß es, ihre ständigen Pöbeleien gegen die Afros hätten ihr das Genick gebrochen, aber unter uns gesagt, ich glaube das nicht. Niemand schießt ein vielversprechendes Talent in den Wind, nur weil jemand mal den Mund ein bisschen zu voll nimmt. Und, Mann, sie hatte es schließlich auch nicht leicht, als einzige Frau unter all den Kerlen. Sie war bei der Scharfschützeneinheit, und da kommen echt nur die ganz Harten hin. So eine lässt man nicht einfach nach vier Jahren wieder gehen.»

Auf Nachfrage des Reporters, was Henderson damit meinte,

hatte der Veteran nur angedeutet: «Ich sag bloß, was man sich damals so erzählt hat. Es ist ein offenes Geheimnis, dass es bei der Army Leute gibt, die sich die Neuen verdammt genau angucken. Und wer sich bewährt … der ist nicht nur für die Army interessant, wenn Sie verstehen, was ich meine.»

Hannah ließ das Blatt sinken und lehnte sich zurück. Sie saß wie meist auf der Pritsche, mit dem Rücken zur Wand, die Beine untergeschlagen. Neben dem Artikel war ein Bild des Mannes abgedruckt. Er schaute frontal in die Kamera, sein Blick hatte etwas Trotziges, als wollte er jedem weismachen, dass er, Miles Henderson, sich vom Leben und seinem Schicksal nicht unterkriegen lassen würde. Sein Gesicht war bleich, der Körper hager, das T-Shirt schlabberte um den Körper. Auf dem Foto waren deutlich die umgeschlagenen Hosenbeine mit den Beinstümpfen zu erkennen, und die linke Hand hielt die Armlehne des Rollstuhls so fest umklammert, dass die Knöchel weiß hervortraten.

Was hatte er mit seinen Andeutungen am Ende des Interviews gemeint? Oder wollte er sich nur aufspielen? Hannah war unschlüssig, was sie davon halten sollte. Was für Leute beobachteten angeblich die Neuen bei der Armee? Irgendwelche Sondereinheiten? Geheimdienste? Aber falls Elsa Jones tatsächlich nach ihrer Entlassung aus der Armee bei einer anderen Behörde oder staatlichen Einrichtung angefangen hätte, müsste es doch irgendwelche Unterlagen darüber geben. Nachdem sie Julia Michaels erschossen hatte und von diesem Major erkannt worden war, hatte das FBI garantiert jeden Aktendeckel umgedreht, auf dem «Elsa Jones» stand. Geheim oder nicht, keine Behörde würde eine landesweit gesuchte Serienmörderin schützen.

Hannah streckte die Beine aus, rieb sich gähnend die Augen und kratzte sich die juckende Kopfhaut. Sie hatte keine Ahnung, wie spät es war, aber sie hatte noch kein Abendbrot bekommen, also musste es noch vor fünf Uhr sein. Beinahe gelangweilt griff sie nach dem nächsten Artikel, einem Bericht aus einer Frauenzeitschrift, der wenige Tage nach ihrer Verhaftung erschienen war, und mit einem Schlag war das Grauen wieder da. Ein lachendes Kindergesicht sah sie an. *Samantha Wheeler wurde sechs Jahre alt* stand darunter, und daneben war ein kleines Kreuz abgedruckt. Das Mädchen hatte das Haar zu vielen kleinen Zöpfen geflochten, und die riesigen weißen Schneidezähne leuchteten in dem hellbraunen Gesicht. Hannah zwang sich, auch die übrigen Bilder zu betrachten. Die verschwommene Aufnahme einer Frau, die ein kleines Kind auf dem Arm hielt. *Ms. Wheeler trauert um ihren Gatten und ihre Tochter*. Das Bild, auf dem Malcolm Wheeler aus seinem SUV steigt, kurz bevor er erschossen wird. Das Bild, auf dem eine Frau mit Hannahs Gesicht die kleine Samantha Wheeler tötet. Wie gelähmt starrte Hannah auf die Bilder, die sie schon so oft gesehen hatte. Jeder Artikel, der nach dem 5. September 2011 erschienen war, zeigte dieses Bild von ihr, trotzdem war es jedes Mal ein Schock für sie. Jedes Mal packte sie hilfloser Zorn, weil sie dieses Bild nie wieder aus der Welt würde schaffen können, das Bild nicht und auch nicht das Verbrechen, das es zeigte und mit dem sie von nun an für den Rest ihres Lebens in Verbindung gebracht werden würde.

11. KAPITEL

Feiner Nieselregen hüllte alles in einen grauen Schleier, die Koniferen und Rhododendren, die akkurat geschnittenen Rasenflächen, den Efeu und die Grabsteine. Vom nahen Deich wehte das Blöken der Schafe herüber, und der Wind trug einen schwachen Hauch des weit entfernten Meeres zu der Trauergemeinde. Die monotone Stimme des Trauerredners verlor sich irgendwo über den Feldern, die direkt hinter dem frisch ausgehobenen Grab begannen.

Erstaunlich viele Menschen hatten sich auf dem kleinen Dorffriedhof versammelt, vor allem Ältere, aber auch ein paar in Mareks Alter, in Hannahs Alter. Menschen, die sie noch von früher kannten, schließlich hatte sie als Kind ein paar Jahre hier gewohnt und mit einigen von ihnen im Sandkasten gespielt.

Und jetzt war sie tot.

Marek hatte die Sterbeurkunde gesehen, ausgestellt vom Pathologen der Gerichtsmedizin in Kiel. Als Hannahs Stiefbruder galt er als nächster Angehöriger, obwohl er streng genommen gar nicht mit ihr verwandt war, und so hatte Miriam Winkler ihn am letzten Freitag angerufen.

«Wir haben den Zahnarzt Ihrer Schwester ausfindig gemacht», hatte die Kriminalbeamtin gesagt. «Es tut mir leid, aber die Tote konnte anhand des Gebisses einwandfrei als Hannah Marcks identifiziert werden.»

Marek, der gerade vergeblich versucht hatte, sich auf einen Artikel zu konzentrieren, den er in drei Tagen abgeben musste, hatte im ersten Moment nicht gewusst, was er sagen sollte. «Das kann nicht sein», brachte er schließlich hervor. «Hannah sitzt in Texas im Gefängnis. Sie hat …»

«Herr Lukow, es tut mir sehr leid, aber es besteht keinerlei Zweifel daran, dass es sich bei der Toten, die in dem Haus gefunden wurde, um Ihre Stiefschwester handelt.»

«Aber …»

Geduldig erklärte sie ihm, wie so eine Identifizierung vonstattenging. Der Pathologe hatte Röntgenaufnahmen vom Gebiss der Toten gemacht, mit denen dann ein Beamter die Zahnarztpraxen in der näheren Umgebung abgeklappert hatte. Hannah Marcks war tatsächlich bei einem Zahnarzt in der nächsten Kleinstadt in Behandlung gewesen, und die Röntgenaufnahmen in dessen Unterlagen zeigten dasselbe Gebiss wie das der Toten. «Es tut mir leid», sagte Miriam Winkler ein drittes Mal.

«Das kann nicht sein», hatte Marek geflüstert, und er sagte es auch jetzt leise und mehr zu sich als zu jemand anderem, während der Sarg langsam in die Erde abgesenkt wurde. Tanja, die neben ihm stand, hörte es und drückte schweigend seine Hand. Er nahm kaum die anderen Menschen um sich herum wahr, von denen er nur die Nachbarin, Kristina, kannte. Ein alter Mann mit fast weißem Haar und grauem Bart blickte mit starrer Miene in die Grube, ehe er eine Schaufel Sand auf den Sarg warf. Das musste Hermann sein, der Bauer mit den Schafen. Stumm reichte er Marek die Hand und nickte ihm zu. Man wusste hier, dass er Hannahs Stiefbruder war, und da es keine anderen Angehörigen gab, war er derjenige, dem man kondolierte. Natürlich wusste man auch, dass da drüben in Amerika eine Frau im Gefängnis saß, die behauptete, Hannah Marcks zu sein, und im Dorf war man durchaus geteilter Meinung, was davon zu halten sei. Ein Grund mehr, sich die Beerdigung nicht entgehen zu lassen.

Immer wieder musste er an das letzte Gespräch mit Liza Mendez denken. Sie hatte ihn angerufen, nachdem sie mit Hannah gesprochen und ihr die Fragen gestellt hatte, die Marek der Anwältin gemailt hatte. Die Frau, die in Texas im Gefängnis saß, hatte alle Fragen richtig beantwortet. Mendez hatte zwar noch einmal wiederholt, dass dieser kleine Test vor Gericht keinerlei Beweiskraft hätte, aber sie hatte nicht mehr ganz so abweisend geklungen. Im Stillen hatte er gehofft, dass zumindest sie jetzt glaubte, dass ihre Mandantin *nicht* Elsa Jones war – und alles tun würde, um Hannah zu helfen.

Doch das konnte er sich jetzt vermutlich aus dem Kopf schlagen. So eine Urkunde hatte Gewicht, sie zählte. Wer würde schon am Siegel eines Standesbeamten zweifeln? Tanja jedenfalls hatte keine Zweifel. Mit besorgten und mitfühlenden Blicken hatte sie ihn angesehen, als er mit Miriam Winkler telefonierte, hatte ihm geholfen, die Beerdigung zu organisieren, und ihm zugehört, wenn er von Hannah erzählt hatte.

«Ich weiß, dass es schwer für dich sein muss, Marek», hatte sie gesagt, «aber du musst versuchen, sie loszulassen. Hannah ist tot!»

War sie tot? Zweifelte er an dem Urteil des Pathologen, der die Leiche als die sterblichen Überreste Hannahs identifiziert hatte? Er wusste nicht, was er glauben sollte, und im Grunde war es fast egal. Ob Hannah tot war oder als mutmaßliche Mörderin in den USA im Gefängnis saß, in einem Land, in dem er als unerwünschte Person galt: Für ihn war sie so oder so unerreichbar, und er musste sich damit abfinden, dass er sie nie wiedersehen würde.

So fühlte es sich also an, tot zu sein.

Eigentlich war es ein angenehmer Zustand, in dem sie die Welt wie durch einen Schleier wahrnahm und nichts fühlte, weder Schmerz noch Hunger oder Angst.

Nur grenzenlose Müdigkeit.

Gleich nachdem man sie irgendwann vor ein paar Stunden –

oder waren es schon Tage? – in das Vernehmungszimmer geführt hatte, hatte sie gewusst, dass sie sich auf etwas gefasst machen musste, noch ehe man sie mit der obligatorischen Kette an den Boden gefesselt hatte. Nur Mullen und Liza Mendez hatten dort auf sie gewartet und stumm bei dieser Prozedur zugesehen, die allein dadurch, dass sie vor ihren Augen durchgeführt wurde, noch demütigender wurde.

«Man hat die Leiche im Haus von Hannah Marcks identifiziert», sagte Mullen und schob ihr ein Blatt Papier zu, kaum dass die beiden Wachleute, die sie hergebracht hatten, die Tür hinter sich geschlossen hatten. «Wollen Sie immer noch behaupten, Sie seien Hannah Marcks?»

Unwillkürlich wandte sie sich hilfesuchend an Liza Mendez, doch die Anwältin wich ihrem Blick demonstrativ aus.

Hannah nahm das Blatt, den Ausdruck einer E-Mail. *Dear Mr. Mullen.* Eine kurze Nachricht auf Englisch, darunter eine Urkunde, auf Deutsch. *Sterbeurkunde.* Sie las ihren Namen. Ihr Geburtsdatum. Und ihr Sterbedatum. *9. September 2011.*

«Das ist heute Morgen aus Deutschland gekommen.» Mullen war die Genugtuung anzuhören.

Hannah starrte das Blatt an. *Jetzt bin ich also tot.* Seltsamerweise zweifelte sie keine Sekunde daran, dass in irgendeiner Behörde in Deutschland das Original dieser Urkunde lag, die sie zu einer Toten, zu einem Geist machte.

Ihre Gedanken spielten Formel 1 und rasten los, doch leider rasten sie nur im Kreis, krachten aufeinander und verkeilten sich unlösbar miteinander. *Wie hat sie das hinbekommen?*

Plötzlich überkam sie eine ungeheure Müdigkeit. Ihre Glieder fühlten sich an, als wären sie aus Blei, und sie konnte kaum den Kopf heben. Wie aus weiter Ferne nahm sie die Fragen wahr, die Mullen ihr zuwarf und die sie wie spitze Hagelkörner trafen, um dann doch an ihr abzuprallen. Jemand packte sie an der Schulter und schüttelte sie, doch sie starrte nur ins Leere und rührte sich nicht.

Man musste sie zurück in ihre Zelle gebracht haben, doch sie erinnerte sich nicht daran. Lange Zeit lag sie einfach nur zu einer Kugel zusammengerollt da und atmete ein und aus.

Hannah war tot. Aber wer war sie dann? War sie womöglich doch Elsa Jones und hatte es als Einzige die ganze Zeit über nicht begriffen?

Wie ein scharfer Stich durchfuhr sie dieser Gedanke. NEIN. Sie war nicht Elsa Jones, sie war Hannah Marcks. Wenn sie Elsa Jones wäre, warum erinnerte sie sich dann an ihr Leben als Hannah Marcks? An ihre Mutter, an Tomas, an ihre Großmutter, an die Schafe und an Marek und an Rufus, ihren Hund?

Mühsam setzte sie sich auf. Ihr wurde schwindelig, doch sie zwang sich, zum Waschbecken zu gehen und von dem verchlorten Wasser zu trinken. Anschließend wusch sie sich das Gesicht. Erschöpft ließ sie sich wieder auf die Pritsche fallen.

Denk nach! Es muss eine logische Erklärung geben!

Die Leiche war vermutlich anhand der Zähne identifiziert worden. Konnte es sein, dass man der Toten irgendwie Hannahs Zähne untergeschoben … Unsinn. Sie hatte noch all ihre Zähne, die ihr seit dreiunddreißig … nein, die Milchzähne hatte sie längst verloren, die ihr seit siebenundzwanzig Jahren wohlvertraut waren. Trotzdem tastete sie unwillkürlich mit der Zunge die Zähne ab. Alle noch da. Die Leiche in ihrem Haus hatte also ihre eigenen Zähne gehabt, und diese Zähne hielt man für die Zähne von Hannah Marcks. Wie hatte man das überprüft? Klar, beim Zahnarzt. Letztes Jahr hatte sie eine neue Krone bekommen, und Hannah erinnerte sich, dass die Zahnarzthelferin drei Röntgenaufnahmen machen musste, weil immer irgendetwas schiefgegangen war. Konnte es sein, dass die Leiche in ihrem Haus exakt die gleichen Zähne hatte wie sie? Unwahrscheinlich, sonst wären Zähne wohl kaum so ein gutes Mittel zur Identifizierung von Toten.

Ab jetzt würde sie jeder für tot halten. Eine Sterbeurkunde wirkte ziemlich überzeugend, wie sie gerade selbst festgestellt hatte. Und Marek? Hielt Marek sie ebenfalls für tot? Weinte er um sie? Nein, Marek würde wissen, dass sie noch lebte. Sie hatte alle Testfragen, die Liza Mendez ihr gestellt hatte, richtig beantwortet. Egal, wie viel Wert diese Fragen und ihre Antworten vor Gericht hatten, Marek würde wissen, dass sie hier im Gefängnis saß und nicht in irgendeinem Sarg lag. Aber was nutzte ihr das? Er durfte nicht in die USA einreisen, und sie hatte keine Möglichkeit, ihn zu erreichen. Er hatte ihr Geld geschickt, von dem sie sich Lebensmittel und ein Buch gekauft hatte, aber sie durfte ihm nicht schreiben. Auf die Hilfe ihrer Anwältin wollte sie erst gar nicht hoffen. Lizas Blick, als Mullen ihr ihre eigene Sterbeurkunde unter die Nase gehalten hatte, hatte ihr gezeigt, was diese Frau von ihr hielt. Oder besser, für wen sie sie hielt.

Das war's dann wohl.

Man würde ihr den Prozess machen, und man würde sie verurteilen. Wenn sie kein Geständnis ablegte, bedeutete das unweigerlich die Todesstrafe. Man würde sie umbringen, so einfach und so grausam war das. Dieser Staat brachte Menschen um. Und manchmal traf es vollkommen Unschuldige, und man konnte trotzdem nichts dagegen machen. Am wenigsten die Unschuldigen selbst.

Etwas in ihr weigerte sich, das zu glauben. Es musste eine Möglichkeit geben zu beweisen, dass die Tote in ihrem Haus nicht Hannah Marcks war. Vielleicht hatte der Pathologe sich geirrt, irgendwelche Akten waren vertauscht worden, irgendjemand hatte geschlampt …

Es würde nichts nützen.

Selbst wenn sie irgendwie beweisen könnte, dass die Tote aus ihrem Haus nicht Hannah Marcks war, damit wäre noch nicht bewiesen, dass sie *nicht* Elsa Jones war. Und selbst wenn sie das beweisen könnte, dann gäbe es immer noch dieses Foto. Und wenn sie nachweisen könnte, dass das Foto manipuliert worden war, dann wären da immer noch die Fingerabdrücke auf den Waffen.

Sie würde hier nicht mehr rauskommen. Ihre Gegner waren Profis, gegen die sie keine Chance hatte. Allein die Logistik und Planung, die hinter allem steckte. Elsa Jones musste Helfer haben, und zwar Spezialisten. Jemanden, der ein Bild so manipulieren konnte, dass es nicht oder nur schwer nachzuweisen war. Jemanden, der genau wusste, wie man einen Menschen fünf Tage lang bewusstlos halten konnte, ohne dass er sich an irgendetwas erinnerte oder irgendwelche Spuren zurückblieben. Jemanden, der Papiere fälschen konnte – den Führerschein, der bei ihrer Festnahme im Motelzimmer gefunden wurde, vielleicht auch den deutschen Reisepass, mit dem eine Frau unter ihrem Namen nach Deutschland geflogen war. Jemanden, der ein Feuer legen konnte, sodass es erst Stunden später entdeckt wurde. Jemanden, der genug über die Identifikation von Toten wusste, um eine falsche Leiche in ein Grab mit ihrem Namen zu schmuggeln.

Hannah fröstelte. Nein, dachte sie unwillkürlich, nein, das kann nicht sein, ganz bestimmt sind das alles nur dumme, unglückselige Zufälle.

Doch sie glaubte nicht an Zufälle.

Ob Zufall oder nicht, es änderte nichts an der Tatsache, dass sie hier in einer grauen Gefängniszelle festsaß und nichts unternehmen konnte. Zweimal in der Woche wurde sie zum Duschen geführt, einmal noch bekam sie Besuch von Liza Mendez, die ihr den Termin für die Voruntersuchung nannte und sie beinahe triumphierend darüber informierte, dass das deutsche Konsulat sich geweigert hatte, für sie tätig zu werden. Bei der Gelegenheit hatte sie die Anwältin auch gebeten, einen DNA-Abgleich mit den sterblichen Überresten ihrer Großmutter zu veranlassen, doch Liza Mendez hatte sie nur ungläubig angesehen und dann spöttisch gelacht.

«Was wollen Sie? Einen DNA-Test? Wissen Sie, wie teuer das ist? Das können Sie sich nicht leisten.»

«Aber das FBI …»

«Das FBI wird einen Teufel tun, um Beweise zu Ihrer Entlastung zu sammeln.»

Erst später fand Hannah heraus, dass es in den USA tatsächlich Aufgabe des Angeklagten und seines Rechtsbeistands war, entlastende Beweise zu beschaffen und vorzulegen – Pech für sie, wenn ihre Anwältin sie dabei im Stich ließ.

Bis auf diesen einen Besuch blieb sie allein, allein mit ihren Gedanken, ihren drei Büchern, der Akte und den Zeitungsartikeln, von denen sie bald jedes Wort auswendig kannte, selbst die Texte der Anzeigen neben den Artikeln. Sie kannte jeden Namen aus jedem Artikel, wusste alles über die Opfer von Elsa Jones, was auch nur in einem Halbsatz erwähnt worden war. Judith Beckett hatte eine fünfjährige Tochter hinterlassen, Jodie, die mittlerweile fünfzehn Jahre alt war. In Jeff Morgans Nachlass hatte man einen essayistischen Roman über die Unmöglichkeit der Liebe in Zeiten des Terrors gefunden, der posthum veröffentlicht worden war. Allan Springs war ein leidenschaftlicher Segler gewesen, Mohammed Ben'Ali hatte moderne Kunst gesammelt. Elaine Rotham und Alicia Brights waren beide auf dem Land aufgewachsen und hatten als junge Mädchen eigene Pferde besessen, und Julia Michaels hatte einen Bruder bei einer Schießerei verloren. All diese Menschen waren jetzt tot, so wie Hannah offiziell tot war. Manchmal, wenn sie schlaflos auf ihrer Pritsche lag und sie die Uhrzeit nur anhand des Lärmpegels im Gefängnis ungefähr schätzen konnte, fühlte sie sich diesen Toten näher als den meisten Menschen, die sie kannte. Sie stellte sich vor, wie sie gelebt hatten und gestorben waren. Zwölf Leben hatte Elsa Jones ausgelöscht, dazu kam noch die Leiche einer Unbekannten in ihrem Haus. Hannah selbst würde das vierzehnte Opfer sein.

Doch noch war es nicht so weit. Solange sie atmete, solange sie noch in der Lage war, logisch zu denken, hatte Elsa Jones nicht gewonnen.

12. KAPITEL

Die Luft im großen Verhandlungssaal des Bundesgerichts in Austin, Texas, war kühl und frisch. Einige Zuschauer nutzten die Pause, um sich die Beine zu vertreten, andere standen in kleinen Gruppen herum und unterhielten sich halblaut. Alle großen Fernsehsender hatten Kamerateams geschickt, auch sämtliche anderen wichtigen Medien waren vertreten. Niemand zweifelte daran, dass die Geschworenen rasch zu einem Urteil kommen würden, dazu war die Beweislage zu eindeutig. Und niemand zweifelte daran, wie das Urteil lauten würde.

Mullen saß in der vordersten Bankreihe und starrte auf die leere Geschworenenbank. Vor zehn Minuten hatte sich die Jury zurückgezogen, Elsa Jones hatte man in die Zelle geführt, in der sie die Verhandlungspausen verbrachte. Er hoffte, dass sie jetzt dort schmorte. Während des gesamten Prozesses hatte sie geschwiegen, bis auf den ersten Tag, als der Richter sie nach ihrem Namen gefragt hatte.

«Ich bin Hannah Marcks», hatte sie mit fester Stimme geantwortet, doch da der Richter dies bereits in der Voruntersuchung als haltlose Schutzbehauptung abgewiesen hatte, hatte der Ehrenwerte Richter Hicksley sie nur wegen Missachtung des Gerichts gerügt und nicht weiter darauf gedrungen, dass sie vor Gericht die Wahrheit zu sagen habe. Bei dieser Angeklagten stieß man damit auf taube Ohren.

Eineinhalb Jahre waren vergangen, seit er Elsa Jones verhaftet hatte, bei der Vorverhandlung Ende 2011 hatte er sie zum letzten Mal gesehen. Ihre Behauptung, sie sei Hannah Marcks, hatte für einen ziemlichen Wirbel in den Medien gesorgt hatte. Ein paar Verrückte hatten ihre Behauptungen tatsächlich ernst genommen, aber genützt hatte es ihr nichts. Jones musste gewusst haben, wie schlecht ihre Chancen standen, denn sie hatte gefasst gewirkt, als der Richter verkündete, dass er das Hauptverfahren zuließ und den Verhandlungsbeginn auf den 6. März 2013 festlegte.

Inzwischen war es Juli geworden. Wochenlang hatten Zeugen und Gutachter vor Gericht ihre Aussagen gemacht, und alle zeichneten ein einhelliges Bild: Elsa Jones, die Frau auf der Anklagebank, hatte zwölf Menschen erschossen. Da die Angeklagte die Aussage verweigerte und Liza Mendez sich bei der Zeugenbefragung keine allzu große Mühe gab, war der Prozess erstaunlich zügig vorangeschritten. Heute nun würden die Geschworenen ihr Urteil fällen.

Mullen hatte gleich zu Beginn des Prozesses als Zeuge ausgesagt. Einen ganzen Tag lang hatte er dem Staatsanwalt Rede und Antwort gestanden, hatte detailliert über die Ermittlungsarbeiten berichtet, die schließlich zur Verhaftung von Elsa Jones geführt hatten. Anschließend war er wieder nach Hause geflogen und hatte die weiteren Prozesstage im Internet und Fernsehen verfolgt, im Büro gemeinsam mit seinen Kollegen oder allein in seiner kleinen Wohnung, in die er nach der Trennung von Zara gezogen war. Kurz vor der Voruntersuchung, als seine Arbeit an dem Fall so gut wie beendet war und er endlich nach Hause gekommen war, hatten sie beide gemerkt, dass ihr Zusammenleben nichts als Quälerei und ihre Ehe eine Farce war. Zara war Partnerin in einer großen Rechtsanwaltskanzlei und er nach wie vor ein einfacher FBI-Agent. Die Beförderung, von der man schon gemunkelt hatte, nachdem er Elsa Jones verhaftet hatte, ließ immer noch auf sich warten. Das Special Team, das Elsa Jones gejagt und verhaftet hatte, war aufgelöst worden, und Mullen und seine Kollegen bearbeiteten wieder andere Fälle.

Für den heutigen Tag hatte er Urlaub genommen, um bei der Urteilsverkündung dabei sein zu können. Er wollte sehen, wie sie reagierte, wollte sehen, ob sie endlich ihre Maske fallen ließ. Während des Prozesses hatten die Kameras sie oft gezeigt, wie sie neben ihrer Anwältin saß, mit der sie kaum ein Wort wechselte. Sie vermied es, irgendjemanden direkt anzusehen, schien aber der Verhandlung aufmerksam zu folgen. Als die Witwe von Malcolm Wheeler befragt wurde, die bei Elsa Jones' letztem Mord ihren Mann und die Tochter verloren hatte, hatte die Angeklagte die Augen geschlossen. Ihr Gesicht zeigte keinerlei Regung.

Kalt. Kalt und berechnend, das war sie.

Mullen blickte auf, als zwei Sheriffs die Angeklagte in den Saal führten. Für einen kurzen Moment trafen sich ihre Blicke, und Mullen glaubte Hass in ihren Augen zu erkennen. Natürlich hasste sie ihn. Er hatte sie zur Strecke gebracht, ausgerechnet er, ein Schwarzer, so schwarz, dass er überall Blicke auf sich zog. Welch eine Demütigung für diese Frau, die ihre Verachtung allen Nicht-Weißen gegenüber mit der Muttermilch aufgesogen hatte!

Er lächelte. Sie reckte kurz das Kinn in die Höhe und schüttelte kaum merklich den Kopf. *Ich bin nicht Elsa Jones.* Sie sagte es nicht, aber er erinnerte sich gut an diesen Blick und ihre Stimme, wenn sie diesen Satz einer Beschwörungsformel gleich während der Vernehmungen wiederholt hatte.

Sobald der Ehrenwerte Richter Hicksley Platz genommen hatte und Ruhe im Saal eingekehrt war, wurden die Geschworenen hereingeführt. Keine dreißig Minuten hatten sie gebraucht, um zu einem einstimmigen Ergebnis zu kommen. Der Sprecher blieb stehen, während die anderen Jurymitglieder sich setzten. Im Saal wurde es totenstill.

«Mr. Speaker, sind die Geschworenen zu einem Urteil gekommen?», fragte der Richter.

«Jawohl, Euer Ehren», sagte der Mann, ein fast kahlköpfiger Weißer in weißem Hemd und schlecht sitzendem Anzug.

«Wie lautet Ihr Urteil?»

«Schuldig.»

Ein hörbares Aufatmen ging durch den Saal, als hätte vielleicht doch noch irgendwo ein letzter Rest Zweifel über die Entscheidung der Geschworenen bestanden.

Mullen beobachtete Elsa Jones. Er sah lediglich ihr Profil. Sie war blass, musterte die Geschworenen jedoch aufmerksam, als wollte sie sich die Gesichter einprägen – für den Fall, dass sie jemals wieder freikäme und sich rächen könnte. Jetzt wandte sie den Kopf um und sah den Richter an, der das Strafmaß verkünden würde. Eine Überraschung gab es auch dieses Mal nicht.

Elsa Jones wurde zum Tode verurteilt.

Drei Tage später ließen die Kollegen des ehemaligen Special Teams im Hauptquartier des FBI in Washington D.C. die Korken knallen. Jahrelang hatten die Männer und Frauen Elsa Jones gejagt, schon als sie nicht mehr als ein Phantom gewesen war. Keine leichte Beute, aber sie hatten es geschafft, weil sie ein gutes Team gewesen waren und das Glück auf ihrer Seite gehabt hatten. Mullen, der gestern endlich seine verdiente Beförderung erhalten hatte, heimste die meisten Lorbeeren ein, und die Kollegen gönnten es ihm. Er war ein erstklassiger Ermittler, und dass er nicht sofort nach der Verhaftung befördert worden war, war vielen Kollegen sauer aufgestoßen. Taylor, sein ehemaliger Vorgesetzter, war ebenfalls befördert worden, sie schüttelten einander höflich die Hand und gratulierten sich gegenseitig. Später gesellte sich sogar ihr oberster Chef und Abteilungsleiter, Hugh Fenderson, hinzu. Auch er schüttelte Mullen die Hand und merkte an, er freue sich, dass ausgerechnet er Elsa Jones verhaftet hatte. Mullen verkniff sich eine Erwiderung.

Irgendwo im Hintergrund lief ein Fernseher und brachte einen NBC-Bericht, in dem noch einmal der Prozess zusammengefasst wurde. Eine Großaufnahme von Elsa Jones zum Zeitpunkt der Urteilsverkündung füllte den Bildschirm aus. Die Kamera hatte ihr Profil eingefangen, die zuckenden Mundwinkel und die fest aufeinandergepressten Lippen. Sie wirkte aufgewühlt, aber vor allem wirkte sie zornig. Als würde ihr ein schreckliches Unrecht widerfahren.

Kathy stellte sich neben ihn, als Mullen den Bildschirm anstarrte, und reichte ihm ein Bier. «Ist sie wirklich so kalt?», fragte sie, als das Bild wechselte und das bekannte Foto zeigte, auf dem Jones gerade Samantha Wheeler erschossen hatte. Kathy hatte Jones nie persönlich kennengelernt, die Verhöre mit ihr hatten Mullen und Taylor allein geführt.

«Ja», sagte Mullen. «Sie hat kein einziges Mal Mitleid mit den Opfern gezeigt. Hat kein einziges Mal die Fassung verloren.» Er dachte kurz an Ms. Bishop, die alte Lehrerin von Elsa Jones. «Aber so war sie wohl schon immer gewesen: kalt und hart.»

«Gut, dass du sie aus dem Verkehr gezogen hast», sagte Kathy und lächelte.

Er lächelte zurück. «Nicht ich. Wir.»

Ein Handy in der Nähe klingelte, es gehörte Taylor. Aus den Augenwinkeln sah Mullen, wie er seinen Blackberry ans Ohr hielt, kurz darauf wurde er blass. Hastig wechselte er ein paar Worte mit dem neben ihm stehenden Fenderson.

Erst als die Gespräche um sie herum verstummten, bemerkte Mullen, dass im Fernsehen eine Sondermeldung gebracht wurde. Die Bilder zeigten einen brennenden Van auf einem Highway, Polizeiwagen mit blinkenden Blaulichtern, hektisch herumlaufende Rettungskräfte und Sanitäter.

Die Stimme des Moderators aus dem Off klang angespannt. «Wie uns soeben gemeldet wurde, hat es vor einer Stunde einen

Überfall auf den Gefangenentransporter gegeben, mit dem Elsa Jones, die zum Tode verurteilte Serienmörderin, von Austin, Texas, in das Hinrichtungsgefängnis in Huntsville, Texas, überstellt werden sollte. Der Transport war von mehreren Wagen der Staatspolizei eskortiert worden und geriet offensichtlich in einen gut organisierten Hinterhalt. Bisherige Meldungen gehen von mindestens fünf Toten aus, Elsa Jones scheint verschwunden zu sein. Wo sie sich zum gegenwärtigen Zeitpunkt aufhält, ist unklar, doch die Behörden gehen offensichtlich davon aus, dass es sich um einen gezielten Befreiungsversuch handelt. Elsa Jones war erst am Dienstag von einem Geschworenengericht …»

Obwohl der Fernseher auf volle Lautstärke gestellt war, schien es plötzlich totenstill im Raum zu sein. Mullen fror. Irgendwo fiel ein Glas klirrend zu Boden und zersprang. Handys begannen zu klingeln. Ganz in der Nähe kippte krachend ein Stuhl um.

Taylor lag keuchend und leichenblass auf dem Boden. Auf seiner Stirn lag kalter Schweiß, und er verdrehte die Augen. Kathy rief den Notarzt an, andere eilten zu ihm und lösten ihm die enge Krawatte. Irgendjemand sagte etwas von einem Herzinfarkt.

Über das Chaos hinweg, das unvermittelt um ihn herum ausgebrochen war, fiel Mullens Blick auf Hugh Fenderson. Auch er war blass geworden. Als er den Kopf hob, trafen sich ihre Blicke. Fenderson nickte stumm.

Die Jagd begann von vorn.

Und dieses Mal würde Mullen sie anführen.

TEIL 2
GEJAGT

13. KAPITEL

Hannah kauerte auf dem Boden des Lieferwagens und versuchte zu begreifen, was geschehen war. Sie trug noch die Hand- und Fußfesseln, die man ihr im Gefängnis angelegt hatte, doch die Ketten dazwischen waren mit einer Flex durchtrennt worden.

Sie hatte in dem kleinen Metallkäfig des Gefangenentransporters gekauert und versucht, ihre Übelkeit zurückzudrängen, als der Wagen unvermittelt eine Vollbremsung hingelegt, über die Straße geschleudert und gegen ein Hindernis gekracht war. Sie hörte das Donnern einer Explosion, Schüsse, Schreie. Der Polizist, der mit ihr hinten im Van saß, zückte fluchend seine Waffe, doch im nächsten Moment krachte es erneut ohrenbetäubend, und die Tür zum Gefangenentransporter sprang auf. Der Polizist starb in einem Kugelhagel. Hannah kauerte sich zusammen, so gut es ging. Wegen der Fesseln konnte sie sich weder die Ohren zuhalten noch die Hände schützend über den Kopf halten. Zwei maskierte, schwarz gekleidete Gestalten stürmten herein, während der Lärm draußen unvermindert anhielt. Einer der beiden Männer flexte die Gittertür auf, dann halfen sie Hannah aus dem Wagen heraus. Zwei Sekunden später waren die Ketten durchtrennt.

«Elsa, komm mit!», rief der schmächtigere der beiden Befreier, nahm sie an die Hand und rannte los, während der andere Vermummte ihren Rückzug sicherte. Wie benommen taumelte Hannah hinter dem Mann her, der sie eisern festhielt und weiterzerrte. Dichter, beißender Rauch hing in der Luft und machte den Tag zur Nacht, Blaulichter zuckten in der Dunkelheit auf. Überall um sich herum hörte sie Schüsse und Schreie. Der Mann zog sie an mehreren Streifenwagen vorbei zu einem blauen Van und riss die hintere Tür auf. Auf der Ladefläche lag eine dünne Matratze.

«Leg dich hierhin, ich bring dich erst mal hier raus», schrie ihr Begleiter, knallte die Tür hinter ihr zu und rannte zur Fahrertür. Kurz danach raste der Wagen los. Der Krach hinter ihnen wurde rasch leiser und verebbte schließlich ganz. Wenn sie mit einer durchschnittlichen Geschwindigkeit von 100 km/h oder 62 mph fahren würden, würden sie in zehn Minuten 16,6 Kilometer zurücklegen. Wenn sie 200 km/h oder 124 mph fahren würden, wären es 33,3 Kilometer. Bei einem durchschnittlichen Verbrauch von 10 Litern Kraftstoff auf 100 Kilometer und einem Tank mit 60 Litern Fassungsvermögen würden sie 600 Kilometer oder 372 Meilen weit kommen, vorausgesetzt, der Tank war voll, was er nicht sein konnte, da der Lieferwagen ja von irgendwoher bis zum Ort des Überfalls gekommen sein musste. Hannah wurde ruhiger.

Der Wagen fuhr mittlerweile langsamer, ab und zu hörte sie andere Autos an ihnen vorbeifahren. Der Van hatte hinten kein Fenster, nur eine kleine Luke nach vorne zum Fahrer. Dieser hatte seine Maske abgenommen und blickte konzentriert auf die Straße. Ein junges, glattes Gesicht mit spärlichem Bartwuchs. Straßenköterblonde Haare, eine schiefe Nase und kräftige Hände. Hannah schätzte ihn auf nicht älter als zwanzig. Höchstens.

Wer war das? Wie kam dieser Junge dazu, sie auf dem Weg zur Todeszelle im Gefängnis von Huntsville zu entführen? Oder hatte er sie befreit? Es fiel ihr schwer, einen klaren Gedanken zu fassen. Das letzte Jahr im Gefängnis war nicht spurlos an ihr vorübergegangen. Vollkommen isoliert, ohne die Möglichkeit, Besuche oder Briefe zu empfangen, hatte sie vierundzwanzig Stunden am Tag mit sich allein verbracht. Sie hatte wenig, womit sie sich die Zeit vertreiben konnte, nur die Akte und die Zeitungsartikel, die ihre Anwältin ihr hatte zukommen lassen, damals, als sie für einen kurzen Moment die Möglichkeit in Erwägung gezogen zu haben schien, sie könnte tatsächlich die Wahrheit sagen. Irgendwann hatte Hannah angefangen, bekannte mathematische Beweise nachzurechnen, nur um etwas zu tun zu haben. Hin und wieder gelang es ihr, einzutauchen in die Welt der Zahlen, doch die Realität ließ sich auf diese Weise weder leugnen noch verdrängen. Zu groß war der ohnmächtige Zorn, der sie immer wieder packte, sobald sie über ihre Lage nachdachte. Elsa Jones hatte ein perfektes Spinnennetz für sie gewoben, in dem sie sich verfangen hatte, doch niemand außer ihr konnte das erkennen.

Oder vielleicht doch? Hatte sie womöglich Unterstützer, von denen sie nichts geahnt hatte? Anders als beim Prozess, bei dem der Richter sie gerügt hatte, weil sie ihren Namen mit Hannah Marcks angegeben hatte, war es bei der Voruntersuchung vor allem um die Frage gegangen, ob sie Elsa Jones war oder nicht. Natürlich hatte sie gegen Beweise wie den Führerschein oder die Sterbeurkunde aus Deutschland keine Chance gehabt, aber immerhin hatte sie Gelegenheit gehabt, ihre Geschichte zu erzählen. Und über die vielen Reporter im Gerichtssaal war sicherlich auch einiges davon in die Öffentlichkeit gelangt. War sie jetzt von Menschen befreit worden, die ihr glaubten und ihr Schicksal nicht in die Hände der amerikanischen Justiz legen wollten? Aber der Junge hatte sie Elsa genannt, nicht Hannah.

Der Wagen bog scharf ab auf eine holperige Schotterpiste. Hannah wurde hin- und hergeworfen, bis sie einen Mund voll bitterer Galle herunterwürgen musste. Endlich blieb der Wagen stehen. Die Fahrertür wurde geöffnet, kurz darauf auch die hintere Tür des Van.

Grelles Sonnenlicht blendete sie, sodass sie von dem Mann, der sie hierhergebracht hatte, nur die Konturen erkennen konnte. Doch er streckte ihr zuvorkommend die Hand entgegen und half ihr aus dem Wagen.

«Willkommen in der Freiheit!», sagte er und grinste.

Überwältigt stand Hannah im warmen Sonnenschein und starrte auf den klaren See direkt vor ihr. Der Van parkte auf einer winzigen Lichtung, wenige Meter von einem grünen Pick-up entfernt. Die Luft roch nach Kiefernharz und Sommer. Hannah biss sich auf die Lippen. Sie hatte nicht gewusst, wie sehr sie das vermisst hatte: frische Luft. Ruhe. Weite. Grüne Bäume.

Der junge Mann schloss die Fahrertür des Pick-ups auf und holte eine Tasche heraus. Mit einem Schlüssel öffnete er ihre Handschellen und Fußfesseln und warf beides hinten in den Van.

«Hier sind frische Klamotten für dich. Du kannst dich hinterm Van umziehen. Aber beeil dich, wir müssen weiter.» Er lächelte.

Auch das hatte sie vermisst. Das Lächeln eines anderen Menschen.

«Wer bist du?», fragte sie.

«Steve Donaldson. Ich bin Matthews Sohn.» Gespannt sah er sie an.

Matthew Donaldson. Hannah wusste alles über Elsa Jones, was die Akte und die Zeitungen hergegeben hatten. Donaldson war ein alter Schulfreund von Elsa Jones gewesen.

«Hallo, Steve», sagte sie. Er wirkte enttäuscht über die knappe Begrüßung, doch das war ihr egal. Sie nahm ihm die Tasche aus der Hand und verschwand hinter dem Van.

Sie fand eine komplette Ausstattung, samt Unterwäsche, Strümpfen und Schuhen. Die meisten Sachen passten ganz gut, selbst die Schuhe, nur das T-Shirt war eine Nummer zu klein. Am Boden der Tasche entdeckte sie zum Schluss noch eine Perücke mit schwarzem langem Haar. Als sie sie aufsetzte und einen Blick in den Seitenspiegel warf, hatte sie Mühe, sich wiederzuerkennen. Nicht nur die Haare, auch ihr eigenes Gesicht war ihr fremd geworden. Dieser verbissene Zug um den Mund, die harten Linien – waren die schon immer dort gewesen?

«Elsa? Wir müssen los!»

Sie zuckte zusammen. «Ich bin nicht Elsa Jones», wollte sie rufen, überlegte es sich aber anders. Wie würde der Junge reagieren, wenn er merkte, dass er die Falsche befreit hatte? Sie ging zu ihm, er nahm ihr die Gefängniskleidung ab und warf sie ebenfalls in den Van.

«Hilf mir mal, den Wagen zu versenken», sagte er, während er zur Fahrerseite ging, die Handbremse löste und den Lieferwagen auf den See zuzuschieben begann. Unschlüssig stand Hannah daneben, doch schließlich half sie mit und schob von hinten. Der Van rollte den sanften Abhang hinunter auf das Steilufer zu und segelte ein paar Sekunden lautlos durch die Luft, ehe er mit einem gewaltigen Platscher auf das Wasser aufschlug. Hannah sah zu, wie er innerhalb kürzester Zeit versank, bis nichts mehr von ihm zu sehen war.

Sie spürte eine leichte Berührung an der Schulter.

«Komm», sagte Steve beinahe sanft. «Wir müssen los.»

Nach zehn Minuten musste sie die Augen schließen, so überwältigt war sie von dem Anblick, der sich ihr bot. Wälder. Felder. Wildblumen am Rand der Schotterpiste. Sie senkte den Kopf und betrachtete ihre Arme, die in einem schlichten T-Shirt steckten, und die Beine in einer ganz normalen Jeans. Keine verwaschene, stinkende Gefängniskleidung. Keine ausgetretenen Slipper, die bei jedem Schritt rutschten. Keine Fesseln an den Handgelenken.

Sie hob den Kopf und blickte aus dem Seitenfenster. Am Waldrand stand ein Rudel Wapitihirsche und schaute kurz zu ihnen herüber, um dann gelassen weiterzuäsen.

Sie drehte den Kopf und musterte den Jungen neben sich. Er hielt das Lenkrad so fest umklammert, dass seine Fingerknöchel weiß hervortraten. Auf seiner Stirn hatten sich winzige Schweißperlen gesammelt. Er schien ihren Blick zu spüren, denn er wandte ebenfalls den Kopf und lächelte sie zaghaft an.

«Dad meinte, ich soll dich erst mal in Ruhe lassen und dich nicht gleich vollquatschen. Ich meine, für mich ist das okay, ich will dich nicht nerven.» Er hatte sich am See ebenfalls umgezogen, die schwarzen Klamotten waren mit dem Van im See verschwunden. Er trug wie Hannah Jeans und T-Shirt, dazu eine Baseballkappe. Mit einer Hand öffnete er eine Klappe zwischen den beiden Vordersitzen. «Hier sind die Waffen. Eine SIG 553.» Er klang stolz. «Dad wollte eigentlich eine SIG 552 besorgen, hat aber keine mehr aufgetrieben. Aber er meinte, über die hier würdest du dich auch freuen.»

Hannah starrte auf die Waffe neben sich. Schwarzes Metall, kalt und tödlich. Mit einer SIG 552 hatte Elsa Jones elf Menschen erschossen. Sie musste schlucken. Steve plapperte weiter.

«Die M40 ist meine. Klasse Gewehr, das beste auf dem Markt.» Er wurde rot. «Aber das weißt du ja natürlich.» Verlegen deutete er mit einem Kopfnicken auf das Handschuhfach. «Dadrin sind Papiere für uns beide, falls wir doch in eine Kontrolle kommen. Und eine Sonnenbrille für dich.»

Hannah wandte den Blick von den Waffen ab, öffnete die Klappe und fand zwei Führerscheine auf den Namen Thomas und Veronica Mitchell. Sie runzelte die Stirn. Sollte sie mit diesem Jungen verheiratet sein? Absolut unglaubwürdig.

«Wir sind Geschwister, auf dem Weg zur Beerdigung von unserem Granddad», erklärte Steve, als hätte er ihre Gedanken erraten.

«Und wo fahren wir hin?», fragte sie, während sie die Sonnenbrille aufsetzte.

«Nach Arkansas. Zur Hütte im Johnson County.»

Erwartungsvoll sah er sie an, als müsste sie wissen, wovon er sprach. Anscheinend kannte Elsa Jones diese Hütte also. Um sich nicht durch eine falsche Frage zu verraten, fragte sie: «Habt ihr beide mich allein rausgeholt?»

Steve lachte. «Nee. Dad ist zwar cool, aber so eine Aktion hätte selbst er nicht alleine hingekriegt. Ein paar Freunde haben ihm geholfen.»

Sie schloss die Augen. Steve hatte die Fenster heruntergelassen, und der warme Fahrtwind wehte ihr ins Gesicht. Der Wagen rumpelte über die Schotterpiste, doch ansonsten war es still. Sie umfasste ihre Handgelenke, streckte die Beine aus. Keine Fesseln. Sie war frei. Sie versuchte, nicht an die beiden Waffen neben sich zu denken.

Aber wieso hatte ein alter Freund von Elsa Jones das Risiko auf sich genommen, sie zu befreien? Wenn er sie für Elsa hielt, obwohl sie das bei der Voruntersuchung und beim Prozess stets bestritten hatte, musste sie der echten Elsa Jones tatsächlich zum Verwechseln ähnlich sehen.

Oder wusste Donaldson, dass sie *nicht* Elsa Jones war? Und wer waren seine Freunde? Waren auch alte Schulfreunde von Elsa Jones darunter?

«Hast du Hunger?», unterbrach Steve sie in ihren Überlegungen. Sie drehte den Kopf in seine Richtung. Er deutete mit einer Kopfbewegung auf die Rückbank. «Da in den Tüten ist was zu trinken und zu essen. Nichts Besonderes, aber wir können erst mal nirgends anhalten.»

Hannah drehte sich auf dem Sitz um und durchsuchte die Taschen. Limonade, Wasser, Sandwiches, Schokoriegel und unzählige Tüten Chips.

Sie riss eine davon auf und griff hinein. Etwas Salziges, Scharfes explodierte auf ihrer Zunge. Sie griff noch einmal hinein und nahm gleich eine ganze Handvoll, die sie ausgehungert hinunterschlang.

Steve lachte unsicher. «War wohl nicht so lecker, der Gefängnisfraß, was?»

Unwillkürlich musste sie lächeln. «Du sagst es.» Sie hielt ihm die Chipstüte hin, aus der er sich ebenfalls bediente.

Aus den Augenwinkeln beobachtete sie ihn, froh um die Sonnenbrille, die ihren forschenden Blick verbarg. Er war nervös, was sie ihm nicht verdenken konnte. Immerhin riskierte er gerade sein Leben, indem er eine Frau durch die Gegend kutschierte, nach der vermutlich bereits im ganzen Land fieberhaft gesucht wurde.

Er beugte sich vor, stellte das Radio an und suchte einen Sender, auf dem über die spektakuläre Befreiung der gefährlichen Serienmörderin Elsa Jones berichtet wurde. «FBI und die State Police von Texas haben in einer beispiellosen Großaktion im gesamten Staatsgebiet Straßensperren errichtet. Die Grenzen zu den angrenzenden Staaten werden abgeriegelt. Jeff Barkley, der Polizeisprecher, erklärte, die Flüchtigen hätten keine Chance zu entkommen.»

«Das werden wir ja sehen», sagte Steve, doch es klang, als wollte er sich vor allem selbst Mut machen. Er wandte sich an Hannah. «Wir haben die Route monatelang ausgetüftelt. Die kriegen uns nicht.»

Schweigend fuhren sie weiter, während sie den Nachrichten lauschten. Die genaue Anzahl der Angreifer sei noch nicht ermittelt, aber es gab mindestens sechs Tote – fünf Polizeibeamte und ein Terrorist.

«Scheiße. Diese Schweine.»

Hannah sagte nichts.

Mehrere Personen seien verletzt worden, darunter auch einer der Terroristen, den man sofort in das Haftkrankenhaus von Huntsville gebracht hatte. Namen wurden nicht genannt.

Steve war blass geworden. «Scheiße, scheiße, scheiße.»

Wie viele Terroristen an dem Angriff beteiligt gewesen waren, sei zur Stunde noch unklar. Fest stünde nur, dass es sich um einen Anschlag von militärischer Präzision gehandelt habe.

Steve grinste und wandte sich Hannah zu. «Sag ich doch. Mein Dad ist echt cool.»

Stundenlang fuhren sie über Schotterpisten, wobei Steve immer wieder sein GPS-Gerät zurate zog. Oft fehlte der Weg völlig, und mehrmals durchquerten sie kleinere Bäche. Als es dunkel wurde, campierten sie an einem kleinen Fluss. Auf ein Feuer verzichteten sie, um keine Aufmerksamkeit zu erregen. Hannah ging zum Wasser, suchte sich eine ruhige Stelle und zog sich langsam aus. Die Nachtluft war mild und klar, das Wasser angenehm kühl auf der Haut. Sie legte sich auf den Rücken und ließ sich von der Strömung umspülen. Mit dem feinen Flusssand rieb sie sich ab, bis ihre Haut brannte. Immer wieder tauchte sie den Kopf unter, als könnte sie dadurch die letzten zwanzig Monate fortspülen. Sie zitterte, als sie endlich aus dem Wasser stieg und sich hastig anzog.

Steve hatte inzwischen Isomatten und Schlafsäcke von der Ladefläche des Pick-ups geholt. Als sie bei ihm ankam, bot er ihr von den Sandwiches an, und sie griff hungrig zu. Im Fluss hatte sie getrunken, kein Vergleich mit dem lauwarmen verchlorten Wasser im Gefängnis.

Sie war frei.

Und sie war nicht allein. Aber wer waren ihre Verbündeten? Sie bezweifelte, dass Elsas alter Schulfreund sie nur aus reiner Anhänglichkeit befreit hatte.

«Kommen Matthew und die anderen auch zur Hütte?», fragte sie, nachdem sie ihr zweites Sandwich verdrückt hatte.

«Matthew, Martin, Thomas und Jonathan kommen. Die anderen tauchen woanders ab.» Es sei denn, einer von ihnen war der tote oder der verletzte … Angreifer? Terrorist? Wie sollte sie diese Leute nennen, die sie zwar befreit, dafür aber mehrere Menschen erschossen hatten?

Martin, Thomas, Jonathan, die Namen sagten ihr nichts. «Sind noch mehr alte Freunde dabei? Ich meine, irgendwer, den ich kennen könnte?»

«Nee, ich glaube nicht. Mein Dad hat die Gruppe gegründet, als er von der Armee nach Hause kam. Er sagt, er hätte dich damals schon gerne dabeigehabt, aber du warst einfach verschwunden.» Steve grinste. «Aber du hattest ja einen guten Grund, meint er.»

Scheiße. «Was ist das für eine Gruppe? Erzähl mir mehr davon.»

«Wir sind die WAP, *White Aryan Patriots* – vielleicht hast du ja schon mal von uns gehört. Wir waren bisher hauptsächlich im Süden aktiv. Du weißt schon, Bestrafungsaktionen gegen freche Nigger und so.» Der Junge klang, als spräche er von idyllischen Picknickausflügen.

«Und da hast du mitgemacht?» Hannah zog den Schlafsack über die Schultern. Ihr war plötzlich kalt.

«Ja», sagte er stolz. «Na ja, ich habe ein paarmal den Wagen gefahren. Dad hat mir schon früh das Fahren beigebracht, er meint, ich sähe so harmlos aus, wenn ich irgendwo parke, schöpft niemand Verdacht.» Dass er harmlos aussah, konnte Hannah bestätigen, aber Steve selbst schien das gar nicht zu gefallen.

«Wie alt bist du eigentlich?», fragte sie.

«Siebzehn.»

«Und was sagt deine Mom dazu, dass dein Dad dich bei so was mitmachen lässt?»

«Meine Mom ist tot, sie starb, als ich vier war. Mein Dad hat mich allein aufgezogen. Er hat mir beigebracht, worauf es im Leben ankommt.»

«Und das wäre?»

«Dass man ein guter Patriot sein und für das kämpfen muss, an das man glaubt.»

Der Junge strahlte sie an und sah aus, als könnte er keiner Fliege etwas zuleide tun. Geschweige denn «freche Nigger bestrafen».

Scheiße. Eine Gruppe Faschisten hatte sie befreit. Aufrechte amerikanische Patrioten. Sie hatte schon lange nicht mehr an Harold Stanton gedacht, aber jetzt fiel ihr dieser Anwalt plötzlich wieder ein, der sie freiwillig und umsonst hatte verteidigen wollen. Und der von *Freunden* gesprochen hatte, die sie nicht alleinlassen würden. Hatte er damit Matthew Donaldson und seine Gruppe gemeint? Nein. Wenn der Anwalt mit den *White Aryan Patriots* in Kontakt stehen würde, dann wüsste Donaldson, dass sie Stanton damals weggeschickt hatte. Oder hatte er das nicht ernst genommen – so wie er ihre Beteuerung vor Gericht, sie sei Hannah Marcks, offensichtlich nicht für voll genommen hatte?

Wie auch immer, sie musste sich so schnell wie möglich von ihren Rettern absetzen. Sobald sie Matthew Donaldson gegenüberstand, würde er wissen, dass sie nicht Elsa Jones war. Und was er und seine Freunde dann mit ihr anstellen würden, wollte sie sich gar nicht erst ausmalen.

Aber welche Chance hatte sie, wenn sie sich jetzt davonmachte, heute Nacht, während Steve schlief? Sie kannte die Gegend nicht und wusste nicht, wie man in der Illegalität überlebte. Sie könnte sich der Polizei stellen, aber dieser Gedanke kam ihr vollkommen absurd vor. Lieber blieb sie erst einmal bei dem Jungen, bis sich eine bessere Gelegenheit bot.

Vier Tage waren sie unterwegs, wobei sie, so gut es ging, alle befestigten Straßen mieden. Einmal sahen sie aus der Ferne eine Straßensperre der Polizei, die sie großräumig umfuhren, und niemand hielt sie auf. Ab dem zweiten Tag wechselten sie sich beim Fahren ab, nachdem Steve ihr die Route erklärt hatte. Meistens schwiegen sie, obwohl Hannah die neugierigen Blicke des Jungen spürte – neugierig und ehrfürchtig. Das irritierte sie, denn noch nie hatte jemand sie so offenkundig bewundert. Doch diese Bewunderung galt ja gar nicht ihr, sondern Elsa Jones. Ein siebzehnjähriger Faschist bewunderte diese Frau dafür, dass sie zwölf Menschen getötet hatte. Aber reichte diese Bewunderung als Motiv für so eine gefährliche und spektakuläre Befreiungsaktion?

«Wieso habt ihr mich eigentlich befreit?», fragte sie am dritten Tag, als Steve auf dem Beifahrersitz neben ihr saß und aus dem Fenster sah. Seit Tagen waren sie keiner Menschenseele begegnet. Diese Gruppe hatte die Aktion tatsächlich gut vorbereitet. Steve drehte sich zu ihr um.

«Du bist Elsa Jones!», sagte er, als würde das alles erklären. «Weißt du denn nicht, dass du für die ganze Szene die Heldin bist?»

Hannah biss sich auf die Unterlippe. Auf diesen Ruhm würde sie liebend gern verzichten.

«Wir konnten dich doch nicht einfach den Schweinen ausliefern.» Er lehnte den Kopf zurück. «Deine Aktionen haben schon immer für Aufsehen gesorgt, natürlich wussten wir, dass einer von uns dahinterstecken musste. Und als du dann in Atlanta erkannt wurdest und die Jagd auf dich losging, hat Dad sofort gesagt, wir sollten uns vorbereiten …»

Das FBI wusste seit 2006, dass es sich um eine Mordserie handelte. Damals war der Junge neben ihr zehn Jahre alt gewesen. Reichlich jung, um so selbstverständlich von «wir» zu sprechen, wenn er die Gruppe seines Dads meinte. Aber war nicht auch Elsa Jones von klein auf in solche Kreise hineingewachsen?

«Dad will dich unbedingt in seiner Gruppe haben. Er meint, mit dir können wir es schaffen, diesem Scheißnigger und den Verrätern in Washington so richtig in den Arsch zu treten.»

Hannah trat so heftig auf die Bremse, dass sie beide nach vorn geschleudert wurden. «So, möchte dein Dad das?»

Halt den Mund! Sie gab wieder Gas und holte tief Luft. «Ich weiß es zu schätzen, dass ihr mich da rausgeholt habt.» Ein schneller Seitenblick zu Steve, der sie irritiert ansah. «Aber mir ist es lieber, wenn ich selbst entscheide, was ich mache.»

«Klar», sagte Steve und hob beschwichtigend die Hände. «Klar, kein Problem.» Dann grinste er. «Du bist genauso, wie ich mir dich vorgestellt habe. Dad hat gesagt, dass du dir von keinem was sagen lässt.»

Na super. Sie sah Elsa Jones also anscheinend nicht nur ähnlich, sondern benahm sich auch noch wie sie. Später, als Steve wieder fuhr und der Wagen langsam durch unwegsames Gelände rumpelte, lehnte sie den Kopf gegen das Seitenfenster und tat, als schliefe sie. Sie wollte Steve nicht ansehen müssen. Wollte nicht die Bewunderung in seinem Blick sehen, den Stolz, weil er mit der berühmten Elsa Jones auf der Flucht war. Wollte nicht diese weichen Gesichtszüge sehen, dieses spitzbübische Grinsen, das erste Lächeln seit über einem Jahr, und daran denken müssen, wen dieser Junge sich zum Vorbild genommen hatte.

14. KAPITEL

Die Hütte lag versteckt in einem kleinen Tal, umgeben von brachliegenden Feldern und Wald. Bei der vorderen Veranda fehlten ein paar Bodendielen, doch die Tür sah aus, als sei sie frisch repariert worden. Steve tastete auf einem der Dachbalken nach dem Schlüssel und öffnete die Tür.

Es schien sich um ein altes Farmhaus zu handeln. Ein großer Raum bildete den Wohn- und Küchenbereich. Eine Tür in der gegenüberliegenden Wand führte zu den Schlafzimmern, an der linken Wand befand sich ein gemauerter Kamin. In der Luft hing immer noch ein Hauch von Kaminfeuer. Der Raum war mit zusammengewürfelten Sofas und Sesseln eingerichtet, in der Küche standen ein wackeliger Tisch und ein paar Stühle. Es war leidlich sauber, aber nichts deutete darauf hin, dass die Hütte regelmäßig benutzt wurde. Selbst für ein Ferienhaus wirkte alles zu karg und provisorisch.

Schweigend trugen sie die Sachen aus dem Pick-up ins Haus, die Vorräte und Schlafsäcke – und die Waffen. Das hieß, Steve trug die Waffen, und er tat dies mit einer Lässigkeit, als würde er zwei Bohrmaschinen durch die Gegend schleppen. Hannah wandte sich ab und öffnete die Küchenschränke, die gefüllt waren mit Konserven, Zwieback, Trockenfleisch und Tütensuppen. Genug zu essen, um sechs Personen einige Wochen durchzufüttern.

«Du hast das Zimmer gleich neben dem Bad», erklärte Steve, und kurz darauf stand sie in der kleinen Kammer mit dem schmalen Bett. An einer Wand hingen ein selbstgezimmertes Regal und ein paar Kleiderhaken. Neben dem Bett ein kleines Fenster mit Blick auf die bewaldete Hügelkette, die direkt hinter dem Haus begann.

Sie verließ die Hütte, stellte sich auf den Vorplatz und schaute sich um. Es schien absolut still zu sein, nicht einmal der Wind wehte und brachte die Bäume zum Rauschen. Erst nach und nach drangen die Geräusche in ihr Bewusstsein. Der Motor des Pick-ups knackte leise beim Abkühlen. Irgendwo schrie ein Raubvogel. Und ganz in der Nähe plätscherte ein Bach. Hannah schaute zur Hütte zurück. Steve war noch in einem der hinteren Räume, sie hörte ihn laut pfeifen. Könnte sie sich nicht einfach mit dem Wagen davonmachen? Und dann? Sie hatten während der Fahrt aus Benzinkanistern getankt, von denen sie heute Morgen den letzten umgefüllt hatten. Besonders weit würde sie nicht kommen. Ganz zu schweigen davon, dass man vermutlich immer noch überall nach ihr suchte.

Sie musterte gerade die Hügelkette, die sich hinter der Hütte erhob, als Steve aus der Vordertür trat. In der Hand hielt er das Gewehr, das sein Vater für Elsa Jones besorgt hatte. Ein Präzisionsgewehr für Scharfschützen. Der Lauf der Waffe zeigte nach unten, trotzdem erstarrte Hannah, als der Junge direkt auf sie zukam. Ahnte er, dass sie an Flucht dachte, und wollte sie daran hindern? Unwillkürlich trat sie einen Schritt zurück und schaute zum Pick-up. Der Schlüssel steckte noch, und vielleicht hatte sie eine Chance, den Wagen zu erreichen, ehe Steve auf sie schießen konnte.

Doch dann sah sie sein zaghaftes Lächeln, das sie mittlerweile ganz gut kannte; es bedeutete, dass er sie etwas fragen wollte, sich aber nicht sicher war, ob er sie damit nicht belästigte.

«Dad hat mir erzählt, dass ihr früher oft hier wart, in den Ferien, mit seinem Dad. Und dass du damals schon supergut schießen konntest.» Er zögerte. «Ich hab mich gefragt, also, ich meine, ob du mir vielleicht ein bisschen was zeigen kannst.» Er wurde rot. «Ich meine, ich kann natürlich schießen, dafür hat Dad schon gesorgt, aber ich meine … Scharfschütze, wow, das ist echt cool.» Sein Blick hatte etwas Bittendes.

Wie gelähmt starrte Hannah auf die Waffe, die er ihr hinhielt. Sie wollte dieses Ding nicht anfassen. Sie *konnte* es nicht, ohne sich zu verraten.

Denk nach!

Sie sah Steve an. «Dann zeig mir erst mal, was du über das Ding weißt.»

Steve runzelte die Stirn. Scheiße. Hatte sie etwas falsch gemacht? Wie nannten Leute wie er so eine Waffe? Ihr Herz begann, heftig zu pochen. Doch Steve packte das Gewehr mit beiden Händen und fing an, die einzelnen Teile zu erklären und zu demonstrieren. Sie entspannte sich wieder. Manchmal fragte sie etwas, als wollte sie ihn auf die Probe stellen, während sie sich jedes Wort von ihm und jede Bewegung genau einprägte. Abzug, Magazin, Sicherung, Kammer, Schlagbolzen, Fadenkreuz.

Schließlich schwieg er und sah sie erwartungsvoll an.

Sie nickte. «Sehr gut.» Er strahlte. «Aber ich schlage vor, dass wir jetzt erst mal was essen. Ich habe Hunger.»

Es musste bereits nach sieben Uhr sein, und mit etwas Glück würde es später zu dunkel sein, um noch irgendwelche Schießübungen zu veranstalten. Sie bemerkte Steves enttäuschte Miene und hatte beinahe Mitleid mit dem Jungen. Aber nur beinahe. Abrupt wandte sie sich von ihm ab und ging zur Hütte.

Beim Abendessen, der ersten warmen Mahlzeit seit Tagen – Bohnen und Rindfleisch aus der Dose, was gewisse Ähnlichkeit mit dem Gefängnisessen hatte –, schwiegen sie. Das Radio spielte leise Country-Musik. Steve hatte sich ein Bier aufgemacht, doch Hannah begnügte sich mit frischem Wasser, das sie mit Eimern aus dem nahen Bach geholt hatte. Als sie satt war, obwohl noch ein großes Stück Fleisch auf ihrem Teller lag, lehnte sie sich zurück und sah sich im Raum um. Auf den wenigen selbstgezimmerten Regalen standen ein paar Tassen und Töpfe aus Keramik. Es gab keinen Teppich, keine Gardinen, keine Bilder, nichts, was die Hütte auch nur eine Spur wohnlicher gemacht hätte. Trotzdem war es um Längen besser als die Zelle, in der sie das letzte Jahr verbracht hatte – schon allein weil sie selbst bestimmen konnte, wann sie ging.

Konnte sie das?

Draußen dämmerte es bereits, und die kahle Glühbirne unter dem schmucklosen Schirm flackerte unruhig. Im Schuppen hinter dem Haus brummte der Generator, den Steve vor dem Essen in Gang gesetzt hatte. Dort lagerten auch noch weitere Benzinvorräte, wie Hannah festgestellt hatte. Genügend, um mit dem Pick-up abzuhauen. Aber wie würde Steve reagieren, wenn sie Anstalten machte, einfach zu verschwinden? Würde er versuchen, sie aufzuhalten? Oder bewunderte er sie so sehr, dass er jede Ausrede schlucken würde, die sie ihm auftischte?

Sie unterdrückte ein Gähnen. Seit ihrer Verhaftung schlief sie schlecht, Übermüdung war schon beinahe zum Dauerzustand für sie geworden. Das Bett in der kleinen Kammer wirkte im Moment ausgesprochen verlockend.

«Wann kommen die anderen?», fragte sie.

Er zuckte die Achseln. «So schnell wie möglich. Sie versuchen, jeweils zu zweit hierherzukommen. Die Handys sind nur für den absoluten Notfall.» Steve hatte sein Handy, ein einfaches, billiges Einmalhandy, immer in Reichweite, aber Hannah hatte nie gesehen, dass er es benutzt hätte. Wäre ihre Flucht solch ein Notfall?

«Aber ich glaube nicht, dass sie vor übermorgen hier sind. Falls es sein muss, fahren sie einen Umweg, um die Bullen nicht hierherzuführen.» Er grinste sie an. «Darin sind wir gut – die WAPs kommen und gehen, ohne dass es jemand mitkriegt.»

Hannah sagte nichts, und sein Lächeln erstarb. Schweigend stocherte er in seinem Essen herum, bis das uralte Radio auf dem

Küchentresen die Nachrichten brachte. Er lehnte sich zurück und nahm einen Schluck von seinem Bier. Die Namen des getöteten und des verletzten Terroristen wurden immer noch nicht genannt, aber es war auch nicht von weiteren Verhaftungen die Rede. Steve starrte auf den Teller vor sich, ihm war anzumerken, dass er sich fragte, wen es wohl erwischt hatte. *Hoffentlich Matthew,* dachte Hannah und hatte prompt ein schlechtes Gewissen. Aber warum? War sie diesem Mann zu irgendetwas verpflichtet? Sie hatte ihn nicht darum gebeten, sie zu befreien, und schon gar nicht hatte sie vor, zusammen mit ihm irgendjemandem in Washington «in den Arsch zu treten». Sie wollte …

Sie wollte weg von diesem Jungen, diesem halben Kind, das eine Frau wie Elsa Jones bewunderte und ihre Menschenverachtung und ihren Hass teilte. Sie wollte verschwinden, ehe Steves Vater mit seinen Kumpanen hier auftauchte und sie in null Komma nichts entlarvte. Diesem Milchbubi konnte sie vielleicht etwas vormachen, aber Hannah gab sich nicht der Illusion hin, dass sie gestandenen Rassisten vorgaukeln könnte, sie wäre eine von ihnen.

Sie musste erneut gähnen, ihre Glieder fühlten sich an wie Sandsäcke. Sie würde sich nur ein Weilchen hinlegen, und später, wenn der Junge schlief, würde sie verschwinden. Sie zweifelte nicht daran, dass sie irgendwann in der Nacht aufwachen und hellwach sein würde.

Als sie kurz darauf im Bett lag, musste sie jedoch feststellen, dass der Schlaf wieder einmal auf sich warten ließ. Im Gefängnis war das egal gewesen, sie hatte einfach geschlafen, wann immer ihr danach war. Der Rhythmus, der durch die drei Mahlzeiten und das Ein- und Ausschalten der Neonbeleuchtung vorgegeben worden war, hatte für sie keine Bedeutung gehabt. Denken und rechnen konnte sie auch im Dunkeln, die Akte und die Zeitungsartikel kannte sie nach kurzer Zeit auswendig.

In dieser kleinen Hütte war die Dunkelheit so vollkommen, wie sie es nur selten zuvor erlebt hatte. Sie hatte das Fenster geöffnet, und die Abendgeräusche des Tals drangen zu ihr herein. Lauschend lag sie da und versuchte zu entschlüsseln, was sie hörte. Leises Rascheln. Verstohlenes Trippeln und Scharren. Der Schrei eines geschlagenen Beutetiers irgendwo in der Ferne. Das Blöken eines Schafes.

Ihr traten Tränen in die Augen, zornig wischte sie sie fort. Eigentlich sollte sie jetzt in Deutschland in dem kleinen Dorf sein und die Schafe versorgen. Jetzt im Juli waren die Tiere vermutlich bereits geschoren, und sie müsste nur darauf achten, dass die Lämmer gesund groß wurden, um sie nach und nach zu verkaufen. Als ihre Großmutter pflegebedürftig geworden war, hatte sie kurz entschlossen ihren Job als Programmiererin in Hamburg gekündigt und war zu ihr gezogen. Die alte Frau war eine angenehme Mitbewohnerin gewesen, der einzige Mensch, den Hannah längere Zeit um sich herum ertrug. Trotzdem war es ihr oft zu eng geworden, obwohl sie ein eigenes Zimmer und alle Freiheiten hatte, und sie war, so oft es ging, draußen gewesen, im Wald, im Moor, am Deich. Am Deich bei den Schafen, die scheu und doch neugierig zu ihr kamen, wenn sie ganz ruhig stehen blieb. Sie hatte ihre Bekanntschaft mit Hermann, dem Bauern, erneuert und angefangen, ihm zu helfen. Zunächst hatte sie einfach nur die Schafe auf einen neuen Deichabschnitt getrieben, wenn das Gras zu kurz wurde. Eines Tages hatte er sie gebeten, beim Entwurmen zu helfen, und sie hatte ja gesagt. Dann kam die Schafschur, und im Winter versorgte sie mit ihm zusammen die neugeborenen Lämmer im Stall. Schweigend arbeiteten sie nebeneinander, der wortkarge Alte und Annas Enkelin, von der man im Dorf zwar wusste, dass sie irgendwas Kompliziertes studiert hatte, die aber trotzdem eine feine Deern geworden war. Dass sie sich jetzt um ihre Großmutter kümmerte, rechnete man ihr hier hoch an. Hermann nahm sie, wie sie war, zeigte ihr stumm oder mit wenigen Worten, was zu tun war, und Hannah tat es.

Irgendwann im Winter, kurz bevor die Großmutter starb, war das erste Mal der Gedanke aufgetaucht: Warum bleibe ich nicht einfach hier? Sie wusste, dass sie das Haus der Großmutter erben würde, denn es gab keine anderen Verwandten. Und die Vorstellung, nach Hamburg zurückzukehren, reizte sie wenig. Zu sehr hatte sie sich mittlerweile an diese Ruhe und Gemächlichkeit ihres neuen Lebens gewöhnt. Wenige Wochen, bevor die Schafe wieder auf den Deich sollten, fragte Hermann sie nach dem Füttern, ob sie sich vorstellen könne, die Schafe zu übernehmen. Er sei schließlich nicht mehr der Jüngste, und sie stelle sich ja ganz ordentlich an.

Sie schob ein vorwitziges Lamm beiseite, das an ihrem Gummistiefel knabberte, und ließ den Blick über die zufrieden fressenden Schafe schweifen. Warum sollte sie eigentlich nicht Schäferin werden?

«Ich überlege es mir», sagte sie. «Im Sommer sage ich dir Bescheid.» Beide gestatteten sich ein stummes Lächeln.

Sie musste schließlich doch eingeschlafen sein, denn sie schrak im Bett hoch, als sie ein dumpfes Grollen hörte. Zunächst dachte sie an ein Gewitter, doch schon bald erkannte sie, dass es sich um Motorengeräusche handelte. Ihr stockte der Atem.

Steve musste den Lärm ebenfalls gehört haben. Sie hörte schwere Schritte auf dem Flur vor ihrer Kammer, dann seine Stimme: «Elsa!»

Sie schlüpfte in ihre Schuhe und öffnete die Tür. Steve reichte ihr das Gewehr, das er ihr am Nachmittag, ohne es zu wissen, erklärt hatte, und sie griff unwillkürlich danach. Das kalte Metall schien ihr die Hand zu verbrennen, sodass sie es beinahe fallen gelassen hätte. Steve war bereits in den vorderen Raum gerannt und hatte sich neben dem Küchenfenster aufgebaut. Er spähte hinaus in die Dunkelheit. Hannah konnte seine Konturen nur schwach erkennen. Erst als ein Wagen auf den Hof fuhr und die Scheinwerfer kurz das Fenster streiften, sah sie die Schweißperlen auf seiner Stirn.

Sie selbst stand neben einem der beiden Wohnzimmerfenster. Das panzerartige Fahrzeug, das vor der Hütte zum Halten kann, hatte etwas Martialisches. Als die Fahrertür aufgerissen wurde, stieß Steve einen Schrei aus.

«Das ist Martin! Er sollte mit Dad zusammen fahren!» Er rannte zur Tür.

Hannah blieb unschlüssig zurück. Sollte sie durch das Fenster in ihrer Kammer flüchten und versuchen, sich im Wald hinter der Hütte zu verstecken, bis sie mit dem Pick-up verschwinden konnte? Aber wie sollte sie drei Männern entkommen, die es immerhin geschafft hatten, sie aus einem gut gesicherten Gefangenentransporter zu befreien?

In diesem Moment bog ein zweiter Wagen auf den Hof, ein dunkler Van. Die Fahrertür wurde aufgerissen, und ein Mann sprang heraus.

«Wir müssen Matt ins Haus bringen. Die Schweine haben ihn erwischt», rief er Steve zu. Die Männer rannten zum Hummer, kurz darauf tauchten sie wieder auf und trugen zu dritt einen offensichtlich bewusstlosen Vierten.

Matthew Donaldson. Der Einzige, der sofort bemerken würde, dass sie nicht Elsa Jones war. Hannah entspannte sich ein wenig, ließ das Gewehr, das sie fest umklammert hatte, aufs Sofa fallen und holte tief Luft. Ihr blieb nichts anderes übrig, als weiterhin die Rolle der Frau zu spielen, die sie zutiefst verabscheute. Und sie musste ihre Rolle gut spielen.

Sie musste zu Elsa Jones werden.

15. KAPITEL

Der Schock war Steve deutlich anzumerken, als er zusammen mit Martin und Thomas seinen bewusstlosen Vater in die Hütte trug. Sie brachten Matthew in eines der Schlafzimmer und legten ihn vorsichtig auf das Bett. Der Mann stöhnte leise, wachte aber nicht auf. Die beiden anderen Männer begrüßten Hannah kurz, dann kümmerte Martin sich um die Wunde des Verletzten. Hannah stand unschlüssig in der Tür und sah zu. Was würde Elsa Jones in dieser Situation tun? Sie ging in die Küche und setzte heißes Wasser auf. Sie hatte keine Ahnung, ob heißes Wasser Donaldson oder sonst irgendwem nützen würde, aber besser, sie tat irgendetwas, als nur dumm herumzustehen.

Doch wie sich herausstellte, brauchte man ihre Hilfe nicht. In der Kommode des Schlafzimmers befand sich ein ansehnlicher Vorrat an Verbandsmaterial, Salben und Medikamenten, und Martin schien sich immerhin so gut damit auszukennen, dass er Matthews Wunde säubern und frisch verbinden konnte. Der Verletzte stöhnte ein paarmal leise auf, doch nachdem er eine Spritze bekommen hatte, wurde er ruhiger. Bald darauf waren nur noch seine leisen Atemgeräusche zu hören.

Thomas und Martin schlangen hastig eine Mahlzeit herunter, dann fielen sie wie zwei Steine ins Bett und schliefen erschöpft ein. Steve blieb am Bett seines Vaters sitzen. Eine Kugel hatte Matthew Donaldson am Oberschenkel gestreift, und er hatte viel Blut verloren. Heute Nachmittag war er bewusstlos geworden, doch Martin hatte sich zuversichtlich gezeigt, dass er durchkommen würde. Als Hannah den Jungen am Bett seines Vaters sitzen sah, bekam sie Mitleid mit ihm. Sie erinnerte sich noch gut daran, wie es gewesen war, als ihre Großmutter gestorben war, die einzige Familie, die sie noch gehabt hatte – Marek war zwar wie ein Bruder für sie, aber sie waren nicht miteinander verwandt.

Marek. Wie lange hatte sie nicht mehr an ihn gedacht? Seit Liza Mendez ihr die Fragen gestellt hatte, hatte sie nichts mehr von ihm gehört. Ihre Anwältin hatte sich geweigert, Botschaften zu übermitteln, mit der Begründung, sie würde sich damit strafbar machen. Bis auf die einmalige Überweisung von zweihundert Dollar auf ihr Gefangenenkonto hatte er ihr nie wieder Geld geschickt. Das konnte nur bedeuten, dass er glaubte, sie sei die Tote in ihrem Haus gewesen. Wie mochte es Marek heute gehen? Ob er noch um sie trauerte? Oder hatte er sich einen letzten Rest Zweifel bewahrt? Sie hatte gehofft, nach ihrer Verurteilung Kontakt zu ihm aufnehmen zu können. Verurteilte Straftäter, so hatte sie es in der *Einführung in das Strafrecht* gelesen, die ihre Anwältin ihr damals überlassen hatte, genossen in mancher Hinsicht mehr Freiheiten als Untersuchungshäftlinge. Doch jetzt hatte sie wieder keine Möglichkeit, sich mit ihm in Verbindung zu setzen. Sie lachte beinahe auf, als sie sich ausmalte, Steve zu bitten, einen Brief für sie zur Post zu bringen … Absurd.

Inzwischen war es zwei Uhr morgens, doch der Mond war fast voll und tauchte alles in ein fahles Licht. Sie musste von hier verschwinden, und zwar so schnell wie möglich. Aber sie konnte sich nicht einfach in einen der Wagen setzen und losfahren. Vermutlich würde man sie sofort schnappen, und innerhalb kürzester Zeit würde sie wieder im Gefängnis sitzen. Die Tatsache, dass bei ihrer Befreiung mehrere Polizisten ums Leben gekommen waren, würde diejenigen, die sie verhaften würden, ihr gegenüber nicht gerade milde stimmen.

Sie schlich sich aus der Hütte. Die Luft war angenehm frisch. Wenn sie nicht mit dem Wagen fliehen konnte, könnte sie sich vielleicht zu Fuß in den Wald absetzen, der kurz hinter der Hütte begann. Aus Steve hatte sie herausbekommen, dass hinter dem Tal ein riesiges Waldgebiet begann, das sich über fast einhundert Meilen Richtung Norden erstreckte. Ein Teil davon war vor zehn Jahren in einen Nationalpark umgewandelt worden.

«Dad sagt, die Gegend ist so gut wie menschenleer. Perfektes Trainingsgelände.» Anscheinend hatte er vergessen, dass Elsa Jones die Gegend hier ebenfalls kannte. Doch sie war nicht Elsa Jones und hatte nur eine ungefähre Ahnung, wo sie sich überhaupt befand.

Jetzt schaute sie zu dem Hügel hoch, der direkt hinter der Hütte emporragte. Im Mondlicht zeichneten sich die Konturen ab, schroffe Felsen und Baumgruppen waren deutlich zu erkennen. Wie groß war ihre Chance, allein in der Wildnis zu überleben? Einer Wildnis, die sich erheblich von dem unterschied, was sie von Deutschland als Natur gewohnt war?

Als sie ein Geräusch hinter sich hörte, zuckte sie zusammen. Sie drehte sich um und sah eine massige Gestalt auf die Veranda treten. Martin Allisons kurz geschorene Haare waren bereits ergraut, er musste mindestens zehn Jahre älter sein als Matthew Donaldson und Elsa Jones. Hannah beobachtete ihn scharf, als er zu ihr auf den Vorplatz kam. Sie konnte ihm nicht ausweichen, ohne sich verdächtig zu machen.

«Willkommen zu Hause», sagte er, als er bis auf wenige Schritte herangekommen war.

Hannah nickte. «Danke.» Hoffentlich verriet sie sich jetzt nicht. Wie würde Elsa Jones jetzt reagieren? Schweigen? Ihrem Retter danken? «Wisst ihr, wer der Tote ist?», fragte sie. Klang sie zu sanft? Zu leise? Zu zögerlich? Bei Steve hatte sie sich solche Fragen nur selten gestellt, aber Steve war auch noch ein halbes Kind.

Martin runzelte die Stirn. «Die Schweine haben Andrew erwischt, Andrew Graham. Ein guter Mann. Erstklassiger Schütze.» Er zögerte kurz. «Nicht so gut wie du natürlich.»

«Und der Verletzte? Ich meine den, der verhaftet worden ist?»

Martin bedachte sie mit einem nachdenklichen Blick. «Jonathan Darryn. Aber keine Sorge», sagte er langsam, «der wird nicht singen. Der war zehn Jahre bei den SEALs.»

Hannah hatte keine Ahnung, wer oder was die SEALs waren. Sie wandte den Blick ab und starrte wieder zum Hügel. Ein unbehagliches Schweigen breitete sich zwischen ihnen aus. Schließlich drehte Hannah sich um, nickte Martin noch einmal knapp zu und sagte möglichst schroff: «Gute Nacht.» Als sie zur Hütte zurückging, meinte sie fast zu spüren, wie die Blicke des Mannes sich in ihren Rücken bohrten.

Vollständig angezogen lag sie auf dem Bett und fragte sich, ob der Mann Verdacht geschöpft hatte. Sie hatten nicht viele Worte gewechselt, aber Hannah wusste, dass das unter Umständen schon genügen konnte. Jede Gruppe hatte ihre Codes und Chiffren, und wer die nicht beherrschte, wurde leicht als Außenstehender identifiziert. Was in ihrem Fall lebensgefährlich sein konnte.

Als die Dämmerung anbrach, stand sie leise auf und schlich sich in den Küchenbereich. Die Männer hatten gestern einen Rucksack mitgebracht, in den sie jetzt ein Messer, Schlafsack, Streichhölzer und Essensvorräte stopfte. Sie lauschte, doch in der Hütte rührte sich nichts. Leise öffnete sie die Tür und schlüpfte auf die Veranda. Auch auf dem Vorplatz war alles ruhig. Für den Fall, dass jemand sie beobachtete, schlenderte sie ruhig an den Autos vorbei und zur Wiese hinter dem Haus. Als sie den Schutz der Bäume erreichte, atmete sie kurz auf und drehte sich um. In der Hütte war immer noch alles ruhig.

Inzwischen war es schon so hell, dass die Umgebung allmählich Farbe bekam. Vom Weg, der zum Bach führte, ertönte ein

Geräusch. Kurz darauf tauchte eine rote Baseballkappe zwischen den Bäumen auf. Hastig ließ Hannah den Rucksack im Gebüsch verschwinden.

«Elsa!» Steve freute sich offenkundig, sie zu sehen, und schien sich nicht zu wundern, dass sie so früh auf den Beinen war. Ihr Blick fiel auf das Gewehr, das er in der Hand hielt. Es war die SIG 553, nicht die M40, die er normalerweise benutzte.

«Wie geht es deinem Vater?», fragte sie, um von sich abzulenken.

«Besser. Er war heute Morgen kurz wach, und er hat mich erkannt. Aber jetzt schläft er schon wieder.»

Sie würde eine Begegnung mit Matthew nicht lange hinauszögern können. Was, wenn er sie nicht erkannte? Oder besser, wenn er erkannte, dass sie nicht Elsa Jones war? Gestern Abend hatte er noch Fieber gehabt, vielleicht würde sie sich noch ein, zwei Tage damit herausreden können. Aber was, wenn Martin tatsächlich bereits Verdacht geschöpft hatte?

«Elsa?» Steves zögerlicher Ton verriet ihr, dass er sie um etwas bitten wollte.

Sie sah ihn fragend an.

«Kannst du mir jetzt vielleicht ein paar Sachen zeigen?» Er hob das Gewehr an. «Ich dachte, du schläfst noch, deshalb habe ich mir deine SIG geliehen. Zeigst du mir, worauf man achten muss, wenn man echt gut werden will?»

Als sie nichts sagte, fuhr er fort: «Nächstes Jahr gehe ich zur Army, Dad sagt, das ist ’ne erstklassige Ausbildung für Leute wie uns. Ich will zu den Scharfschützen.»

Elsa Jones war ebenfalls bei den Scharfschützen gewesen. Wollte der Junge etwa in ihre Fußstapfen treten?

«Bitte!»

«Aber … damit wecken wir doch nur die anderen auf», wandte sie etwas lahm ein.

Steve lachte. «Dad stört das bestimmt nicht, der hört es gerne, wenn ich trainiere. Und Thomas und Martin sind vermutlich so alle, dass nicht mal eine Explosion sie aufwecken würde.»

Da war Hannah sich zwar nicht so sicher, aber ihr fiel keine Ausrede mehr ein, mit der sie sich davor drücken konnte, dieses Gewehr in die Hand zu nehmen und sich endgültig zu verraten. Bei Steve war die Chance immerhin noch am größten, dass er ihr irgendeine blöde Erklärung für ihr Versagen abkaufen würde.

«Also gut.» Sie schaute sich um. «Wo?»

Steve strahlte sie an. «Komm mit.»

Er führte sie ein paar Schritte auf die Wiese zu einer Stelle, an der das Gras flach getreten war, und deutete auf mehrere Bäume in unterschiedlichen Entfernungen, die mit weißen Zielscheiben bemalt waren. Bis zum ersten Baum waren es vielleicht zwanzig Meter, bis zum letzten zweihundert. Die Zielscheibe war nicht mehr als ein kleiner, weißer Fleck.

«Unser Schießplatz!», sagte er stolz.

Sie schluckte. *Denk nach!*

«Dann zeig mir mal, was du schon gelernt hast», sagte sie. Der Trick hatte schließlich schon einmal funktioniert.

Und Steve spielte mit. Er sprach von Abschusskraft, Rückstoß, Windgeschwindigkeit, Laufwinkel, Projektilgewicht, Flugbahnabweichung, Verriss und horizontaler und vertikaler Blickabweichung. Hannah hörte konzentriert zu, merkte sich jede Einzelheit und hakte immer wieder nach, um so viele Informationen wie möglich zu bekommen. Steve gab bereitwillig Auskunft, ganz der gelehrige Schüler in der Prüfung. Als er das Gewehr hob, auf den ersten Baum zielte und schließlich abdrückte, zuckte Hannah bei dem Krach unwillkürlich zusammen, was er aber zum Glück nicht bemerkte. Enttäuscht ließ er das Gewehr sinken. Er hatte zwar die Zielscheibe, aber nicht ins Schwarze getroffen. Dann reichte er Hannah die Waffe.

Ihre Hände waren eiskalt, als sie danach griff. Das Gewehr war schwer, doch es fühlte sich überraschend glatt und geschmeidig an. Wie sie es bei ihm gesehen hatte, ließ sie das Magazin einrasten, hob den Lauf und peilte mit einem Auge durch das Zielfernrohr. Die Zielscheibe am ersten Baum war plötzlich ganz nah, sie erkannte deutlich Steves Treffer. Sie zielte genau auf die schwarze Mitte. Ein kühler, sanfter Wind strich über ihr Gesicht.

Rückstoß. Windgeschwindigkeit. Flugbahnabweichung. Sie berechnete alle Faktoren und wurde ruhiger. Sie hob den Lauf um wenige Millimeter und hielt ihn eine Spur gegen den Wind. Dann drückte sie ab.

Nur mit Mühe unterdrückte sie einen Aufschrei, als der Rückstoß ihr beinahe die Schulter ausrenkte. Sie beherrschte sich und schaute erneut durch das Zielfernrohr. Knapp oberhalb von Steves Einschussloch, weit entfernt von der Mitte, gab es jetzt ein zweites Loch. Vor Verblüffung, weil sie nicht nur den Baum, sondern sogar die Zielscheibe getroffen hatte, schnappte sie nach Luft.

Steve sagte nichts. Er wirkte überrascht, dass Elsa Jones auch nicht besser geschossen hatte als er.

«Bin wohl etwas aus der Übung», murmelte sie, als sie sich wieder gefangen hatte. Sie hob das Gewehr erneut, zielte auf den nächsten Baum, rechnete und drückte ab. Dieses Mal war sie besser auf den Rückstoß vorbereitet und fing mit zusammengebissenen Zähnen den Schlag ab. Anschließend kontrollierte sie ihren Schuss durch das Zielfernrohr.

Sie hatte genau ins Schwarze getroffen.

Fast den ganzen Morgen verbrachten sie mit Schießübungen. Abwechselnd zielten sie auf die Bäume mit den weißen Kreisen, und Hannah machte die erschreckende Erfahrung, dass es ihr gefiel. Die schnellen Berechnungen, die sie vor jedem Schuss anstellte und aufgrund derer sie den genauen Winkel bestimmte, in dem sie die Waffe hielt, hatten dieselbe entspannende Wirkung auf sie wie seit ihrer Kindheit jede Art von Berechnung. In den letzten Sekunden, bevor sie den Abzug langsam zurückzog, war sie vollkommen ruhig. Jeder Gedanke war wie ausgeschaltet, sie sah nur noch ihr Ziel, hörte und spürte nichts anderes mehr.

Sie wusste nicht, wie Elsa Jones zu so einer guten Schützin geworden war oder wie sie Steve erklären sollte, was sie tat. Sie war sich ziemlich sicher, dass die sekundenschnelle Berechnung der exakten Flugbahn unter Berücksichtigung von Entfernung, Windgeschwindigkeit sowie Masse und Geschwindigkeit des Projektils und dem zu erwartenden Rückstoß im Verhältnis zur Muskelkraft des Schützen nicht zur üblichen Ausbildung an der Waffe gehörte. Steve schien jedoch zu spüren, dass ihr der Sinn nicht nach Erklärungen stand, und belästigte sie nicht mit Fragen. Schweigend reichten sie das Gewehr zwischen sich hin und her, und die Schüsse hallten im stillen Tal wider.

Als Hannah gerade erneut anlegte, um auf die Zielscheibe am letzten Baum zu feuern, knackte hinter ihr ein Zweig. Gleich darauf hörte sie Schritte. Sie ließ das Gewehr sinken und drehte sich um. Thomas kam langsam auf sie zugeschlendert. Gestern Abend hatte Hannah außer zur Begrüßung kein Wort mit dem hochgewachsenen Mann gewechselt, jetzt musterte sie ihn aufmerksam. Hatte Martin ihm von ihrer nächtlichen Begegnung erzählt? Sie umklammerte das Gewehr, und zu ihrem Schrecken beruhigte es sie, das glatte Metall und das Gewicht der Waffe zu spüren.

«Hi», sagte Thomas. «Lasst euch durch mich bloß nicht stören.»

Hannah drehte sich wieder um. Sie bebte innerlich, als sie den Lauf hob und erneut ihr Ziel in zweihundert Meter Entfernung anvisierte. Es war eine Sache, ungestört mit Steve hier auf der Wiese zu stehen, aber eine andere, wenn jemand sie dabei beobachtete, der möglicherweise ahnte, dass sie nicht Elsa Jones war. Was würde Elsa Jones jetzt tun?

Sie würde schießen. Und sie würde treffen.

Rückstoß. Windgeschwindigkeit. Flugbahnabweichung. Hannah rechnete und wurde ruhiger. Es wurde still um sie herum. Sie krümmte den Finger am Abzug. Es machte klick.

Einen Moment lang herrschte Totenstille.

Dann begann Steve zu lachen. Prustend schlug er sich auf die Schenkel und stieß Hannah in die Rippen.

«Die große Elsa Jones», japste er schließlich. «Vergisst, das Magazin zu wechseln.»

Hannah wurde schwindelig. Sie wagte nicht, sich zu Thomas umzudrehen. Jetzt würde er Bescheid wissen. Sie packte das Gewehr fester. Zur Not konnte sie immer noch damit zuschlagen.

Sie spürte einen kräftigen Schlag auf der Schulter.

«Wohl etwas aus der Übung, was?» Thomas grinste sie an. «Keine Sorge, das wird schon wieder.»

16. KAPITEL

Er hatte es gewusst. Er hatte die ganze Zeit gewusst, dass Elsa Jones unmöglich allein gewesen sein konnte, aber Taylor hatte ja immer stur auf seiner Theorie von der Einzeltäterin beharrt.

Bei allem Schrecken, den er natürlich empfand, konnte Mullen eine gewisse Befriedigung nicht leugnen. Gepaart mit der Genugtuung, ab jetzt selbst das Sagen zu haben. Noch am selben Abend, nachdem Elsa Jones befreit worden war, hatte Fenderson ihn zum Chef des wiederbelebten Special Teams ernannt.

«Sie sind bestens mit diesem Fall vertraut», hatte sein Vorgesetzter gesagt. «Und Sie haben schon einmal bewiesen, dass Sie gute Arbeit leisten. Schnappen Sie sich diese Frau!»

Elsa Jones hatten sie zwar noch nicht, aber sie wussten immerhin, wer hinter der Befreiungsaktion steckte: Matthew Donaldson, ein alter Schulfreund von Jones. Den Terroristen, der bei dem Überfall auf den Gefangenentransporter verletzt und verhaftet worden war, hatte man als Jonathan Darryn identifiziert, Mitglied einer von Donaldson ins Leben gerufenen paramilitärischen Gruppe, die sich *White Aryan Patriots* nannte und bislang hauptsächlich durch rassistische Hetze aufgefallen war. Man vermutete, dass diese Leute hinter einigen Angriffen auf Schwarze in den südlichen Bundesstaaten steckten, aber bislang hatte man ihnen nie etwas nachweisen können. Natürlich hatte das Special Team diese Gruppe damals gründlich unter die Lupe genommen, doch eine Verbindung zu Elsa Jones, die über die frühere Freundschaft des Gründers mit ihr hinausging, hatten sie nicht entdecken können. Ein fataler Fehler, wie sich nun herausgestellt hatte.

Mullen war unterwegs nach Arkansas. Seit er mit der Leitung der Ermittlungen betraut war, verbrachte er den Großteil seiner Zeit im Büro in Washington, um die Arbeit des Special Teams zu koordinieren, doch diese Sache, die vor kurzem gemeldet worden war, wollte er sich lieber persönlich anschauen. Der Hubschrauber ging in den Sinkflug. Unter ihnen tauchte in einem kleinen Talkessel eine alte Holzhütte auf. Auf dem kleinen Vorplatz parkten drei Wagen, ein Pick-up, ein Van und ein Hummer, die zivile Variante des Humvee, der nicht nur vom Militär, sondern auch vom FBI eingesetzt wurde. Etwas abseits erkannte Mullen mindestens ein halbes Dutzend Streifenwagen und Vans des FBI. Die Hütte war halbherzig mit gelbem Absperrband gesichert, obwohl es hier draußen keine Schaulustigen gab, die man vom Betreten des Tatorts abhalten musste. Bis zum nächsten Ort waren es zwanzig Meilen, der Hof des nächsten Nachbarn war fünfzehn Meilen entfernt. Dieser Nachbar war es auch gewesen, der den Sheriff informiert hatte – er war hier herausgefahren, um zu jagen, und hatte die Wagen vor der seit Jahren leerstehenden Hütte entdeckt. Als niemand auf sein Rufen reagierte, hatte er durch die Fenster der Hütte gespäht und die Leichen gesehen.

So erzählte Kevin Lance es jedenfalls Mullen, als dieser den grauhaarigen Mann Ende vierzig später befragte.

«Wissen Sie, wem die Hütte gehört?», fragte Mullen.

«Früher hat sie mal irgendeinem Typen aus Alabama gehört, aber der war schon seit Jahren nicht mehr hier. Keine Ahnung, ob der überhaupt noch lebt. Er kam oft mit ein paar Freunden und seiner Familie hierher, und im Sommer haben die für ein paar Kids so eine Art Ferienlager veranstaltet.» Lance zuckte die Achseln. «Ein unangenehmer Typ. Weiß, bullig und ein Waffennarr. Die haben da die ganze Zeit nur rumgeballert, wenn sie hier waren, auch die Kinder.»

«Und dann stand die Hütte jahrelang leer, sagen Sie? Woher wissen Sie das?»

Der Mann wand sich. «Na ja, ich fahr da ab und zu hin, um zu jagen. Hinter der Hütte fängt ja gleich der Wald an … ein gutes Revier. Ich meine, ich stör da ja keinen, wenn da niemand ist …»

Aber dieses Mal war dort jemand gewesen.

Nachdem Lance die Leichen entdeckt hatte, war er in seinen Wagen gesprungen und zurückgerast, um den Sheriff zu informieren. Dieser hatte in einem der Toten den gesuchten Matthew Donaldson erkannt und sofort das FBI alarmiert.

Es war Sonntag, der 21. Juli 2013. Die Mittagssonne brannte auf den schattenlosen Vorplatz, und Mullen suchte Schutz unter der überdachten Terrasse. Gestern am späten Nachmittag hatte Lance die Leichen entdeckt, und der Coroner und die Spurensicherung hatten die ganze Nacht durchgearbeitet. Sobald die Sonne aufgegangen war, hatten die Kollegen angefangen, die Umgebung der Hütte abzusuchen. Mullen hatte darum gebeten, den Tatort unverändert zu lassen, bis er ihn sich angesehen hatte. Als er jetzt die Hütte betrat, schlug ihm ein ekelerregender Gestank entgegen.

Die erste Leiche lag gleich hinter der Tür. Laut Aussage des Coroners war der Mann seit ein, zwei Tagen tot, getötet durch einen Kopfschuss. Auf dem Boden neben ihm lag ein Sturmgewehr – vermutlich war es ihm im Sturz aus der Hand gefallen. Die zweite Leiche fand Mullen auf der Türschwelle, die zum hinteren Bereich der Hütte führte. Auch neben ihr lag eine Waffe, eine Pistole. Der Mann hatte ebenfalls eine Kugel in den Kopf bekommen. Der dritte Mann war in einem Bett gestorben, auch er war durch einen Kopfschuss getötet worden. Ein kleiner, roter Fleck auf der Stirn, mehr war nicht zu erkennen. Sein rechter Oberschenkel war verbunden, man vermutete, dass er bei der Befreiungsaktion angeschossen worden war. Mullen hatte keine Schwierigkeiten, in dem Toten Matthew Donaldson wiederzuerkennen.

Mullen ging zurück in den vorderen Bereich der Hütte. Special Agent Susan Steal, die die Ermittlungen vor Ort leitete, sah ihn neugierig an. Immerhin war er der Mann, der Elsa Jones schon einmal verhaftet hatte. Sie schien sicher zu sein, dass es ihm auch ein zweites Mal gelingen würde.

«Schon irgendwelche Ergebnisse?»

«Jawohl, Sir. In der Hütte gibt es massenweise Fingerabdrücke – von Elsa Jones, Sir. Die Fingerabdrücke der drei Opfer wurden ebenfalls sichergestellt. Und noch die von einer fünften Person.»

«Wissen wir schon etwas über die eingesetzten Waffen?»

«Die beiden Männer vorne starben durch einen Gewehrschuss aus mindestens fünfzehn Metern Entfernung. Donaldson wurde regelrecht hingerichtet – er starb durch einen aufgesetzten Schuss.»

Der Mörder oder besser die Mörderin hatte ihrem Opfer in die Augen gesehen, als sie abgedrückt hatte. Mullen erschauderte, was ihm nicht oft passierte. Er hatte gewusst, dass Elsa Jones eiskalt war, aber dass sie, ohne mit der Wimper zu zucken, einen alten Freund umbrachte? Und vor allem: warum? Warum erschoss sie diejenigen, die sie vor der Todeszelle bewahrt hatten?

Und die fünfte Person, von der die Fingerabdrücke in der Hütte stammten? War das ihr Komplize, mit dem sie zusammen in Atlanta gesehen worden war? Oder würden sie draußen irgendwo noch eine vierte Leiche finden?

Mullen trat hinaus auf die Veranda. Steal folgte ihm und deutete auf ein paar kleine Schilder der Spurensicherung im Sand des Vorplatzes. «Da haben wir noch weitere Reifenspuren entdeckt, von zwei verschiedenen Fahrzeugen. Vans oder Pick-ups, etwas in der Art. Ein Wagen hatte ziemlich abgenutzte Reifen, der gehört möglicherweise dem Nachbarn, der die Leichen gefunden hat. Ein Deputy klärt das gerade ab. Die Spuren des anderen Wagens gleichen wir mit unserer Datenbank ab.»

Steal stieg die Treppe von der Veranda herunter. «Kommen Sie, ich möchte Ihnen etwas zeigen.»

Sie ging Mullen voran zu einer Wiese direkt hinter der Hütte. An einer Stelle war das Gras flach getreten, als hätten mehrere Leute dort längere Zeit gestanden. Ein Trampelpfad führte durch kniehohes Gras zu mehreren Bäumen, auf deren Stämme jemand mit weißer Ölfarbe improvisierte Zielscheiben gemalt hatte. Zielscheiben mit auffallend vielen Treffern ins Schwarze. Selbst beim letzten Baum, der mindestens zweihundert Meter entfernt war.

Steal deutete auf die Stelle, an der die Schützen gestanden haben mussten. «Dahinten haben wir Patronenhülsen gefunden. Kaliber .223. Wie bei einer SIG 552 oder 553», fügte sie unnötigerweise hinzu. Mullen kannte die Tatwaffe von Elsa Jones.

Steal schaute zurück zum Haus. «Vor dem Haus haben wir ebenfalls Patronenhülsen gefunden, zwei Stück, vom gleichen Kaliber. Ich wette, sie stammen aus derselben Waffe.» Aus einer Waffe des Typs, den Elsa Jones zehn Jahre lang bevorzugt hat. Manche Gewohnheiten ändern sich nie.

Mullen wollte schon zurück zur Hütte, als Steal ihn aufhielt. «Warten Sie, da ist noch etwas, Sir», sagte sie. «Kommen Sie.»

Von der Wiese aus führte ein schmaler Pfad den Hügel direkt hinter dem Haus empor. Schweigend ging die junge Frau voran, nur die Schritte der beiden Menschen und ihr ruhiger, gleichmäßiger Atem waren zu hören. Wenige Meter unterhalb der Hügelkuppe blieb Steal stehen.

«Sehen Sie?»

Am Rand eines winzigen Felsvorsprungs war das Gras platt gedrückt, als hätten hier zwei Personen nebeneinander auf dem Boden gelegen. Mullen ging in die Hocke und spähte über den Felsvorsprung. Von hier aus hatte man einen perfekten Blick auf den Vorplatz und die Hütte. Ein erstklassiger Beobachtungsposten. Er richtete sich wieder auf. «Irgendwelche Patronenhülsen oder sonstige Spuren?», fragte er.

Steal schüttelte den Kopf. «Nein, Sir.» Sie deutete auf den Pfad, der weiter den Hügel hinaufführte. «Aber etwa eine halbe Meile weiter haben wir einen Fußabdruck entdeckt.»

«Wohin führt der Pfad?»

«Vermutlich zu einer Straße, die in etwa dreißig Meilen Entfernung durch den Wald führt.»

Mullen schaute vom Pfad auf die Stelle mit dem flach gedrückten Gras und weiter zur Hütte. Wer hatte hier gelegen? Und was hatte derjenige beobachtet? Gab es womöglich Zeugen für die Morde?

17. Kapitel

Selbst im Schatten der Bäume war es kaum auszuhalten, die Hitze des Tages hatte sich im ganzen Wald aufgestaut. Jetzt am späten Nachmittag war es unangenehm schwül. Das verschwitzte T-Shirt klebte an ihrer Haut, die Jeans rieb unangenehm zwischen den Beinen. Hannah stand am Rand einer kleinen Lichtung. Seit vier Tagen waren sie unterwegs, ohne einer Menschenseele begegnet zu sein.

Erschöpft ließ sie den Rucksack fallen und sank selbst zu Boden. Kurz darauf hörte sie es im Unterholz hinter sich knacken, dann tauchte Steve auf. Er warf sein Gewehr ins Gras und setzte sich neben sie auf den felsigen Untergrund. Keiner von ihnen sagte etwas. Hannah brauchte den Jungen nicht anzusehen, um zu wissen, dass sein Mund verkniffen und der Blick aus den blauen Augen zornig war. Zorn, vermischt mit Trauer und Fassungslosigkeit.

Als sie diesen Ausdruck das erste Mal in seinem Gesicht gesehen hatte, hatte der Zorn noch ihr gegolten. Zwei Tage nachdem sie mit ihm am Morgen Schießübungen veranstaltet hatte, hatte sie sich erneut in der Morgendämmerung aus der Hütte geschlichen. Der Rucksack lag immer noch an der Stelle, an der sie ihn bei ihrem ersten Fluchtversuch versteckt hatte. Am Abend zuvor war Matthew zum ersten Mal so lange bei klarem Bewusstsein gewesen, dass er sie angesehen und schließlich stirnrunzelnd erklärt hatte: «Du hast dich verändert, Elsa.»

Zwar war er kurz darauf von der Spritze, die Martin ihm gegeben hatte, eingeschlafen, doch es war nur eine Frage der Zeit, bis er endgültig wieder zu sich kommen würde. Und dann würde auch der Hinweis auf die vielen Jahre, die sie sich nicht gesehen hatten, ihr nichts mehr nützen. Auch wenn weder Thomas noch Martin bisher etwas gesagt hatten, war Hannah sich sicher, dass beide sich über diese seltsame Elsa Jones wunderten, die allein durch die Gegend um die Hütte streifte, ohne eine Waffe mitzunehmen, die beim Essen schwieg und auch sonst eher wortkarg war. Niemand wollte von ihr wissen, was sie in den Jahren nach ihrer Entlassung aus der Armee getrieben hatte, aber Thomas hatte sie einmal gefragt, wie sie «ihre Mission» fortsetzen wolle. Hannah hatte den Mann nur angestarrt, so lange, bis er den Blick abwandte. Sie hatte nicht gewusst, was sie auf seine Frage antworten sollte, ohne sich erneut verdächtig zu machen, doch er hatte ihr Starren offensichtlich als Tadel aufgefasst, zum Glück.

Doch ihr war klargeworden, dass sie ihr Glück nicht länger auf die Probe stellen durfte. Sie hatte den Rucksack geschultert und den schmalen Pfad eingeschlagen, der den Hügel hinauf und in den Wald führte. In den letzten Tagen hatte sie in immer größeren Kreisen die unmittelbare Umgebung der Hütte abgesucht. Fragen durfte sie niemanden, schließlich kannte Elsa Jones die Gegend hier, aber Steve ließ sich leicht in Gespräche über alles Mögliche verwickeln. Von ihm hatte sie erfahren, dass es in etwa dreißig Meilen Entfernung eine Straße gab, an der Matthew und seine Leute ein Fluchtauto versteckt hatten. An mehreren Stellen hatten sie auch noch Papiere und Geld gebunkert. «Man kann nie vorsichtig genug sein, sagt Dad immer», hatte Steve hinzugefügt.

Der Himmel im Osten färbte sich bereits rosig, als sie den steilen Hügel erklomm. Der helle, felsige Untergrund knirschte leise unter ihrer Sohle, die kühle Morgenluft strich über ihr gerötetes Gesicht. Nach der langen Untersuchungshaft war ihre Haut vollkommen bleich gewesen, und hier draußen hatte sie sich prompt einen Sonnenbrand geholt. An so etwas wie Sonnencreme hatte keiner der Männer gedacht. Vermutlich war das nichts für harte Kerle.

Sie hatte gerade einen winzigen Felsvorsprung erreicht, von dem aus sie einen guten Blick auf die Hütte hatte, als Steve ihr auf dem Pfad entgegenkam, in der Hand sein Gewehr, von dem er sich nie zu trennen schien. Keiner der Männer entfernte sich jemals ohne eine Waffe in der Hand mehr als ein paar Meter von der Hütte.

Wieso musste der Junge so ein Frühaufsteher sein!

«Elsa!» Wie immer freute er sich, sie zu sehen. Dann fiel sein Blick auf den Rucksack, und sein Lächeln verschwand. «Wo willst du hin?»

«Ich muss mal eine Weile raus», sagte sie. «Ich hasse es, eingesperrt zu sein.» Das würde er verstehen.

«Klar.» Dann musterte er sie von Kopf bis Fuß.

«Nimmst du die SIG nicht mit?»

Mist. Elsa Jones hätte, wie die Männer, keinen Fuß in den Wald gesetzt, ohne eine Waffe dabeizuhaben. Ein unangenehmes Schweigen breitete sich zwischen ihnen aus.

«Du willst dich absetzen», sagte Steve langsam. Seine Stimme hatte plötzlich einen bedrohlichen Unterton bekommen. Er machte einen Schritt auf sie zu. «Verdammt, ist das der Dank dafür, dass wir dich da rausgeholt haben? Mann, Elsa, wir brauchen dich! Dad hat erzählt, dass ihr schon damals in der Schule geplant habt, der Regierung zu zeigen, wo es langgeht. Du kannst jetzt nicht einfach abhauen.» Er machte noch einen Schritt auf sie zu, und sie sah einen Zorn in seinen Augen, der ihr nie zuvor aufgefallen war. Wie bei einem trotzigen Jungen, dem man sein Lieblingsspielzeug wegnehmen wollte.

Sie wusste nicht, wie weit er gegangen wäre, um sie aufzuhalten, denn in diesem Moment hörten sie das Geräusch eines näher kommenden Wagens. Beide drehten sich um und starrten auf die

Schotterpiste, die auf dem Platz vor der Hütte endete. Ein weißer Lieferwagen näherte sich in hohem Tempo und wendete schleudernd, als wollte er sofort wieder aufbrechen. Die Beifahrertür wurde aufgestoßen, eine schlanke Person in Kampfhose und dunklem T-Shirt sprang heraus. Die Fahrertür des Wagens wurde ebenfalls geöffnet, eine schwarz gekleidete Gestalt, der Statur nach ein Mann, stieg aus und zielte mit einem Gewehr auf die Eingangstür der Hütte.

«Was zum Teufel …» Steve machte Anstalten, den Pfad zur Hütte hinunterzurennen.

Hannah packte ihn am Handgelenk. «Runter!», flüsterte sie, ließ sich ins Gras fallen und zog Steve mit sich. Sie nahm dem verblüfften Jungen das Gewehr aus der Hand und spähte durch das Zielfernrohr.

Die Gestalt, die zuerst aus dem Lieferwagen gesprungen war, hatte inzwischen die Veranda erreicht. Hannah musterte die halblangen, braunen Haare, den festen Zug um den Mund, die kräftigen Oberarme, mit denen die Frau die Pistole hielt.

In der Hütte hatte man den Wagen offensichtlich ebenfalls gehört. Die Tür öffnete sich, ein Gewehrlauf ragte hinaus. Die Frau stand direkt neben dem Eingang, rührte sich aber nicht. Ein Schuss ertönte, ein Schrei, ein Poltern, als würde etwas zu Boden fallen.

«Verdammt, wir müssen ihnen helfen!» Steve rüttelte an ihrer Schulter. «Elsa, jetzt schieß doch endlich, verdammt!»

Ein zweiter Schuss ertönte, ein weiterer Schrei aus dem Inneren der Hütte. Die Frau auf der Veranda hatte sich immer noch nicht gerührt. Der Mann am Lieferwagen, der geschossen hatte, ließ sein Gewehr ein paar Zentimeter sinken. Hannah musterte sein Gesicht durch das Zielfernrohr. Sie kannte diesen Mann. Sie hatte ihn schon einmal gesehen.

Steve versuchte, ihr das Gewehr aus der Hand zu reißen.

«Hör auf damit! Willst du, dass sie uns auch erschießen?», zischte sie ihn an.

«Lieber das, als zuzusehen, wie die Bullen meine Freunde und meinen Dad abknallen!»

Der Mann rannte in gebückter Haltung auf die Hütte zu und stellte sich auf die andere Seite der Tür. Die Frau nickte ihm zu und verschwand im Inneren. Der Mann gab ihr Deckung. Eine Weile blieb es still, dann ertönte ein weiterer Schuss.

«Dad!» Steve schrie beinahe, doch Hannah warf sich auf ihn und hielt ihm den Mund zu.

«Halt den Mund, verdammt noch mal!»

«Aber die Bullen …»

«Das sind keine Bullen.»

Mit großen Augen starrte er sie an, sagte aber nichts mehr. Hannah sah wieder hinunter zur Hütte. Die Frau kam aus der Hütte, mit schussbereiten Waffen durchsuchten sie und ihr Begleiter den Schuppen und die drei Wagen auf dem Vorplatz. Schließlich blieben sie im Schutz des Hummers stehen und sahen sich um. Sie schienen sich über irgendetwas zu streiten, und die Frau deutete mehrmals zum Hügel hoch, fast genau auf die Stelle, an der Hannah und Steve sich flach auf den Boden pressten. Hannah beobachtete sie durch das Zielfernrohr. Sie war mindestens fünfhundert Meter entfernt. Viel zu weit, um mit einem Gewehr etwas ausrichten zu können.

Steve lag neben ihr und starrte ebenfalls hinunter.

«Wer ist das?», fragte er leise.

Hannah sah, wie der Mann ebenfalls zum Hügel hochschaute und die Achseln zuckte, als würde er nachgeben. Beide, der Mann und die Frau, schlugen den Weg zur Wiese ein.

«Das», sagte Hannah und robbte im Gras von der Kante des Felsvorsprungs zurück, «ist Elsa Jones. Und wenn wir nicht sofort verschwinden, wird sie uns ebenfalls umbringen.»

Sie zerrte Steve auf die Beine und von der Felskante zurück. «Los, beeil dich!»

«Aber … mein Dad! Ich muss zu meinem Dad!» Der Junge machte Anstalten, den Weg zur Hütte einzuschlagen.

«Deinem Dad kannst du jetzt nicht mehr helfen.» Als Steve keine Anstalten machte, ihr zu folgen, packte sie ihn am Handgelenk und zerrte ihn hügelaufwärts den Pfad entlang. «Jetzt mach schon. Oder willst du auch sterben?»

Schließlich setzte er sich in Bewegung und lief mit ihr im leichten Trab den Pfad entlang. Nach wenigen Minuten bekam Hannah Seitenstechen, die schweren Rucksackgurte schnitten in ihre Schultern. Sie musste stehen bleiben und sich vorbeugen, um wieder zu Atem zu kommen. Steve, der nicht einmal keuchte, nahm ihr den Rucksack ab und beobachtete den Hang unter ihnen.

«Da sind sie!», flüsterte er.

«Weiter!»

So schnell und leise wie möglich eilten sie weiter. Immer wieder blieben sie stehen, um zu lauschen, doch es lagen immer noch mindestens dreihundert Meter Wald zwischen ihnen und ihren Verfolgern. Würde ihnen die Stelle auffallen, von der aus Hannah und Steve sie beobachtet hatten? Würden sie daraus den richtigen Schluss ziehen und ihnen weiter nachsetzen? Hannah rechnete mit dem Schlimmsten. Elsa Jones hatte bis jetzt nur wenige Fehler gemacht.

Sie gelangten an eine Weggabelung. Der rechte Pfad war deutlich erkennbar, der linke dagegen sah aus, als würde er nur gelegentlich von Tieren benutzt werden. Steve wandte sich nach rechts.

«Wohin führt der Pfad?», fragte sie flüsternd, als sie ihm folgte.

«Zur Straße, zum Fluchtwagen.»

Hannah runzelte die Stirn. Elsa Jones kannte die Gegend, zumindest hatte sie sie früher einmal gekannt. Sie würde wissen, dass es diese Straße gab. «Und der andere?»

«Keine Ahnung. Der verliert sich nach ein paar Meilen im Wald.»

«Den nehmen wir.»

«Aber …»

«Das Fluchtauto können wir vergessen. Zu gefährlich.» Sie machte kehrt und rannte den Pfad zurück. Kurz vor der Abzweigung entdeckte sie an einer feuchten Stelle ihren eigenen Fußabdruck, der in Richtung Straße zeigte. Gut so. Ein falscher Hinweis, der ihnen vielleicht etwas Zeit verschaffte.

Schweigend marschierten sie durch den Wald. Die Sonne stand inzwischen hoch am Himmel, doch hier unter den Bäumen war es noch angenehm kühl. Als sie zu einem kleinen Bach kamen, machten sie kurz Rast, um zu trinken.

Schwer atmend richtete Steve sich schließlich auf. An seinem bartlosen Kinn hingen ein paar Wassertropfen. Er starrte sie an, dann wischte er sich das Kinn ab.

«Was hast du vorhin damit gemeint, als du sagtest, die Frau sei Elsa Jones?» Er schluckte. «Ich meine, *du* bist doch …»

«Ich bin nicht Elsa Jones», sagte sie müde. «Ich bin Hannah, Hannah Marcks. Ich war nie jemand anders und habe auch nie etwas anderes behauptet.»

Vier Tage waren seitdem vergangen, und Steve begann, auf der kleinen Lichtung das Nachtlager vorzubereiten. Er sammelte Holz für das Lagerfeuer und Moos für die Betten. Sie selbst ging mit einer leeren Konservenbüchse zum nächsten Bach, um Wasser zu holen.

Tagsüber bewegten sie sich durch den dichten Wald, wobei sie sich grob in Richtung Westen hielten. Steve war von seinem Vater von klein auf in allen möglichen Überlebenstechniken unterrichtet worden, was ihnen jetzt zugutekam. Abends wählte er den Lagerplatz aus und bereicherte ihren eintönigen Speisezettel aus Zwieback und Konserven mit Wildkräutern und frischem Fisch, den er in einem der zahlreichen Bäche und Flüsse fing. Wenn sie unterwegs waren, schwiegen sie, doch in den Pausen erfuhr Steve nach und nach die ganze Geschichte von Hannahs Verhaftung. Anfangs fiel es ihm schwer zu glauben, dass die Frau, mit der er jetzt erneut auf der Flucht war, nicht sein großes Vorbild sein sollte.

«Aber ich habe nie behauptet, Elsa Jones zu sein», wiederholte Hannah. «Auch nicht in der Vorverhandlung oder beim Prozess. Haben die Medien denn nicht davon berichtet?»

«Doch, das schon, aber außer ein paar Spinnern hat das niemand richtig ernst genommen. Dad meinte, du hättest schon deine Gründe zu behaupten, du seist jemand anders.» Er schwieg einen Moment und starrte in die Glut des Lagerfeuers vor ihnen. «Dad meinte, du hättest schon immer einen eigenen Kopf gehabt und bei dir könne man nie recht wissen.»

«Dein Dad hat nicht von mir gesprochen, sondern von Elsa Jones. Von der Frau, die ihn vor vier Tagen erschossen hat.» Ihre Stimme klang schärfer als beabsichtigt.

Er zuckte zusammen. «Das kann nicht Elsa gewesen sein. Du musst dich irren. Elsa *kannte* Dad. Wir sind auf ihrer Seite! Wieso sollte sie ihn erschießen?»

«Weil es nicht vorgesehen war, dass ich frei herumlaufe.» Sie schluckte. «Oder überhaupt noch am Leben bin. Und weil dein Dad früher oder später gemerkt hätte, dass ich nicht Elsa bin. Das konnte sie nicht zulassen.»

«Aber wieso? Dad hätte sie doch niemals verraten!» Er hörte sich an, als sei er den Tränen nah.

Hannah schüttelte den Kopf. «Das Risiko war zu groß.»

Im Gefängnis hatte Hannah genügend Zeit zum Grübeln gehabt. Warum hatten Elsa Jones und ihre Mitstreiter so einen gewaltigen Aufwand betrieben, um alle Welt glauben zu machen, Hannah sei Elsa Jones? Nur um Elsa Jones vor dem Knast zu bewahren? Wohl kaum. Es musste um diejenigen gehen, die hinter Elsa Jones standen – sie wollten um jeden Preis unentdeckt bleiben. Jeder mögliche Zeuge, der behauptete, die als Serienmörderin verurteilte Frau sei gar nicht die wahre Elsa Jones, musste zum Schweigen gebracht werden.

«Und was machen wir jetzt?», fragte Steve in ein ziemlich langes Schweigen hinein. Mittlerweile war es stockdunkel, der Mond verbarg sich hinter düsteren Wolken. Das Feuer war fast heruntergebrannt.

Die Selbstverständlichkeit, mit der er «wir» gesagt hatte, irritierte sie. In ihrem Leben hatte es noch nie ein Wir gegeben, nicht einmal mit Marek, obwohl sie es versucht hatte. Sie kam am besten allein zurecht, sie brauchte niemanden um sich, der sie von ihrem Ziel ablenkte.

Wenn sie jemals wieder so etwas wie ein normales Leben führen wollte, musste sie Elsa Jones aufspüren und dafür sorgen, dass das FBI sie verhaftete. Ein siebzehnjähriger Junge, dessen Vater von seinem bisherigen Idol erschossen worden war und der dementsprechend verstört war, würde sie nur behindern. Sie schaute auf das Lagerfeuer. Auf die Reste der Forelle, die er zum Abendessen gefangen hatte. Auf das weiche Moosbett, das er, geschützt unter einer Weide, errichtet hatte. Mit seinem Wissen würden sie es, wenn es sein müsste, noch wochenlang im Wald aushalten. Aber allein? Wie weit wäre sie ohne ihn gekommen? Hannah sah ihn an, die fast kindlichen Gesichtszüge, die im Schein der Feuerglut ganz weich wirkten. Steve war einer der wenigen Menschen, die die echte Elsa Jones gesehen hatten. Solange diese Frau nicht dingfest gemacht war, war er ebenfalls in Gefahr.

«Wir müssen Elsa Jones und ihre Hintermänner finden, ehe sie uns finden», sagte sie. «Das ist unsere einzige Chance.»

18. KAPITEL

Das kleine Haus in der heruntergekommenen Vorstadtstraße von Denver hatte seine besten Jahre bereits hinter sich, doch selbst in diesen besten Jahren hätte es weder Architekturpreise gewonnen noch es je in eine Ausgabe von *Living at Home* geschafft. Die Holzverschalung war grau vom Alter, an einigen Stellen hatte der Sturm sie schon vor langer Zeit abgerissen, ohne dass die fehlenden Bretter ersetzt worden waren. Von der vorderen Veranda führte eine Betonrampe zur Auffahrt, auf der ein alter Pick-up parkte.

Hannah blieb eine Weile in dem zwanzig Jahre alten Buick sitzen, den Steve für dreihundert Dollar einem alten Farmer in Kansas abgekauft hatte. Inzwischen war es Mitte August und immer noch brütend heiß. Zwei Wochen, nachdem Elsa Jones Matthew, Martin und Thomas erschossen hatten, hatten sie sich das erste Mal aus dem Wald herausgetraut. Im Einkaufszentrum einer Kleinstadt hatte Steve Vorräte, frische Kleidung und Zeitungen besorgt. Das Geld dafür sowie zwei neue Führerscheine stammten aus einem der Verstecke, die Matthew und die anderen in der Nähe der alten Hütte angelegt hatten. Steves Vater hatte offensichtlich mit allem gerechnet – nur nicht damit, von Elsa Jones erschossen zu werden.

Wie zu erwarten, wurde landesweit nach der Geflüchteten gefahndet; in fast allen Geschäften habe ihr Bild gehangen, erklärte Steve, als er wieder in ihrem Versteck im Wald war. In den Zeitungen wurden auch die drei Toten in der Hütte erwähnt, und die meisten Artikel schlossen mit der Warnung, dass Elsa Jones bewaffnet und höchst gefährlich sei.

«Hier», sagte Steve und zog eine Schere und eine Packung Haarfärbemittel aus dem Rucksack.

Nach zwei Stunden war Hannah kurzhaarig und blond. Wenn sie dazu noch die Sonnenbrille aufsetzte, hatte sie nicht mehr viel Ähnlichkeit mit der Frau auf den Fahndungsfotos. Zusammen mit dem Führerschein, der sie als Alice Smallbottom auswies, würde sie jede Polizeikontrolle überstehen, hatte Steve ihr versichert, doch dazu war es zum Glück nie gekommen.

Als Nächstes hatte er einen Wagen besorgt. Nicht gestohlen – darauf hatte Hannah bestanden. Nicht aus moralischen Erwägungen, sondern weil es ein unnötiges Risiko wäre, mit einem gestohlenen Wagen durch die Gegend zu fahren. Sie waren von Arkansas über Oklahoma und Kansas nach Colorado gefahren, wobei sie Hauptstraßen und kleinere Orte mieden und die Nächte im Freien verbrachten. Zweimal noch wechselten sie den Wagen, was Steve für übertrieben hielt, aber Hannah wollte lieber auf Nummer sicher gehen.

Als sie das erste Mal mit Steve zusammen einen Laden betrat, zitterte sie am ganzen Körper und fürchtete, jeden Augenblick einen erschreckten Schrei «Da ist Elsa Jones!» zu hören. Doch die Verkäuferin lächelte sie nur freundlich an, als sie die Einkäufe in die Papiertüte stellte und ihr das Wechselgeld aushändigte. Hannah lächelte zurück.

Beim Hinausgehen fiel ihr Steves mürrisches Gesicht auf.

«Was ist los?», fragte sie auf dem Weg zum Wagen.

«Du hast die Schlampe angelächelt.» Er hatte leise gesprochen, trotzdem sah Hannah sich um, ob jemand ihn gehört hatte.

«*Wen* habe ich angelächelt?»

«Na, die Niggerschlampe, gerade im Laden.» Er sperrte den Kofferraum auf, und Hannah schmiss die Tüte hinein.

«Hör zu», zischte sie leise, während er den Kofferraumdeckel zuknallte. «Ich bin nicht wie *sie*. Ich bin keine Rassistin. In meiner

Gegenwart wirst du das Wort *Nigger* nie wieder benutzen, ist das klar?»

«Sonst?»

«Sonst trennen sich unsere Wege.»

Sie starrten sich ein paar Sekunden wortlos an, dann setzte Steve sich ans Steuer. Hannah stieg auf der Beifahrerseite ein.

«Ohne mich hast du doch null Chance», sagte er mit einem Anflug von Verachtung in der Stimme, den sie noch nie zuvor bei ihm wahrgenommen hatte. «Ohne mich hättest du kein Auto, keine Kohle, keinen Führerschein.»

Womit er nicht ganz unrecht hatte. «Deine Chancen stehen ohne mich aber auch nicht besser», sagte sie etwas ruhiger. «Elsa ist genauso hinter dir her wie hinter mir. Glaubst du allen Ernstes, du könntest es allein mit ihr aufnehmen?»

In den nächsten Tagen hatten sie sich noch mehr angeschwiegen als sonst, und zum ersten Mal fragte Hannah sich, wie weit der Hass, den sein Vater ihm eingetrichtert hatte, bei Steve wirklich reichte. Plapperte er die hohlen Phrasen, die er gelegentlich von sich gab, nur nach, oder glaubte er tatsächlich an die Überlegenheit der weißen Rasse?

Im Vorderzimmer des kleinen Hauses wurde das Licht eingeschaltet.

«Er ist da», sagte Steve leise. Miles Henderson, die einzige Spur, die sie hatten. Die Adresse hatten sie über das Department of Veteran Affairs herausbekommen. Eine freundliche Sachbearbeiterin hatte Henderson angerufen und ihn gefragt, ob der junge Reporter einer Schülerzeitung, als der Steve sich ausgegeben hatte, ihn besuchen dürfe. Er hatte ja gesagt.

«Also dann», sagte Hannah und stieg aus. Langsam gingen sie die Rampe hinauf. Steve klopfte an die Tür.

«Komm rein!»

Im Inneren des Hauses roch es nach abgestandener Luft und Raumspray. Gleich links ging es ins Wohnzimmer, das allerdings eher einem Büro ähnelte. Auf einem großen Schreibtisch stand ein Computer, die Wände waren mit Regalen voller Aktenordner und Bücher bedeckt. Der einzige Wandschmuck war das Poster eines Sportlers, vermutlich eines Baseballspielers.

Miles Henderson hatte seine langen Haare zu einem Pferdeschwanz zusammengebunden, sein hageres Gesicht war bleich, die Hände ruhten in seinem Schoß. Er saß im Rollstuhl am Fenster und musterte sie aufmerksam, als sie den Raum betraten. Hannah wusste, dass sie mit der neuen Kurzhaarfrisur jünger aussah, als sie war, aber als Schülerin würde sie nie und nimmer durchgehen.

«Du hast noch jemanden mitgebracht», stellte Henderson fest und grinste Hannah an. «Hi.»

«Ja», sagte Steve. «Ich hoffe, Sie haben nichts dagegen?»

Henderson ließ Hannah nicht aus den Augen. «Sie kommen mir bekannt vor», sagte er. «Kennen wir uns?»

«Nein», sagte sie. «Aber ich sehe möglicherweise einer alten Bekannten von Ihnen ähnlich.»

Henderson kniff die Augen zusammen, sein Grinsen verschwand. «Elsa Jones. Was zum Teufel …» Überraschend behände rollte er mit seinem Stuhl zurück und hielt plötzlich einen Revolver in der Hand. «Was hast du hier zu suchen?»

«Ich bin nicht Elsa Jones», sagte Hannah. Sah sie der anderen tatsächlich ähnlich, oder hatte er sie nur aufgrund des Fotos erkannt, das mittlerweile millionenfach in der ganzen Welt verbreitet war?

«Sie sagt die Wahrheit, Mr. Henderson. Ich habe die richtige Elsa Jones gesehen.» Steve hatte die Hände in einer beschwichtigenden Geste halb erhoben.

«Und was zum Teufel wollt ihr von mir?» Henderson blickte

von einem zum anderen und schwenkte den Revolver zwischen ihnen hin und her.

«Vor etwas mehr als zwei Jahren haben Sie dem *Denver Telegraph* ein Interview gegeben, in dem Sie andeuteten, Sie wüssten, was Elsa Jones nach ihrer Armeezeit getrieben hat.» Hannah sah dem Mann in die Augen. «Ich bin Hannah Marcks, aber ich wurde an ihrer Stelle verhaftet und verurteilt. Ich muss die richtige Elsa Jones finden.»

Ohne den Revolver zu senken, deutete Henderson auf Steve. «Und wer ist der Bengel?»

«Elsa Jones hat meinen Dad erschossen. Einfach so.»

«Er war ihr im Weg», erklärte Hannah.

Endlich ließ Henderson die Waffe sinken. Mit einem Kopfnicken deutete er auf das Sofa. «Setzt euch.»

Er öffnete einen kleinen Kühlschrank, der direkt hinter ihm an der Wand stand, holte eine Dose Bier heraus und hielt sie in die Höhe. Hannah schüttelte den Kopf, aber Steve griff zu.

Henderson nahm sich selbst ein Bier, riss die Dose auf, rollte zurück zu seinem Platz am Fenster und nahm einen Schluck. «Randon oder Ranton hieß der Kerl, der mich damals interviewt hat. Ein Volltrottel», sagte er und musterte Hannah aus halbgeschlossenen Augen. «Kennen Sie ihn?»

«Nein. Ich kenne nur diesen einen Artikel, mehr nicht.»

«Ich hab mich immer gefragt, wieso nie jemand nachgehakt hat. Aber weder irgendein anderer Schreiberling noch die Idioten vom FBI haben sich je hier blicken lassen.»

«Sie haben tatsächlich noch mehr zu erzählen, Mr. Henderson?»

«Miles.»

«Miles. Sie sagten damals, es gäbe bei der Armee Leute, die sich die Neuen genau anschauen.» Henderson nahm einen Schluck von seinem Bier, sagte aber nichts. «Was genau haben Sie damit gemeint? Was sind das für Leute?»

Nachdenklich schaute Henderson von Hannah zu Steve und wieder zurück. «Leute, die auf der Suche nach gutem Material sind», sagte er schließlich. «Stellen Sie sich irgendein Baseballmatch in der Provinz vor. Am Rand stehen immer ein paar Scouts von den großen Vereinen, die auf der Suche nach einem neuen Rickey Henderson sind.» Er lachte meckernd. «Falls Sie sich wundern – er ist nicht mit mir verwandt», fügte er hinzu und zeigte auf das Poster an der Wand. Der Baseballstar war, im Gegensatz zu Miles, Afroamerikaner. Ein schwacher Witz, doch Hannah zwang sich zu einem Lächeln. Miles wurde wieder ernst. «Bei der Army ist es ähnlich. Da tauchen immer mal wieder ein paar Typen auf, meistens Offiziere aus allen möglichen Einheiten, aber ab und zu auch Jungs in Zivil. Die sehen einfach nur zu, ohne eine Miene zu verziehen, aber nach so einer Übung kann es schon mal vorkommen, dass jemand versetzt wird zu 'ner anderen Einheit. Freiwillig, natürlich.» Er nahm noch einen Schluck Bier. «Ist immer 'ne Art Auszeichnung, wenn man diesen Kerlen auffällt.»

«Und Elsa Jones ist diesen Leuten aufgefallen?»

Henderson rülpste vernehmlich. «Garantiert.»

Etwas an der Art, wie er das sagte, ließ sie aufhorchen. «Aber sie ist nie versetzt worden?»

«Nee.»

«Und das wundert Sie?»

Henderson antwortete nicht, sondern nahm sich noch ein Bier aus dem Kühlschrank. Er nahm einen Schluck, als sei er am Verdursten.

«Elsa Jones ist Ihrer Meinung nach also nicht von irgendeinem dieser geheimnisvollen Beobachter abgeworben worden?», hakte Hannah nach.

«Das habe ich nicht gesagt.»

Sie hasste es, anderen Leuten jedes Wort aus der Nase ziehen zu müssen. «Elsa Jones hat ihren neuen Job also erst nach ihrem offiziellen Dienstende angetreten», sagte sie, als hätte er ihr das gerade mit Brief und Siegel bestätigt. «Wissen Sie, wer ihr neuer Arbeitgeber war?»

Wortlos trank Henderson sein Bier, ohne sie aus den Augen zu lassen. Wusste er tatsächlich etwas? Oder wollte er sich nur wichtigmachen, damals bei dem Interview und heute wieder? Sie sah ihn an, bis er wortlos den Blick abwandte.

«Was für ein Mensch ist Elsa Jones?», fragte Steve unvermittelt. Zum ersten Mal schien Henderson den Jungen richtig anzusehen. Dieser errötete. «Ich meine … wie ist sie so?»

«Sie ist arrogant und brutal. Als ihr gesagt habt, sie hätte deinen Dad einfach so erschossen, weil er ihr im Weg war, wusste ich, dass ihr von Elsa sprecht. Das passt zu ihr. Sie wusste, dass sie zu den Besten gehörte und deshalb Narrenfreiheit hatte, in gewissem Rahmen natürlich, aber trotzdem.»

«Narrenfreiheit?»

Henderson zuckte die Achseln. «Frag mal die Afros, die in unserer Einheit waren, die wissen, was ich meine.» Er nahm einen weiteren Schluck Bier. «Irgendwann hat sie spitzgekriegt, dass Rickey Henderson mein Idol ist, und seitdem war ich bei ihr unten durch. Ihr wisst schon, *Niggerfreund* und so.» Hannah warf Steve einen schnellen Seitenblick zu. Er hatte die Zähne zusammengebissen, sagte aber nichts. «Ich hab nichts gegen Schwarze, auch nichts gegen Latinos. Oder Chinesen oder wen auch immer. Damit war ich für Elsa natürlich gestorben. Für sie und ihren sauberen Freund, Jason Baker.»

Hannah runzelte die Stirn. Niemand hatte jemals zuvor erwähnt, dass Elsa Jones bei der Armee einen Freund gehabt hatte. Weder in den Zeitungsberichten, die sie gelesen hatte, noch in den Akten war der Name aufgetaucht.

«Elsa Jones hatte einen Freund? Sie meinen … Freund wie Partner?»

«Nee, eher Freund wie Kumpel.» Henderson zuckte die Achseln. «Gut möglich, dass die beiden auch zusammen in die Kiste gegangen sind, aber ein Liebespärchen mit Küsschen hier und Küsschen da waren die garantiert nicht. Da war Elsa auch gar nicht der Typ für. Die beiden haben nicht mal besonders oft zusammen rumgehangen oder so. Die meisten wussten vermutlich gar nicht, dass die beiden sich besser kannten als unter Kameraden üblich.»

«Und wie kommen Sie darauf, dass die beiden befreundet waren?»

Henderson wurde plötzlich ernst. «Ich habe die beiden belauscht. Zufällig», fügte er hinzu. «Das Armeegelände war riesig, und in dem Wald, in dem wir normalerweise trainierten, war ein Bach, an dem ich hin und wieder angelte, wenn ich dienstfrei hatte. War natürlich verboten, aber das machten alle, und eigentlich krähte auch kein Hahn danach, solange man sich nicht von einem Offizier erwischen ließ. Eines Tages ziehe ich also los, und ehe ich mein Angelzeugs auspacke, stelle ich mich zum Pissen an einen Baum. In dem Moment kommen Elsa und Jason vorbei. Sie sehen mich nicht, und ich denke, dass das auch besser so bleiben soll. Das war kurz vor Elsas Entlassung, und die beiden hatten mich sowieso schon auf dem Kieker. Ich hatte keine Lust, mir eine Tracht Prügel einzufangen, weil ein *Niggerfreund* allein im Wald spazieren geht.» Er schnaubte vernehmlich. «Also bleib ich schön hinter meinem Baum, und die beiden setzen sich keine fünf Meter von mir ins Gras. Zum Glück haben sie mein Angelzeugs nicht gesehen, sonst hätte es übel für mich enden können.» Er nahm noch einen Schluck Bier. «Ich habe die beiden noch nie so ... vertraut miteinander gesehen. Klar, ich wusste, dass die beiden sich kannten und dass sie, zumindest was *Nigger* und *Niggerfreunde* wie mich anging, einer Meinung waren, aber das war's auch schon. Aber da im Wald, wo sie dachten, sie wären allein, hatte ich plötzlich den Eindruck, die würden sich schon ewig kennen.

Sie unterhielten sich über einen gewissen Fenderson. Ich dachte zuerst, die meinten mich, Fenderson, Henderson, klingt ja ähnlich. Deshalb weiß ich vermutlich auch den Namen noch, nach so langer Zeit. Jason wollte wissen, ob Elsa schon mit ihm gesprochen hatte und was sie von ihm hielt. ‹Ein guter Mann›, sagte sie und dass sie sein Angebot wohl annehmen werde – auch wenn sie ‹den Laden› eigentlich nicht ausstehen könne. Und dann sagte sie noch: ‹Mein Vater hat ihn gut gekannt und hat ihm vertraut.›»

Henderson sah Hannah direkt an. «Damals wusste ich nicht, dass ihr Alter beim Ku-Klux-Klan war, aber seit der alte Major Helling sie erkannt hat und danach jeder, der Elsa vor zwanzig Jahren mal guten Tag gesagt hat, interviewt wurde, ist das ja kein Geheimnis mehr.»

Hannah nickte nachdenklich. «Aber was meinte sie mit dem ‹Laden›? Und wie kommen Sie darauf, dass dieser Fenderson einer der Scouts war, von denen Sie vorhin sprachen?»

Henderson zuckte die Schultern. «Damals habe ich mir gar nichts dabei gedacht. Vielleicht war der Typ ja auch gar kein Scout, und er hat Elsa angesprochen, weil er ihren Vater kannte. Keine Ahnung. Ich war nur froh, dass die beiden mich nicht entdeckt und verprügelt haben. Und kurz darauf war sie ja auch weg.» Er kratzte sich am Bauch, wobei sein T-Shirt ein Stück hochrutschte und ein Stück weiße Haut sichtbar wurde. «Einfach weg. Normalerweise wusste man immer, was die Kameraden so vorhaben, wenn sie bei der Armee raus sind. Selbst die, die von irgendwelchen Diensten abgeworben wurden, machten ein paar Andeutungen, klar, die kamen sich natürlich cool und wichtig vor. Aber von Elsa kam nichts, kein Wort über ihre Pläne. Ich meine», sagte Henderson und hatte schon wieder die Bierdose am Mund, «dass sie mir nicht verraten hat, was sie vorhat, war ja klar, aber sie hatte keinem was gesagt. Sie quittierte den Dienst, und weg war sie.»

«Und dieser Kumpel, dieser Jason Baker – wissen Sie, was aus dem geworden ist?»

Henderson schüttelte den Kopf. «Keine Ahnung. Kann sein, dass der zu einer Spezialeinheit gewechselt ist, vielleicht sogar zur Delta Force. Hat mich damals, ehrlich gesagt, nicht besonders interessiert.» Er schaute aus dem Fenster. Die Dämmerung hatte eingesetzt, und die Straßenlaternen sprangen flackernd an.

«Ich hatte das alles eigentlich schon total vergessen, ist ja auch schon eine Weile her. Und seit damals ist viel passiert.» Er schlug mit der Faust auf die Armlehne seines Rollstuhls. «Aber dann stand eines Tages dieser Reporter vor der Tür. Ich hatte natürlich von der Sache mit Elsa gehört und dass Major Helling sie erkannt hat. Ich hab mir in der Glotze angehört, was die Leute aus ihrem Kaff über sie erzählt haben, und mir so meine Gedanken gemacht. Und da fiel mir dann auch dieses Gespräch von damals wieder ein, und ich überlegte, welchen ‹Laden› sie wohl gemeint haben könnte. Jeder von uns wusste, dass Elsa am liebsten zu den SEALs gegangen wäre, Sie wissen schon, dieser Super-Elitetrupp, der im Mai 2011 Osama bin-Laden umgelegt hat. Aber die nehmen nun mal keine Frauen, nicht mal welche wie Elsa Jones. Aber ein ehemaliger SEAL, Eric Prince, hat 1997 einen privaten Sicherheits- und Militärdienst gegründet, Blackwater USA, später Blackwater Worldwide. Haben Sie vielleicht schon mal gehört, den Namen. ‹Militärische Dienstleistungen› bieten die an.» Er schnaubte. «Im Irakkrieg sind die ziemlich unangenehm aufgefallen, deswegen haben die sich auch umbenannt und hießen bis 2011 Xe Service und jetzt Academi.» Er schwieg erneut. «Ich denke mal, als Scharfschützin hätte sie da bestimmt gute Chancen gehabt.»

Hannahs Herz pochte heftig. Eine Organisation wie diese Privatarmee hätte vermutlich genügend Profis in den eigenen Reihen und die richtigen Verbindungen, um Menschen zu entführen, Papiere und Fotos zu fälschen und Brände zu legen. Aber was für ein Interesse könnte ein Privatunternehmen daran haben, Menschen wie den Literaturwissenschaftler Jeff Morgan oder einen schwarzen Kongressabgeordneten umzubringen? Ihres Wissens nach hatte sich keines der Opfer von Elsa Jones in irgendeiner Weise gegen diese offensichtlich umstrittene Firma engagiert – sie war sicher, dass das FBI diese Verbindung aufgedeckt hätte, wenn es sie gegeben hätte.

«Haben Sie das auch dem Reporter vom *Denver Telegraph* erzählt?»

«Nein.»

«Und warum erzählen Sie es jetzt uns?»

«Sie stellen die richtigen Fragen», erklärte Henderson. Er musterte Hannah erneut über den Rand der Bierdose hinweg, dann blickte er hinunter auf seine Beinstümpfe. «Und da ist noch etwas. Diese Kriegsverletzung ...» Seine Stimme wurde heiser, und er musste sich räuspern. «Wissen Sie, was ein *friendly fire* ist?»

Hannah starrte ihn an und spürte, wie auch Steve neben ihr erstarrte. Henderson war von seinen eigenen Kameraden zum Krüppel geschossen worden?

«Ich war gerade mit zwei Kameraden auf Patrouille in Bagdad, als ein Konvoi mit einem US-Diplomaten vorbeikam. Die Leute von Blackwater waren für den Personenschutz zuständig. Wir wussten, dass diese Kerle mit Vorsicht zu genießen sind und einen extrem nervösen Finger haben.» Er holte tief Luft. «Ich sah ein kleines Kind auf die Straße rennen, direkt vor die gepanzerte Limousine. Eine verschleierte Frau hinterher. Die Leute von Blackwater eröffneten sofort das Feuer.» Henderson schluckte. «Drei Minuten später waren fünf Irakis tot. Und ich war meine Beine los. Völlig zerfetzt. Die Docs konnten nichts machen, ich kann von Glück reden, dass ich da nicht an Ort und Stelle verreckt bin.» Er sah allerdings nicht aus, als würde er sich sonderlich glücklich schätzen.

Hannah musste sich zwingen, nicht auf die Beinstümpfe zu starren, und konzentrierte sich auf den Grund ihres Besuchs bei Henderson. Elsa Jones. Henderson vermutete also, dass sie nach ihrem Armeedienst bei Blackwater angeheuert hatte, der Firma, die ihn zum Krüppel gemacht hatte. «Ich nehme an, Sie haben keinen Cent Entschädigung gesehen, oder?»

«Gut geraten.» Henderson deutete auf die Regale mit den Aktenordnern hinter sich. «Ich hab's natürlich versucht, aber daraufhin drohten die mir mit einer Verleumdungsklage.»

Hannah ließ sich auf dem Sofa zurücksinken und schloss einen Moment die Augen. Zum ersten Mal seit ihrer Verhaftung hatte sie das Gefühl, so etwas wie einen Strohhalm zu haben, an den sie sich klammern konnte. Miles Henderson würde sie nicht der Polizei ausliefern, weil er wusste, dass sie nicht Elsa Jones war. Aber wenn er das sofort gemerkt hatte – warum dann nicht die Zeugen bei den Gegenüberstellungen und beim Prozess?

«Sehe ich Elsa Jones eigentlich ähnlich?», fragte sie. Steve, der schweigend auf die Bierdose in seiner Hand gestarrt hatte, hob den Kopf.

«Ich weiß nicht recht», sagte Henderson nach kurzem Nachdenken. «Sie sehen natürlich Ihrem Fahndungsbild ähnlich, auch wenn man Sie nicht sofort erkennt, aber Elsa Jones …» Er runzelte die Stirn. «Ist schon eine Weile her, dass ich sie gesehen habe. Aber warten Sie …» Er rollte zum Regal, zog aus einem der unteren Fächer ein Fotoalbum hervor. Er blätterte darin herum, nur wenige Bilder waren eingeklebt, die meisten lagen einfach nur lose zwischen den Seiten. Schließlich hatte er gefunden, was er suchte. «Hier», sagte er und reichte Hannah ein Foto. Eine Gruppenaufnahme von etwa dreißig jungen Soldatinnen und Soldaten in Ausgehuniform, aufgebaut in Reih und Glied.

«Das Bild wurde am Ende unserer Grundausbildung gemacht. Elsa steht in der dritten Reihe, ganz links.»

Hannah starrte die Frau an. Den verkniffenen Mund, die harte Linie um das Kinn. Unter dem Barett waren die Haare nicht zu erkennen, und die Uniform verwischte alle individuellen Züge.

Steve hatte sich zu ihr herübergebeugt und sah sich das Foto ebenfalls an. Dann schaute er Hannah an.

«Deine Nase ist kleiner», stellte er fest. «Und deine Augenbrauen sind feiner.»

Im ersten Moment fühlte Hannah sich erleichtert, doch dann wurde sie wütend. Sie sah dieser Frau nicht einmal besonders ähnlich! Wieso hatte man sie dann trotzdem als Elsa Jones verhaftet und verurteilt? Weil zu diesem Zeitpunkt alle Welt das Bild kannte, auf dem eine Frau mit ihrem Gesicht ein kleines Mädchen erschießt. Mit diesem einen Foto war es Elsa Jones gelungen, das Bild von sich in der öffentlichen Wahrnehmung zu prägen. Menschen, die sie seit Jahren nicht gesehen hatten, glaubten eher diesem Bild als ihrer eigenen Erinnerung. Auch Henderson hatte sie am Anfang für Elsa Jones gehalten.

Sie wollte ihm das Foto schon zurückgeben, als ihr Blick an dem Mann neben Elsa Jones hängen blieb. Sein Gesicht kannte sie.

«Der Mann neben Elsa Jones ist Jason Baker, nicht wahr?», sagte sie und gab Henderson das Bild zurück.

Der besah sich das Foto und sagte verblüfft: «Sie kennen ihn?»

Hannah nickte langsam. «Ich habe ihn vor zwei Jahren am Strand gesehen, an dem Morgen, an dem ich entführt wurde. Und dann noch einmal in diesem Juli.» Sie drehte sich zu Steve um. «Das ist der Mann, der Thomas und Martin erschossen hat.»

Steve betrachtete noch einmal das Bild. Doch er hatte Elsa Jones und Jason Baker aus fünfhundert Metern Entfernung ohne das Zielfernrohr des Gewehrs gesehen, und das Foto war fast zwanzig Jahre alt. Unschlüssig zuckte er die Achseln. «Kann sein.»

«Vielleicht kommen wir über diesen Jason Baker an Elsa heran», sagte Henderson plötzlich.

Wieder so ein «Wir», und wieder war Hannah irritiert. Was für ein Interesse sollte Henderson daran haben, Elsa Jones aufzuspüren? Als schien er ihre Gedanken zu erraten, sagte er: «Ich habe natürlich die Berichte gelesen, in denen Sie behauptet haben, Sie wären jemand anders. Damals hab ich's nicht geglaubt, aber jetzt, wo ich Sie sehe ... Die Masche, die Elsa mit Ihnen abgezogen hat, ist einfach nur mies.» Er schaute hinunter auf seine Beinstümpfe. «Und wenn es stimmt, dass sie bei Blackwater angefangen hat, dann hätte ich nichts dagegen, den Scheißkerlen deswegen ein bisschen Feuer unterm Arsch zu machen.»

Das klang einleuchtend. Aber was, wenn sich herausstellte, dass Elsa Jones nicht für Blackwater arbeitete oder gearbeitet hatte? Würde Henderson sie dann immer noch so bereitwillig unterstützen?

«Das kann gefährlich werden», sagte Hannah langsam. «Sie wissen, dass ich nicht die echte Elsa Jones bin. Sobald Sie mit Ihrem Wissen an die Öffentlichkeit gehen, bringen Sie sich damit in Lebensgefahr.»

«Wer sagt denn was von Öffentlichkeit?», grinste Henderson. «Ich werde mich einfach mal bei ein paar alten Kumpels von der Armee umhören. Und da ich nicht nach Elsa Jones frage, sondern nach Jason Baker, wird niemand Verdacht schöpfen.»

Hannah war sich da nicht so sicher. Was, wenn Elsa Jones und ihre Leute merkten, dass jemand Nachforschungen nach Jason Baker anstellte? Sie konnten sich nicht darauf verlassen, dass die dann nervös wurden und einen Fehler machten. Viel wahrscheinlicher war es, dass sie denjenigen, der zu viele Fragen stellte, aus dem Weg räumen würden. Das erklärte sie auch Henderson.

Der zuckte die Achseln. «Und wenn schon. Das ist es mir wert.» Er schlug mit der Faust auf die Armlehne seines Rollstuhls. «Ich meine, mein Leben ist so beschissen, da kommt es auf ein paar Jahre mehr oder weniger auch nicht an.» Dann grinste er. «Außerdem ist doch eine hübsche Belohnung auf ihren Kopf ausgesetzt. Da lohnt sich der Einsatz.»

Hannah lief es eiskalt über den Rücken. Wenn es ihm nur um die Belohnung ging, die auf Elsa Jones' Kopf ausgesetzt war, brauchte er sie doch nur auszuliefern.

Henderson schien zu merken, was in ihr vorging.

«Keine Angst, ich liefere keine Unschuldigen ans Messer.» Er sah sie an. «Ich glaube dir.»

19. KAPITEL

Miles Henderson bot ihnen an, bei ihm zu übernachten, und nach einigem Zögern nahm Hannah das Angebot an. Immerhin waren sie seit fünf Wochen auf der Flucht, ohne dass das FBI oder Elsa Jones sie aufgespürt hätten. Und die Aussicht auf ein richtiges Bett und eine warme Dusche war zu verlockend, als dass sie nein sagen könnte.

Steve fuhr den Buick in die Garage, Miles bestellte Pizza für alle, und beim Essen erzählten sie ihm, was in der Hütte geschehen war.

«Das sind Profis», sagte Hannah und listete auf, welche Fertigkeiten und Fähigkeiten Elsa Jones und ihre Leute haben mussten: Fälschung von Führerscheinen und Reisepässen, nicht nachweisbare Brandstiftung, perfekte Bildbearbeitung, gute medizinische Kenntnisse sowie Zugang zu Medikamenten.

«Fälschungen sind kinderleicht, wenn man weiß, wie es geht», erklärte Steve leicht von oben herab. «Und mit Photoshop kann heute doch jedes Kind umgehen.»

Hannah schüttelte den Kopf. «Aber nicht mit so einem perfekten Ergebnis in so kurzer Zeit. Malcolm und Samantha Wheeler wurden Sonntagmittag erschossen, am Montag erschienen die Bilder bereits im *Texas Independent*, und zwar in der Printausgabe. Die Zeitung muss die Bilder also noch am Sonntagabend bekommen haben. Das bedeutet, für die Bildbearbeitungen standen nur wenige Stunden zur Verfügung.» Sie schüttelte erneut den Kopf. «Und was ist mit der Brandstiftung in Deutschland? Ganz zu schweigen von dem Mord, den sie begangen haben mussten, um eine Leiche in mein Haus legen zu können. Nicht zu vergessen die Röntgenaufnahmen, die jemand meinem Zahnarzt untergeschoben haben muss. Nein, das ist eine professionelle Organisation.»

Sie musterte Steve nachdenklich. Sein Vater hatte eine Gruppe aufgebaut, die es immerhin geschafft hatte, sie aus einem schwer bewachten Gefangenentransport zu befreien und ihre Flucht zu organisieren. Könnte Elsa Jones einer Gruppe wie den WAP angehören?

«Was hat dein Dad dir eigentlich alles beigebracht?», fragte sie Steve.

Er zuckte die Schultern. «Alles, was man für den Kampf eben so braucht. Schießen, wo man am besten Waffen und Geld bunkert, wie man Autos klarmacht, so was alles.»

Miles fiel fast das Pizzastück aus dem Mund, das er gerade abgebissen hatte. «Wer war denn dein Dad?»

«Matthew Donaldson», erwiderte Steve stolz. «Gründer der *White Aryan Patriots.*»

Miles musterte ihn scharf. «Ist das etwa eine von diesen Gruppen, die an den Schwachsinn von der Überlegenheit der weißen Rasse glauben?»

Steve warf seine Pizza zurück in die Pappschachtel. «Allerdings. Und Sie sollten aufpassen, was Sie über die WAP sagen, Mister.» Demonstrativ ließ er den Blick zum Poster mit Rickey Henderson wandern, dem schwarzen Baseballstar.

«Steve!», sagte Hannah scharf. Wütend drehte er sich zu ihr um.

«Du hast mir gar nichts zu befehlen! Deinetwegen ist mein Dad jetzt tot, verdammt, weil er dich da rausgeholt hat. Und du hast keinen Finger gekrümmt, um ihm zu helfen. Du hättest diese Schlampe erschießen können, aber du bist ja lieber feige abgehauen.»

«Niemand konnte deinem Dad helfen, Steve», sagte Hannah müde. «Er hat sein eigenes Todesurteil unterschrieben, als er mich befreit und damit Elsa Jones' Pläne durchkreuzt hat. Sie ist schuld an seinem Tod, sie allein.»

Steves Kiefer mahlten vor Anspannung.

«Ich hätte sie gar nicht erschießen können. Sie waren viel zu weit weg», fügte sie leise hinzu. «Aber selbst wenn – ich hätte niemals geschossen. Ich bin nicht wie sie. Ich töte nicht.» Sie sah ihm in die Augen, bis er den Blick abwandte. Ein unangenehmes Schweigen breitete sich im Raum aus.

Schließlich ergriff Miles das Wort. «Woher hat Elsa Jones eigentlich gewusst, wo ihr seid?»

«Vermutlich hat sie sich ausgerechnet, dass Matthew Donaldson mich befreit hat, und da sie die Hütte von früher kannte, hat sie eins und eins zusammengezählt», sagte Hannah. Ganz zufrieden war sie mit dieser Erklärung nicht, aber woher hätte Elsa Jones es sonst wissen sollen? Es sei denn … Es sei denn, einer der Patrioten stand mit ihr in Verbindung und hatte sie verraten. In den vergangenen Wochen waren mehrere Mitglieder dieser paramilitärischen Gruppe verhaftet worden. Sie wandte sich an Steve, der immer noch mit verkniffenem Mund neben ihr saß.

«Wie viele Mitglieder hat die WAP?»

Er antwortete nicht.

Hannah und Miles sahen sich an.

«Hör zu, Junge. Ich weiß, wie scheiße das ist, seinen Vater zu verlieren», sagte Miles. «Mein Dad starb, als ich dreizehn war. Irgendein versoffener Scheißkerl hat ihn frontal gerammt. Ich weiß auch, wie es ist, wenn man gute Kameraden verliert.» Miles klopfte auf seine Oberschenkel. «Ich war im Krieg, Mann. Ich erzähl keinen Scheiß.» Er schwieg, aber Steve blickte nicht einmal auf. «*Ich* glaube nicht, dass Weiße irgendwie besser oder schlechter sind als Leute mit anderer Hautfarbe. Was *du* glaubst, ist allein deine Sache. Aber wir sitzen jetzt in einem Boot. Elsa Jones und das FBI sind hinter dir her. Vielleicht denkst du, du wärst ohne uns besser dran. Vielleicht überlegst du sogar schon, dich abzusetzen und bei jemandem von euren Leuten unterzukriechen. Aber was meinst du, wie lange es dauert, bis das FBI dich schnappt? Die werden dir Mord anhängen, egal, ob du getötet hast oder nicht, und dafür kriegst du die Spritze. Oder Elsa Jones findet dich und legt dich genauso um wie deinen Dad. Mit der Frau ist nicht zu spaßen. So einen Grünschnabel wie dich verspeist sie zum Frühstück.»

Steve hatte den Kopf gesenkt. Die Schachtel mit der inzwischen kalten Pizza war von seinem Schoß auf den Boden gerutscht. Hannah konnte ihn kaum verstehen, so leise sprach er. «Wir waren zwölf. Zehn haben bei der Aktion mitgemacht.»

Einer war beim Überfall erschossen worden, einer wurde verhaftet. Drei waren von Elsa Jones und Jason Baker in der Hütte erschossen worden, sechs weitere Männer hatte das FBI in den letzten Wochen verhaftet. Blieb nur noch einer übrig. Steve.

«Scheiße, Mann, tut mir echt leid», sagte Miles. «Hast du jemanden, zu dem du gehen kannst, wenn diese Geschichte vorbei ist? Deine Mom? Geschwister? Irgendwen?»

Steve schüttelte den Kopf.

«Scheiße, Mann», wiederholte Miles.

Hannahs schlechtes Gewissen regte sich. Diese Fragen hatte sie Steve nie gestellt. Das war keine böse Absicht, es war auch nicht darauf zurückzuführen, dass sie nur darüber nachgedacht hätte, wie sie Elsa Jones finden könnte. Aber andere Menschen interessierten sie einfach nicht genügend, um auch nur auf die Idee zu kommen, solche Fragen zu stellen. Das war schon immer so gewesen, und sie sah auch keinen Anlass, daran etwas zu ändern. Ihr Desinteresse bedeutete indes nicht, dass es sie völlig kaltließ, wenn andere Kummer litten, aber sie wusste nie, wie sie in so einer Situation reagieren sollte. Mehr als einmal hatte Marek ihr deswegen vorgeworfen, kaltherzig und egoistisch zu sein.

Jetzt zögerte sie, aber sie musste diese Frage stellen. «Könnte es sein, dass eines der Gruppenmitglieder Elsa Jones kannte und ihr verraten hat, wo wir waren?»

Steve schüttelte den Kopf. «Außer Dad, Thomas, Martin und Jonathan wusste niemand, wo wir sind. Dad hat immer gesagt, je weniger Mitwisser, desto besser.»

Von den Patrioten konnte Elsa Jones es also nicht erfahren haben. Hatte sie einfach nur erraten, dass Matthew Donaldson sie befreit hatte und welches Versteck er ausgesucht hatte? In den Nachrichten waren die Namen Donaldson und *White Aryan Patriots* erst genannt worden, nachdem Elsa Jones in der Hütte aufgetaucht war. Wie wahrscheinlich war es, dass Elsa Jones auf die Idee gekommen war, ein alter Schulfreund, zu dem sie seit achtzehn Jahren keinen Kontakt hatte, würde Hannah befreien, weil er sie fälschlicherweise für die echte Elsa Jones hielt?

Sie schloss die Augen. Diese Frage würde sie vorerst nicht beantworten können. Sie musste sich auf das Naheliegende konzentrieren. Sie musste irgendwie mit Marek Kontakt aufnehmen, damit er alles unternahm, um nachzuweisen, dass eine Fremde unter ihrem Namen beerdigt worden war. Bereits in Oklahoma hatten sie sich einen Laptop besorgt, den sie an der Autobatterie oder mit Hilfe eines kleinen Sonnenkollektors aufluden, und mit einer Anonymisierungssoftware konnte sie sich im Internet bewegen, ohne dass sich die IP-Adresse zurückverfolgen ließ. Auf diese Weise konnte sie zwar unbemerkt recherchieren, aber mit Marek Kontakt aufzunehmen, solange er nicht ebenfalls seine Spuren verwischte, war zu gefährlich. Gut möglich, dass das FBI ihn ebenfalls überwachte. Sie sah Miles an.

«Du hast heute Nachmittag ein paar alte Kumpels erwähnt. Kennst du zufällig jemanden in Deutschland? Oder irgendwo anders in Europa?»

Miles kratzte sich am unrasierten Kinn. «Kenneth müsste noch drüben sein. Wir waren zusammen im Irak, aber irgendwann wurde er ins Hauptquartier in Deutschland versetzt. Schien ihm da zu gefallen, als ich ihn das letzte Mal getroffen habe.» Er sah Hannah an. «Wieso fragst du?»

«Glaubst du, er würde in Deutschland einen fertig adressierten Brief in den Briefkasten werfen, ohne irgendwelche Fragen zu stellen?»

«Ich denke schon.» Er grinste. «Er schuldet mir noch einen Gefallen. Ich hab ihn öfter mal gedeckt, wenn er sich aus der Kaserne geschlichen hat, um seine Tussi zu treffen. Ist ein feiner Kerl, der Kenneth.»

«Okay.» Sie schaute zu Miles' Computer. «Ich müsste mal deinen Rechner und Drucker benutzen.»

Miles deutete mit dem Daumen zum Schreibtisch hinter sich. «Fühl dich ganz wie zu Hause.»

Später, als der fertige Brief im Umschlag steckte und auf dem Schreibtisch lag, fragte Miles, wo sie unterkommen würden, wenn sie morgen wieder aus Denver verschwanden.

Hannah zuckte die Achseln. «Keine Ahnung.» Sie fühlte sich unglaublich müde. Es war anstrengend, auf der Flucht zu sein. Es war anstrengend, ständig die Augen nach möglichen Verfolgern offen zu halten. Es war anstrengend, mit der Angst zu leben, jederzeit wieder verhaftet oder gleich erschossen werden zu können.

«Wir können uns noch wochenlang so durchschlagen», sagte Steve. Er hatte seit geraumer Zeit kein Wort mehr von sich gegeben und nur zusammengesunken auf dem Sofa gehockt, den Blick auf seine Stiefel gerichtet. Einmal, als er sich unbeobachtet glaubte, hatte Hannah gesehen, wie er sich verstohlen über die Augen wischte. «Wir müssen immer unterwegs bleiben, damit sie uns nicht schnappen.»

«Aber wenn ihr ständig auf Achse seid, sehen euch auch mehr

Leute – und die Gefahr ist größer, dass jemand Hannah erkennt. Oder dich.»

Steve hob den Kopf und sah Miles an. «Die Bullen suchen doch gar nicht nach mir. Sie suchen nach ihr», er deutete mit einem Kopfnicken auf Hannah, «aber von mir wissen die nichts. Mein Dad hat immer aufgepasst, dass mein Name sauber bleibt.»

«Aber sie werden wissen, dass Matthew Donaldson einen Sohn hat. Ich wette, dass dein Bild längst in jedem verdammten Streifenwagen klebt. Die wollen euch in Sicherheit wiegen, Mann.»

«Die haben kein Bild von mir, das können sie gar nicht. Mein Dad hat immer aufgepasst, dass es keine Bilder von mir gibt.»

Miles hatte sich eine frische Dose Bier geholt und nahm einen tiefen Schluck. «Ich an deiner Stelle wäre trotzdem vorsichtig. Beim FBI arbeiten nicht nur Idioten, nur weil sie Hannah für Elsa gehalten haben.»

Steve schien noch weiter in sich zusammenzusacken.

Miles schaute zwischen Hannah und Steve hin und her. «Etwa achtzig Meilen von hier in den Bergen gibt's eine Hütte. Sie gehört meinem Onkel, aber der fährt seit seinem Schlaganfall nicht mehr hin.» Noch ein Schluck Bier. «Früher als Kind war ich oft da, mit meinem Dad, zum Angeln. Später, als er tot war, hat mein Onkel mich manchmal mitgenommen. Hab's auch einmal probiert, als ich wieder zurück war. Aber mit dem Ding hier», er schlug auf die Armlehne seines Rollstuhls, «komme ich auf keine dreihundert Meter an den Fluss ran.» Er leerte die Bierdose mit einem tiefen Zug, zerquetschte sie und schleuderte sie in die Ecke.

«Verkriecht euch da oben, da seid ihr sicher. Hab da noch nie eine Menschenseele gesehen.»

Hannah sah Steve an. Eine einsame Hütte hatten sie schon einmal für einen ziemlich sicheren Ort gehalten.

«Wer weiß noch von der Hütte?», fragte sie.

«Niemand. Hab nie jemanden dahin mitgenommen. Und

mein Onkel …» Er zuckte die Schultern. «Der hat sich vor zwei Jahren in ein Gemüse auf zwei Beinen verwandelt. Der schnallt nichts mehr.»

«Gibt es dort oben Handyempfang?»

«Keine Ahnung. Vermutlich nicht.»

Wahrscheinlich müsste sie, wenn sie ins Internet wollte, ein paar Meilen fahren oder laufen, aber das Risiko, dabei geschnappt zu werden, war vermutlich gering.

«Was hältst du davon?», fragte sie Steve. Egal aus welchem Grund Matthew Donaldson seinen Sohn auf ein Leben in der Illegalität vorbereitet hatte, sie wusste seine Fähigkeiten und sein Wissen zu schätzen. Ohne ihn hätte sie es nie bis hierher geschafft.

«Denke mal, das geht in Ordnung», sagte er, ohne sie anzusehen.

«Also gut», sagte Hannah zu Miles. «Wie kommen wir zu der Hütte?»

20. KAPITEL

Marek starrte auf den Bildschirm vor sich, ohne etwas zu erkennen. Seit Stunden versuchte er, einen Artikel zu schreiben, doch mit den Gedanken war er ganz woanders. Seufzend öffnete er die oberste Schublade seines Schreibtischs und las den Brief, den er schon so oft gelesen hatte, dass er ihn beinahe auswendig kannte.

Brauche deine Hilfe. Aber sei vorsichtig! Erzähl niemandem von diesem Brief. Überprüf die Zahnarztunterlagen. Ich war 2005 in Hamburg bei Dr. Schröder in der Grindelallee. Der muss noch alte Röntgenaufnahmen von mir haben. Vergleiche sie mit denen vom Arzt in I.
Kommunikation verschlüsselt über das Forum Private! *im Darknet. Du bist Newton, ich bin Schrödinger. Unbedingt Anonymisierungssoftware benutzen! Kein Wort am Telefon!*
Wer ist die Tote im Haus? Gentest? Abgleich DNA mit meiner Großmutter und Mutter.
Ich habe niemandem etwas getan, auch später nicht.
Mindestens ein Wasserstoffatom ist am Kiel der Santa Maria *und an uns vorbeigeschwommen.*

Aufgegeben in Wiesbaden, von einem nichtssagenden Absender. Aufgedruckte Adresse, auch der Brief selbst war nur ein Computerausdruck ohne Namen, ohne Gruß, ohne ein persönliches Wort – was absolut zu Hannah passte. Hannah, die vor mehr als zwei Jahren in ihrem Haus gestorben war. Natürlich hatte er es zunächst nicht glauben wollen, schließlich hatte die Frau, die in den USA im Gefängnis saß, all seine Fragen richtig beantwortet. Doch die Beweise waren einfach zu erdrückend gewesen. Selbst das Gesicht auf dem Foto, von dem er anfangs überzeugt gewesen war, es sei Hannahs, war ihm nach und nach immer fremder geworden, bis er den Anblick nicht mehr ertragen konnte. Jetzt suchte er nach der Datei und öffnete sie, zum ersten Mal seit langem.

Die hohen Wangenknochen, die schmale Nase, die blaugrünen Augen. Hannah. Wie hatte er jemals daran zweifeln können?

Natürlich hatte er den Prozess verfolgt, eine ganze Reihe Fernsehsender hatten ausführlich darüber berichtet, und auch einige deutsche Medien hatten die Geschichte aufgegriffen, zumal die Angeklagte steif und fest behauptete, die Deutsche Hannah Marcks zu sein. Während des Prozesses sagte die Angeklagte kein Wort und saß die ganze Zeit fast reglos neben ihrer Anwältin. War das Hannah?

Doch dann war sie auf dem Weg zum Gefängnis, in dem sie hingerichtet werden sollte, befreit worden. Wer würde so eine Wahnsinnsaktion planen und durchführen, wenn er sich nicht absolut sicher wäre, dass in dem Gefangenentransporter die echte Elsa Jones saß? Erst in diesem Moment hatte Marek wirklich akzeptiert, dass Hannah tot war.

Bis heute Morgen. Bis er diesen Brief bekommen hatte.

«Marek? Wie lange brauchst du noch? Das Essen ist gleich fertig.»

Ehe er Hannahs Bild wegklicken konnte, stürmte Tanja in sein Arbeitszimmer, obwohl sie wusste, dass er das nicht mochte. Doch seit sie vor fünfzehn Monaten bei ihm eingezogen war, hatte sie sich noch nie daran gehalten. Sie warf nur einen kurzen Blick auf den Monitor und blieb hinter ihm stehen.

«Marek», sagte sie sanft. «Bist du immer noch nicht darüber

hinweg?» Sie legte ihm eine Hand auf die Schulter und drehte ihn mit dem Stuhl zu sich um, weg von Hannah. «Hannah ist tot! Seit zwei Jahren!»

Tanja kannte Hannah nicht. Die beiden Frauen waren sich nur einmal kurz begegnet, als Hannah ihn abgeholt hatte, weil sie zusammen essen gehen wollten. Zu dem Zeitpunkt hatte sie schon bei ihrer Großmutter gelebt und war nur selten in Hamburg gewesen. Wann immer er versuchte hatte, Tanja von seinen Zweifeln zu erzählen, ob die Tote in Hannahs Haus wirklich Hannah war, hatte sie ihm Realitätsflucht vorgeworfen. Er wolle ihren Tod einfach nicht akzeptieren, hatte sie gesagt und mitfühlend hinzugefügt: «Ich weiß, dass es dir schwerfällt, aber du musst sie loslassen!»

Er legte seine Hand auf Tanjas und drückte sie leicht. Er war versucht, ihr von dem Brief zu erzählen, doch er dachte an Hannahs Warnung. «Ich weiß», sagte er.

Am nächsten Tag suchte er den Namen und die Telefonnummer der Kriminalbeamtin heraus, die damals die Ermittlungen geleitet hatte. Er hatte das Telefon bereits in der Hand, als ihm Hannahs Warnung einfiel. *Kein Wort am Telefon!* Edward Snowdens Enthüllungen über die NSA waren noch längst nicht vergessen, sonst hätte er das vielleicht als Paranoia abgetan. Misstrauisch sah er das Telefon an. Schließlich schnappte er sich die Autoschlüssel und machte sich auf den Weg in die Kleinstadt im Norden von Hamburg. Knapp vierzig Minuten später stand er vor dem bescheidenen Hochhaus und fragte beim Pförtner nach Miriam Winkler.

Er hatte Glück. Nach wenigen Minuten kam die schlanke Mittdreißigerin nach unten und begrüßte ihn, den Kopf leicht zur Seite geneigt.

«Sie wollten zu mir?»

«Vielleicht erinnern Sie sich an mich, mein Name ist Marek Lukow. Vor zwei Jahren ist in einem Dorf hier in der Nähe eine Leiche in einem abgebrannten Haus entdeckt worden …»

«Hannah Marcks, natürlich erinnere ich mich daran. Sie sind der Stiefbruder, nicht wahr?»

Marek nickte kurz. «Ja.»

«Was führt Sie zu mir?»

«Ich hatte gerade zufällig hier in der Gegend zu tun», log er ungerührt, «und ich habe mich gefragt, ob Sie mir vielleicht die Röntgenaufnahmen zukommen lassen könnten, die der Pathologe damals von der Toten gemacht hat.»

Miriam Winkler sah ihn verblüfft an. «Was wollen Sie denn damit?»

«Sehen Sie, obwohl es schon fast zwei Jahre her ist, kann ich es immer noch nicht fassen, dass Hannah tot sein soll. Ich möchte mich einfach noch einmal vergewissern, will selbst mit dem Zahnarzt reden …»

Miriam Winkler seufzte. «Tut mir leid, aber diese Röntgenaufnahmen sind Beweismaterial und schon längst archiviert. Da komme ich gar nicht mehr ran.»

So etwas hatte Marek schon befürchtet. «Können Sie mir wenigstens den Namen des Zahnarztes sagen?»

Sie dachte kurz nach. «Irgendetwas mit Sch. Schulz, Schumann, nein, Schubert, das war's.» Sie sah ihn an, mitleidig, wie er glaubte. «Aber wenn Sie meine ehrliche Meinung hören wollen: Sie werden zu keinem anderen Ergebnis kommen als unsere Ermittlungen. Ihre Schwester ist tot. Es tut mir leid.»

«Aber dann wäre ich mir wenigstens sicher», sagte Marek. Er erwog kurz, ob er der Frau von Hannahs Brief erzählen sollte, entschied sich dann aber dagegen. Dazu war es zu früh. «Was ist eigentlich bei den Ermittlungen zur Brandursache herausgekommen?», fragte er stattdessen.

Erneut dachte Miriam Winkler kurz nach. «Der Gutachter kam zu dem Schluss, dass die veraltete Gasheizung den Brand verursacht hat.» Sie schwieg kurz. «Ihre Schwester ist vermutlich im Schlaf erstickt. Sie hat nichts gemerkt.»

Sie oder jemand anders, der an ihrer Stelle gestorben war.

Kurz darauf saß er in seinem Auto und suchte in seinem Smartphone die Adresse von Dr. Schubert heraus. Die Praxis befand sich in einem schmucken Jugendstilhaus in unmittelbarer Nähe zum Marktplatz, der kleine Vorgarten war akkurat gepflegt. Beim Eintreten hatte Marek sofort diesen typischen Zahnarztgeruch in der Nase, und prompt fing sein linker Backenzahn an zu ziehen, der ihn schon seit Wochen immer wieder mal ärgerte.

Er wartete, bis die Helferin hinterm Tresen eine grauhaarige Frau abgefertigt hatte, dann stellte er sich vor.

«Ich bin der Bruder von Hannah Marcks. Sie war Patientin bei Ihnen, bis sie vor zwei Jahren verstarb.»

«Hannah Marcks? War das nicht die Frau, die in ihrem Haus verbrannt ist? Schreckliche Geschichte. Was kann ich für Sie tun?»

«Ich würde mir gern die Unterlagen meiner Schwester anschauen», erklärte Marek.

Die Arzthelferin schüttelte den Kopf. «Tut mir leid, aber das geht nicht. Das sind vertrauliche Unterlagen, und außerdem sind sie bereits archiviert.» Neugierig sah sie ihn an. «Wieso wollen Sie die überhaupt ansehen?»

«Ich weiß, es klingt dumm, nach zwei Jahren, aber ich kann immer noch nicht glauben, dass meine Schwester tot ist. Ich möchte die Unterlagen mit denen eines anderen Zahnarztes in Hamburg vergleichen, bei dem sie vorher war.»

«Aber …»

In diesem Moment trat ein Mann im weißen Kittel aus einem der Behandlungszimmer, den Mundschutz hatte er zum Kinn heruntergezogen. Er begleitete eine junge Frau zum Tresen, verabschiedete sich von ihr und fing an, in der Patientenkartei zu blättern, die auf dem Tresen lag. Marek sah seine Chance gekommen.

«Dr. Schubert?»

Der Mann blickte auf, und Marek trug sein Anliegen erneut vor. «Ich will doch nur sichergehen, dass es sich bei der Toten tatsächlich um meine Schwester handelt. Verstehen Sie, ich will einfach nur jeden Irrtum ausschließen.» Er lächelte, wie er hoffte, entschuldigend.

Dr. Schubert sah ihn beinahe mitleidig an.

«Susanne», sagte er schließlich zu der Arzthelferin, «such doch bitte kurz die Kartei von Frau Marcks heraus.»

«Aber die ist doch schon archiviert!»

«Dann gehst du eben in den Keller und holst die Kartei von dort!»

Susanne errötete, stand auf und verschwand hinter einer Tür. Wenige Minuten später war sie wieder zurück. Das Archiv schien gut sortiert zu sein.

Marek folgte Dr. Schubert in eines der Behandlungszimmer, wo dieser die Röntgenaufnahmen an einen Lichtkasten klemmte. In der rechten unteren Ecke standen Name und Geburtsdatum der Patientin. *Hannah Marcks, 23. April 1978.*

«Ohne die Aufnahme des Pathologen kann ich jetzt natürlich nicht sagen, ob die beiden Gebisse übereinstimmen», sagte er. «Aber ich versichere Ihnen, dass ich als Arzt in so einem Fall selbstverständlich allergrößte Sorgfalt walten lasse. Wenn ich damals bestätigt habe, dass das Gebiss der Toten mit dem meiner Patientin übereinstimmt, dann ist es auch so.»

Marek starrte auf das Röntgenbild. Einer der oberen Schneidezähne stand ziemlich schief, sodass er den Eckzahn fast überlappte. Er runzelte die Stirn.

«Steht dieser Zahn so schief, dass man es demjenigen sofort ansieht?», fragte er den Arzt.

«Ja, auf jeden Fall.»

«Hannah hat aber ganz gerade Zähne», sagte Marek langsam. Sein Herz klopfte plötzlich ziemlich weit oben in seiner Kehle.

Der Arzt sah ihn nachdenklich an, dann zog er ein paar Blätter aus Hannahs Datei und studierte sie. «Hannah Marcks ... der Name sagt mir was. Genau, sie war bei mir, weil sie eine neue Krone brauchte. Wir unterhielten uns über ihren Namen, ich bin nämlich ein großer Verehrer des Bildhauers und Grafikers Gerhard Marcks, von dem ich auch einige Plastiken besitze. Aber Ihre Schwester kannte ihn leider gar nicht.»

Das wunderte Marek nicht. Mit Kunst konnte Hannah wenig anfangen, sie sei zu unlogisch, hatte sie ihm einmal erklärt. Der Arzt redete bereits weiter.

«Die neue Krone passte zuerst nicht, und sie musste noch einmal zum Techniker zurück. Ich erinnere mich noch gut daran, ich habe ziemlich geflucht über dieses Teil.» Er blätterte noch einmal in den Unterlagen. «Merkwürdig, hier steht gar nichts dazu.» Er blickte auf und sah Marek an. «Dabei bin ich mir sicher, dass ich Frau Marcks eine Krone eingesetzt habe.»

Marek schloss kurz die Augen. «Sie *hat* eine Krone bekommen, in dem Jahr vor ihrer ... ihrem Tod. Sie hat mir davon erzählt.» Er lachte wehmütig auf. «Der Zahn war schon morsch gewesen, und er ist zerbrochen, als sie einen Lebkuchen gegessen hat. Sie wissen schon, die mit den Karamellkrümeln drin.» Er lachte erneut auf. «Mit einem Lebkuchen den Zahn zerbrochen. Das fand sie witzig.»

Dr. Schubert nickte. «Stimmt, das hat sie mir auch erzählt.» Ratlos blickte er auf die Röntgenbilder in seiner Hand. «Aber wie kommen dann diese Bilder mit ihrem Namen in die Kartei? Und warum fehlen meine Aufzeichnungen über die Krone?» Mit der freien Hand kratzte er sich am Kopf.

Marek spürte, wie ihm etwas eiskalt den Rücken herunterkroch. «Ist der Empfang der Praxis immer besetzt?», fragte er. «Oder könnte jemand unbemerkt an die Patientenkartei gelangen?»

Der Arzt schüttelte den Kopf. «Dort ist immer jemand.» Er sah Marek aufmerksam an. «Sie meinen, jemand hat diese Aufnahmen in die Karteikarte geschmuggelt?»

Marek antwortete nicht direkt. «Gab es vor zwei Jahren vielleicht irgendwelche ungewöhnlichen Vorfälle? Ist vielleicht in die Praxis eingebrochen worden?»

Dr. Schubert sah ihn verblüfft an. «Ja, in dem Jahr ist bei uns eingebrochen worden.» Er packte die Röntgenbilder wieder ein und ging mit Marek nach vorn zum Empfang.

«Susanne, wann war noch mal genau dieser Einbruch vor zwei Jahren?»

«Irgendwann im Sommer.» Konzentriert zog sie die Brauen zusammen. «Es war mein erster Arbeitstag nach dem Urlaub, und in dem Jahr ist mein Vater siebzig geworden, am 18. Juni, das war ein Samstag, also muss es der 20. Juni gewesen sein.»

«Der Schaden hielt sich in Grenzen», erklärte Dr. Schubert. «Das Küchenfenster war aufgebrochen worden, und es fehlten ein paar Schmerzmedikamente, ein Rezeptblock und die Kaffeekasse.» Er zuckte die Achseln. «Die Polizei ging von einem Fall von Drogenkriminalität aus. Ein paar Junkies, die auf die Medikamente aus waren.» Junkies in dieser Kleinstadt? Marek staunte.

«Hat man den Täter gefasst?», fragte er.

«Nein, nicht dass ich wüsste», sagte Dr. Schubert und blickte auf die Karteikarte in seiner Hand. «Glauben Sie denn, dass der Einbruch etwas mit diesem … Rätsel zu tun hat?»

Drei Tage später saß Marek abends vor seinem Computer und tippte nervös mit den Fingern auf die Tischplatte. Er hatte auf seinem Computer eine Software installiert, die verhinderte, dass er Spuren im Internet hinterließ, doch damit war die Kiste wesentlich langsamer geworden. Ungeduldig sah er zu, wie sich die Seite aufbaute.

Am Nachmittag hatte er sich unter dem Namen Newton im Forum *Private!* angemeldet. Laut Eigenbeschreibung handelte es sich dabei um ein Social Network für Menschen, die nicht wollten, dass ihre Daten von Dritten mitgelesen, für Werbezwecke weitergegeben oder auf sonstige Weise missbraucht wurden. *Was ihr hier untereinander quatscht, ist uns egal. Das Internet gehört allen, aber meine Gedanken gehören mir!* Unter den eingetragenen Usern befand sich tatsächlich ein Schrödinger, der in seinem Profil angab, fünfunddreißig Jahre alt zu sein – wie Hannah – und sich für Mathematik, Strafrecht und Abenteuergeschichten zu interessieren. Unwillkürlich musste Marek grinsen. Das traf Hannahs momentane Situation vermutlich ziemlich gut. Am Nachmittag hatte er Schrödinger eine zusätzlich über PGP verschlüsselte Nachricht hinterlassen, dass der Arzt in Hamburg tatsächlich andere Röntgenaufnahmen besaß als Hannahs Zahnarzt in der Kleinstadt. «Was soll ich jetzt tun?», hatte er gefragt und vorgeschlagen, die Presse zu informieren.

«New Mail» leuchtete es rot auf, als er sich endlich im Forum eingeloggt hatte. Keine Begrüßung, kein Absender. «Geh damit zur Polizei. Die Sterbeurkunde muss für ungültig erklärt werden. Keine Presse!» Stirnrunzelnd starrte er die knappe Nachricht an. Kein Wort des Dankes. Kein Wort dazu, wie es ihr ging. Keine Nachfrage, wie es ihm ging.

Typisch Hannah.

21. KAPITEL

Wütend knallte Mullen den Aktenordner zu. Er war schon seit Wochen nicht mehr zum Laufen gekommen, und die Bewegung fehlte ihm. Fast sieben Wochen waren seit Elsa Jones' Flucht vergangen, und er hatte keine Ahnung, wo die Frau steckte.

Dabei hatte es am Anfang so ausgesehen, als hätten sie mit den *White Aryan Patriots* eine ganz heiße Spur. Nach wenigen Wochen waren alle elf Mitglieder der Gruppe, die dem FBI bekannt waren, entweder tot oder verhaftet. Keiner der Männer hatte bisher irgendwelche Aussagen gemacht, obwohl sie alle wussten, dass Elsa Jones drei ihrer Kameraden erschossen hatte. Doch sobald Mullen den Raum betreten hatte, hatten ihre Augen vor Hass nur so gesprüht. Diese Leute mochten keine Schwarzen, und sie gaben sich keine Mühe, das zu verbergen.

Ganz im Gegensatz zu Elsa Jones. Sie hatte ihre Gefühle verdammt gut unter Kontrolle gehabt und sich nie anmerken lassen, was sie für ihn empfand. Sie war nur schwer zu entschlüsseln, damals schon, als er sie zum ersten Mal verhaftet hatte, und jetzt auch. Warum hatte sie ihre Retter und Verbündeten erschossen? Mullen tippte auf Probleme innerhalb der Gruppe, Rangkämpfe vermutlich, weil jemand Jones nach ihrer zweijährigen Abwesenheit ihren Platz als Anführerin der Gruppe streitig gemacht hatte. Er hielt Matthew Donaldson für den wahrscheinlichsten Kandidaten, denn ihn hatte sie mit einem aufgesetzten Schuss getötet, während sie die anderen beiden aus der Ferne erschossen hatte. Anschließend hatte sie mit einem Lieferwagen das Weite gesucht – möglicherweise mit dem weißen Ford, der einen Tag vor dem Auffinden der Leichen in der nächsten Kleinstadt beobachtet worden war. Ein Mann und eine Frau stritten sich so heftig, dass der Mann am Steuer nicht achtgab und beinahe einen parkenden Wagen gestreift hätte. Anschließend waren sie in hohem Tempo davongerast, und der Wagen war seitdem nirgendwo wieder aufgefallen.

Wer war der Mann, mit dem Jones unterwegs war? Inzwischen wussten sie längst, dass Matthew Donaldson einen Sohn hatte, der erst im Frühjahr siebzehn Jahre alt geworden war. Der Junge ging nicht zur Schule, sondern wurde von seinem Vater zu Hause unterrichtet. Niemand wusste, wo der Junge steckte, es gab weder Großeltern noch Geschwister, niemanden, der Auskunft über seinen Aufenthaltsort geben könnte. Es gab nicht einmal ein Bild von ihm. Alles sprach dafür, dass er die fünfte Person war, dessen Fingerabdrücke man in der Hütte gefunden hatte. Mullen hatte den Wald hinter dem Schlupfwinkel durchsuchen lassen, doch genauso gut hätten sie nach der sprichwörtlichen Nadel im Heuhaufen suchen können. An der Straße, die in dreißig Meilen Entfernung von der Hütte durch den Wald führte, hatten sie gut versteckt einen vollgetankten Chevrolet entdeckt, vermutlich als Fluchtwagen dort abgestellt. Wenn Donaldsons Junge durch irgendeinen Glücksfall überlebt hätte, hätte er sich zu dem Auto durchgeschlagen. Dass das Auto noch dort gestanden hatte, wo Matthew Donaldson und seine Kumpane es versteckt hatten, war ein schlechtes Zeichen. Der Junge war entweder tot – oder Elsa Jones hatte ihn aus unerfindlichen Gründen mitgenommen. Als Geisel? Oder als Verbündeten? Sämtliche Polizeiwachen im Land waren informiert, aber wie sollten sie nach einem Jungen fahnden, von dem niemand sagen konnte, wie er aussah?

Die ballistische Auswertung der Spuren am Tatort hatte eine weitere Überraschung bereitgehalten. Die Tatwaffe war nicht mit der Waffe identisch, aus der die Schüsse auf dem improvisierten

Schießplatz hinter der Hütte abgefeuert worden waren. Die Projektile wiesen unterschiedliche Laufspuren auf. Die Waffe, mit der auf die Bäume geschossen worden war, hatte man in der Hütte entdeckt, eine SIG 553, das Nachfolgemodell jener Waffe, mit der Elsa Jones elf Menschen getötet hatte. Die Waffe trug ihre Fingerabdrücke, doch soweit sie wussten, war mit diesem Gewehr niemand getötet worden. Die Existenz von zwei Waffen mit dem gleichen Kaliber hatte Mullen jedoch nicht weiter erschüttert. In der Hütte hatten sie noch sechs weitere Feuerwaffen gefunden, zwei Revolver, eine Pistole, ein Sturmgewehr, eine Maschinenpistole und ein Präzisionsgewehr. Bei solchen Waffennarren wie den *White Aryan Patriots* war das eine fast dürftige Grundausstattung.

Im Moment konzentrierten sich die Ermittlungen vor allem auf diese Gruppe. Mullen ging davon aus, dass es mehr Mitglieder gab als die bekannten elf. Grabenkämpfe waren bei solchen Extremisten nichts Ungewöhnliches. Es wäre nicht das erste Mal, dass diese Spinner dem FBI die Arbeit abnahmen, indem sie sich gegenseitig umbrachten. Doch sosehr sie auch wühlten, sie fanden keine Hinweise darauf, dass die WAP weitere Mitglieder gehabt hatte. Mehr als das, was schon seit Jahren über die Gruppe bekannt war, war einfach nicht herauszubekommen.

Mullen lehnte sich in seinem Schreibtischsessel zurück und starrte aus dem Fenster seines Büros. Seit er zum Chef des Special Teams befördert worden war, hatte er ein eigenes Büro, doch die Tür stand immer offen, und von draußen drang das Stimmengewirr seiner Mitarbeiter zu ihm herein. Das gleichmäßige, nur selten an- und abschwellende Geräusch hatte etwas Einschläferndes, und er hatte Mühe, die Augen offen zu halten. Seit Wochen hatte er keine Nacht länger als vier, fünf Stunden geschlafen, und in jeder ruhigen Minute drohten ihm die Augen zuzufallen.

Er riss sich zusammen, leerte den Becher mit dem inzwischen kalt gewordenen Kaffee und starrte den Aktenordner an, den er gerade so wütend zugeklappt hatte. Er gab es nur ungern zu, aber im Moment wusste er nicht weiter. Elsa Jones war ihm entwischt.

Sie würden noch einmal ganz von vorne anfangen müssen. Jede ihrer Aussagen überprüfen, die sie nach ihrer Verhaftung gemacht hatte. Jeder Spur nachgehen, jede Person befragen, die Elsa Jones irgendwann einmal getroffen hatte.

In den folgenden Tagen schickte Mullen seine Leute los, um die Zeugen zu überprüfen, die Elsa Jones nach eigenen Angaben in den Monaten vor ihrer Verhaftung gesehen und gesprochen hatte. Vor zwei Jahren hatte Taylor das nicht für nötig gehalten. «Jeder wird bestätigen, dass sie Hannah Marcks ist und aus Europa kommt», hatte er gesagt, «weil sie den Leuten genau diese Geschichte aufgetischt hat – weiß der Teufel, aus welchen Gründen.»

Mit Taylor konnte er nicht über den Fall sprechen. Nach seinem Herzinfarkt war er operiert worden und erholte sich im Moment noch in einer Rehaklinik. Zwei Wochen nach Elsa Jones' Flucht hatte er seinen ehemaligen Vorgesetzten besucht und ihm von den Verhaftungen der *White Aryan Patriots* erzählt. Taylor war zu erschöpft gewesen, um mehr zu tun, als müde zu lächeln, und er schien froh, als Mullen sich wieder verabschiedete. Im Moment hatte der Mann andere Probleme.

Mullen nahm sich die Habseligkeiten vor, die Jones in den fast zwei Jahren im Bezirksgefängnis von Austin in ihrer Zelle angesammelt hatte. Viel war es nicht – sie hatte in der ganzen Zeit kaum persönliche Gegenstände angeschafft, wofür sie allerdings auch kein Geld gehabt hätte. Auf das Konto, das Gefangene haben durften, war ganz am Anfang eine einmalige Zahlung von zweihundert Dollar eingegangen, eine Auslandsüberweisung von einem gewissen Marek Lukow – dem Mann, von dem die Verhaftete behauptet hatte, er sei ihr Bruder. Doch anscheinend hatte der sich rasch eines Besseren belehren lassen, denn nachdem Hannah Marcks in Deutschland für tot erklärt worden war, waren keine weiteren Zahlungen mehr eingegangen. Jones hatte zwei juristische Fachbücher in ihrer Zelle gehabt, *Einführung in das Strafrecht* und *Texanische Gesetzessammlung*, dicke Bände mit jeweils über tausend Seiten, die beide zerlesen wirkten, als hätte sie häufig hineingeschaut. Das einzige weitere Buch war *Gödel, Escher, Bach* von Douglas R. Hofstadter. Mullen blätterte es kurz durch und stellte fest, dass es sich um ein Mathematikbuch im weitesten Sinne handelte. Weiß der Teufel, wie das in ihrer Zelle gelandet war – ziemlich anspruchsvoller Stoff.

Und dann waren da noch eine Kopie ihrer Akte, die Jones' Anwältin ihr zur Verfügung gestellt haben musste, sowie etliche Zeitungsberichte, viele davon in Form einer Kopie. Beide Stapel wirkten ebenfalls, als hätte die Gefangene oft darin gelesen – was Mullen ihr nicht verdenken konnte, wenn sie als einzige andere Abwechslung juristische Fachbücher und ein Mathebuch gehabt hatte.

Er blätterte die Zeitungsberichte durch. Natürlich hatte auch das FBI damals die Zeitungen und Nachrichten ausgewertet, schließlich ließ sich niemals ausschließen, dass irgendein Reporter etwas herausfand, das den Ermittlern des FBI entgangen war. War es nicht das, wovon jeder Reporter träumte? Zwei Leute hatte Taylor damals eigens dafür abgestellt, alle Zeitungsartikel und Reportagen zusammenzutragen, die sich mit dem Fall Elsa Jones beschäftigten. Genützt hatte es nichts.

Jetzt hielt er einen Artikel des *Denver Telegraph* in der Hand, der im März 2011, sechs Wochen nach dem Anschlag von Atlanta, erschienen war. Es handelte sich um ein Interview mit einem von Jones' ehemaligen Kameraden bei der Armee. Ein gewisser Miles Henderson bestätigte im Großen und Ganzen nur das, was bereits bekannt war – dass Jones sich in ihrer Armeezeit als ausgezeichnete Schützin hervorgetan hatte, aber aufgrund ihrer rassistischen Hetze immer wieder getadelt worden war. Stutzig wurde Mullen erst beim letzten Absatz des Artikels. «Es ist ein offenes Geheimnis, dass es bei der Army Leute gibt, die sich die Neuen verdammt genau angucken», hatte der Veteran dem Reporter erklärt. «Und wer sich bewährt … der ist nicht nur für die Army interessant, wenn Sie verstehen, was ich meine.»

Mullen runzelte die Stirn. Dieser Mann deutete an, er wüsste möglicherweise, was Elsa Jones nach ihrer Zeit bei der Armee getrieben hatte – und niemand war der Sache nachgegangen? Wieso hatten sie diesen Artikel damals übersehen? Zugegeben, der *Denver Telegraph* war nicht mehr als ein als Wochenzeitung getarntes Anzeigenblatt, aber verdammt, zwei Leute waren nur dafür zuständig gewesen, alles rauszufiltern, was in dieser Zeit zu Elsa Jones geschrieben wurde, und sei es der Artikel in einer Schülerzeitung.

Er sah auf die Uhr. Hier in Washington war es neun Uhr abends, in Denver sechs Uhr. Als Veteran musste dieser Henderson über das Department of Veteran Affairs aufzuspüren sein. Er griff zum Telefon.

22. KAPITEL

Miles hatte recht gehabt – die Hütte lag so abgeschieden, dass sich niemals eine Menschenseele dorthin verirrte. Umgeben von Wald, am Ende einer schmalen Schotterpiste gelegen, an deren Beginn ein verwittertes Schild «Privat! Kein Durchgang!» unbedarfte Besucher hoffentlich abschreckte. Die Hütte selbst befand sich in einem erstaunlich guten Zustand. Bis zu seinem Schlaganfall vor zwei Jahren musste Miles' Onkel sie regelmäßig genutzt haben. Im Schuppen lagerten noch jede Menge Benzinkanister für den Generator, und an die Außenwände waren mehrere Meter Brennholz gestapelt.

Unterwegs hatten sie Vorräte eingekauft. Trotz seiner Erklärung, es gebe kein Bild von ihm, hatte Steve zum ersten Mal nervös gewirkt, als er den Parkplatz des Supermarkts überquerte, und sich mehrmals umgesehen. Als er an einem Streifenwagen vorbeikam, wandte er ruckartig den Blick ab. Hannah hielt die Luft an. Doch nichts geschah, der Streifenwagen rollte langsam weiter. Keine bewaffneten Sheriffs sprangen heraus, um Steve zu verhaften.

Seit acht Tagen waren sie jetzt hier oben in den Bergen, in denen es nachts bereits empfindlich kühl wurde. Zum ersten Mal seit ihrer Verhaftung vor fast zwei Jahren hatte Hannah das Gefühl, zumindest hin und wieder zur Ruhe zu kommen, auch wenn sie immer noch die meiste Zeit angespannt war und ihre Umgebung sorgfältig im Auge behielt. Nachts wachte sie häufig auf, mehr als einmal schweißgebadet, doch wenn sie den nächtlichen Geräuschen des Waldes lauschte, wurde sie allmählich wieder ruhiger.

Die ersten Tage verbrachten sie hauptsächlich mit Schlafen

und damit, die Umgebung der Hütte zu erkunden. Keiner von ihnen sprach es aus, aber beide wussten, wie wichtig ein guter Fluchtweg war. Für den Notfall. Steve ging jeden Tag am Fluss angeln, eine Tätigkeit, der Hannah wenig abgewinnen konnte.

Sie sprachen nur wenig. Hannah war ohnehin noch nie besonders redselig gewesen, und Steve wirkte in sich gekehrt, als würde er den Verlust seines Vaters und seiner Freunde erst jetzt, in diesen langen, ruhigen Tagen, richtig betrauern. Er trennte sich nie von seinem Gewehr, einer M40, wie er ihr erklärt hatte, einer stark modifizierten Remington 700, die von den US Marines als Scharfschützengewehr eingesetzt wurde. Er nahm sie sogar mit, als sie zum Einkaufen ins Tal hinunterfuhren, da konnte Hannah noch so viel argumentieren. «Dann fahr doch ohne mich», sagte er, doch seine Stimme hatte nichts Herausforderndes. Er klang einfach nur müde. Manchmal spürte Hannah, dass er sie beobachtete, doch wenn sie ihn ansah, wandte er den Blick ab. Sie wusste nicht, was in ihm vorging. Konnte sie sich auf ihn verlassen? Oder würde er sich eines Tages absetzen, sie womöglich verraten – in der Hoffnung, für sich selbst mildernde Umstände geltend machen zu können, weil er geholfen hatte, die gefährliche Elsa Jones dingfest zu machen?

Jeden Tag lief sie drei Meilen durch den Wald bis zu einer Bergkuppe, auf der sie leidlich guten Handyempfang hatte, um mit dem Laptop ins Internet zu gehen. Jeden Tag überprüfte sie, ob sie Nachrichten von Miles oder Marek hatte. Mit beiden tauschte sie sich mittels verschlüsselter Nachrichten aus. Miles würde sie informieren, sobald er etwas über Jason Baker herausgefunden hatte. Bis dahin loggten sich beide spätestens jeden zweiten Tag ein, damit sie wussten, dass alles in Ordnung war, auch ohne dass sie Nachrichten tauschen mussten. Doch heute hatte sie weder von Miles noch von Marek eine Nachricht bekommen.

Nachdem sie sich ausgeloggt hatte, blieb sie noch einen Moment sitzen und blickte auf das Tal vor sich. Wie friedlich die Welt von hier oben wirkte, so fernab der Menschen! Sie sog die frische, klare Luft ein und spürte, wie sie sich entspannte. Die Sonne schien warm in ihr Gesicht, und unwillkürlich musste sie an die kleine, graue Zelle denken, in der sie fast zwei Jahre lang eingesperrt gewesen war. Sie hatte nicht gewusst, wie sehr sie es vermisst hatte, einfach nur in der Sonne zu sitzen.

Doch die Ruhe in ihr währte nicht lang. Sie war auf der Flucht! Und sie hatte eine Aufgabe – wie konnte sie es da wagen, einfach herumzusitzen? Sie packte den Laptop wieder in den Rucksack und machte sich auf den Rückweg. Als sie nur noch wenige hundert Meter von der Hütte entfernt war, hörte sie einen Schuss. Wenige Meter neben ihr krachte es im Unterholz. Sie warf sich auf den Boden und versuchte, durch das Dickicht etwas zu erkennen. Ein zweiter Schuss ertönte, nicht weit von ihr flatterten ein paar Vögel auf. Hannah hielt den Atem an und rührte sich nicht.

Schoss da jemand gezielt auf sie? Hatte Elsa Jones irgendwie diese Hütte ausfindig gemacht?

Ein dritter Schuss ertönte. Dann ein lautes Knacken im Unterholz, als würde sich jemand mühsam seinen Weg hindurchbahnen. Kurz darauf tauchte Steve auf, das Gewehr locker in der Hand, das Gesicht leicht gerötet. Er suchte im Dickicht, bis er mit einem triumphierenden Aufschrei ein Kaninchen aus einem Brombeergestrüpp zerrte.

Hannah stand auf und wischte sich den Dreck von der Jeans. Der Laptop im Rucksack war zum Glück heil geblieben. Steve entdeckte sie und ließ das Kaninchen langsam sinken.

«Was machst du denn hier?»

«Idiot! Du hättest beinahe mich erwischt!», schrie sie. «Du wusstest doch, dass ich unterwegs war, um die Post abzuholen.» Sie kämpfte sich weiter durch das Unterholz.

«Tut mir leid», brachte er schließlich zwischen zusammengebissenen Zähnen hervor, als sie vor ihm stand. Er hielt erneut das Kaninchen in die Höhe. «Aber ich hatte keinen Bock mehr auf Fisch.»

Ihr Blick fiel auf das tote Tier. Der verdrehte Blick zeigte gen Himmel, aus der Schusswunde am Bauch tropfte Blut. Ein leichter Würgereiz überkam sie. «Danke», brachte sie heraus. «Aber pass das nächste Mal besser auf.»

Ohne ein weiteres Wort schlug sie den Weg zur Hütte ein. Steve folgte ihr. Es war ihr unangenehm, ihn im Rücken zu haben. Bewaffnet und unberechenbar.

Draußen vor der Hütte nahm Steve das Kaninchen fachgerecht aus – noch etwas, das er von seinem Vater gelernt hatte. Hannah hockte auf der Treppe zur Veranda, beobachtete ihn schweigend und kam nicht umhin, seine ruhigen, sicheren Handgriffe zu bewundern. Später, als er das Fleisch über dem offenen Feuer grillte, fragte er sie, was sie tun würde, wenn sie Elsa gefunden hatte. Er nannte sie immer nur Elsa, als sei sie eine vertraute Freundin. Immer noch.

«Ich werde dafür sorgen, dass das FBI sie verhaftet und sie vor Gericht gestellt wird.»

Steve hob den Kopf und sah sie an. Die Glut des Grills zeichnete scharfe Konturen auf sein Gesicht. «Das ist doch Bullshit», sagte er, und da war er wieder, dieser verächtliche Unterton. «Das FBI ist doch nichts als ein Haufen Idioten. Mein Dad sagt, die können nicht mal einen Blinden von ’nem Krüppel unterscheiden.»

«Und was schlägst du stattdessen vor?», fragte Hannah, obwohl sie die Antwort kannte.

Wortlos deutete er mit einem Kopfnicken auf sein Gewehr, das wie immer in Reichweite an der Hüttenwand lehnte.

«*Das* ist Bullshit», sagte sie. «Wenn du Elsa Jones erschießt, werden weder wir noch sonst jemand irgendetwas aus ihr herausbekommen.»

«Sie hat meinen Dad erschossen. Mehr muss ich nicht wissen.»

«Aber ich.»

Demonstrativ widmete Steve sich wieder den Steaks auf dem Grill. Hannah ballte die Fäuste.

«Verdammt, Steve, wenn du sie einfach erschießt, lande ich auf jeden Fall wieder im Knast.»

Er sagte nichts, und Hannah spürte, wie es ihr eng um die Brust wurde. Sie sprang auf und packte ihn an der Schulter.

«Und du landest ebenfalls im Knast. Du bist siebzehn! Willst du den Rest deines Lebens hinter Gittern verbringen? Wofür? Um deinen Dad zu rächen? Es gibt andere Wege, es Elsa Jones heimzuzahlen.»

«Ach ja?», zischte er und funkelte sie an. «Glaubst du etwa, das FBI wird dir irgendein Wort glauben? Für die bist du die echte Elsa Jones, und die wirst du ewig bleiben. Dieser Nigger, der dich verhaftet hat, ist doch viel zu dämlich, um zu schnallen, was wirklich abgeht. Der hasst dich. Und wenn ein Nigger erst mal was glaubt, bringt niemand ihn wieder davon ab.»

Hannah ließ ihn los. «Ich habe dir schon einmal gesagt, dass ich das Wort *Nigger* nicht hören will.»

Steve spuckte vor ihr aus. «Du bist so erbärmlich. Wieso verteidigst du diesen Scheißnigger noch? Er hat dich in den Knast gebracht, Mann!»

Ehe sie wusste, was sie tat, hatte sie Steve eine schallende Ohrfeige versetzt. Mit offenem Mund starrte er sie an. «Es ist sein Job, Leute wie Elsa Jones zu verhaften. Seine Hautfarbe hat nichts damit zu tun.» Sie musterte Steve, der sich die gerötete Wange rieb, aus schmalen Augen. «Wenn das FBI es nicht allein schafft, die echte Elsa Jones zu verhaften, muss ich sie ihnen eben auf dem Silbertablett präsentieren.» Sie drehte sich um und ging in die Hütte.

«Und wie willst du das anstellen?», rief Steve ihr nach. «Du hast doch keinen Schimmer, wo Elsa überhaupt steckt. Und was willst du machen, wenn du sie gefunden hast? Oh Mann, wir reden hier von *Elsa Jones*!»

In seiner Stimme schwang ein Hauch seiner früheren Bewunderung mit. Hannah begann zu frösteln.

Hannah gab es nur ungern zu, aber Steve hatte recht: Sie hatte keine Ahnung, wo Elsa Jones steckte oder wie sie sie aufspüren sollte. Schweigend und in angespannter Atmosphäre hatten sie am Vorabend das gegrillte Kaninchen vertilgt. Immer wieder hatte sie Steve verstohlen gemustert, doch der Junge blickte kein einziges Mal von seinem Teller auf, bis er sich mit einem knappen «Gute Nacht» verabschiedete und in der Hütte verschwand.

Mit jedem Tag zog er sich weiter von ihr zurück. Er verschwand für Stunden, ohne dass sie wusste, wo er steckte, und wenn er da war, gab er sich Mühe, sie nicht zu beachten. Für Hannah war die Situation nahezu unerträglich – nicht, weil er sie beharrlich zu ignorieren versuchte, sondern weil sie nicht wusste, woran sie mit ihm war. Konnte sie ihm weiterhin vertrauen? Auf welcher Seite stand er?

Sieben Tage nach ihrem Streit wanderte sie erneut zu dem Platz, an dem sie den besten Handyempfang in der Umgebung hatte, um «die Post abzuholen», wie sie es nannte. Um sich gegen den kalten Wind zu schützen, kauerte sie sich an einen Felsen und gab ihren Namen in die Suchmaschine ein, doch bisher waren nirgendwo irgendwelche Zeitungsberichte über eine Tote im falschen Grab aufgetaucht. Anschließend loggte sie sich im Forum ein. In ihrem Postfach fand sie eine Nachricht von Marek. Nichts von Miles. Und es war der dritte Tag, an dem er sich nicht eingeloggt hatte. Stirnrunzelnd klickte sie auf die Mail des Users namens Newton. Seit seiner Nachricht, dass er den zweiten Zahnarzt aufgesucht hatte, hatte Marek nichts mehr von sich hören lassen.

Bin heute Morgen auf der Landstraße von einem schwarzen BMW gerammt worden, mehrmals. Der Kerl ist abgehauen, als andere Autos auftauchten. Die Polizei ist informiert. Ich bin in Ordnung.

Sie schloss die Augen. War er verletzt worden? So hörte es sich nicht an, aber vielleicht wollte er sie auch nur nicht beunruhigen? Handelte es sich bei diesem Unfall tatsächlich um einen Anschlag, wie er angedeutet hatte? Und wenn ja – steckte wirklich Elsa Jones dahinter? Hannah zog ihre Jacke fester um sich. Der Wind war eiskalt, aber die Kälte, die sie spürte, schien eher aus ihrem Inneren zu kommen. Marek hatte keine Feinde. Er war Wissenschaftsjournalist – wer sollte ein Interesse daran haben, ihn aus dem Weg zu schaffen?

Aber woher wusste Elsa Jones, dass Marek bei den Zahnärzten Nachforschungen angestellt hatte? Oder war das nur eine Vorsichtsmaßnahme, um Marek als möglichen Zeugen auszuschalten? Bei diesem Gedanken schrak sie zusammen. Sie hatte gewusst, dass Elsa Jones skrupellos war und jeden aus dem Weg räumte, der sie störte, doch jetzt hatte es zum ersten Mal jemanden getroffen, den Hannah kannte, jemanden, der ihr nahestand – und zudem den einzigen Menschen, der sie ganz sicher als Hannah Marcks identifizieren konnte.

Ob Marek sich der Gefahr bewusst war, in der er schwebte? Wenn es Elsa Jones tatsächlich darauf angelegt hatte, Marek umzubringen, war es mit diesem einen missglückten Anschlag vermutlich längst noch nicht ausgestanden. Ihre Finger schwebten einen Moment zögernd über der Tastatur. In der Regel vermied sie es, nichtssagende Nachrichten zu verschicken, da sie lediglich das Risiko einer Entdeckung erhöhten, aber keinerlei Nutzen hatten. Doch diese Mail konnte sie nicht einfach kommentarlos stehenlassen.

Pass auf dich auf, tippte sie schließlich. Und nach kurzem Zögern schrieb sie alles auf, was sie über Elsa Jones wusste oder sich zusammengereimt hatte. *Sie hat einen Freund oder Kumpel namens Jason Baker. Und arbeitet vielleicht für jemanden namens Fenderson, aber diese Info ist schon vierzehn Jahre alt. Pass auf, mit wem du redest! Kein Wort am Telefon! Das ist kein Spiel.*

Sie las ihre Nachricht ein letztes Mal, dann klickte sie auf «Senden» und klappte den Laptop zu.

Am Horizont waren dunkle Wolken aufgezogen. Die Landschaft, die ihr bisher zwar wild, aber nicht feindselig vorgekommen war, wirkte plötzlich abweisend und fremd. Sie packte den Laptop in den Rucksack und schlug ein rasches Tempo talwärts ein. Wenn sie Glück hatte, würde sie es noch rechtzeitig vor dem Regen zur Hütte schaffen. Dann mussten sie sofort nach Denver, zu Miles. Er musste Bescheid wissen, aber sie hatte keine andere Möglichkeit, ihn zu erreichen, außer über das Forum im Darknet. Telefonieren war viel zu gefährlich.

Steve war zum Glück vor der Hütte, wo er den Fisch, den er an diesem Tag gefangen hatte, zum Räuchern aufhängte.

«Wir müssen sofort nach Denver», rief sie, als sie näher kam. Steve blickte auf. «Miles hat sich schon wieder nicht gemeldet. Und auf meinen Bruder in Deutschland wurde ein Anschlag verübt.»

Sie verschwand in der Hütte, um die Autoschlüssel zu holen.

«Ist er tot? Dein Bruder, meine ich?», fragte Steve, als sie wieder herauskam.

«Nein. Und ich hoffe, Miles auch nicht.» Sie zögerte kurz. «Was ist, kommst du mit?»

Doch er hatte sich bereits sein Gewehr geschnappt und lief auf den Buick zu.

Das kleine Haus sah genauso heruntergekommen aus wie bei ihrem letzten Besuch. Die grauen Holzschindeln wirkten im Regen fast schwarz, und die Rampe zur Veranda glänzte nass. In Denver regnete es nur selten, und der Staub der letzten Wochen bildete jetzt eine schmierige Schicht auf dem Asphalt, den Gehwegen und den Autos. Auch auf dem Pick-up, der immer noch in der Auffahrt stand.

Schweigend saßen Hannah und Steve im Buick und beobachteten das Haus. Nirgendwo brannte Licht, obwohl die Dämmerung inzwischen eingesetzt hatte. Als ein Auto langsam an ihnen vorbeifuhr, packte Steve sein Gewehr fester. Wie immer hatte er darauf bestanden, es mitzunehmen, und zum ersten Mal hatte Hannah deswegen nicht mit ihm gestritten.

«Ich geh da rein», flüsterte sie. «Du wartest hier draußen.»

«Nein.» Steve schüttelte den Kopf. «Ich komme mit.»

«Das ist zu gefährlich!»

Statt einer Antwort öffnete er die Fahrertür und stieg aus, das Gewehr unter der Jacke verborgen. Er schaute nach links und rechts, ehe er die Straße überquerte. Hannah folgte ihm.

Steve klopfte an die verwitterte Eingangstür. Keine Reaktion. Er drehte am Türgriff, die Tür sprang auf. Hannah und Steve sahen sich an.

Wortlos betrat er das Haus, das Gewehr schussbereit. Hannah warf einen Blick über die Schulter auf die ruhige Straße. Und wenn das eine Falle war? Dann waren sie in wenigen Minuten entweder verhaftet oder tot.

Im Haus war es still. Sie machten kein Licht, sondern durchsuchten im fahlen Licht der Straßenbeleuchtung die Räume. Das Wohnzimmer war leer, aber jemand hatte sämtliche Aktenordner und Bücher aus den Regalen gerissen. Der Computermonitor lag auf dem Fußboden, der Computer selbst war verschwunden. Die Polster des Sofas waren aufgeschlitzt worden, der Inhalt lag im ganzen Zimmer verstreut auf dem Boden.

Vom Wohnzimmer aus gelangten sie in einen kleinen Flur, von dem die Küche, ein Bad und ein kleines Zimmer abgingen, das Miles sich als Schlafzimmer eingerichtet hatte. Seit seiner Verwundung hatte er die oberen Räume des Hauses kaum noch genutzt, genauso wenig wie den Keller. Miles war nirgends im Erdgeschoss, auch nicht im ersten Stock, doch alle Räume waren gründlich durchsucht und verwüstet worden. Sein Rollstuhl stand verwaist in der Küche.

Steve deutete auf die schmale Tür, die in den Keller führte. Sie war nur angelehnt. Er sah Hannah an, und sie meinte, so etwas wie Angst in seinem Blick zu erkennen. Vorsichtig zog sie die Tür auf. Die Treppe lag in vollkommener Dunkelheit da, bis Hannah den Lichtschalter ertastet hatte. Eine nackte Glühbirne spendete genügend Licht, damit sie die steile Holztreppe hinunterklettern konnten, ohne sich die Knochen zu brechen. Obwohl es kühl war, schlug ihr ein muffiger und metallischer Geruch entgegen. Der Kellerraum war winzig und fensterlos. Direkt unter der einzelnen Glühbirne stand ein Stuhl. Und auf diesem Stuhl saß, mit dem Rücken zur Treppe, Miles.

Sie hatten ihn an die Rückenlehne gefesselt, damit er nicht herunterfiel. Sein rechter Arm schien auf einem alten Holztisch direkt neben ihm zu ruhen, die Hand lag inmitten einer Blutlache. Doch erst als Hannah es schaffte, genauer hinzusehen, stellte sie fest, dass man seine Hand auf die Tischplatte genagelt hatte. Er hatte keine Fingernägel mehr, und beim kleinen Finger und dem Zeigefinger fehlten die letzten Glieder.

Hannah wusste nicht, wie lange sie dort gestanden und diese Hand angestarrt hatte. Sie hatte nicht bemerkt, dass Steve nach ihr in den Keller gekommen war und jetzt vor Miles stand.

«Scheiße!» Er begann zu würgen, dann stieg ihr der ätzende Gestank nach Erbrochenem in die Nase. Sie ging um Miles herum, und erst jetzt stellte sie fest, dass der Mann noch atmete. Sein Kinn ruhte auf seiner Brust, das Gesicht war blutig und angeschwollen, sodass seine Züge kaum noch zu erkennen waren, doch die Brust hob und senkte sich kaum merklich. Als sie dem Mann eine Hand auf die Schulter legte, entwich den halbgeöffneten Lippen ein leises Stöhnen.

«Wir müssen ihm helfen», sagte sie zu Steve, der sich totenblass an der Kellerwand abstützte und auf die festgenagelte Hand starrte. Schließlich wandte er gewaltsam den Blick ab und begann wie in Trance, das Seil zu lösen, mit dem Miles' Oberkörper aufrecht gehalten wurde. Hannah legte ihm die Hand auf den Arm und schüttelte den Kopf.

«Wir müssen erst seine Hand freibekommen», sagte sie leise. Sie sah sich nach einem geeigneten Werkzeug um. Auf dem Boden entdeckte sie einen Maurerhammer – vermutlich derselbe, mit dem man die Hand auch festgenagelt hatte. Sie kroch unter den Tisch und klopfte von unten gegen die herausragenden Nagelstifte. Miles' Stöhnen wurde lauter. Hannah stand auf und besah sich die Hand. Drei Nägel, jeweils zwischen den Mittelhandknochen. Wenn sie die Stifte herauszöge, würden die Wunden vermutlich heftig zu bluten anfangen – und er hatte schon genug Blut verloren. Im Körper eines erwachsenen Mannes zirkulierten etwa fünf bis sechs Liter, bei Miles waren es vermutlich weniger, da er keine Beine mehr hatte. Die Pfütze auf dem Tisch schätzte sie auf einen knappen Quadratmeter und eine Höhe von drei Millimeter, das ergab …

«Da vorne», riss Steve sie aus ihren Berechnungen und deutete auf eine Werkzeugbank in der Ecke, auf der altes Werkzeug unter einer dicken Staubschicht vor sich hin rostete. «Die Säge.»

Er ließ Miles los und holte die Eisensäge. Er atmete tief ein und begann dann vorsichtig, die drei Nägel unterhalb der Hand durchzusägen. Hannah musste den Blick abwenden, sie hielt jetzt Miles' Kopf und versuchte zu erkennen, wie schwer er verletzt war. Es sah aus, als hätte jemand mit einem schweren Gegenstand auf ihn eingeprügelt. Die Nase schien gebrochen zu sein, und das rechte Auge war vollkommen zugeschwollen. An der Stirn hatte er eine offene, tiefe Wunde.

Schließlich hatte Steve den letzten Nagel durchtrennt. Miles stöhnte erneut auf, als die Hand ihren Halt verlor und vom Tisch zu rutschen drohte. In letzter Sekunde konnte Steve den Arm festhalten. Er sah Hannah an.

«Wir müssen ihn losmachen», sagte sie und deutete auf die Fesseln, die seinen Oberkörper am Stuhl hielten. Steve nickte und löste die Knoten. Kaum lockerte sich das Seil, drohte Miles vom Stuhl zu rutschen. Hannah hatte Mühe, ihn festzuhalten.

«Und wie bekommen wir ihn jetzt nach oben?», fragte Steve und schaute die steile Treppe hinauf. Miles war vermutlich nicht schwer, trotzdem würde es nicht einfach werden, ihn möglichst behutsam aus dem Keller zu bekommen. Erneut schaute Hannah sich um. Dann hatte sie eine Idee.

Sie ließ Steve den Verletzten festhalten und rannte die Treppe hinauf ins Wohnzimmer. Auf den Resten des Sofas entdeckte sie die große Wolldecke, an die sie sich vom letzten Besuch erinnerte. Im Keller wickelten sie Miles in die Decke, und jeder von ihnen packte zwei Ecken, sodass Miles wie in einer Trage zwischen ihnen lag. Steve, der größer war als Hannah, ging hinten. So vorsichtig wie möglich schleppten sie Miles nach oben und legten ihn im Schlafzimmer auf das, was von der Matratze übrig geblieben war. Miles rührte sich nicht und gab keinen Ton von sich. Die Wunden an seiner Hand bluteten heftig. Hannah schickte Steve los, um Verbandsmaterial zu besorgen.

«Wir müssen verschwinden», sagte er, als er zurückkehrte und ihr einen Stapel Mullbinden reichte. Vorsichtig tupfte sie Miles etwas Blut aus dem Gesicht und verband notdürftig seine Hand, um die Blutung zu stillen. Selten zuvor in ihrem Leben hatte sie sich so hilflos gefühlt.

«Wir können ihn nicht einfach so liegen lassen», sagte sie.

«Wir können ihm nicht helfen!», drängte Steve. «Komm! Hier ist es zu gefährlich für uns.»

Er zog Hannah am Arm. Widerstrebend wollte sie gerade aufstehen, als Miles zu Bewusstsein zu kommen schien. Sein linkes Auge öffnete sich und starrte sie an. Furcht lag in seinem Blick. Hielt er sie für Elsa Jones?

Hannah ergriff seine gesunde Hand. «Wir müssen weg», sagte sie leise. «Aber wir rufen einen Arzt, versprochen.»

Endlich schien er sie zu erkennen. Er öffnete den Mund, um etwas zu sagen, brachte aber kein Wort hervor. Hannah beugte sich dicht über ihn, aber vergeblich. Das linke Auge schloss sich wieder, sein Kopf kippte zur Seite.

«Miles?», fragte Hannah. Keine Reaktion. Sie schaute Steve an, der nervös zur Tür schaute. «Lass uns gehen», sagte sie.

Ihre Hand berührte bereits den Türknauf der Eingangstür, als sie draußen auf der Betonrampe Schritte und Stimmen hörte. Sie hielt die Luft an und spürte, wie Steve neben ihr ebenfalls erstarrte. Durch die dünne Tür konnte sie jedes Wort verstehen.

«Er sagte, er sei den ganzen Tag zu Hause», erklärte eine tiefe, volle Männerstimme, die Hannah nur zu gut kannte.

«Hat er am Telefon gesagt, was er mit seinen Andeutungen gemeint hat?», fragte ein zweiter Mann, dessen Stimme sie noch nie gehört hatte.

«Nein», antwortete Dan Mullen, «er wollte nur mit mir persönlich sprechen.»

Einer der beiden Männer klopfte an die Tür.

Steve zupfte Hannah am Ärmel und zog sie von der Tür fort. So schnell und so geräuschlos wie möglich schlichen sie zur Küche. An der Vordertür wurde erneut geklopft. Es war jedoch nur eine Frage der Zeit, bis Mullen und sein Begleiter feststellen würden, dass die Tür unverschlossen war.

Steve versuchte, den Riegel der Hintertür zu öffnen, doch der klemmte und rührte sich kaum von der Stelle. Hannah spürte, wie ihr der Schweiß ausbrach. Ohne nachzudenken drückte Steve ihr sein Gewehr in die Hand, und ohne nachzudenken nahm sie es. Sie packte es mit beiden Händen, mehr, um sich daran festzuhalten, als um es tatsächlich zu benutzen.

«Hallo, Mr. Henderson? Sind Sie zu Hause? Hier ist Dan Mullen vom FBI. Wir hatten gestern telefoniert.»

Erneutes Klopfen.

Mit beiden Händen rüttelte Steve an dem verklemmten Riegel, bis er mit einem scharrenden Geräusch aufsprang. Beide erstarrten, sahen sich kurz an und lauschten zur Tür. Auch dort war es einen Moment still. Dann hörten sie erneut Mullens Stimme.

«Mr. Henderson? Ich komme jetzt ins Haus, hören Sie? Hier ist Dan Mullen vom FBI!»

Steve riss die Tür auf und sprang die Treppe hinunter in den kleinen Hinterhof, Hannah folgte so schnell, dass sie ihn fast umgestoßen hätte. Sie hörte noch, wie die Eingangstür geöffnet wurde und Mullen erneut Hendersons Namen rief, dann waren sie bereits über die niedrige Mauer zum Nachbargrundstück geklettert.

Schweigend eilten sie im Schutz der Dunkelheit durch die Hinterhöfe und kleinen Gärten, bis sie an eine Straße gelangten. Der Regen hatte nachgelassen, trotzdem stellten sie sich bei einem der alten Ahornbäume unter, die die Straße säumten. Aus der Ferne näherten sich Sirenen, bis sie schließlich ganz in der Nähe erstarben.

«Wir müssen weg», sagte Hannah.

«Aber unser Geld und dein Laptop sind noch im Auto.»

«Vergiss es. Das ist zu gefährlich.» Hannah wandte sich bereits zum Gehen, fort von Miles' Haus, fort von Mullen.

«Hannah!» Steve packte ihren Ärmel. «Ohne Geld und Auto können wir einpacken. Wie willst du hier wegkommen? So weit im Westen hat mein Dad keine Verstecke angelegt. Wir müssen das Auto holen!»

«Spinnst du? Mullen kennt mich. Der wird mich sofort verhaften, wenn er mich nicht vorher erschießt!» Sie hörte den leicht hysterischen Unterton in ihrer Stimme. «Was meinst du, was da am Haus jetzt los ist? Da wimmelt es nur so von Cops und Rettungsleuten. Wir können da jetzt nicht hin! Wir müssen später wiederkommen, wenn sie abgezogen sind.»

«Dann haben sie den Wagen womöglich schon eingesackt und überall unsere Fingerabdrücke gefunden.»

Ein Streifenwagen fuhr langsam ohne Blaulicht die Straße entlang. Wortlos nahm Steve sie in die Arme, das Gewehr zwischen ihnen versteckt. «Los, leg deine Arme um mich», flüsterte er, und Hannah tat es. Vollkommen verkrampft stand sie neben ihm und spürte seine Wärme. Sie hasste körperliche Nähe. Der Streifenwagen rollte an ihnen vorbei, die beiden Männer darin warfen ihnen lediglich einen kurzen Blick zu und wandten sich feixend wieder ab.

«Wir können nicht zurück», wiederholte Hannah. «Jeder Cop wird mich sofort erkennen.»

«Die beiden haben dich gerade nicht erkannt», sagte Steve. «Und mich werden sie auf keinen Fall erkennen. Denk dran, es gibt keine Bilder von mir.» Ohne sie loszulassen, drehte er sich in die Richtung, in der gespenstisch blaue Blitze regelmäßig am dunklen Himmel aufzuckten. Sie hatten den Wagen zwar in Sichtweite, aber nicht direkt gegenüber von Miles' Haus geparkt. Vielleicht hatte Steve wirklich eine Chance.

Wie schon in Miles' Küche drückte er ihr erneut das Gewehr in die Hand. «Hier. Pass gut darauf auf.» Er versuchte ein Grinsen. «Warte hier auf mich, ich bin gleich wieder da.»

Reglos blieb sie unter dem Ahorn stehen und blickte ihm nach, bis er von der Dunkelheit verschluckt wurde. Was, wenn man Steve verhaften würde? Verraten würde er sie nicht, dessen war sie sich sicher, dazu verabscheute er *diese Idioten vom FBI* viel zu sehr. Aber sie wäre dann vollkommen auf sich allein gestellt, und vermutlich war es nur eine Frage der Zeit, bis man sie ebenfalls entdeckte und wieder ins Gefängnis steckte.

Der kalte Regen ließ sie frösteln. Die Hände tief in die Jackentaschen vergraben, lehnte sie sich an den Baum und wartete.

23. KAPITEL

Als Henderson sich auch nach mehrmaligem Rufen nicht meldete, sah Mullen seinen Kollegen an. Brooks und er hatten zusammen die Ausbildung in Quantico absolviert, seitdem war der Kontakt zwischen ihnen nie ganz abgebrochen. Beide waren erfahren genug, um zu ahnen, dass hier irgendetwas nicht stimmte.

«Mr. Henderson? Ich komme jetzt ins Haus, hören Sie? Hier ist Dan Mullen vom FBI!», rief Mullen noch einmal, dann drehte er am Türknauf. Langsam schwang die Tür auf und gab den Blick in einen leeren Flur frei.

«Mr. Henderson?»

Das Wohnzimmer, das Mullen aus dem Augenwinkel sehen konnte, bot ein Bild der Verwüstung. In einem kleinen Schlafzimmer im Erdgeschoss entdeckten sie einen übel zugerichteten Mann, bei dem es sich vermutlich um Miles Henderson handelte. Er war bewusstlos, atmete jedoch noch. Seine Verletzungen schienen ganz frisch zu sein, aus einigen Wunden sickerte noch Blut und durchtränkte die Verbände, die ihm erst vor kurzem jemand angelegt haben musste. Über Funk forderte Brooks einen Notarzt und ein Team der Spurensicherung an.

Mullen durchsuchte den Rest des Hauses. Die Hintertür stand offen, eine kleine Treppe führte in einen kleinen, tristen Hinterhof. Er lauschte in die Nacht, hörte jedoch weder Schritte, die sich eilig entfernten, noch Stimmen. Nur ein leises Rascheln an der Mauer, das vermutlich von einer Maus stammte.

In der Küche entdeckte er die offen stehende Kellertür und warf einen Blick hinein, ohne etwas zu berühren. Ein modrig-metallischer Geruch stieg ihm in die Nase, der blutige Tisch und die Seile auf dem Boden verrieten ihm, dass Henderson dort unten so zugerichtet worden war. Aber wer hatte ihn dann nach oben ins Schlafzimmer verfrachtet und seine Wunden versorgt?

Als der Krankenwagen sich mit lautem Sirenengeheul näherte, ging Mullen nach draußen. Im Haus würde er ohnehin nur im Weg herumstehen. Er zweifelte nicht daran, dass es Elsa Jones gewesen war, die Henderson gefoltert hatte, aber warum? Nie zuvor hatte sie eines ihrer Opfer gefoltert. Mullen musste davon ausgehen, dass Henderson irgendetwas wusste – oder dass Elsa Jones davon ausging, er wüsste etwas –, das ihr gefährlich werden könnte. Aber was? Die einzige Quelle, durch die sie auf Henderson aufmerksam geworden sein konnte, war dieselbe wie bei ihm: ein mehr als zwei Jahre alter Zeitungsartikel im *Denver Telegraph*, in dem Henderson Andeutungen gemacht hatte, er wüsste etwas darüber, was sie nach ihrer Armeezeit getrieben haben könnte. Und dieses Wissen musste für Jones Grund genug gewesen sein, ihn aufzuspüren. Nach ihrer Verhaftung vor zwei Jahren hatte sie zu diesem Punkt beharrlich geschwiegen. Taylor war der Frage damals nicht weiter nachgegangen, für ihn war Elsa Jones eine Einzeltäterin, die bis auf die Morde vermutlich unter falschem Namen ein ganz unauffälliges Leben führte, womöglich als Ehefrau und Mutter in irgendeiner biederen Vorstadt. Ihr Schweigen hatte er damit erklärt, dass sie ihre Familie schützen wollte.

In der kalten Nachtluft begann Mullen zu frösteln und rieb sich die Hände. Nachdenklich starrte er auf das Blaulicht des Krankenwagens. Wer hatte Henderson aus dem Keller geholt und versorgt? Warum hatte derjenige ihn einfach so liegen gelassen, ohne den Notarzt zu rufen? War es ein Einbrecher gewesen oder ein Kumpel von Henderson, der keinen Ärger mit der Polizei wollte? Sie würden überprüfen müssen, ob jemand den Notarzt alarmiert hatte. Hatten sie denjenigen, der Henderson aus dem

Keller geholt hatte, nur knapp verpasst? Dass Elsa Jones selbst ihn medizinisch versorgt hatte, nachdem sie ihn gefoltert hatte, hielt er für ausgeschlossen. Das würde allem widersprechen, was er über diese Frau wusste.

Ein Junge mit verwaschenen Jeans und Baseballkappe näherte sich einem alten Buick, der etwa zwanzig Meter von Hendersons Haus entfernt im Schatten einer Ulme parkte. Er versuchte, den Eindruck zu erwecken, alle Zeit der Welt zu haben, doch Mullen merkte ihm seine Anspannung an. Die hochgezogenen Schultern, den gesenkten Blick, als merke er gar nicht, dass wenige Meter vor ihm ein Krankenwagen mit eingeschaltetem Blaulicht stand.

Ohne aufzublicken, schloss der Junge den Wagen auf und stieg ein. Erst als er sich im Inneren des Wagens geschützt glaubte, riskierte er einen Blick auf Hendersons Haus. Als er Mullen auf der Rampe stehen sah, erstarrte er. Mullen verkniff sich ein Grinsen. Sein Gesicht war inzwischen so oft in den Nachrichten zu sehen, dass der Junge ihn vermutlich sofort erkannt hatte. Vielleicht wusste er nicht genau, was er davon halten sollte, Mullen hier zu sehen, aber eins war sicher: In Gegenwart eines Cops fühlte der Junge sich unbehaglich. Vermutlich hatte er gerade einen Joint geraucht oder Alkohol getrunken. Mullen schätzte sein Alter auf höchstens siebzehn, vielleicht war er sogar noch jünger und hatte seinen Führerschein erst seit kurzem.

Der Junge versuchte, den Wagen zu starten, doch der Motor erstarb. Er versuchte es noch einmal und ließ ihn erneut absaufen. Jetzt konnte Mullen sich ein Grinsen nicht verkneifen. Er kannte diese Reaktion, und meistens hatten diejenigen, die beim Anblick eines Cops nervös wurden, tatsächlich etwas zu verbergen. Lächelnd begann er, die Rampe herunterzuschlendern. Es konnte nicht schaden, dem Jungen einen kleinen Schrecken einzujagen. Der Junge blickte auf und sah ihn näher kommen.

Als Mullen gerade die Straße überqueren wollte, näherten sich von hinten zwei Einsatzwagen des FBI mit dem Team der Spurensicherung. Der erste Wagen hielt direkt neben Mullen an.

«Sir? Mr. Mullen? Haben Sie den Einsatz angefordert?» Der Mann wirkte erstaunt, den Chef des Special Teams, das Elsa Jones jagte, hier in Denver anzutreffen.

«Genau genommen war es Mr. Brooks.» Er erklärte den Männern, was sie im Haus erwartete, dann ging er zur Seite, um nicht im Weg herumzustehen, während die Kollegen in ihren Schutzanzügen das Haus betraten.

Hinter ihm heulte ein Motor auf. Mullen drehte sich gerade noch rechtzeitig um, um den Buick mit quietschenden Reifen am Krankenwagen vorbeirasen zu sehen. Achselzuckend blickte er dem Wagen nach, bis die roten Rücklichter um die nächste Ecke bogen. Sollten die Cops aus Denver sich doch selbst um ihre alkoholisierten Jugendlichen kümmern.

Bereits am nächsten Morgen lagen die ersten Ergebnisse der Spurensicherung vor. Einige der Fingerabdrücke waren als die von Elsa Jones identifiziert worden, außerdem waren weitere Abdrücke des Unbekannten sichergestellt worden, der mit Jones in der Hütte in Arkansas gewesen war.

Mullen saß bei Brooks im Büro des Field Office in Denver. Die Jalousien waren gegen die helle Sonne heruntergelassen, und zusammen betrachteten sie eine Reihe von Tatortbildern auf dem Computer. Jones hatte das Haus regelrecht auseinandergenommen. Schweigend klickte Brooks durch die Aufnahmen. Das letzte Bild zeigte den kleinen Kellerraum mit einem Tisch, einem Stuhl und einer Werkbank. Auf dem Tisch war eine große, dunkle Lache zu erkennen, auf dem Boden um den Stuhl herum lag das Seil, mit dem sie Henderson gefesselt hatten.

«Es gibt da ein paar Merkwürdigkeiten», sagte Brooks und warf einen Blick in den schriftlichen Bericht vor sich auf dem Schreibtisch. «Meine Leute haben alte Abdrücke von Jones gefunden, die mindestens ein, zwei Wochen alt sein müssen. An völlig unverfänglichen Stellen – an Küchenschränken, im Bad, in einem der Schlafzimmer, auf der Computertastatur. Aber keinerlei Spuren, die darauf hindeuten, dass sie bei der Durchsuchung dabei war.»

«Vermutlich trug sie dabei Handschuhe.»

«Und warum hat sie vor zwei Wochen keine getragen?»

Darauf wusste Mullen keine Antwort.

Brooks zoomte das Bild aus dem Keller größer, bis Mullen einen Hammer erkennen konnte, der auf dem Boden lag. «Hier wurden ebenfalls ihre Abdrücke sichergestellt. Ganz deutlich.» Mullen holte tief Luft. Sie hatte Henderson also eigenhändig die Nägel durch die Hand geschlagen. *Mein Gott.*

Brooks zog den Bildausschnitt mit der Maus ein Stück weiter, bis eine Eisensäge zu erkennen war. «Noch interessanter ist allerdings diese Säge. Darauf sind ebenfalls Fingerabdrücke, und zwar die des Unbekannten.»

Von Elsa Jones' Begleiter, vermutlich also von Steve Donaldson. Es dauerte einen Moment, bis Mullen die volle Bedeutung dessen begriff, was Brooks gesagt hatte. Den Hammer hatten sie gebraucht, um Hendersons Hand am Tisch festzunageln, aber die Säge hatte allein dazu gedient, ihn wieder zu befreien. Brooks schien zu merken, dass es Mullen allmählich dämmerte.

«Wer immer ihn gerettet hat, hat zuerst die Nägel mit dem Hammer von unten aus der Tischplatte geschlagen und sie anschließend durchgesägt.»

«Willst du damit andeuten, Jones hätte Henderson wieder befreit und versorgt – nachdem sie ihn gefoltert und auf ihn geschossen hat?» Ungläubig starrte Mullen seinen Freund an.

Brooks warf noch einen Blick in den Bericht der Kriminaltechnik. «Tut mir leid, an den Spuren gibt es nach Aussagen der Kollegen nichts zu rütteln.»

Mullen schüttelte den Kopf. «Aber Elsa Jones hat noch nie eines ihrer Opfer am Leben gelassen, geschweige denn eines gerettet.» Er schloss kurz die Augen und versuchte, sich die Szene vorzustellen. «Entweder hat Henderson im Keller den Mund gehalten, und sie hat ihre Taktik geändert, um aus ihm herauszubekommen, was immer sie von ihm wissen wollte.»

«Oder?», fragte Brooks, als Mullen nachdenklich schwieg.

Oder war es womöglich gar nicht Elsa Jones gewesen, die Henderson so zugerichtet und sein Haus verwüstet hatte? War Henderson ihr Komplize und nun Opfer eines ganz anders motivierten Überfalls geworden? Aber warum hatte er sich dann bereit erklärt, mit Mullen zu reden? Weil er aussteigen wollte? Aber sprach das nicht eher dafür, dass er doch von Elsa Jones gefoltert worden war?

Was auch immer genau dahintersteckte – wenn es tatsächlich Elsa Jones gewesen war, die Henderson aus dem Keller geholt und versorgt hatte, hatten sie die Frau gestern möglicherweise um wenige Minuten verpasst.

Eine Weile hingen beide Männer ihren Gedanken nach. In das Schweigen hinein klingelte Mullens Handy. Kathy aus Washington rief an.

«Dan, ich habe gerade einen Anruf von der Polizei in Deutschland bekommen.» Sie klang aufgeregt, was selten vorkam. «Anscheinend hat man dort Zweifel bekommen, ob es sich bei der Toten, die man vor zwei Jahren als Hannah Marcks beerdigt hat, wirklich um Hannah Marcks handelt. Es sind noch weitere Zahnarztunterlagen aufgetaucht, die nicht zu den Zähnen der Leiche passen. Die Kommissarin, eine Ms. Winkler, sagte, sie würden die Leiche exhumieren.»

«Was soll das heißen – die Leiche ist nicht Hannah Marcks? Und wer ist es dann?» Er spürte, wie ihm kalter Schweiß ausbrach.

«Das wissen die deutschen Kollegen noch nicht. Aber Ms. Winkler hat mich gebeten, ihr eine Probe der DNA von Elsa Jones zur Verfügung zu stellen.»

«Von Elsa Jones?» Mullen war wie vor den Kopf geschlagen.

«Ms. Winkler sagte, es bestehe Grund zu der Annahme, dass es sich bei der Frau, die hier als Elsa Jones verhaftet und verurteilt wurde, um Hannah Marcks handelt.» Kathy schwieg einen Moment, dann fügte sie leise hinzu: «Genau wie sie es immer gesagt hat.»

Völlig unmöglich. Das konnte nicht sein. «So einen Scheiß habe ich ja noch nie gehört! Und wieso kommen diese Idioten erst jetzt auf die Idee, sich ihre Leichen mal richtig anzusehen? Fällt denen reichlich spät ein.»

Kathy klang vorsichtig, als sie weitersprach, als ahne sie schon, dass ihre nächsten Worte seinen Zorn kaum dämpfen würden. «Ausgelöst wurde es wohl durch Nachforschungen eines gewissen Marek Lukow – das ist der Mann, von dem Elsa Jones … also ich meine, die Frau, die wir als Elsa Jones kennen, behauptet hat, er sei ihr Bruder. Beziehungsweise der Bruder von Hannah Marcks. Oder besser der Stiefbruder. Ms. Winkler hat bestätigt, dass Mr. Lukow so etwas wie der Stiefbruder ist – wobei allerdings die Eltern der beiden nie verheiratet waren.» Sie holte tief Luft und redete schnell weiter, als wollte sie einem Wutausbruch von Mullen zuvorkommen. «Auf Mr. Lukow wurde vor kurzem ein Anschlag verübt. Jemand hat versucht, ihn auf einer wenig befahrenen Landstraße von der Straße abzudrängen. Er kann von Glück reden, dass er nur ein paar Kratzer abbekommen hat, aber sein Auto hat wohl einen Totalschaden.»

«Und diese Ms. Winkler ist sich sicher, dass es ein Anschlag war?»

«Ja. Der andere Wagen hat Mr. Lukow mehrmals seitlich gerammt und ließ erst von ihm ab, als andere Fahrzeuge auftauchten.»

Mullen schloss die Augen und massierte sich die Nasenwurzel. Die Frau, die er verhaftet hatte, sollte nicht Elsa Jones sein? Vollkommen ausgeschlossen. Das würde bedeuten, dass nicht nur er, sondern alle anderen sich ebenfalls geirrt hatten – Taylor, Liza Mendez, die Zeugen, die sie bei einer Gegenüberstellung erkannt hatten, der Richter, die Geschworenen. Und was war mit den Beweisen? Den Fingerabdrücken auf den Tatwaffen, den Bildern, die sie beim Mord an den Wheelers zeigten …

Erst als Andrew Brooks sich räusperte, fiel Mullen auf, dass sowohl er als auch Kathy schon eine ganze Weile nichts mehr gesagt hatten.

«Kathy? Schick dieser Ms. Winkler die DNA-Proben. Ich bin sicher, dass sie von Elsa Jones stammen.» Er legte auf.

«Wir müssen alle Freunde und Kumpels von diesem Henderson ausfindig machen, die er jemals hatte. Vielleicht hat er noch weiteren Personen gegenüber Andeutungen gemacht, was Jones nach ihrer Armeezeit getrieben haben könnte.» Mit keinem Wort erwähnte er das Telefonat mit Kathy. Solange die Ergebnisse des DNA-Abgleichs nicht vorlagen, würde er keine Pferde scheu machen. Nur weil die Behörden in Deutschland geschlampt hatten, bedeutete das noch lange nicht, dass sie hier in Amerika ebenfalls Fehler gemacht hätten. Außer den, Elsa Jones entwischen zu lassen, natürlich.

Am Nachmittag besuchte er Miles Henderson im Porter Adventist Hospital, obwohl er wusste, dass der Mann das Bewusstsein noch nicht wiedererlangt hatte. Das Beatmungsgerät zischte leise, die Überwachungsmonitore gaben ein kaum hörbares Summen von sich. Henderson war unter den zahlreichen Schläuchen und Verbänden kaum zu erkennen. Sein rechtes Auge war komplett zugeschwollen, das linke war geschlossen. Dort, wo seine Beine hätten sein sollen, war die Decke flach, seine rechte Hand war dick einbandagiert. Man hatte ihm den Kopf komplett rasiert, um in einer Notoperation die Kugel aus seinem Schädel zu entfernen.

Es war ein Wunder, dass Miles Henderson überhaupt noch lebte. Die Kugel hatte in seinem Gehirn zwar keine lebenswichtigen Teile getroffen, trotzdem war davon auszugehen, dass es lange dauern würde, bis man wusste, ob er sich jemals daran erinnern würde, was man ihm angetan hatte – und wer es getan hatte.

Als ob es Zweifel daran geben könnte, dachte Mullen bitter. Seufzend verließ er das Krankenzimmer. Direkt neben der Tür saß ein uniformierter und bewaffneter Officer, und der Sicherheitsdienst des Krankenhauses hatte sein Personal auf der Station ebenfalls aufgestockt. Das FBI hatte die Nachricht verbreitet, Henderson sei seinen Verletzungen erlegen, aber vermutlich war es nur eine Frage der Zeit, bis die Presse Wind davon bekam, dass es sich dabei um eine Finte handelte. Ob dann ein einfacher Officer ausreichte, um Elsa Jones aufzuhalten, bezweifelte Mullen – vermutlich würden sie dann weitere Männer für Hendersons Schutz abstellen müssen.

Im Flur stieß er mit einem jungen Mann im Arztkittel zusammen. *Henry Mallohy* stand auf dem Namensschildchen an seiner Brust.

«Sind Sie der behandelnde Arzt?», fragte er Mallohy und deutete mit einem Kopfnicken auf die Glasscheibe zu Hendersons Zimmer. Er zückte seinen Ausweis. «Special Agent Mullen, FBI», stellte er sich vor.

Mallohy musterte ihn. «Stimmt, ich kenne Sie. Sie haben doch diese Frau verhaftet, diese Jones, stimmt's?»

Mullen nickte. Wider besseres Wissen fragte er: «Können Sie mir sagen, wann der Mann wieder aufwacht?»

Mallohy schüttelte energisch den Kopf. «Völlig unmöglich zu sagen. Vielleicht morgen, vielleicht nächste Woche, vielleicht nie.»

Er schaute auf den Patienten hinter der Glasscheibe. «Es ist ein Wunder, dass er überhaupt noch lebt. Ein, zwei Stunden später, und es wäre endgültig vorbei gewesen.»

Mullen reichte dem Arzt seine Karte.

«Rufen Sie mich bitte sofort an, sobald Henderson aufwacht. Egal wie spät es ist.»

In den nächsten Tagen leuchteten sie Hendersons Leben bis in den hintersten Winkel aus. Trotz seiner Kriegsverletzung war er ein fleißiger Kneipengänger oder besser -fahrer, in einem halben Dutzend Läden mit so vielsagenden Namen wie *Devil's Kitchen, Armageddon* oder *Hell's Lounge* kannte man ihn. Ein Typ, der gern über alles und jeden schimpfte, an erster Stelle über die Regierung, das Department of Veteran Affairs und die Republikaner. Henderson trank gelegentlich einen über den Durst, und dann erzählte er die Geschichte, wie er seine Beine verloren hatte: im Irakkrieg, im Feuerhagel des privaten Sicherheitsdienstes Blackwater. Die Aktenordner in seinem Haus enthielten eine umfangreiche Korrespondenz mit dieser Firma und diversen Anwälten, mit deren Hilfe er versucht hatte, die Firma zu Schadensersatzzahlungen zu bewegen. Vergeblich.

Ein paar seiner unzähligen Bekannten erinnerten sich, dass er damals, nachdem Elsa Jones in Atlanta erkannt worden war, manchmal davon gesprochen hatte, dass er die Frau kannte, aber niemandem gegenüber hatte er angedeutet, er wüsste irgendetwas über sie, das zu ihrer Verhaftung hätte beitragen können. Aber in den letzten Tagen vor dem Überfall auf ihn hatte er mehrere Leute, die er von früher kannte, nach einem gewissen Jason Baker gefragt – sowohl in seinen bevorzugten Kneipen als auch über Mails oder soziale Netzwerke. Der Computer war zwar aus Hendersons Haus verschwunden, aber natürlich konnte das FBI auf die Daten der NSA zurückgreifen. Jedes Mal hatte Henderson dieselbe Geschichte erzählt: Er suche Baker, weil der ihm noch fünfzig Dollar schulde.

«Aber das ist natürlich Bullshit», erklärte einer der Zeugen, die Henderson nach Baker gefragt hatte. «Niemand sucht wegen fünfzig Dollar nach vierzehn Jahren einen Typen, den man irgendwann mal gekannt hat.»

«Kannten Sie diesen Baker?», hakte der FBI-Officer nach, der Mullen später davon berichtete.

«Nicht besonders gut. Und Miles kannte ihn auch nicht besser. Waren nicht ganz auf einer Linie, wenn Sie verstehen, was ich meine.»

Jason Baker war, wie sich herausstellte, tatsächlich in derselben Einheit gewesen wie Elsa Jones und Miles Henderson, aber niemand, den sie befragten, konnte bestätigen, dass zwischen Baker und Jones mehr gewesen war als zwischen normalen Kameraden. Sie kannten sich, ja, aber das war auch schon alles.

Mullen runzelte die Stirn. Wie war Elsa Jones auf die Idee gekommen, Miles Henderson könnte eine Bedrohung für sie darstellen? Wirklich durch diesen Zeitungsartikel, durch den er selbst auf ihn aufmerksam geworden war? Als der Artikel erschien, war Jones noch auf freiem Fuß gewesen, aber vielleicht hatte sie ihn damals übersehen und war erst in der Untersuchungshaft darauf aufmerksam geworden. Oder hatten Hendersons Nachforschungen nach diesem Baker etwas damit zu tun? Möglicherweise arbeiteten Baker und Jones tatsächlich zusammen, vielleicht sogar schon seit ihrer Armeezeit. Irgendjemand hatte Baker erzählt, dass Henderson nach ihm suchte, Elsa Jones fiel der Artikel im *Denver Telegraph* wieder ein, und das hatte genügt, damit sie zu Henderson gefahren waren und versucht hatten, ihn als potenziell gefährlichen Zeugen aus dem Weg zu räumen.

Doch keiner der Befragten gab an, irgendwelche Informationen an Jason Baker weitergegeben zu haben, ausnahmslos alle sagten aus, sie hätten ihn seit Jahren nicht mehr gesehen.

Auch über andere Quellen fanden sie so gut wie nichts über Baker heraus. Wie Elsa Jones war er in Alabama aufgewachsen, aber es war ungewiss, ob die beiden sich schon vor ihrer Armeezeit gekannt hatten. Was der Mann nach seinem Ausscheiden aus der Armee getrieben hatte, war ebenso unbekannt wie bei Elsa Jones: Er schien spurlos verschwunden zu sein. Es existierte keine Kreditkarte auf seinen Namen, kein Führerschein, keine Sozialversicherungsnummer, nichts. Als gäbe es diesen Mann überhaupt nicht.

Nach vier Tagen, als weder Henderson das Bewusstsein wiedererlangt hatte noch ihre Befragungen irgendetwas Brauchbares zutage gefördert hatten, musste Mullen zurück nach Washington. Brooks versprach, weiterhin jeden Menschen befragen zu lassen, mit dem Miles Henderson in den letzten Wochen mehr als drei Worte gewechselt hatte, aber sie wussten beide, dass der Strohhalm, an den sie sich klammerten, verdammt dünn war.

24. KAPITEL

Spätabends bog Hannah auf den Parkplatz eines heruntergekommenen Motels ein, das ihr unverdächtig genug erschien. Es lag an einem wenig befahrenen Highway und befand sich in einem ähnlich erbärmlichen Zustand wie das Motel, in dem sie vor zwei Jahren verhaftet worden war.

Steve rührte sich träge auf dem Beifahrersitz, als der Ford Bronco knirschend auf dem Kies zum Halten kam. Noch in Denver hatten sie den Buick in einer dunklen Seitengasse abgestellt, den Rucksack mit dem Laptop und die zweitausend Dollar genommen, die sie im Wagen gebunkert hatten, und zugesehen, dass sie aus der Stadt rauskamen. Zur Hütte zurückzukehren wäre viel zu gefährlich gewesen – es wäre ein Wunder, wenn Miles Elsa Jones nicht verraten hätte, wo sie sich versteckten.

Hannah beobachtete, wie Steve in der Rezeption verschwand, um für sie beide ein Zimmer für eine Nacht zu buchen. Mittlerweile war er wieder so ruhig, wie sie ihn kannte, doch als er vor fünf Tagen mit dem Buick neben ihr angehalten hatte, hatte sie ihn kaum wiedererkannt. Die Stirn war schweißbedeckt gewesen, die Augen weit aufgerissen, als hätte er Drogen genommen.

«Mullen war da, er hätte mich beinahe erwischt. Verdammt, ich war zu nervös. Aber ey, er hat's echt nicht gerafft, wer ich bin!» In einer Mischung aus Euphorie und Hysterie hatte er sie gegen den Arm geboxt, während er in Schlangenlinien durch die zum Glück menschenleeren Straßen gefahren war. «Sag ich doch, mein Gesicht kennt keiner!»

Vor Erleichterung hätte Hannah ihn fast umarmt.

Aber nur fast.

Nachdem sie Miles im Keller gefunden hatten, hatten die Zeitungen die Nachricht gebracht, dass er seinen Verletzungen erlegen war. Schuldgefühle hatten Hannah erfasst, weil sie fürchtete, Elsa Jones irgendwie auf seine Spur gebracht zu haben. Doch zu den Schuldgefühlen hatte sich auch Enttäuschung gesellt, denn wenn Miles tot war, würde er niemandem mehr sagen können, dass sie nicht Elsa Jones war.

Ein Reporter hatte gemutmaßt, dass Elsa Jones etwas mit Miles' Tod zu tun haben musste, «da der FBI-Agent, der diese skrupellose Terroristin jagt, sich persönlich über den Fall informiert hat», wie er schrieb. Warum, schlussfolgerte er, sollte Mullen sich für den Überfall auf einen Veteranen interessieren, wenn nicht Elsa Jones irgendetwas damit zu tun hatte? Die anderen Zeitungen und Fernsehkanäle hatten diese Überlegungen aufgegriffen, und Hannahs Bild war erneut in sämtlichen Zeitungen und Nachrichten erschienen. Obwohl sie jetzt kurze, blonde Haare hatte und sich so stark schminkte, dass sie sich wie ein wandelnder Tuschkasten vorkam, hielt sie sich, so gut es ging, im Hintergrund und überließ es Steve, mit anderen Menschen zu verhandeln. Wohl war ihr nicht bei der Sache. Es war ihr schon immer schwergefallen, anderen Menschen zu vertrauen, und bei Steve kam noch hinzu, dass sie nicht mehr wusste, auf wessen Seite er eigentlich stand, auch wenn sich die Stimmung zwischen ihnen nach ihrem knappen Entrinnen deutlich gebessert hatte.

Seit sie Miles im Keller gefunden hatten, wirkte er verändert, als hätte er zum ersten Mal wirklich begriffen, zu was Elsa Jones fähig war. Hannah merkte ihm an, dass er sich ausmalte, *er* würde an Miles' Stelle in irgendeinem Loch sitzen und von der Frau in die Mangel genommen werden, die seinen Dad erschossen hatte. Aber bedeutete das auch, dass er deshalb auf Hannahs Seite stand?

Es war schon spät, kurz vor Mitternacht, als sie jetzt schweigend auf ihren Betten Hamburger und Pommes verzehrten, die sie sich aus einem Imbiss besorgt hatten. Das kalte, pappige Zeug erinnerte Hannah unangenehm an den Gefängnisfraß, und sie bekam trotz ihres Hungers kaum einen Bissen herunter.

Sie klappte ihren Laptop auf und wartete ungeduldig, bis sie in dem Forum war, über das sie mit Marek kommunizierte. Durch die Anonymisierungssoftware war der Rechner unerträglich langsam, aber es musste sein. Marek hatte ihr geschrieben, dass die Polizei in Deutschland die Ermittlungen wieder aufgenommen hatte. Die Leiche, die in dem Grab mit ihrem Namen darauf lag, war bereits exhumiert worden, und jetzt warteten alle auf den Abgleich der DNA mit der ihrer Großmutter. Doch leider hatte Marek auch heute keine Neuigkeiten für sie, nur einen kurzen Gruß. Sie schrieb ein paar Zeilen zurück, damit er wusste, dass sie noch lebte und es ihr gutging. Relativ gesehen jedenfalls.

Anschließend startete sie das Programm, das sie in den letzten Tagen geschrieben hatte. Im Gefängnis hatte sie Stunden damit verbracht zu überlegen, wo das Bild von ihr entstanden sein könnte, das Elsa Jones oder ihre Helfer später in jenes Bild montiert hatten, das beim Mord an den Wheelers entstanden war. Aus dem Schatteneinfall auf ihrem Gesicht hatte sie versucht zu ermitteln, auf welchem Breitengrad das Foto entstanden sein musste, und war dann im Geiste die Strecke noch einmal abgefahren, die sie in den drei Monaten vor ihrer Verhaftung in den USA zurückgelegt hatte. Im Gefängnis hatte sie nichts gehabt außer ihrem Gedächtnis, und nach ihrer Befreiung hatte sie zunächst andere, vielversprechendere Spuren verfolgt. Doch jetzt, wo Miles tot war und ihr nicht weiterhelfen konnte, hatte sie diese Überlegungen erneut aufgegriffen. Natürlich gab es viele Unsicherheitsfaktoren. Um welche Tageszeit war das Bild entstanden? Wie stark war es manipuliert worden? Sie wusste, dass derjenige, der ihr Gesicht in das Originalbild eingesetzt hatte, nicht viel Zeit gehabt und unter mehreren Bildern vermutlich das passendste ausgesucht hatte. Ihr schauderte bei dem Gedanken, dass man sie womöglich die ganze Reise über beobachtet und fotografiert hatte.

Endlose Stunden hatte sie das Bild am Computer angestarrt, auf der Suche nach winzigen Unterschieden zwischen den Schatten auf ihrem Gesicht und dem restlichen Bild. Sie meinte, eine winzige Abweichung zu erkennen, als sei der Schatten auf ihrem Gesicht minimal schärfer als in der Umgebung, schärfer und einen Hauch steiler. Sie begann zu rechnen. Sonnenstand, Sonneneinfallswinkel, Datum, Breitengrad, Uhrzeit. Wie stark hatte die Person auf dem Bild den Kopf nach oben geneigt? In welche Himmelsrichtung hatte sie geschaut? Sie schrieb ein Programm, das sie mit diesen Daten und den Daten ihrer Reiseroute fütterte, die sie auch nach zwei Jahren immer noch genau im Kopf hatte. Schließlich hatte der Computer zwei mögliche Stellen ausgespuckt, an denen das Bild entstanden sein konnte: der Great Basin Nationalpark in Nevada und der Chequamegon National Forest in Wisconsin. Bis nach Wisconsin waren es mehr als tausend Meilen, nach Nevada lediglich sechshundert. Sie hatte nur einen Versuch und musste sich entscheiden. Über Google Earth sah sie sich die Gegenden noch einmal an und kam zu dem Schluss, dass das ihr so verhasste Bild vermutlich in Nevada entstanden war. Dort war sie im August gewesen, nur wenige Tage vor dem Mord an den Wheelers, Wisconsin dagegen hatte sie im Juni besucht. Nevada lag etwa sechshundert Meilen nördlich von Austin, Wisconsin dagegen dreizehnhundert Meilen. Die Lichtverhältnisse in Nevada ähnelten denen in Austin eher als die in Wisconsin.

Steve schluckte den letzten Bissen seines Hamburgers herunter und schaute stirnrunzelnd die Tabelle auf dem Laptopmonitor an.

«Und du bist sicher, dass das Ergebnis stimmt?», fragte er. Als sie angefangen hatte, das Programm zu schreiben und mit Daten zu füttern, hatte er zweifelnd zugeschaut und ihr nicht geglaubt, dass sie auf diese Weise den Ort ermitteln könnte, an dem sie fotografiert worden war.

«Du kannst doch unmöglich noch wissen, an welchem Tag vor zwei Jahren du wo gewesen und wie viele Kilometer du am Tag gefahren bist», hatte er gesagt.

«Doch, ich weiß es», hatte sie knapp geantwortet. In der Welt der Zahlen hatte sie sich schon immer ausgekannt, besser als in der Welt der Menschen. Zahlen waren wie Persönlichkeiten für sie, die ihr eine Geschichte erzählten, und sie hatte keine Mühe, sich Zahlen zu merken, auch über einen langen Zeitraum. Und was waren Orte anderes als Zahlenkombinationen aus Breiten- und Längengraden? Trotzdem überprüfte sie das Ergebnis ihrer Berechnungen immer und immer wieder. Und jedes Mal kam sie zum selben Schluss: Sie musste nach Nevada.

Jetzt seufzte sie und sah Steve an. Er wirkte erschöpft, in den letzten Tagen hatten sie nur wenig Schlaf gefunden. Fast zwei Monate lang waren sie nun auf der Flucht und, bis auf die zwei Wochen in der Hütte von Miles' Onkel, ständig unterwegs gewesen.

«Ich bin mir nicht sicher», sagte sie. «Aber es ist die einzige Chance, die wir haben. Wir haben keine Möglichkeit, Elsa Jones zu finden, doch sie sucht mich genauso wie ich sie. Dieser Ort ist der einzige, den außer uns niemand kennt, und somit der einzige, an dem wir uns treffen können.»

Aufmerksam beobachtete sie ihn. Sie hatte ihn bislang noch nicht vollständig in ihre Pläne eingeweiht, da sie ihm nicht recht über den Weg traute. Sechs Tage waren vergangen, seit sie Miles gefunden hatten, seit sechs Tagen waren sie erneut auf der Flucht, doch sie hatten kaum einmal mehr als drei Sätze am Stück miteinander gewechselt. Sie holte tief Luft.

«Steve, ich muss wissen, was du vorhast.» Sie zögerte. «Ob du Elsa Jones immer noch bewunderst.»

«Ob ich Elsa bewundere?» Er klang empört, doch seine Miene spiegelte seine Zerrissenheit wider. «Verdammt, sie hat meinen Dad umgebracht! Ich hasse sie!»

«Aber du hast sie bewundert. Du wolltest sein wie sie.»

Er sagte nichts.

«Steve, diese Frau bringt Menschen um, nur weil sie der Ansicht ist, sie hätten die falsche Meinung über das, was im Leben zählt. Sie hat deinen Dad umgebracht, weil er ihr hätte gefährlich werden können. Sieh dir an, was sie mit Miles gemacht hat. Willst du dir diese Frau wirklich zum Vorbild nehmen? Warum? Was findest du so toll an ihr?»

Er schwieg eine ganze Weile. Schließlich sagte er leise: «Dad hat immer gesagt, Elsa hat sich nie von anderen vorschreiben lassen, wen sie mögen soll und wen nicht. Er hat gesagt, sie hat nicht nur blöd rumgelabert, sondern ist auch für das eingestanden, was sie gesagt hat.» Er hob den Kopf und sah sie an. «Elsa und Dad waren auf der Highschool zusammen. Sie haben damals eine Gruppe gegründet, die *White Aryan Students*, und Dad sagt, Elsa wäre von allen die coolste gewesen.» Er griff nach seiner Bettdecke und fing an, sie zu einer engen Rolle zusammenzudrehen. «Er hat mir oft von Elsa erzählt, auch als sie noch gar nicht gesucht wurde. Meine Mom war ständig krank, sie ist gestorben, als ich noch ganz klein war. Ich kann mich kaum noch an sie erinnern. Von ihr hat er mir nicht so viel erzählt wie von Elsa.»

Als es in seinen Augen verdächtig zu schimmern begann, wischte er die Tränen wütend mit dem Handrücken weg. «Er wollte immer, dass sie sich den WAP anschließt, und hat nie aufgehört, sie zu suchen. Und dann erschießt sie ihn einfach. Einfach so!» Er wrang die Bettdecke mit beiden Händen, als wollte er sie erwürgen. «Dabei hätte Dad sie niemals verraten. Nie im Leben!»

Hannah beobachtete ihn schweigend, bis er mit der Bettdecke

fertig war. «Und was willst du jetzt tun? Ich meine, wenn wir Elsa Jones finden?»

«Ich will, dass diese Frau für das büßt, was sie meinem Dad und Thomas und Martin angetan hat. Und Miles», fügte er nach kurzem Zögern hinzu. «Auch wenn er diesen … Baseballstar in seinem Wohnzimmer hängen hat. Verdammt, er war ein guter Kerl und ein Veteran. Dad hat immer gesagt, jeder Soldat, der im Krieg war, verdient Respekt.»

«Aber wenn du sie erschießt, büßt sie nicht besonders lange», stellte Hannah trocken fest.

Er hob die Schultern. «Ich weiß. Ich habe viel darüber nachgedacht. Es stimmt schon, erschießen ist noch viel zu gut für sie.»

Sie runzelte die Stirn. Das konnte alles Mögliche bedeuten. Malte Steve sich etwa aus, Elsa Jones zu foltern, so wie sie Miles gefoltert hatte? «Und was glaubst du, womit du sie richtig quälen könntest?»

Er gab keine Antwort.

«Stell dir vor, was es für Elsa Jones bedeuten muss, von jemandem wie Mullen verhaftet zu werden. Von einem Schwarzen, die sie noch mehr hasst als du. Stell dir vor, sie sitzt im Knast, wo sie von schwarzen Gefängniswärtern durchsucht und in eine Zelle gesperrt wird. Und stell dir weiter vor, sie begegnet später anderen Gefangenen, Schwarzen, Latinas, was du willst. Was glaubst du, was die mit Elsa Jones anstellen werden?»

Verblüfft hob er den Kopf. «So habe ich das noch nie gesehen», sagte er. Dann grinste er. «Du hast aber eine ziemlich schmutzige Phantasie.»

Sie sah ihn an. «Das ist keine Phantasie, Steve. Ich weiß, wie man Elsa Jones im Knast behandeln wird.»

Sein Grinsen verschwand. «Tut mir leid. Das hatte ich ganz vergessen.» Nach einer kurzen Pause fügte er hinzu: «Muss hart gewesen sein für dich.»

Unvermittelt stiegen ihr Tränen in die Augen, und ihre Kehle wurde eng. Dabei weinte sie nie, niemals. Nur damals bei der Beerdigung ihrer Großmutter waren ihre Augen ein wenig feucht geworden, als sie begriffen hatte, dass der einzige Mensch, der sie einfach so annahm, wie sie war, tot war. Und jetzt war da dieser Junge, der kaum etwas anderes kannte als Hass und Kampf und Gewalt, der etwas ausdrückte, das Mitleid sein konnte oder auch nur Anerkennung dessen, was sie durchgemacht hatte; jemand, der ihr glaubte, der bei ihr war, der sie nicht alleingelassen hatte.

Verärgert wischte sie sich die Tränen aus den Augen. «Damit Elsa Jones in den Knast kommt, müssen wir sie dem FBI ausliefern», sagte sie, ohne auf seine letzte Bemerkung einzugehen. «Während ich mich mit ihr treffe, machst du Fotos von uns beiden. Und wenn sie wieder losfährt, verfolgst du sie.»

Er lachte kurz auf. «Und du glaubst wirklich, Elsa lässt dich wieder laufen? Sie wird dich einfach umbringen, sobald sie dich sieht.»

«Das wird sie nicht. Denn wenn sie das tut, wird das FBI von dem Gespräch erfahren, das Miles belauscht hat. Ich werde Elsa einen Deal anbieten: Ich bekomme eine neue Identität, dafür werde ich die Namen Jason Baker und Fenderson niemals veröffentlichen.»

Steve schüttelte den Kopf. «Das wird nicht funktionieren. Elsa wird dich einfach umbringen», wiederholte er.

Sie holte tief Luft. «Schon möglich. Aber ich glaube nicht, dass sie und vor allem diejenigen, die hinter ihr stehen, das Risiko eingehen werden.»

«Glaubst du wirklich, dass so eine Organisation wie Blackwater dich am Leben lassen wird und dir glaubt, dass du dein Wissen nicht preisgibst?»

«Ich glaube nicht, dass Blackwater hinter der Sache steckt.»

Seit Miles seine Geschichte erzählt und diesen Namen ins

Spiel gebracht hatte, hatte sie im Internet alles über diese Firma nachgelesen, was sie finden konnte. Es war ein umstrittenes Unternehmen mit dubiosen Geschäftspraktiken. Mitarbeiter der Firma hatten im Irak Zivilisten misshandelt und getötet, waren in zahlreiche Konflikte im Nahen und Mittleren Osten verstrickt und wehrten gerichtliche Klagen mit einem Heer von gutbezahlten Anwälten ab. Doch was für ein Interesse sollte diese Firma haben, Menschen in den USA zu töten, auch wenn diese das Weltbild von Blackwater garantiert nicht teilten? Blackwater war ein Sicherheitsdienst, der häufig seine Grenzen überschritt, aber war es auch ein als normales Unternehmen getarntes Terrornetzwerk? Hannah glaubte nicht daran. Welche Organisation stattdessen hinter Elsa Jones stecken könnte, wusste sie allerdings ebenso wenig.

«Meinst du nicht, dass der Name Jason Baker dem FBI inzwischen bekannt ist?», fragte Steve in ihre Überlegungen hinein. «Miles wollte doch seine Kumpels nach ihm fragen. Das FBI hat das doch bestimmt inzwischen herausgefunden.»

Hannah dachte nach. «Du hast recht. Bleibt also nur dieser Fenderson, um Jones unter Druck zu setzen.»

«Das funktioniert aber nur, wenn dieser Fenderson wirklich wichtig ist.»

«Er ist immerhin so wichtig, dass sie Miles deswegen gefoltert haben.»

«Vielleicht dachten sie auch nur, Miles wüsste etwas, aber dabei wusste er gar nichts», wandte Steve ein.

«Aber wie sind sie überhaupt auf die Idee gekommen, er wüsste etwas? Sie kamen schließlich erst, nachdem Miles angefangen hatte, nach Baker zu fragen. Baker arbeitet eindeutig mit Jones zusammen, ich habe ihn vor meiner Entführung am Strand gesehen. Und Baker hat Jones offensichtlich an Fenderson weitervermittelt oder den Kontakt hergestellt.»

Steve ließ sich ihre Worte durch den Kopf gehen, schließlich hob er die Schultern. «Okay, wenn du meinst. Aber wenn dieser Fenderson nichts mit Elsa zu tun hat, gehst du ein ziemliches Risiko ein.»

«Ich weiß», sagte sie leise.

Er sah ihr in die Augen, und zum ersten Mal seit langem meinte sie, so etwas wie Respekt in seinem Blick zu erkennen. «Wie willst du eigentlich Kontakt zu ihr aufnehmen? Ich meine, du kannst ihr ja schlecht eine SMS schicken oder so.»

Hannah gestattete sich ein Lächeln. «Sie wird auf jeden Fall mitbekommen, was ich zu sagen habe.»

25. KAPITEL

Der helle Computermonitor tauchte das kleine Hotelzimmer in ein unheimliches Licht. Das leise Klicken der Tastatur und der Maus waren die einzigen Geräusche, durch die geschlossenen Fenster und die dichten, zugezogenen Vorhänge drang kein Geräusch von außen herein.

Tanja seufzte vernehmlich und setzte sich im Bett auf.

«Wann bist du denn endlich fertig?» Sie klang ungeduldig und verärgert.

«Gleich», lautete Mareks knappe Antwort. Er hatte den Blog aufgerufen, dessen Link Hannah ihm vorgestern geschickt hatte. Eine einfach gestaltete Seite ohne jeden Firlefanz, schlichte Schriften und unauffällige Farben.

ICH BIN HANNAH lautete der Titel, und darunter prangte ihr Bild. Hannah hatte das Bild, das bereits millionenfach im Internet herumgeisterte, als Vorlage genommen und einen Ausschnitt gewählt, der nur ihr Gesicht zeigte. In ihren deutschen und englischen Blogeinträgen beschrieb sie, wie sie vor fast genau zwei Jahren verhaftet worden war, wie man sie als Elsa Jones ins Gefängnis gesteckt und verurteilt hatte. Jedem der angeblichen Beweise gegen sie hatte sie einen eigenen Beitrag gewidmet. In einem Beitrag hatte sie dargelegt, was ihrer Meinung nach am 3. September 2011 geschehen war. *Ich wurde an einem einsamen Strandabschnitt nördlich von San Francisco entführt und anschließend mehrere Tage festgehalten. In der Zeit muss ich Drogen bekommen haben, denn ich kann mich an absolut nichts mehr erinnern. Am 6. September buchte eine Frau, vermutlich Elsa Jones, ein Motelzimmer. Irgendwann zwischen dem 6. und dem 8. September wurde ich in dieses Zimmer gebracht. Man flößte mir Tabletten und Alkohol ein, hinterließ die beiden Tatwaffen und einen Führerschein mit meinem Bild und dem Namen Elsa Jones und wartete ab. Doch der Plan ging nicht auf: Ich starb nicht. Elsa Jones hatte nicht damit gerechnet, dass ich die Tabletten größtenteils wieder erbrechen würde. Ihr erster Fehler.*

In einem anderen Eintrag beschrieb sie akribisch, wie man eine Waffe auseinandernehmen und ohne Probleme die Fingerabdrücke einer anderen Person auf den inneren Bauteilen platzieren konnte. Der Text war mit Bildern versehen, auf denen sie das Beschriebene anschaulich darstellte.

Sie lieferte keine Beweise dafür, dass sie nicht Elsa Jones war oder dass die Fingerabdrücke auf der Tatwaffe nicht von ihr stammten, aber sie lieferte Erklärungen dafür, wie es gewesen sein könnte.

Kurz bevor sie mit dem Blog online gegangen war, hatte sie Marek über ihr Forum im Darknet über ihr Vorhaben informiert. *Ich muss mit E. J. Kontakt aufnehmen, und dieser Blog ist die einzige Möglichkeit, sie zu erreichen. Außerdem schadet es nicht, meine Sicht der Dinge öffentlich zu machen. Ich habe die Lügen satt, die über mich verbreitet werden.*

Marek lehnte sich zurück und massierte sich müde mit Daumen und Zeigefinger die Nasenwurzel. Sie hatte ihn gebeten, ebenfalls an dem Blog mitzuschreiben. *Kannst du den Teil der Geschichte, der in D spielt, direkt einpflegen*? Und so verbrachte er selbst seit zwei Tagen jede freie Minute am Computer.

Seit er auf der Landstraße von dem schwarzen BMW gerammt worden war, lebte er versteckt in Hotels und hielt engen Kontakt zur Polizei. Als er nach dem Unfall Miriam Winkler angerufen hatte, hatte diese sofort reagiert und veranlasst, dass er in das Zeugenschutzprogramm aufgenommen wurde. Einen besseren Beweis dafür, dass die Polizei seiner oder vielmehr Hannahs Geschichte Glauben schenkte, konnte es kaum geben, doch Tanja hielt die Vorsicht, mit der er sich seit dem Unfall bewegte, trotzdem für übertrieben. Heute Nachmittag war sie, den Warnungen der Polizei zum Trotz, zu ihm ins Hotel gekommen, um den Sonntag mit ihm zu verbringen. Doch dann hatten sie sich die meiste Zeit nur gestritten.

Jetzt kletterte sie aus dem Bett und verschwand im Badezimmer. Kurz darauf hörte er die Toilettenspülung rauschen, dann kam sie zurück und trat hinter Marek. Sie legte ihm die Hände auf die Schultern und begann, ihn sanft zu massieren. «Mach doch endlich die Kiste aus», gurrte sie. «Es ist schon spät, und ich muss morgen früh aufstehen.»

«Du kannst dich doch schon schlafen legen.»

Sie hielt mit dem Massieren inne. «Ich möchte aber neben dir einschlafen.»

Er griff nach ihrer Hand und drückte sie leicht, während er gleichzeitig auf den Blogeintrag klickte, in dem Hannah beschrieb, warum ihrer Meinung nach eine große, schlagkräftige Organisation hinter Elsa Jones stehen musste.

Tanja seufzte. «Kannst du Hannah nicht wenigstens für ein paar Stunden vergessen?»

Seine rechte Hand verharrte regungslos über der Maus, dann drehte er sich langsam auf dem unbequemen Stuhl um. «Das Leben meiner Schwester steht auf dem Spiel. Ich kann jetzt nicht so tun, als wäre alles in Ordnung.»

Tanja nahm ihre Hände fort. «Sie ist nicht deine Schwester. Sie ist nicht einmal deine Stiefschwester.»

Dieses Argument hatte sie schon vor zwei Jahren angeführt, als er um Hannah getrauert hatte, mit sanfter Stimme vorgetragen wie Trostworte. Erst jetzt spürte er den Stich, den ihm diese Abwertung von Hannah und all dessen, was sie ihm bedeutete, versetzte. Hannah *war* seine Schwester, und er liebte sie.

«Was willst du damit sagen?», fragte er langsam. «Dass Hannah es nicht wert ist, dass ich mich um sie kümmere? Dass ich sie vergessen soll?» Er ballte die Fäuste. «Ich habe zwei Jahre lang versucht, sie zu vergessen, nicht zuletzt, weil du mir ständig damit in den Ohren gelegen hast. Deinetwegen habe ich nicht schon damals bei ihrem alten Zahnarzt nachgeforscht.»

«Gib mir bitte nicht die Schuld dafür, dass du selbst an ihren Tod geglaubt hast. Damals sprach alles dafür, dass es sich bei der Toten in ihrem Haus tatsächlich um Hannah handelte. Wer hätte denn ahnen können ...»

«Ich. *Ich* hätte es wissen müssen, dass die Tote unmöglich Hannah sein kann. Sie hat alle Fragen, die ich ihr über die Rechtsanwältin gestellt habe, richtig beantwortet. Sie hat ...»

«Aber das war doch kein Beweis! Die Antworten hätte diese Elsa Jones vorher aus Hannah herausbekommen können! Marek, es sah einfach alles danach aus, dass du auf eine Betrügerin und Mörderin hereingefallen bist.»

Sie streckte den Arm nach ihm aus, doch er stand abrupt auf und wich einen Schritt zurück. Ihre Nähe war ihm unerträglich, und so erging es ihm schon seit Tagen. Seit dem Anschlag auf ihn oder eigentlich noch länger: seit er den Brief von Hannah bekommen hatte, von seiner Schwester, die in den USA auf der Flucht war und jede Hilfe brauchte, die sie bekommen konnte. Erst nach dem Anschlag hatte er Tanja erzählt, dass er seit mehreren Tagen mit Hannah in Kontakt stand. Sie hatte entsetzt reagiert und ihm zugleich Vorhaltungen gemacht, sie nicht sofort ins Vertrauen gezogen zu haben.

«Du hättest ja doch nur gesagt, ich solle mich da raushalten», hatte er gekontert. Ihr Schweigen war ihm Antwort genug gewesen.

«Ich will, dass du nach Hause fährst.» Er verschränkte die Arme, damit Tanja seine geballten Fäuste nicht sah.

«Aber …»

«Ich habe es satt, mich dafür rechtfertigen zu müssen, weil ich meiner Schwester helfe. Ich habe dein Gejammer satt, ich würde mich nicht genug um dich kümmern.» Den drohenden Unterton in seiner Stimme konnte er nicht verhindern.

«Natürlich, Hannah ist dir mal wieder wichtiger als ich!»

«Du bist ja eifersüchtig», stellte er fast erstaunt fest. Das gerötete Gesicht und ihr zorniger Blick verrieten ihm, dass er ins Schwarze getroffen hatte.

Tanja musterte ihn aus schmalen Augen. «Ich bin überhaupt nicht eifersüchtig, aber du bist ja regelrecht besessen von dieser Frau. Hannah hier und Hannah da – so ging das doch schon, als wir uns kennenlernten. Verdammt noch mal, was findest du eigentlich an der? Sie ist kalt wie ein Fisch, hat keinen Humor und zeigt allen Menschen nur die kalte Schulter. Und wer weiß, wieso ausgerechnet sie in den USA verhaftet wurde.»

«Willst du damit etwa andeuten, Hannah hätte irgendetwas mit dieser Elsa Jones zu tun? Dass sie mit einer Terroristin unter einer Decke steckt?» Ungläubig starrte Marek seine Freundin an. Als sie den Mund aufmachte, um etwas zu sagen, hob er die Hand. «Es reicht. Wenn du so über Hannah denkst, verschwindest du besser auf der Stelle.»

Tanja biss die Zähne zusammen, dann drehte sie sich ohne ein Wort um und begann sich anzuziehen. Mit fahrigen Bewegungen schlüpfte sie in Kleid, Strumpfhose, Schuhe und schnappte sich Jacke und Handtasche. Die Hand schon auf der Türklinke, drehte sie sich noch einmal um.

«Gegen Hannah hatte ich nie eine Chance. Du vergötterst sie ja geradezu, dabei benutzt sie dich nur. Aber du bist ja zu blöd, um es überhaupt zu merken.»

Marek machte einen Schritt auf Tanja zu. «Verschwinde», zischte er. «Du hast drei Tage Zeit, um deine Sachen aus meiner

Wohnung zu holen. Was ich danach noch von dir finde, wandert in den Müll.»

«Arschloch!» Die zugeknallte Tür klang wie ein Pistolenschuss.

Am nächsten Morgen klingelte sein Handy ihn aus dem Schlaf. Miriam Winkler meldete sich.

«Sind Sie schon wach?», fragte sie. Es war halb acht. Als er den aufgeregten Unterton in ihrer Stimme hörte, war er in der Tat auf einen Schlag hellwach.

«Ja. Schießen Sie los.»

«Die Auswertungen der DNA-Proben liegen vor.» Sie holte tief Luft. «Die Tote aus dem Haus Ihrer Schwester ist mit hoher Wahrscheinlichkeit nicht mit der verstorbenen Anna Marcks, der Großmutter Ihrer Schwester, verwandt. Bei der Frau, die man in den USA als Elsa Jones verhaftet und verurteilt hat, liegt die Wahrscheinlichkeit, mit Anna Marcks verwandt zu sein, dagegen bei rund 98 Prozent.» Sie schwieg einen Moment. «Ich muss mich bei Ihnen entschuldigen. Sie hatten von Anfang an recht gehabt.»

Marek stieß vernehmlich die Luft aus, die er die ganze Zeit angehalten hatte. «Sie brauchen sich keine Vorwürfe zu machen. Es sprach ja auf den ersten Blick alles dafür, dass die Tote tatsächlich Hannah war.» Unbewusst hatte er Tanjas Worte vom Abend zuvor fast wortwörtlich wiederholt – nicht nur, um Miriam Winkler von jeder Schuld freizusprechen, sondern vor allem sich selbst. Weil er trotz seiner Zweifel nicht weiter nachgehakt hatte. «Haben Sie dem FBI das Ergebnis schon mitgeteilt?»

«Ich habe eine Mail geschickt, aber ich werde heute Abend noch einmal dort anrufen und mit Mr. Mullen persönlich reden.» Sie schwieg einen Moment. «Ich hoffe nur, er schlägt die Ergebnisse nicht einfach in den Wind und hält Ihre Schwester weiterhin für die gesuchte Elsa Jones.»

Marek stand auf, um die Vorhänge zurückzuziehen und das

Fenster zu öffnen. Draußen begrüßten ihn ein strahlend blauer Himmel und angenehme spätsommerliche Temperaturen. Der Hamburger Stadtlärm lag wie ein leises Rauschen über der Stille der ruhigen Nebenstraße.

«Und wie geht es jetzt weiter?», fragte er. «Ich meine, wie lange dauert es, bis Hannah wieder für lebendig erklärt wird?»

«Der Staatsanwalt leitet die Sache heute noch an die zuständige Behörde weiter. In spätestens zwei Wochen sollte das geklärt sein.»

Sie schwiegen beide. «Ich habe den Blog Ihrer Schwester gelesen», sagte Miriam Winkler nach einer Weile. Marek hatte ihr den Link geschickt, aber nicht verraten, dass Hannah vor allem an die Öffentlichkeit gegangen war, um mit Elsa Jones Kontakt aufnehmen zu können. Sie hatte ihm eingeschärft, es niemandem zu erzählen.

«Ich muss sagen, ihre Beweisführung ist absolut stichhaltig.» Er hörte sie kurz auflachen. «Da könnte sich mancher Staatsanwalt eine Scheibe von abschneiden.» Dann wurde sie wieder ernst. «Haben Sie einen bestimmten Verdacht, was für eine Organisation hinter Elsa Jones stehen könnte?»

«Nein. Aber sie muss immerhin groß genug sein, um auch hier in Deutschland aktiv werden zu können.» Nach einem kurzen Blick auf die Straße fügte er hinzu: «Wie lange muss ich mich eigentlich noch verstecken? Jetzt, wo klar ist, dass es sich bei der Toten nicht um Hannah handelt? Ich würde gerne wieder in meine Wohnung zurück.»

Miriam Winkler schwieg kurz. «Sie haben recht, eigentlich gibt es keinen Grund mehr für diese Leute, Sie aus dem Weg räumen zu wollen. Ich kläre das ab und melde mich wieder bei Ihnen.»

Am nächsten Nachmittag schloss er zum ersten Mal seit über einer Woche wieder die Tür zu seiner Wohnung auf. Und blieb wie angewurzelt stehen. Seine Jacken waren von der Garderobe gerissen worden und lagen verstreut auf dem Boden, zusammen mit seinen Schuhen, dazwischen der Krimskrams von der kleinen Kommode – Briefe, Schlüssel, ein paar CDs, seine Sonnenbrille.

Vorsichtig stellte er seine Reisetasche ab und machte zwei Schritte, wobei er darauf achtete, nirgendwo draufzutreten. Ein Blick ins Wohnzimmer ließ ihn zusammenzucken. Die Bücher und CDs waren aus den Regalen gerissen worden, der Couchtisch war umgestürzt. Die Jalousie am Fenster hing schief, die Sofakissen und -polster lagen im ganzen Raum verteilt auf dem Boden. Marek wandte den Blick ab und ging in die Küche. Die Schranktüren standen offen, auf dem Boden häufte sich zerschlagenes Geschirr neben ausgekippten Lebensmitteln; Reis, Mehl und Zucker, mit Saft und Sekt zu einer klebrigen Pampe vermengt. Das Schlafzimmer jedoch sah am schlimmsten aus. Jemand hatte die Daunendecke aufgeschlitzt, sodass die Federn bis in den Flur geflogen waren. Die Türen des Kleiderschranks standen ebenfalls offen, der Großteil der Kleidung lag auf dem Fußboden. Die Gardinen waren mitsamt der Gardinenstange heruntergerissen worden und lagen schräg auf dem Heizkörper unter dem Fenster.

Nur das Arbeitszimmer war einigermaßen verschont worden. Die Regale waren zwar leer gefegt, Bücher und Ordner lagen auch hier auf dem Boden, doch sein Arbeitsplatz wirkte unberührt. Der dunkle Monitor begrüßte ihn stumm.

Langsam ging er von einem Zimmer zum anderen und besah sich den Schaden, ohne irgendetwas anzufassen. Ihm fiel auf, dass Tanjas Sachen fehlten. Ihre Kleidung, ihr Geschirr, der kleine Beistelltisch, der immer im Wohnzimmer gestanden hatte – alles war weg. Im Badezimmer lagen nur seine Zahnbürste und sein Rasierpinsel auf dem Fußboden. Tanjas Cremes, Lotionen und Schminkzeug fehlten.

Zurück im Arbeitszimmer, blieb er stehen und holte tief Luft.

Wenn die Komplizen von Elsa Jones hier eingebrochen wären, hätten sie den Computer garantiert mitgenommen, um herauszufinden, wo Hannah steckte. Dabei wusste er es selbst nicht, und er wusste auch, dass es keine Möglichkeit gab, das herauszubekommen – auch nicht, wenn man seine Internetaktivitäten überprüfte. Selbst wenn man seinen Weg ins Darknet zurückverfolgen und auf das Forum stoßen würde, über das er mit Hannah kommunizierte – Hannah würde für jeden anderen genauso unauffindbar bleiben wie für ihn.

Aber der Computer war noch da.

Er zog sein Smartphone aus der Tasche und rief Tanja an. Sie ging nicht ran, also schrieb er ihr eine SMS. *Du spielst ein gefährliches Spiel. Du weißt, dass ich die Polizei informieren muss.* Er wartete zehn Minuten, doch sie meldete sich immer noch nicht. Seine Hand schwebte zögernd über der Kurzwahltaste, ehe er die Nummer wählte, die man ihm für genau solche Notfälle gegeben hatte.

«Meine Wohnung ist verwüstet worden», sagte er schließlich. «Vermutlich war es meine Exfreundin. Aber ich bin mir nicht sicher.»

26. KAPITEL

Die Morgensonne schien hell durch die Jalousien des kleinen Büros. Mullen saß in seinem Schreibtischstuhl und starrte das Telefon an, das er vor wenigen Minuten aus der Hand gelegt hatte.

Okay. Er musste also umdenken. Ganz von vorn beginnen.

Er schloss die Augen.

Ein leises Klopfen an der Tür riss ihn aus seinen Gedanken, und er hob den Kopf. Kathy stand in der Tür, den Kopf leicht schräg gelegt. In der Hand hielt sie mehrere Notizzettel.

«Alles in Ordnung?», fragte sie. Sie kannte ihn gut.

Mullen atmete tief ein und richtete sich auf. «Diese Polizistin aus Deutschland hat mich gerade angerufen, Miriam Winkler», sagte er. «Die DNA-Analyse hat ergeben, dass unsere Elsa Jones mit an Sicherheit grenzender Wahrscheinlichkeit gar nicht Elsa Jones ist, sondern Hannah Marcks.»

Kathy betrat das Büro und setzte sich auf den Stuhl vor seinem Schreibtisch. «Und jetzt?», fragte sie, als er nichts weiter sagte.

«Jetzt suchen wir nicht nur eine, sondern zwei Frauen», erklärte er. Er dachte kurz nach. «Und wir müssen herausfinden, was Hannah Marcks seit ihrer Befreiung getrieben hat. Hat sie Matthew Donaldson und dessen Kumpane erschossen? War sie es, die Miles Henderson gefoltert hat? Immerhin war sie definitiv an beiden Tatorten.» Er rieb sich die Stirn. «Für den Mord an Donaldson hätte sie ein klares Motiv gehabt – er hätte früher oder später gemerkt, dass sie nicht Elsa Jones ist, und dann wäre es gefährlich für sie geworden.»

«Aber welchen Grund sollte sie haben, Miles Henderson zu foltern?»

Mullen nickte. «Eben. Vor zwei Jahren hat er in der Zeitung Andeutungen gemacht, er wüsste etwas über Elsa Jones. Marcks kannte den Zeitungsartikel – vermutlich hat sie ihn deswegen aufgesucht, um herauszufinden, was hinter diesen Andeutungen steckt.»

Mullen dachte an den Keller. An den blutigen Hammer mit den Fingerabdrücken, die, wie er jetzt wusste, von Hannah Marcks stammten. Hatte sie Henderson gefoltert, um herauszufinden, was er mit seinen Andeutungen gemeint hatte? Aber die Spurenermittlung hatte ergeben, dass Elsa Jones oder besser Hannah Marcks mit großer Wahrscheinlichkeit zweimal in Hendersons Haus gewesen war – das erste Mal mehrere Tage, bevor er so zugerichtet worden war.

Nein, er glaubte nicht, dass Hannah Marcks den Mann gefoltert hatte. Er dachte an den Blick, den sie ihm im Gerichtssaal zugeworfen hatte, an ihr kaum merkliches Kopfschütteln. *Ich bin nicht Elsa Jones.* Und sie hatte die Wahrheit gesagt. Die ganze Zeit.

«Die Frage lautet also: Was wusste Henderson? Und was hat er Marcks erzählt?» Kathy zögerte kurz. «Dass er es Elsa Jones erzählt hat, steht ja wohl außer Zweifel.»

Mullen nickte. «Den Namen Jason Baker wird sie wahrscheinlich von ihm gehört haben.» Der war nach dem Überfall auf Henderson unzählige Male durch die Presse gegangen – es hatte sich nicht verhindern lassen, dass ein paar von Hendersons Freunden Reportern erzählt hatten, dieser habe kurz vor dem Überfall nach dem alten Kameraden aus der Armee gefragt. «Aber ist das das Einzige – oder wissen sowohl Hannah Marcks als auch Elsa Jones noch etwas, das wir nicht wissen?»

Solange Henderson im Koma lag und sie keine Spur von Hannah Marcks hatten, hatten sie keine Möglichkeit, das festzustellen. Frustriert schlug er mit der Faust auf die Armlehne seines Schreibtischstuhls. Dann blickte er demonstrativ auf die Notizzettel in Kathys Hand. «Was hast du da?»

«Zwei Sachen.» Sie hob ein Blatt in die Höhe. «Hannah Marcks hat im Internet einen Blog angefangen, vor drei Tagen.»

«Was? Und wieso erfahre ich erst jetzt davon?»

Kathy wich auf ihrem Stuhl ein Stück zurück. «Die Seite ist bisher irgendwie durch die Suchraster gefallen, tut mir leid.» Sie zögerte kurz. «Und wir wissen auch nicht, von wo aus sie den Blog füttert. Sie verwischt ihre Spuren im Internet.»

Mullen riss sich zusammen. Er wusste, dass Kathy nichts dafür konnte, sie war nur die Überbringerin der Nachrichten, der guten wie der schlechten. «Und was schreibt sie in diesem Blog?»

«Sie legt ihre Version der Geschichte dar», erklärte Kathy. «Zusammen mit ihrem Bruder in Deutschland, diesem Marek Lukow, der es offensichtlich übernommen hat, die Ermittlungsergebnisse aus Deutschland im Blog zu veröffentlichen. Ich muss sagen, was sie schreibt, hat Hand und Fuß. Natürlich liefert sie keine Beweise, aber ihre Theorie klingt absolut logisch.» Sie schwieg einen Moment. «Sie glaubt, dass Elsa Jones keine Einzeltäterin ist, sondern dass eine große und leistungsfähige Organisation dahinterstecken muss.»

«Und äußert sie einen Verdacht, was für eine Organisation das sein könnte?»

Kathy schüttelte den Kopf. «Nein.» Sie blickte auf das zweite Blatt in ihrer Hand. «Aber heute Morgen rief Andrew Brooks vom Field Office in Denver an.» Sie hatte die Stimme gesenkt und warf einen kurzen Blick über die Schulter zur offenen Bürotür. «Sie haben einen Freund von Miles Henderson gefunden, der Jason Baker kannte. Chris Winterfield, er war zur gleichen Zeit in Fort McPherson wie Henderson, Jones und Baker. Henderson hat ihn gefragt, ob er mal wieder etwas von Baker gehört habe, und das hatte er. Er hat ihn 2001 gesehen, wenige Monate nach seiner Entlassung aus der Armee.»

«Und wo hat er Baker gesehen?», fragte er ungeduldig.

Kathy schaute erneut zur Tür.

«In Quantico», sagte sie leise.

Mullen starrte sie an, dann blickte er ebenfalls zu der offenen Tür. Kathy stand auf und schloss sie.

«Und wieso war dieser Chris Winterfield in Quantico?», fragte er, als sie wieder vor ihm saß.

«Er hatte sich beim FBI beworben und das Auswahlverfahren erfolgreich bestanden. Aber dann hat er während der Ausbildung schlappgemacht. Posttraumatisches Belastungssyndrom. Er war im Irak gewesen», fügte sie erklärend hinzu.

«Und in Quantico hat er Jason Baker wieder getroffen?»

Kathy hob die Schultern. «Er hat Baker einmal gesehen, als dieser gerade den Yellow-Brick-Lauf absolvierte. Als Baker Winterfield erkannte, wurde er angeblich sichtlich nervös. Als sei es ihm nicht recht, dass Winterfield ihn gesehen hatte.»

Mullen runzelte die Stirn. Er konnte sich noch gut an seine Ausbildung und diesen verdammten Hindernisparcours auf der Marinebasis in Virginia erinnern. Mehr als einmal hatten seine Ausbilder ihn psychisch wie physisch bis an seine Grenzen gebracht. Die Militärbasis diente mehreren Behörden und Armeeeinheiten als Ausbildungsgelände, Baker musste also zumindest eine Weile lang bei einer dieser Einheiten registriert gewesen sein. Warum hatte man dann aber nirgendwo Unterlagen über ihn gefunden? «Und Winterfield ist sich ganz sicher, dass es Baker war?»

«Das hat Brooks ihn auch gefragt. Winterfield sagt ja, das war Baker.» Sie warf einen Blick auf ihre Notizen. «Dann fragt Miles Henderson plötzlich alle möglichen Leute, ob sie was von Jason Baker gehört hätten, und wenige Tage später ist er offiziell tot.

Winterfield bekam es mit der Angst zu tun, und als dann auch noch das FBI Nachforschungen anstellte, verkroch er sich bei einem Freund. Bis dieser Freund ihn überredete, sich beim FBI zu melden.»

Mullen schwieg nachdenklich. «Was macht der Mann heute – nachdem es beim FBI nicht geklappt hat?»

«Er verkauft Autos», sagte Kathy. «Brooks meinte, er hätte sich vor Angst fast in die Hosen gemacht. Er wollte Brooks auch nicht verraten, wo er zurzeit lebt, und meinte, er würde nur mit ihm reden, weil er schwarz ist.»

«Was hat denn Brooks' Hautfarbe damit zu tun?», fragte Mullen stirnrunzelnd.

«Winterfield glaubt, dass Jason Baker für das FBI arbeitet und dass er zusammen mit Elsa Jones Miles gefoltert und umgebracht hat. Er fürchtet irgendeine groß angelegte Verschwörung. Deshalb traut er diesem *Verein* nicht. Außer einzelnen Leuten, die garantiert keine Rassisten sind. Wie Brooks.»

«So ein Unsinn. Baker arbeitet nicht für das FBI. Das haben wir doch schon längst überprüft.»

«Aber die anderen Dienste, die in Quantico trainieren, haben seinen Namen ebenfalls nicht in ihrer Datei», wandte Kathy ein. «Das heißt, entweder hat Winterfield sich geirrt, oder er erzählt absichtlich Lügengeschichten. Oder Baker wird von irgendjemandem gedeckt.»

Mullen spürte, wie sich alles in ihm gegen diesen ungeheuren Verdacht sträubte, den Kathy da andeutete: Eine offizielle Behörde der Vereinigten Staaten sollte in die Morde, die Elsa Jones, möglicherweise zusammen mit Jason Baker, begangen hatte, verstrickt sein? Völlig ausgeschlossen! Dieser Chris Winterfield musste sich irren.

Er hatte bereits den Mund geöffnet, um Kathy genau das zu sagen, als sein Handy klingelte. Die Nummer im Display kannte er nicht, aber es war die Vorwahl von Colorado. Gereizt drückte er auf den grünen Knopf.

«Mr. Mullen? Mallohy hier, vom Porter Adventist Hospital in Denver. Sie baten mich anzurufen, falls Mr. Henderson aufwacht.»

Mullen richtete sich wie elektrisiert auf, doch der nächste Satz des Arztes ließ ihn wieder zusammensacken.

«Leider ist er nicht aufgewacht, sondern heute Morgen verstorben.»

«Was?»

«Tut mir leid, Sir, wir haben unser Bestes getan.»

Und deshalb rief Mallohy ihn an? Um zu sagen, dass der wichtigste Zeuge, den sie in diesem Fall hatten, tot war? Mullen wollte den Arzt schon abwimmeln, als dieser sagte: «Da ist noch etwas, Sir.» Erneutes Zögern. «Kurz vor seinem Tod hat Mr. Henderson eine Spritze direkt ins Herz bekommen, Adrenalin. Das ist an sich nichts Ungewöhnliches, sondern eine der üblichen Notfallmaßnahmen bei Herzstillstand. Allerdings hatte er zu dem Zeitpunkt gar keinen Herzstillstand. Diese Medikation wurde auch nirgends protokolliert, und keiner meiner Kollegen hat ihm diese Spritze gegeben.»

«Und woher wissen Sie dann von dieser Spritze?»

«Heute Morgen wurde der Patient unruhig, die Monitore zeichneten eine erhöhte Herzfrequenz auf. Kurz darauf kam es zu einem Herzstillstand. Natürlich versuchten wir sofort, ihn zu reanimieren, aber es war zu spät. Ich gab ihm eine Adrenalinspritze – die zweite, wie sich im Nachhinein herausstellte. An dieser Überdosis ist er vermutlich gestorben.» Mallohy holte tief Luft. «Als er tot war, habe ich ihn natürlich untersucht. Dabei entdeckte ich eine zweite Einstichstelle, die mir in der Hektik zuerst nicht aufgefallen war. Daraufhin nahm ich dem Toten Blut ab und stellte eine erhöhte Adrenalinkonzentration fest. Dieser Pegel hätte jeden umgebracht, und Mr. Henderson war bereits schwer angeschlagen.»

«Okay, Mr. Mallohy, ich will ganz sichergehen, ob ich Sie richtig verstanden habe. Sie sagen also, dass Mr. Henderson umgebracht wurde, indem ihm Adrenalin verabreicht wurde – in dem Wissen, dass er kurz darauf noch eine zweite Dosis bekommen würde?»

Mallohy zögerte kurz, dann sagte er leise: «Das ist das, was ich vermute, Sir. Um ganz sicherzugehen, muss ich natürlich das Ergebnis der Obduktion abwarten.»

Mullen schloss die Augen und massierte seine Nasenwurzel. «Und ein Versehen können Sie mit Sicherheit ausschließen?»

«Ja. Keiner meiner Mitarbeiter würde einem Patienten diese Spritze geben, wenn kein Notfall vorliegt.»

Mullen dachte an den uniformierten Officer, der vor Hendersons Zimmer gesessen hatte. «Und was ist mit dem Wachposten? Hat er jemanden ins Zimmer gehen sehen?»

«Ich habe ihn noch nicht gefragt, Sir. Aber sehen Sie, wenn jemand mit Arztkittel und Maske ins Zimmer rennt und etwas von einem Notfall murmelt, glauben Sie wirklich, Ihre Leute hätten denjenigen dann aufgehalten?»

Mallohy hatte recht – so streng war die Bewachung nicht gewesen. Brooks und er hatten sich darauf verlassen, dass Henderson für Elsa Jones bereits tot war. Er bedankte sich bei dem Arzt für den Anruf, wies ihn an, sich an Brooks zu wenden, und legte auf.

Kathy hatte sich aus dem, was sie mitgehört hatte, bereits das Wesentliche zusammengereimt. «Henderson wurde ermordet», sagte sie schlicht, als Mullen sich langsam in seinem Sessel zurücksinken ließ. Als er nichts darauf erwiderte, fuhr sie fort: «Falls Baker und damit auch Elsa Jones tatsächlich Verbindungen zum FBI hätten, würde das natürlich einiges erklären.»

Er blickte auf.

«Nehmen wir zum Beispiel den Mord an Matthew Donaldson

und seinen Leuten. Wir wissen, dass Hannah Marcks ebenfalls in der Hütte war – aber ich glaube nicht, dass sie die Männer erschossen hat. Oder Steve Donaldson, von dem wahrscheinlich die Fingerabdrücke dort und bei Henderson stammen. Die Vermutung liegt also nahe, dass Elsa Jones Donaldson umgebracht hat, denn er hätte irgendwann gemerkt, dass er gar nicht Elsa Jones befreit hat, sondern eine deutsche Touristin. Aber woher wusste Jones, dass Donaldson hinter der Befreiung steckte? Sein Name ist bis zu seinem Tod nie in den Medien erwähnt worden. Nur das FBI wusste Bescheid.»

Nachdenklich nagte Mullen an seiner Unterlippe. «Und als sie erfahren hat, dass Donaldson dahintersteckt, ist ihr die Hütte eingefallen, in der sie früher oft gewesen waren.»

Kathy nickte. «Und dann diese Sache mit Miles Henderson. Bisher sind wir davon ausgegangen, dass Baker von irgendwem gehört hat, dass Henderson nach ihm gesucht hat. Aber bisher ist Chris Winterfield der Einzige, der Baker nach der Armeezeit noch einmal gesehen hat.»

«Trotzdem könnte doch irgendjemand Baker gesteckt haben, dass Henderson Fragen stellt.»

Kathy wiegte zweifelnd den Kopf hin und her. «Du hast doch erzählt, in was für Bars Henderson verkehrte und mit was für Leuten er befreundet war. Glaubst du wirklich, einer von denen hat Kontakt zu einem Rassisten, der seit Jahren spurlos verschwunden ist?»

Mullen drehte sich mit seinem Schreibtischstuhl um und spähte durch die Jalousien nach draußen. Das helle Sonnenlicht zwang ihn, die Augen zu schließen. «Und jetzt ist er tot. Woher wusste Elsa Jones, dass er den Überfall überlebt hat? Und in welchem Krankenhaus er liegt?»

Schweigend sahen sie sich an. Es gab nur eine Antwort.

«Ist es überhaupt möglich, dass jemand in Quantico eine

Ausbildung macht, ohne dass sein Name irgendwo auftaucht?», sprach er laut aus, was beide dachten. «Ich dachte, alle Daten von sämtlichen Bewerbern würden bis in alle Ewigkeit gespeichert.»

«Was man speichern kann, kann man auch wieder löschen», stellte Kathy achselzuckend fest. «Hast du noch nie von dem Gerücht gehört, die Kollegen vom DET würden nur unter Kennziffern in den Akten geführt, nicht unter ihrem Klarnamen?»

Das DET, das *Department for Extraordinary Tasks*, war eine geheimnisumwitterte Abteilung innerhalb des FBI, deren genauer Aufgabenbereich den übrigen Kollegen ebenso unbekannt war wie die genaue Anzahl der Mitarbeiter. Mullen kannte niemand, der dort arbeitete, und auch niemand, der jemand kannte, der zu dieser Abteilung für besondere Aufgaben gehörte. Manche Leute glaubten sogar, diese Abteilung würde gar nicht existieren. Das DET war in den fünfziger Jahren während der McCarthy-Ära gegründet worden, um Undercoveragenten in Gruppen einschleusen zu können, die im Verdacht standen, dem Kommunismus in den Vereinigten Staaten mit Gewalt zum Sieg verhelfen zu wollen. Aus Furcht vor Enttarnung und Gefährdung der Agenten hatte man von Anfang an allergrößten Wert auf Geheimhaltung gelegt, selbst innerhalb der Behörde.

«Aber selbst wenn Baker und Jones tatsächlich für das DET gearbeitet haben, erklärt das noch nicht, wie sie an unsere Ermittlungsergebnisse gekommen sind», überlegte Mullen.

Sie sahen sich erneut an.

«Einer aus dem Team müsste es ihnen verraten haben», beantwortete Mullen seine Frage selbst. Er schaute durch die Glaswände seines Büros hinaus in den großen Raum, in dem seine Mitarbeiter und Kollegen seit Wochen fieberhaft daran arbeiteten, Elsa Jones aufzuspüren. Fünfzehn Männer und Frauen, von denen er viele bereits seit Jahren kannte. Fünfzehn fähige und hochmotivierte Special Agents, die alles geben würden, um Elsa Jones wieder hinter Gittern zu sehen, dazu noch einmal mehrere Dutzend Mitarbeiter, die in anderen Bundesstaaten an dem Fall arbeiteten.

Alle, bis auf einen.

Wem konnte er noch trauen?

Er sah Kathy an. Ihr konnte er trauen. *Obwohl sie weiß ist,* dachte er unwillkürlich und erschrak im nächsten Moment über seinen eigenen Gedanken. Lief es darauf hinaus? Dass Vertrauen zu einer Frage der Hautfarbe wurde?

Oder war er gerade dabei, auf das Hirngespinst eines Autohändlers aus Denver hereinzufallen, der sich eine Verschwörungstheorie zusammengebastelt hatte, um den *Verein*, der ihn vor vierzehn Jahren nicht haben wollte, in einem schlechten Licht dastehen zu lassen? Auszuschließen war das nicht, aber genauso wenig durfte er diesen Hinweis außer Acht lassen. Er würde in Zukunft vorsichtig sein müssen, welche Ermittlungsergebnisse er dem Team mitteilte und welche er für sich behielt. Niemand durfte Verdacht schöpfen, und gleichzeitig musste er so schnell wie möglich herausfinden, ob an diesem ungeheuerlichen Verdacht etwas dran war.

Zwölf Stunden später saß er immer noch am Schreibtisch. Draußen war es längst dunkel, im Großraumbüro nebenan waren die meisten Tische verwaist. Den Großteil des Tages hatte er damit verbracht, die Akten und Notizen auf dem Schreibtisch und im Computer durchzugehen und eine Liste derjenigen Mitarbeiter zu erstellen, die Zugang zu seinen Unterlagen hatten. Das Ergebnis war niederschmetternd: Jeder der fünfzehn Männer und Frauen hätte in sein Büro spazieren und in seinen Papieren herumwühlen können. Mullen verbrachte zwar mehr Zeit am Schreibtisch als vorher, war aber immer noch häufig stunden- oder gar tagelang unterwegs, und dass Mitarbeiter auch in seiner Abwesenheit den Raum betraten, um etwas auf seinem Schreibtisch abzulegen oder zu suchen, war eher die Regel als die Ausnahme. Und wenn er jetzt plötzlich anfinge, sein Büro abzuschließen, würde derjenige, der die Informationen an Elsa Jones weitergab, sofort Verdacht schöpfen.

Müde rieb er sich die Augen und wandte sich dem Computer zu. Heute würde er den Maulwurf in seinem Team wohl nicht mehr finden. Trotzdem widerstrebte es ihm, den Computer auszuschalten und das Büro zu verlassen. Auf ihn warteten lediglich eine kleine, dunkle Wohnung, ein leerer Kühlschrank und ein paar schlaflose Stunden im Bett.

Er klickte in seinem Browser auf das Lesezeichen, das er heute Morgen abgespeichert hatte, gleich nachdem Kathy gegangen war.

ICH BIN HANNAH leuchtete ihm in heller Farbe auf dunklem Hintergrund entgegen. Darunter das Bild, das er nur zu gut kannte. Mutig von ihr, ausgerechnet jenes Bild zu verwenden, das sie mehr als alles andere zu Elsa Jones gemacht hatte – und zugleich ein geschickter Schachzug. Sie versteckte sich nicht länger, sondern suchte die Öffentlichkeit, um diese auf ihre Seite zu ziehen. Und ihre Strategie schien aufzugehen. Gestern Abend, am Sonntag, hatte die erste Zeitung in ihrer Online-Ausgabe über den Blog berichtet, im Laufe des Tages waren so gut wie alle überregionalen Zeitungen nachgezogen. Die Seite verzeichnete mittlerweile Zugriffe im sechsstelligen Bereich.

Mullen hatte es noch nicht geschafft, sich den Blog eingehender anzuschauen, sondern hatte es Kathy überlassen, die Einträge auf Hinweise zu überprüfen, wo diese Frau steckte oder ob sie irgendetwas über Elsa Jones wusste, das ihnen weiterhelfen könnte. Doch anscheinend wollte Marcks den Blog nicht nutzen, um mit dem FBI in Kontakt zu treten. Was Mullen ihr nach ihren Erfahrungen nicht einmal verübeln konnte.

Nachdenklich überflog er einige der Blogeinträge, dann lehnte er sich zurück und starrte das Bild der Frau an, die er fast auf den

Tag genau vor zwei Jahren verhaftet hatte. Was genau bezweckte sie mit diesem Blog? Die öffentliche Meinung für sich zu gewinnen, war eine Sache. Zu beweisen, dass sie mit den Morden, vor allem denen an Malcolm und Samantha Wheeler, nichts zu tun hatte, war eine andere. Doch nirgendwo auf der ganzen Website forderte sie Zeugen, die zu ihren Gunsten aussagen könnten, auf, sich zu melden. Ein Gästebuch gab es auch nicht. Über ein Kontaktformular konnte man ihr schreiben, doch es war nicht klar, was mit diesen Nachrichten geschehen würde. Oder hoffte sie darauf, dass Elsa Jones sich bei ihr meldete?

Elsa Jones würde den Teufel tun, denn damit würde sie eingestehen, dass sie existierte und dass sie es war, die Hannah Marcks in diese Lage gebracht hatte.

Langsam richtete Mullen sich auf und starrte den Bildschirm an. Das Kontaktformular schien ihn geradezu anzuschreien. Ein paar Sekunden schwebten seine Finger zögernd über der Tastatur, dann begann er zu tippen.

27. KAPITEL

Ungläubig starrte Hannah auf den Posteingangsordner ihres E-Mail-Accounts. Über dreihundert Mails in den letzten fünf Stunden. Anfragen nach Interviews von Fernsehsendern, Radiostationen und Zeitungen aus aller Welt, Briefe von Menschen, die sie unterstützen wollten und fragten, wohin sie etwas Geld schicken konnten, Beschimpfungen übelster Art, Ratschläge und Hilfsangebote von Hellsehern, Privatdetektiven und Anwälten. Steve saß neben ihr auf der Ladefläche des Ford Bronco und überflog mit ihr zusammen die Mails.

«Wow. Der reinste Fanclub», sagte er fast bewundernd.

Ganz unrecht hatte er nicht. Die meisten Mails kamen von Menschen, die es gut mit ihr zu meinen schienen.

Es war später Nachmittag, und sie hatten ihr Lager fernab der nächsten befestigten Straße am Rand des Great Basin Nationalparks in Nevada aufgeschlagen. Die Rocky Mountains lagen hinter ihnen, vor ihnen im Westen senkte sich eine dunkelgelbe Sonne langsam zum Horizont hinab.

Sie konnte unmöglich sämtliche Mails lesen, also überflog sie von den meisten nur den Absender und die Betreffzeile. Schweigend ließ sie die endlose Reihe auf dem Bildschirm vor sich vorbeiziehen, bis ihr Blick an einem bekannten Namen hängen blieb: d.mullen@fbi.gov Sie klickte die Mail an.

Ms. Marcks. Ich weiß jetzt, dass Sie von Anfang an die Wahrheit gesagt haben. Tut mir leid, dass ich Ihnen nie geglaubt habe.

Ich weiß nicht, wie Ihre Pläne aussehen, und ich erwarte auch nicht, dass Sie mir das erzählen. Aber um Elsa Jones fassen zu können, bin ich auf Ihre Unterstützung angewiesen – bitte sagen Sie mir, was Henderson Ihnen erzählt hat. Rufen Sie mich an, zu jeder Tages- und Nachtzeit. 0162 …
Die Tatsache, dass Elsa Jones bisher so erfolgreich war, zeigt, mit was für einem starken Gegner wir es zu tun haben. Sie hat mich und das gesamte FBI getäuscht. Versuchen Sie nicht, es allein mit ihr aufzunehmen! Sie können nur verlieren!
D. Mullen

Schweigend starrte Hannah die Zeilen an. Es war zu schön, um wahr zu sein. Mullen und das FBI glaubten ihr. Sie war nicht länger eine Gejagte. Sie schloss die Augen.

«So ein Schwachsinn», kommentierte Steve den Brief. Nach einem Seitenblick auf Hannah fügte er ungläubig hinzu: «Du nimmst ihm diesen Scheiß doch wohl nicht etwa ab? Das ist doch nur eine Falle. Der Scheißn… kerl will dich reinlegen.»

Hannah las den Brief noch einmal. «Nicht unbedingt», sagte sie. «Das FBI kennt die DNA-Ergebnisse und weiß, dass ich nicht Elsa Jones bin.» Sie lächelte bitter. «Lange genug hat es ja gedauert. Und wenn sie das wissen, wissen sie auch, dass ich nichts mit den Morden zu tun habe.»

«Falsch», widersprach Steve. «Deine Fingerabdrücke waren auf den Tatwaffen, schon vergessen? Dafür kannst du immer noch im Knast landen, und wenn du zehnmal Hannah bist.»

Sie seufzte. «Du hast recht. Auch wenn es völlig unlogisch ist, dass eine deutsche Touristin im Urlaub einfach so zwei Menschen erschießt.»

«Du und deine Logik», sagte Steve, doch er grinste dabei. In ihren Blogbeiträgen benutzte sie dieses Wort so häufig, dass er sie damit aufgezogen hatte. Bis sie ihm ernst erklärt hatte, dass sie jetzt nicht seit zwei Monaten auf der Flucht wären, wenn die Menschen beim Denken die Logik nicht so häufig ausschalten würden.

«Wenn meine Anwältin zum Beispiel nicht die Tatsache ignoriert hätte, dass ich alle Fragen meines Bruders richtig beantwortet habe ... Wie bitte schön hätte irgendjemand voraussagen können, welche Fragen mein Bruder mir stellen würde? Wenn Liza Mendez richtig nachgedacht hätte, hätte sie sich dahintergeklemmt und schon vor zwei Jahren beweisen können, dass ich nicht Elsa Jones bin. Aber sie hat lieber ihrem Gefühl geglaubt und sich auf ihre Abneigung mir gegenüber verlassen. Und auf die sogenannten *Beweise.*»

«Okay, okay», hatte Steve gesagt und abwehrend die Hände gehoben. «Dann behalte deine Logik doch. Hat uns ja bisher auch nicht gerade geschadet.»

Jetzt fügte er hinzu: «Ich an deiner Stelle würde diesem Kerl trotzdem nicht trauen.»

«Was kann es schaden, wenn wir ihm den Namen Fenderson nennen?», überlegte Hannah. Natürlich hatte sie diesen Namen bereits in diverse Suchmaschinen eingegeben, allein Google verzeichnete mehr als eine Million Treffer. Ein hoffnungsloses Unterfangen, die alle zu überprüfen – jedenfalls für sie und Steve. Zudem war es gar nicht sicher, dass der Name Fenderson sie wirklich zu Elsa Jones führen würde. Immerhin waren seit dem Gespräch, das Miles belauscht hatte, vierzehn Jahre vergangen. «Falls dieser Fenderson irgendeine Rolle spielt, bekommt Mullen es schneller heraus als wir.»

Steve schüttelte den Kopf. «Ich arbeite nicht mit den Bullen zusammen.» Er sah sie an. «Wenn du es tun willst, meinetwegen. Aber ich bin dann weg.»

Hannah schloss die Augen. Sie war zu müde, um mit ihm zu streiten. Und vielleicht hatte er ja recht, und das Risiko war zu groß. Vor allem jedoch konnte sie unmöglich auf Steves Mithilfe verzichten.

«Also gut», sagte sie schließlich. «Ich werde Mullen nicht antworten. Vorerst.» Sie schwieg einen Moment. «Aber falls bei dem Treffen mit Elsa Jones etwas schiefgeht, wird er alles erfahren.»

Später, nach dem Abendessen, das aus ein paar kalten Sandwiches, Saft und Keksen bestanden hatte, und nachdem sie sich gründlich abgeschminkt und ausgiebig im nahe gelegenen Fluss gewaschen hatte, klappte sie erneut ihren Laptop auf, den sie mit Hilfe des kleinen Sonnenkollektors neu aufgeladen hatte. Sie tauchte ins Darknet ein und fand in ihrem Postfach eine Nachricht von Marek. Er hatte ihr erst vor einer Stunde geschrieben, um ein Uhr nachts deutscher Zeit.

Hallo Hannah,
die Polizei hat die Tote in deinem Haus identifiziert. Eine einunddreißigjährige Frau aus der Nähe von Hannover, die seit dem 15. Juni 2011 vermisst wird – fünf Tage vor dem Einbruch in die Zahnarztpraxis. Die Polizei ermittelt jetzt natürlich wegen Mordes, aber nach zwei Jahren sieht es schlecht aus. Sie haben nicht viel Hoffnung, den oder die Täter noch zu finden. Vielleicht kann ihnen ja die NSA weiterhelfen. (Kleiner Scherz)
Noch eine nicht so gute Nachricht: Meine Wohnung ist heute verwüstet worden. Vermutlich war es Tanja, die sauer war, weil ich mich von ihr getrennt habe, aber ich musste natürlich trotzdem die Polizei rufen. Penne jetzt schon wieder im Hotel. Furchtbar.
Sorry. Ich jammere hier rum, dabei wärst du vermutlich froh über ein Zimmer im Hotel. Ich hoffe, es geht dir gut.

Dein Blog ist voll der Renner. Alle Medien berichten darüber.
Die allgemeine Stimmung ist sehr für dich!
Pass auf dich auf!
Marek

Stirnrunzelnd las sie die Stelle noch einmal, in der Marek von der Verwüstung seiner Wohnung berichtete. Was genau war da los? Wann hatte er sich von seiner Freundin getrennt? Sie erinnerte sich nur dunkel an die Frau, eine Sozialpädagogin, klein und etwas mollig, mit der sie nicht mehr als drei Worte gewechselt hatte, als sie Marek einmal zum Abendessen abgeholt hatte. Die Frau hatte sie damals nicht besonders interessiert, aber sie hatte sich für Marek gefreut. Nicht zuletzt, weil sie gehofft hatte, er hätte endlich eingesehen, dass sie selbst keine Liebesbeziehung mit ihm wollte. Mit ihm nicht und mit niemand anderem.

Und jetzt sollte diese Tanja seine Wohnung verwüstet haben? Marek hatte nie viel von ihr erzählt, nur, dass ihm manchmal ihre Neigung, jedes kleinste Problem sofort zu analysieren und zu klären, auf die Nerven ging. Das klang für Hannah nicht nach überraschenden Wutausbrüchen, aber andererseits wusste sie zu wenig von dieser Frau, um das beurteilen zu können.

Wenn es allerdings *kein* Racheakt einer geschmähten Geliebten war … Hannah holte tief Luft. Welchen Grund könnten Elsa Jones und ihre Leute haben, Mareks Wohnung zu verwüsten oder besser auf etwas grobschlächtige Art zu durchsuchen? Sie hatte Marek alles geschrieben, was sie wusste – auch von dem Gespräch mit Miles Henderson. Er kannte die Namen Jason Baker und Fenderson. Elsa Jones wiederum wusste wahrscheinlich, dass auch Hannah diese Namen kannte, weil sie es aus Miles herausgefoltert hatte. Und da Marek unter seinem Namen an dem Blog mitschrieb, wusste sie auch, dass sie mit Marek Kontakt hatte.

Ihr wurde schlecht. Möglicherweise war Marek in Gefahr, weil sie ihn gebeten hatte, am Blog mitzuschreiben. Sie verfluchte sich selbst für ihre Gedankenlosigkeit.

Sie wollte Marek schreiben, er solle aufpassen, weil Elsa Jones sich vermutlich zusammengereimt hatte, dass er den Namen Fenderson kannte. Doch dann zögerte sie. Dieser Name war das einzige Druckmittel gegen Elsa Jones, das sie hatte. Natürlich hatte sie ihn in ihrem Blog nirgends erwähnt, auch über ihren Besuch bei Miles Henderson hatte sie nichts geschrieben. Aber Marek wusste Bescheid. Und sie musste unbedingt verhindern, dass er jemandem davon erzählte, bevor sie sich mit Elsa Jones getroffen hatte. Würde sie ihn nicht erst recht neugierig machen, wenn sie ihn bat, den Namen nirgends zu erwähnen? Würde er sich nicht erst recht Gedanken machen und vielleicht erraten, was sie vorhatte? Und dann womöglich die Polizei informieren? Oder, noch schlimmer, den Namen veröffentlichen?

Sie wollte Marek nicht in ihre Pläne für ein Treffen mit Elsa Jones einweihen. Sie kannte ihn. Aus Sorge um sie würde er alle Hebel in Bewegung setzen, um das zu verhindern, und das konnte sie nicht riskieren.

Am Ende schrieb sie ihm nur eine kurze Nachricht, er solle aufpassen und sie auf dem Laufenden halten. Ihr Herz klopfte heftig, als sie auf «Senden» klickte.

Am nächsten Morgen suchten sie die Stellen auf, die Hannah bei ihrer Reise besucht hatte. Es war ein merkwürdiges Gefühl, die Orte wiederzusehen und zu wissen, dass sie damals die ganze Zeit beobachtet worden war. Damals hatte sie sich nur zwei Tage in dem Nationalpark aufgehalten. Sie hatte ihr Wohnmobil auf einem der Campingplätze abgestellt und war zwei Tage lang durch die Landschaft gewandert. Jetzt hielten Steve und sie es genauso. Heute, am Jahrestag des Angriffs auf das World Trade Center, war der Platz verwaist, und sie begegneten keiner Menschenseele.

Schweigend folgten sie den Pfaden, die Hannah vor zwei Jahren schon einmal entlanggewandert war. Hannah ging voran, und Steve folgte ihr bis zu einem kleinen Plateau, von dem aus sie einen unverstellten Blick auf das Great Basin hatten, die wüstenähnliche Steppenlandschaft im Osten des Kontinents.

«Hier ist es», sagte Hannah leise, nachdem sie eine Weile die überwältigende Aussicht genossen hatten. Steve sah sich um. Hinter ihnen ragte ein schroffer Felsen in die Höhe. Bis auf ein paar vereinzelte Kiefern und Büsche wuchs kaum etwas in dieser kargen Landschaft.

«Bist du sicher?», fragte er skeptisch.

Hannah nickte und drehte sich zu der felsigen Anhöhe um. «Dort oben muss der Fotograf gestanden haben. Etwa in der gleichen Entfernung und Höhe wie bei den Bildern, die den Mord an den Wheelers zeigen.» Das Bild in der Nähe von Austin war am 4. September 2011 gegen ein Uhr mittags aufgenommen worden. Der Ort lag auf dem 30. Breitengrad. Dieses Felsplateau im Great Basin Nationalpark lag auf dem 39. Breitengrad, hier hatte sie am 25. August um zwei Uhr nachmittags gestanden. Es war der Ort auf ihrer Reise, in dem der Einfallswinkel der Sonnenstrahlen dem am Tatort in der Nähe von Austin am nächsten kam. Als sie sich jetzt umsah, erinnerte sie sich, dass sie eine Weile sogar direkt auf die Anhöhe gestarrt hatte. Sie schirmte die Augen gegen die Sonne ab und hob den Arm.

«Siehst du die Stelle mit dem Felsvorsprung dort oben?», fragte sie Steve. «Sie hat mich an einen Schafskopf erinnert, deshalb habe ich sie eine Weile angesehen.»

Steve schaute in die Richtung, in die sie zeigte. «Ich sehe da kein Schaf», meinte er schließlich.

Hannah lachte, und ihr fiel auf, dass es ihr erstes Lachen seit zwei Jahren war. «Jetzt sehe ich auch keines, aber damals habe ich quasi überall Schafe gesehen.» Während der Reise war der Entschluss in ihr gereift, tatsächlich Hermanns Schafherde zu übernehmen. Es waren nicht viele Tiere, nur einhundertundfünfzig Mutterschafe, sodass sie nebenbei gut noch als Programmiererin arbeiten könnte – denn leben würde sie von den Schafen allein nicht können. Damals vor zwei Jahren hatte sie sich mit dieser Vorstellung so wohl gefühlt, dass sie an kaum etwas anderes denken konnte. Sie hatte sich darauf gefreut, nach Hause zu kommen und ihre neue Aufgabe zu übernehmen. Sie biss sich auf die Lippe. Was wohl aus den Schafen geworden war? Ob Hermann einen anderen Nachfolger gefunden hatte?

«Und hier willst du dich mit Elsa treffen?», riss Steve sie aus ihren Gedanken.

Hannah schaute sich erneut um, dieses Mal, um herauszufinden, ob dieser Ort für ihr Vorhaben geeignet war. Der Pfad, der auf das Plateau führte, war gut einsehbar, doch die Hochebene selbst bot so gut wie keine Deckung für sie. Steve könnte sich theoretisch an der Stelle verstecken, wo sich auch der Fotograf vor zwei Jahren versteckt hatte, aber auf diese Idee würde vermutlich auch Elsa Jones kommen.

Schweigend folgte sie dem Pfad über das Plateau hinaus, wie sie es schon vor zwei Jahren getan hatte. Sie erinnerte sich an eine Stelle, vielleicht eine Meile vom Plateau entfernt, gut geschützt, kühler und feuchter als die trockene Wüste ringsum, an der gleich einer Oase ein kleines Wäldchen gedieh. Auch hier boten die hoch aufragenden Felsen jede Menge Verstecke für Steve, während sie selbst im Schutz der Bäume auf Elsa Jones warten konnte. Sie bezweifelte, dass Elsa Jones oder ihre Leute sich die Gegend vor zwei Jahren allzu genau angeschaut hatten. Ihnen war es damals nur darum gegangen, ein Foto von ihr zu bekommen. So wussten sie vermutlich auch nicht, dass die Felswand hinter dieser Lichtung unzählige Höhlen enthielt, wie geschaffen, um sich darin zu verbergen und Schutz zu suchen.

Eineinhalb Tage lang erkundeten sie das Gelände, machten Pläne und verwarfen sie wieder. Steve kletterte im Felsen herum und versuchte, die Stelle zu finden, von der er den besten Blick auf die Lichtung hatte und die ihm zugleich die beste Fluchtmöglichkeit bot. Auf dem Weg nach Nevada hatten sie eine gebrauchte Kamera mit Teleobjektiv, diverse Mikrofone und Kabel gekauft und dafür den Großteil ihres letzten Geldes ausgegeben. Mit knapper Not würde der Rest noch für eine, höchstens zwei Wochen reichen. Und dann? Keiner von ihnen sprach es aus, doch sie wussten beide, dass entweder Elsa Jones dann gefasst und ihre eigene Odyssee endlich zu Ende wäre – oder aber sie beide tot oder im Knast sein würden.

Als sie zufrieden waren und glaubten, die passenden Stellen gefunden zu haben, gingen sie zum Auto zurück. Auf dem Campingplatz trafen sie auf zwei Kletterer, die gerade ihr Zelt aufbauten. Sie nickten ihnen freundlich zu, sprachen sie aber nicht an.

«Was machen wir eigentlich, wenn da plötzlich jemand auftaucht, der nicht zu Elsa gehört?», fragte Steve leise, als sie zum Ford Bronco gingen.

«Abwarten», erwiderte Hannah. «Elsa Jones hat genauso wenig Interesse an Zeugen wie wir.»

«Aber sie hat kein Problem damit, unliebsame Zeugen einfach umzubringen.»

Hannah schloss die Fahrertür auf und stieg ein. «Dann müssen wir einfach hoffen, dass niemand kommt», sagte sie.

Abends saß sie vor dem Laptop und starrte auf die Tastatur. Sie hatten beschlossen, Elsa Jones vier Tage Zeit zu geben, um nach Nevada zum Treffpunkt zu gelangen. Hannah ging davon aus, dass sie den Blog inzwischen entdeckt hatte und eifrig mitlas. Innerhalb von vier Tagen würde sie diesen Ort von jedem beliebigen Ort in den USA aus erreichen.

Ihre Finger schwebten über der Tastatur, doch ihr Verstand

weigerte sich, die Worte zu tippen, mit denen sie sich direkt an Elsa Jones wenden würde. Sie wollte diese Frau nicht treffen, wollte sie nicht sehen und mit ihr in Verbindung treten. Nichts, was sie von dieser Frau bisher erfahren hatte, war dazu angetan, sie sympathisch zu finden. Trotzdem war sie aufs engste mit ihr verbunden. Zwei Jahre lang hatte sie in ihrer Rolle gesteckt, hatte ihre Identität übergestülpt bekommen. Zwei Jahre lang hatte sie für die andere im Gefängnis gesessen, war geschlagen und gedemütigt worden. Wenn sie diesen Albtraum beenden wollte, musste sie sich ihrer Feindin stellen.

Doch ihr Gehirn war wie leer gefegt.

Seufzend rieb sie sich die Stirn und dachte nach. Falls bei dem Treffen mit Jones etwas schiefging, musste Marek Bescheid wissen. Marek und Mullen vom FBI, auch wenn Steve das nicht gutheißen würde. Sie verfasste ein kurzes Schreiben an ihren Bruder, in dem sie ihm beschrieb, wo das Treffen mit Elsa Jones stattfinden würde. Von dem Treffen selbst würde er, wie der Rest der Welt, in dem Moment erfahren, in dem sie Elsa Jones in ihrem Blog dazu aufforderte. Dann bat sie ihn, sich sofort mit Dan Mullen in Verbindung zu setzen und ihm von dem Gespräch zu erzählen, das Miles belauscht hatte. Und ihm den Namen Fenderson zu nennen. Als der Brief fertig war, schrieb sie noch rasch einen at-Job, ein Miniprogramm, das sich zwei Stunden nach ihrem Treffen mit Elsa Jones mit ihren Zugangsdaten ins Forum im Darknet einloggen und die Nachricht versenden würde.

Schließlich öffnete sie erneut die Blogsoftware, klickte auf den Button «Neuen Beitrag verfassen» und begann zu schreiben.

28. KAPITEL

In riesigen Lettern prangte die Überschrift auf der Titelseite der Boulevardzeitung:

HANNAH FORDERT ELSA JONES HERAUS

Der Beitrag, den Hannah Marcks gestern Abend in ihren Blog gestellt hatte, war von fast allen wichtigen Zeitungen des Landes abgedruckt worden, alle Fernsehsender berichteten darüber in ihren Nachrichten. Mullen selbst hatte den Text seit seinem Erscheinen mindestens hundertmal gelesen.

Elsa Jones!
Sind Sie sicher, dass Miles Henderson Ihnen alles erzählt hat, was er wusste? Die einzige Möglichkeit für Sie, das herauszufinden, ist ein Treffen mit mir.
Kommen Sie am 16. September um 4 Uhr nachmittags zu der Stelle, an der Sie das Bild von mir gemacht haben, das mich angeblich bei dem Mord an den Wheelers zeigt.
Niemand außer Ihnen und mir kennt diese Stelle.
Kommen Sie allein.
Dies ist keine Falle. Ich habe kein Interesse daran, mit dem FBI zusammenzuarbeiten, sondern will einfach nur endlich in Ruhe gelassen werden.
Hannah Marcks

Was zum Teufel hatte diese Frau vor? Und wie hatte sie überhaupt herausgefunden, wo das Foto entstanden war? Hatte sie während ihrer Reise gemerkt, dass sie fotografiert wurde? Doch wieso hatte sie dann in den Verhören nichts davon gesagt? Hätte sie nicht alles dafür getan zu beweisen, dass sie nicht Elsa Jones war? Mullen schloss die Augen und dachte an all die Verhöre, in denen sie immer wieder gesagt hatte: *Ich bin nicht Elsa Jones*. Doch er hatte ihr nicht geglaubt, er war der felsenfesten Überzeugung gewesen, eine rassistische Mörderin vor sich zu haben. Die Argumente, die sie damals schon vorgebracht hatte und die sie jetzt in ihrem Blog erneut darlegte, waren, wie Kathy gesagt hatte, durchweg logisch. Doch er hatte ihr nicht zugehört.

Und jetzt versuchte sie, es allein mit Elsa Jones aufzunehmen. Was genau hatte Miles Henderson ihr erzählt? Mit ziemlicher Sicherheit kannte sie von ihm den Namen Jason Baker. Aber war das der einzige? Oder hatte Henderson noch weitere Namen gekannt, die womöglich noch brisanter waren?

Die einzige Spur, die er momentan hatte, war die Aussage von Chris Winterfield, er habe Jason Baker vor vierzehn Jahren in Quantico gesehen. Und der vage Verdacht, dass irgendjemand aus seinem Team die Ermittlungsergebnisse an Elsa Jones weitergab.

Während der ganzen letzten Woche hatte er versucht, mehr über das DET herauszufinden. Er war in der Personalabteilung gewesen und hatte ein paar alte Kollegen gefragt, die nichts mit den Ermittlungen im aktuellen Fall zu tun hatten. Sogar in der Poststelle hatte er nachgefragt. Doch niemand wusste etwas oder war befugt, ihm Auskunft zu erteilen.

«Zum Teufel noch mal, irgendjemand muss mir doch zumindest verraten können, wer diese verdammte Abteilung leitet!», hatte er im Personalbüro gepoltert, doch die junge Angestellte hatte nur abwehrend die Arme gehoben und sich entschuldigt. «Tut mir leid, Sir. Ich bin nicht befugt, Ihnen diese Information zu geben. Sämtliche Unterlagen, die das DET betreffen, unterliegen der strengsten Geheimhaltung.»

Beim Gehen hatte er die Tür hinter sich zugeknallt, dass die Wände wackelten.

Der entscheidende Tipp war schließlich von Kathy gekommen. «Versuch's doch mal bei den Fälschern», riet sie ihm, als er ihr von seinen fruchtlosen Bemühungen erzählte. Zuvor hatte sie ihn gefragt, warum er nicht einfach seinen Vorgesetzten Hugh Fenderson fragte. Mullen erstattete ihm wie gewohnt jeden Tag Bericht über die Ermittlungen, doch das Einzige, was seinen Chef interessierte, war die Frage, ob er Elsa Jones gefasst hatte oder nicht. Natürlich kannte Fenderson die Aussage von Chris Winterfield, er habe Baker in Quantico gesehen, doch das hatte er mit einer Handbewegung abgetan. «Da will sich einer wichtigmachen», hatte er gesagt. «Dieser Baker kann nie und nimmer für das FBI gearbeitet haben.» Mullen war nicht weiter auf den Punkt eingegangen, und jetzt widerstrebte es ihm, seinen Boss erneut darauf anzusprechen.

«Fälscher» war der FBI-interne Spitzname für die Abteilung, die sich mit Fälschungen jeder Art beschäftigte. Eine Handvoll Spezialisten, darunter Fotografen, Grafiker und Kunsthistoriker, untersuchten Urkunden, Dokumente und Banknoten auf Echtheit und Manipulationen und erstellten in der Regel auch die Gutachten, die später vor Gericht verwendet wurden. Was weder intern und schon gar nicht nach außen an die große Glocke gehängt wurde, war die Tatsache, dass sich diese Kollegen auch selbst als Fälscher betätigten. Für die Arbeit des FBI war es immer mal wieder nötig, dass die Special Agents zu ihrer eigenen Sicherheit mit falschen Papieren ausgestattet wurden, wenn sie für kürzere oder längere Zeit undercover eingesetzt wurden. Für die Kollegen, die im Bereich der Wirtschaftskriminalität ermittelten, war es mitunter nötig, Urkunden oder Zertifikate vorlegen zu können, die nicht als Fälschungen zu erkennen waren. Und wer wäre besser für solche Arbeiten geeignet als die Profis, deren Job es war, Fälschungen zu entlarven? Falls diese geheimnisvolle Abteilung DET tatsächlich existierte, würden die Fälscher das wissen.

Mullen klopfte an die Tür im Untergeschoss, dann drehte er am Knauf und öffnete die Tür. Ein fensterloser Raum, von kaltem Neonlicht erhellt. Gleich hinter der Tür bildete ein hoher Tresen eine Barriere, rechts führte eine offene Tür in einen weiteren Raum, aus dem leises Stimmengemurmel drang. An einem Schreibtisch saß ein Mann hinter einem Computer, den Kopf in Blickrichtung zur Tür. Als Mullen an den Tresen trat, schaute er hoch.

«Dan.» Der Mann stand auf und kam an den Tresen, um Mullen die Hand zu schütteln.

«Rick», antwortete Mullen. «Wie geht's? Und, wie viele Banknoten hast du heute schon gefälscht?»

Rick winkte ab. «Bargeld? Vergiss es! Ich bin auf Aktien umgestiegen. Nächste Woche wechsle ich zur Wall Street.» Dann grinste er ebenfalls. «Schön, dich zu sehen, altes Haus. Hab gehört, dass du befördert wurdest. Glückwunsch!»

Mullen und Rick Beringer hatten sich während ihrer siebzehnwöchigen Ausbildung in Quantico ein Zimmer geteilt und waren in der Zeit Freunde geworden. Während Mullen sich anschließend für die normale Ermittlertätigkeit entschieden hatte, hatte Rick sich auf die Entlarvung von Fälschungen spezialisiert. Er war bereits über dreißig gewesen, als er beim FBI angefangen hatte, und einmal hatte er Mullen verraten, wieso ausgerechnet jemand wie er mit einem Abschluss als Druckingenieur und Grafiker zum FBI gegangen war.

«Ich kam auf die geistreiche Idee, Banknoten zu fälschen», hatte er ihm bei einem Bier anvertraut. «Nach dem College fing ich damit an, und ich sage dir, die Scheine waren perfekt. Vermutlich wäre ich niemals aufgeflogen, wenn ich mich nicht auf so dämliche Partner eingelassen hätte. Verstehst du, die Blüten herzustellen ist eine Sache, das kriegt man auch ganz allein hin, aber den Zaster dann massenweise unters Volk zu bringen, dazu braucht man Verbindungen. Die ich nicht hatte. Und so kam es, wie es kommen musste. Ich ließ mich auf die falschen Leute ein, und drei Monate später saß ich im Knast. Als ich nach vier Jahren wieder draußen war, bekam ich Besuch von zwei geheimnisvollen Gentlemen, die der Meinung waren, so ein Talent wie meins dürfte nicht vergeudet werden, und mir ein Angebot machten, das ich einfach nicht ausschlagen konnte.» Und so war Rick, der ehemalige Geldfälscher, beim FBI gelandet. Mittlerweile war sein graues Haar schütter geworden, und weil er schon längst keinen Sport mehr trieb, hatte er einen ganz ordentlichen Bauch bekommen. Den Yellow-Brick-Lauf würde er heute vermutlich nicht einmal als Spaziergang schaffen, ohne mittendrin keuchend zusammenzubrechen.

«Was führt dich zu mir?», fragte er jetzt.

«Ich versuche, etwas über das DET herauszufinden», erklärte Mullen. «Ihr bekommt doch sicherlich ab und zu ein paar Aufträge von denen, oder? Vorausgesetzt, diese Abteilung gibt es tatsächlich», fügte er spöttisch hinzu.

Rick wurde ernst. «Wieso interessierst du dich plötzlich für das DET? Bist du nicht hinter Elsa Jones her?»

Mullen schwieg. Rick musterte ihn aus schmalen Augen.

«Du weißt doch bestimmt, dass alles, was mit dieser Abteilung zu tun hat, der höchsten Geheimhaltungsstufe unterliegt. Ich darf dir nichts sagen.»

Mullen sagte immer noch nichts.

Rick warf einen Blick zur offenen Tür, hinter der die Stimmen seiner Kollegen zu hören waren. Dann beugte er sich über den Tresen und sagte leise: «Elsa Jones und das DET? Das meinst du doch nicht ernst, oder?»

Mullen sah ihn nur an.

«Verdammt, du meinst es ernst.» Er kratzte sich die grauen Bartstoppeln am Kinn. «Scheiße.» Er schaute noch einmal zur offenen Tür und senkte die Stimme noch weiter. «Also, pass auf. Wir machen tatsächlich …»

Mullen hob eine Hand. «Nicht hier», sagte er leise. Er schaute auf die Uhr und sagte dann in normaler Lautstärke: «Hast du nicht ohnehin gleich Mittagspause? Lass uns in die Cafeteria gehen.»

Rick nickte und steckte kurz den Kopf durch die Tür zum Nebenzimmer. «Ich mach mal Pause. Bis später.»

Jemand murmelte ein paar Worte als Erwiderung.

In der Cafeteria war es noch zu früh für den großen Ansturm zum Lunch. Mullen nahm sich einen Salat und Mineralwasser, Rick entschied sich für ein Steak, Diätcola und zwei Donuts, dann suchten sie sich einen kleinen Tisch in einer ruhigen Nische. In der Schlange an der Kasse hatten sie sich über die letzten Baseballergebnisse unterhalten, doch jetzt sah Mullen sich verstohlen um, ob niemand sie belauschte, dann sagte er leise, tief über seinen Teller gebeugt: «Es gibt tatsächlich Hinweise, dass irgendjemand aus diesem Haus Elsa Jones mit Informationen versorgt. Falls das stimmt, kannst du dir ja vorstellen, wie heikel die ganze Angelegenheit ist.»

Rick war blass geworden, doch er nickte und sah sich ebenfalls in der Cafeteria um. Niemand nahm von ihnen Notiz. «Was ich dir jetzt sage, hast du nicht von mir gehört. Wenn das jemand spitzkriegt, verliere ich meinen Job.» Er säbelte an seinem Steak herum. «Und das wäre echt scheiße. Dann müsste ich nämlich wieder Banknoten fälschen.» Er versuchte ein Lächeln, doch es misslang. Seine Stimme wurde noch leiser, als er weiterredete. Mullen musste sich anstrengen, überhaupt etwas zu verstehen, und legte die Gabel beiseite. Der frische Salat knackte zu laut.

«Natürlich arbeiten wir auch für die Kollegen vom DET. Und natürlich kann ich dir nicht sagen, was genau wir für die machen.» Ein rascher Blick in den Raum. «Normalerweise macht bei uns so ziemlich jeder alles, je nachdem, was gerade reinkommt. Klar hat jeder von uns seine Steckenpferde, aber einen Führerschein basteln ist echt kein großes Kunststück, wenn man weiß, wie es geht.» Zumal das FBI auf die Originalgeräte und Materialien der Behörden zurückgreifen konnte, welche die offiziellen Papiere ausstellten. «Aber ein paarmal haben wir vom DET Aufträge bekommen, die nur ein Kollege bearbeiten darf und niemand sonst. Da ist sogar der Chef persönlich mitgekommen und hat darauf geachtet, dass niemand sonst im Raum ist, solange dieser Kollege daran arbeitet.»

Mullen runzelte die Stirn. «Wann war das?»

Nachdenklich kratzte Rick sich am Kinn. «Vor zwei, drei Jahren etwa. Es ist auch nicht oft vorgekommen, drei-, viermal vielleicht.»

«Und seitdem nicht wieder?»

Rick schüttelte kauend den Kopf.

Mullen dachte angestrengt nach. Vor zwei Jahren war jemand unter dem Namen Hannah Marcks von San Francisco nach Europa geflogen. Und jemand hatte einen Führerschein mit Marcks' Bild und Elsa Jones' Namen erstellt. Hier in der Fälscherwerkstatt des FBI waren auf jeden Fall die Mittel und das Knowhow dafür vorhanden. Er spürte, wie es ihm eiskalt den Rücken herunterlief.

«Aber», sagte Rick, nachdem er den Fleischbissen heruntergeschluckt hatte, «wenn schon einer von ganz oben persönlich bei uns auftaucht und quasi Schmiere steht, dann muss da doch irgendwas faul sein.»

«Ist denn von deinen Kollegen sonst niemand misstrauisch geworden?»

«Keine Ahnung. Verschwiegenheit ist unser oberstes Gebot. Wir reden nie über die Aufträge, die wir reinbekommen. Ich meine, stell dir vor, wir würden mit den Namen, die uns da unter die Finger kommen, bei den richtigen Stellen hausieren gehen.» Sein Gesicht bekam für einen kurzen Moment einen verträumten Ausdruck. «Das würden sich einige Leute garantiert einiges kosten lassen.»

Als er Mullens Miene sah, lachte er kurz auf. «Keine Sorge, alter Junge, ich bleibe clean. Einmal Knast reicht mir. Außerdem kennst du doch mein Motto: *Fidelity, Bravery, Integrity.*» Genau genommen war es das Motto des FBI – Treue, Mut, Rechtschaffenheit. Aber Rick war nicht der Einzige, der dieses Motto als sein eigenes angenommen hatte. Es klang nach Heldentum, nach Ruhm und Ehre, was seiner Arbeit in dem fensterlosen Kellerkabuff etwas mehr Glamour verlieh.

«Kannst du mir den Namen des Kollegen nennen, der diese Spezialaufträge bearbeitet hat?», fragte Mullen.

Rick dachte gründlich nach. Schließlich schüttelte er den Kopf. «Nicht, solange du nicht mehr als einen vagen Verdacht hast.»

Mullen stach frustriert auf eine Cherrytomate ein, bis der Saft über den Tisch spritzte und Ricks Donut traf.

«Ey Mann, ich hasse Tomatensaft auf meinem Schokodonut!»

«Tut mir leid. Aber wie soll ich weiterkommen, wenn niemand mir irgendetwas über dieses verdammte DET verraten will. In der Personalabteilung wollten sie mir nicht mal den Namen des Leiters verraten.»

Rick zeigte sich versöhnlich. «Der heißt Fenderson», sagte er nach kurzem Zögern. «Ein ziemlich unangenehmer Kerl. Ich habe einmal aus Versehen …» Dann sah er Mullens Gesicht. «Ey Mann, du siehst ja aus, als hättest du ein Gespenst gesehen.»

«Meinst du etwa Hugh Fenderson, den Leiter der Abteilung für Gewaltverbrechen?»

Rick nickte. «Genau den.» Dann wurden seine Augen groß. «Scheiße. Das ist doch dein Boss, oder?»

«Allerdings», sagte Mullen leise und schob seinen Teller weit von sich. Ihm war der Appetit vergangen.

«Scheiße», wiederholte Rick und schaute sich erneut in der Cafeteria um. «Bist du dir ganz sicher, ich meine bei dieser Sache, dass Elsa Jones und das FBI … Ich meine, das ist doch Wahnsinn!»

Mullen begann selbst, an seinem Verstand zu zweifeln.

Einer der ranghöchsten Mitarbeiter des FBI sollte mit Elsa Jones zusammenarbeiten? Doch dann rief er sich die Entstehungsgeschichte des DET ins Gedächtnis. Gegründet 1951 in der Hochzeit der Kommunistenhatz der McCarthy-Ära, hatte man bei den Angehörigen dieser Einheit mit Sicherheit besonderen Wert auf die richtige politische Einstellung gelegt – eine Einstellung, die der Weltsicht von Elsa Jones gar nicht allzu fern war. Gut möglich, dass sich dieser Geist innerhalb der Abteilung bis heute erhalten hatte.

Was wusste er über Hugh Fenderson? Er war Ende fünfzig und würde nächstes Jahr in Pension gehen. Bevor er zum FBI kam, hatte er Jura studiert, anschließend hatte er eine steile Karriere beim FBI hingelegt. Er war ein Bürokrat, der sich hinter seinem Schreibtisch verschanzte und gute Kontakte in die Politik hatte, sich selbst aber stets im Hintergrund hielt.

Rick hatte sein Besteck beiseitegelegt, die Hälfte des Steaks blieb unangerührt auf dem Teller liegen. Die Donuts hatten allerdings keine Chance. Fast geistesabwesend verschlang er beide Teile mit wenigen Bissen.

«Ich hab den Blog von dieser Hannah Marcks gelesen», erklärte er schließlich, als er den letzten Happen mit dem Rest seiner Diätcola heruntergespült hatte. «Sie behauptet ja, dieses Bild von ihr sei eine Fälschung.» Er zerknüllte den Becher und warf ihn auf sein Tablett. «Wusstest du, dass ein Kollege von mir vor Gericht als Gutachter ausgesagt und die Authentizität des Bildes bestätigt hat?»

Mullen hatte es gewusst, aber mit dem, was er inzwischen erfahren hatte, bekam dieser Aspekt eine ganz neue Bedeutung. Und er merkte Rick an, dass er denselben Gedanken hatte. «Habt ihr das Bild noch in eurer Datenbank?», fragte er.

Rick nickte. «Ich kann es mir noch einmal ansehen», sagte er leise. «Könnte aber eine Weile dauern.»

Auf dem Weg zurück in sein Büro hatte Mullen das Gefühl, unter ständiger Beobachtung zu stehen. Falls Fenderson tatsächlich irgendetwas mit Elsa Jones zu tun hatte, würde er natürlich auch ihn, den leitenden Ermittler, genauestens beobachten. Mullen mochte seinen Chef nicht besonders, und er war sicher, dass diese Ablehnung auf Gegenseitigkeit beruhte. Er vermutete, dass Fenderson Schwarze verabscheute, aber keine Bedenken hatte, Toleranz zu mimen, wenn es seinen Zwecken diente. Wenn es zum Beispiel angezeigt war, einen Schwarzen zu befördern, um jeden Anschein von Rassismus zu vermeiden. Hatte Fenderson ihm die Leitung des Special Teams womöglich nicht wegen seiner Leistungen übertragen, sondern allein aufgrund seiner Hautfarbe?

In seinem Büro fühlte er sich eingeengt und unwohl. Die Klimaanlage summte leise, und aus dem Großraumbüro drang das Stimmengewirr der Kollegen herein. Fünfzehn Männer und Frauen, die er zu Unrecht verdächtigt hatte. Mullen ging zum Schrank, zerrte seine Sporttasche heraus und machte sich zum ersten Mal seit Wochen auf den Weg zum Sportraum. Bewegung, das war es, was er jetzt brauchte. Dabei konnte er am besten nachdenken.

Wer könnte mehr über Fenderson wissen?

Eigentlich kam dafür nur eine Person in Frage: Mike Taylor. Er hatte jahrelang unter Fenderson in der Abteilung für Gewaltverbrechen gearbeitet und recht früh die Ermittlungen im Fall Jones übernommen, auch als noch gar nicht klar war, wer hinter diesen Anschlägen steckte. Die beiden kannten sich gut, sehr gut sogar. Sie spielten zusammen Golf, und Fenderson war der Taufpate von Taylors jüngster Tochter. Mullen verlangsamte seine Schritte, sodass er beinahe vom Laufband geflogen wäre.

Wenn Fenderson und Taylor sich so gut kannten, lag es dann nicht auch nahe, dass sie sich politisch nahestanden? Dass sie ähnliche Ansichten teilten, ähnliche Ziele anstrebten?

Er wechselte zu den Geräten. Wütende Sit-ups trieben ihm rasch den Schweiß auf die Stirn. Er dachte an die jahrelangen Ermittlungen in der Mordserie, wie beharrlich Taylor darauf bestanden hatte, dass sie es mit nur einem, bestenfalls zwei Tätern zu tun hatten, selbst als sie bereits wussten, dass Elsa Jones hinter den Anschlägen steckte. Er dachte daran, wie geduldig Taylor der Gefangenen zugehört hatte, als sie beschrieb, welche Stationen sie auf ihrer Reise besucht hatte. Nie war er ungeduldig geworden, nie hatte er erkennen lassen, dass er die Frau, die Mullen als Elsa Jones verhaftet hatte, für das, was sie vermeintlich getan hatte, verabscheute.

Weil er insgeheim ihre Taten guthieß? Oder weil er wusste, dass er gar nicht Elsa Jones vor sich hatte?

Richtig zornig wurde er am Punchingball, als er sich in Erinnerung rief, wie es dazu gekommen war, dass ausgerechnet er Elsa Jones oder besser Hannah Marcks verhaftet hatte. Taylor hatte ihn nach Austin geschickt, um die Ermittlungen im Mordfall Wheeler mit dem Field Office in Houston zu koordinieren. Was im Klartext hieß, dass er die Ermittlungsergebnisse des Teams in Austin mehr oder weniger im Wortlaut an Taylor weiterreichte. Als die Meldung über die Hotline hereinkam, man habe möglicherweise Elsa Jones in einem Motel gefunden, lag es auf der Hand, dass Mullen mitfuhr – und die Verdächtige unter gewaltigem Medienecho verhaftete.

Eine erstklassige PR-Kampagne. Sie hatten ihn benutzt, um jeden möglichen Verdacht, das FBI könnte im Fall Elsa Jones Dreck am Stecken haben, im Keim zu ersticken. Mullen, der Alibischwarze. Mullen, der *Nigger*, der bereitwillig die Rolle des Hampelmännchens spielte, die Fenderson und Taylor ihm zugedacht hatten.

Der Punchingball vibrierte noch lange nach seinem letzten Schlag.

29. KAPITEL

Ungeduldig schaute Hannah auf das Display ihres Handys. 15:24 Uhr. Seit mehreren Stunden wartete sie im Schatten der Kiefern auf Elsa Jones. Auf dem Plateau, auf dem das Bild entstanden war, hatten sie eine Wegbeschreibung hinterlassen, die sie hierherführen würde. Ihr Blick glitt zu den Mikrophonen, die sie gestern zusammen mit Steve im Unterholz und auf den Bäumen versteckt hatte. Durch ein paar einfache Berechnungen hatte sie die Stelle ermittelt, an der sie die Unterhaltung mit Elsa Jones führen musste, damit möglichst jedes Wort von ihnen aufgezeichnet wurde. Gestern hatten sie Probeaufnahmen gemacht; sowohl Steves als auch ihre Stimme waren gut zu verstehen gewesen.

Unbehaglich schaute sie auf das Gewehr, das vor ihr am Stamm der Kiefer lehnte. Steve hatte es geschafft, sie zu überreden, dass es bei einer Begegnung mit Elsa Jones sicherer war, wenn sie bewaffnet war.

«Du kannst vermutlich genauso gut schießen wie sie», hatte er gesagt. «Das ist dein Vorteil, damit rechnet sie nicht.» Und als sie immer noch nicht überzeugt gewesen war, hatte er hinzugefügt: «Du musst sie ja nicht gleich umbringen, um sie außer Gefecht zu setzen.» Seine Worte hatten sie erstaunt, aber schließlich hatte sie nachgegeben. Wer weiß, vielleicht ließ Elsa Jones sich tatsächlich davon einschüchtern.

Erneut kontrollierte sie die Uhrzeit. 15:36 Uhr. Seit zwei Tagen kampierten Steve und sie in einer der Höhlen in der Felswand hinter ihr, damit Elsa Jones nicht vor ihnen hier aufkreuzen konnte. Bei karger Kost und wenig, mit dem sie sich beschäftigen konnten, lagen die Nerven inzwischen blank, und mehr als einmal waren die Fetzen geflogen, wegen Nichtigkeiten. Einmal konnte Steve sein Taschenmesser nicht finden und warf Hannah vor, es verbummelt zu haben; ein anderes Mal warf sie ihm vor, ihr Vorhaben zu gefährden, weil er auf die Jagd gegangen war und mit seinem Rumgeballere alle möglichen Leute auf sich aufmerksam gemacht haben könnte.

«Oh Mann, entspann dich!», hatte er erwidert und den erlegten Hasen auf den Höhlenboden geschleudert. «Es ist Jagdsaison, im ganzen Land wird ständig irgendwo geschossen.»

Zweimal war Hannah mit Handy und Laptop zu der Stelle gelaufen, an der der Empfang gut genug war, damit sie ins Internet gehen konnte. Ihr Postfach war mal wieder übergequollen, doch sie hatte fast alle Briefe ignoriert, bis auf die von Marek – er bat sie insgesamt fünfmal, den Quatsch bleiben zu lassen und mit dem FBI zusammenzuarbeiten. Sie sparte sich die Mühe, darauf zu antworten. Eine gute Nachricht war allerdings auch darunter gewesen: Es war tatsächlich Tanja gewesen, die seine Wohnung verwüstet hatte. Nach vier Tagen hatte die Polizei sie endlich aufgespürt, und vor Schreck, als plötzlich eine schwer bewaffnete Spezialeinheit vor ihrer Tür stand, hatte sie sofort alles zugegeben. Sie hatte sich über Marek geärgert und nicht an die Folgen gedacht.

Gestern Abend hatte sie eine weitere Mail von Dan Mullen gefunden.

Ms. Marcks!
Wie ich inzwischen herausgefunden habe, scheint Elsa Jones Verbindungen zum FBI zu haben. Es handelt sich um einzelne Personen, welche die Infrastruktur der Behörde missbraucht haben – aber keinesfalls das FBI als Ganzes. Ich weiß, dass es Ihnen schwerfallen muss, mir zu vertrauen, aber ich bitte Sie

dringend: Versuchen Sie nicht, allein gegen Elsa Jones vorzugehen! Setzen Sie sich mit mir in Verbindung!
Ihr
Dan Mullen

Natürlich! Das FBI war die Organisation, die hinter Elsa Jones stand. So vieles ergab plötzlich einen Sinn. Kein Wunder, dass die Ermittlungen vor zwei Jahren ausschließlich Beweise zutage gefördert hatten, die gegen sie sprachen. Kein Wunder, dass weder Taylor noch Mullen ihr geglaubt hatten. Kein Wunder, dass Elsa Jones sofort gewusst hatte, dass Matthew Donaldson sie befreit hatte – und sich dann ausrechnen konnte, wo sie steckte.

Aber wieso verriet Mullen ihr jetzt, dass das FBI hinter alldem steckte? Entweder war das eine Falle. Oder er meinte es ernst – weil er ebenso empört war wie sie.

Steve hatte fast triumphierend gegen einen Felsen getreten, als sie ihm von der Nachricht erzählt hatte. «Ich hab's doch gewusst, dass man diesen Schweinen nicht trauen kann. Solche Arschlöcher!»

«Aber Mullen würde doch garantiert niemals mit Rassisten zusammenarbeiten.»

«Wieso nicht? So einem wie ihm kann man nicht trauen.»

Sie war zu ausgelaugt gewesen, um deswegen erneut Streit anzufangen.

Sie schaute hinauf in die Felswand, in der sich Steve jetzt versteckte. Er hatte den besseren Blick auf den Pfad, der zur Lichtung führte, doch sie hatten beschlossen, darauf zu verzichten, dass er ihr irgendwelche Zeichen gab – es war wichtiger, dass er unerkannt blieb, als dass sie ein paar Minuten früher über Elsa Jones' Kommen Bescheid wusste. Die graue Felswand lag im Schatten, darauf hatte sie geachtet, damit das reflektierende Sonnenlicht auf der Kameralinse ihn nicht womöglich verriet.

Sie stand auf und nahm das Gewehr in die Hand. Der Lauf war fest und kühl. Sie machte ein paar Schritte, um den Pfad besser einsehen zu können. In der Ferne meinte sie, eine Bewegung auszumachen. Sie erstarrte.

Wenige Minuten später näherte sich langsam eine Gestalt. Sie war allein, die Hände hingen locker an den Seiten herab. Doch Hannah zweifelte nicht, dass sie irgendwo eine Waffe bei sich trug.

Rasch suchte sie den Pfad hinter der Gestalt und den darüberliegenden Hang ab. Elsa Jones schien tatsächlich allein gekommen zu sein.

Als sie bis auf vielleicht zwanzig Meter herangekommen war, blieb sie stehen. Ihre braunen Haare unter der Baseballmütze waren kurz geschnitten, das Gesicht sonnenverbrannt. Sie trug eine Camouflagehose, Springerstiefel und ein kariertes Hemd.

Hannah hob das Gewehr und entsicherte es demonstrativ.

«Kommen Sie her!», rief sie.

Elsa Jones zögerte, sichtlich verärgert, dann machte sie noch ein paar Schritte auf Hannah zu.

«Halt!»

Elsa Jones blieb stehen. Hannah senkte den Gewehrlauf. Plötzlich war sie froh, dass sie auf Steve gehört hatte.

Die beiden Frauen musterten sich stumm. Sie waren gleich groß, hatten dieselben blaugrünen Augen, den gleichen schlanken, aber durchtrainierten Körper. Damit hörten die Ähnlichkeiten aber auch schon auf. Hannahs Haare waren dunkelblond, Elsa Jones' braun. Elsas Gesicht war runder, der Mund schmaler. Die Augen waren gegen das helle Sonnenlicht zusammengekniffen.

Sie sieht mir nicht einmal ähnlich, dachte Hannah und empfand einen absurden Stich der Enttäuschung. Wie hatte nur irgendein Mensch sie je mit dieser Frau verwechseln können? Bittere Wut erfasste sie.

«Was wollen Sie?», fragte Elsa Jones. Ihre Stimme war rau und kratzig, aber sie sprach laut genug. Die Mikrophone würden jedes Wort aufzeichnen.

«Ich will meine Ruhe haben», sagte Hannah und ließ das Gewehr noch ein Stückchen weiter sinken. Die andere sollte sich sicher fühlen. «Ich will Geld und eine neue Identität. Dem FBI traue ich nicht, und in mein altes Leben kann ich ohnehin nicht zurück. Ich will neue Papiere und ein Flugticket in ein Land meiner Wahl. Ich weiß, dass Sie das alles beschaffen können.»

Elsa Jones lachte auf. Es klang, als würde sie Steine werfen. «Einen Scheiß werde ich tun. Wieso sollte ich Ihnen helfen?»

«Weil sonst die ganze Welt erfahren wird, was Miles Henderson mir vor seinem Tod anvertraut hat.»

Lauernd verlagerte Jones das Gewicht auf das linke Bein. «Und was hat er Ihnen erzählt?»

«Einen Namen. Zwei Namen, um genau zu sein. Jason Baker. Und Fenderson.»

Elsa lachte erneut auf. «Und Sie glauben, damit könnten Sie mir drohen?»

Hannah zögerte. Sie wollte ihre Karten nicht zu früh offenlegen. «Immerhin sind Sie hierhergekommen. Damit haben Sie sich selbst verraten.»

Elsa Jones musterte Hannah schweigend, als versuche sie, ihre Gegnerin einzuschätzen. «Ich könnte Sie hier und jetzt umbringen», sagte sie, ohne mit der Wimper zu zucken.

Hannah hob das Gewehr wieder an. «Machen Sie ruhig noch einmal den Fehler, mich zu unterschätzen.»

Wortlos standen sie sich gegenüber, keine von ihnen rührte sich. Hannahs Blick fiel auf eine Auswölbung an der rechten Seite des karierten Hemdes.

«Entweder Sie werfen Ihre Waffe auf den Boden, oder Sie heben sofort die Hände», sagte sie ruhig.

Elsa Jones hob die Hände. Das Hemd rutschte hoch, und das Holster mit dem Revolver kam zum Vorschein.

«Ist das die Waffe, mit der Sie Matthew Donaldson erschossen haben?»

«Das ist die Waffe, mit der ich Sie erschießen werde.»

«Wenn Sie mich jetzt töten, wird morgen die ganze Welt wissen, dass Fenderson vom FBI Sie unterstützt. Wollen Sie dieses Risiko wirklich eingehen?»

Zum ersten Mal wirkte Jones tatsächlich aus dem Konzept gebracht. Dass Fenderson beim FBI war, hatte Miles nicht gewusst. Auch Hannah selbst hatte nur geraten, aber offensichtlich hatte sie ins Schwarze getroffen. Ehe Jones sich von ihrem Schrecken erholt hatte, legte sie nach.

«Damit hatten Sie natürlich von Anfang an leichtes Spiel. Sie waren die ganze Zeit über die Ermittlungen informiert, und Fenderson konnte den Verdacht gezielt von Ihnen wegführen und auf mich lenken.»

Jones' Arme sackten allmählich nach unten.

«Lassen Sie die Hände oben», warnte Hannah.

Elsa Jones gehorchte.

«Wie sind Sie eigentlich ausgerechnet auf mich gekommen, als Sie jemanden suchten, den Sie an Ihrer Stelle in den Knast schicken konnten?», fragte sie bewusst provozierend.

Elsa Jones biss die Zähne zusammen und sagte nichts.

«Lassen Sie mich raten: Sie haben sich Zugang zu den Passagierlisten europäischer Fluglinien verschafft und jemand Passenden gesucht. Alleinreisende Frau, etwa Ihr Alter, etwa Ihre Größe. Vielleicht haben Sie noch etwas tiefer nachgeforscht und festgestellt, dass ich sehr zurückgezogen lebe. Der ideale Ersatz, um Ihre Stelle einzunehmen.»

Sie beobachtete Jones.

«War es nicht so?»

Jones schwieg.

Hannah senkte den Lauf des Gewehrs und drückte zweimal ab. Wenige Zentimeter vor Jones' Füßen spritzten kleine Sandfontänen in die Höhe. Jones wich einen Schritt zurück. Ihr Gesicht zeigte Überraschung, sie war auf der Hut. Offensichtlich hatte sie nicht damit gerechnet, dass Hannah das Gewehr tatsächlich benutzen würde. Gut.

«Ich sagte: War es nicht so?»

«Sie haben recht. So war es.»

«Lassen Sie die Hände oben.»

Jones musterte sie schweigend.

«Bei der Ausweisung meines Bruders hatten Sie und Ihre Leute vermutlich ebenfalls die Hände im Spiel, stimmt's? Ein kurzer Anruf bei der Einwanderungsbehörde, ein Tipp auf dem kleinen Dienstweg.»

Jones zog ein gelangweiltes Gesicht.

«Und was ist mit Major Keith Helling? Was für ein Glück für Sie, dass er starb, nachdem er Sie in Atlanta erkannt hatte, nicht wahr?» Hannah musterte Jones herausfordernd. «Haben Sie bei ihm auch ein wenig nachgeholfen?»

Elsa Jones verlagerte das Gewicht auf das linke Bein. «Was soll der Scheiß? Ich denke, Sie wollen Ihre Ruhe haben. Dann kann es Ihnen doch egal sein, woran der alte Trottel gestorben ist.»

«Immerhin habe ich für Sie zwei Jahre im Knast gesessen. Da interessiert es mich schon, wie Sie das hinbekommen haben.»

Elsa Jones verdrehte die Augen.

«Aber so ganz nach Plan gelaufen ist es ja nicht, nicht wahr? Den ersten Fehler machten Sie, als Sie es nicht schafften, mich umzubringen. Ich sollte schon in diesem verdammten Motelzimmer sterben, aber Sie wussten nicht, dass ich keinen Alkohol vertrage.» Hannah gestattete sich ein knappes Lächeln. «Dumm gelaufen, würde ich sagen.»

Etwas an Jones' Körperhaltung veränderte sich. Sie behielt die Hände immer noch oben, aber ihre Haltung wirkte entspannter, als wüsste sie, dass sie von Hannah nichts mehr zu befürchten hatte. Sie grinste sogar. «Nicht, dass Ihnen das jetzt noch irgendetwas nützen würde.»

Hannah nahm eine Bewegung rechts von sich wahr und war einen Moment lang abgelenkt. Im nächsten Moment ertönte ein Schuss, und ein heftiger Schlag riss ihr das linke Bein weg. Überrascht schrie sie auf, als sie zu Boden stürzte. Sie versuchte noch, mit dem Gewehr auf Elsa Jones zu zielen, aber es war zu spät. Jones war bereits bei ihr, trat ihr mit voller Wucht gegen die rechte Hand, sodass sie das Gewehr fallen ließ. Dann drückte sie Hannah den Lauf ihres Revolvers an die Schläfe.

Ihr Bein begann heftig pochend zu schmerzen, und sie spürte, wie warmes Blut aus ihrem Oberschenkel sickerte. Jemand näherte sich im Laufschritt. Kurz darauf stand Jason Baker neben Jones und blickte spöttisch grinsend zu ihr hinunter.

Jones richtete sich auf, hob ein Bein und setzte den Fuß auf die Wunde an Hannahs Oberschenkel. Hannah schrie vor Schmerz auf. «Du meinst also, du könntest mich austricksen? Da musst du aber früher aufstehen.» Sie bohrte die Stiefelspitze in die offene Wunde. «Du bist doch mit Donaldsons Jungen unterwegs. Wo steckt er? Raus mit der Sprache.»

«Ich weiß es nicht! Wir haben uns getrennt, kurz nachdem Sie Henderson umgebracht haben.»

«Du lügst.»

«Nein! Wenn er hier wäre, hätte er Sie längst erschossen. Sie haben schließlich seinen Vater umgebracht.»

«Du lügst», wiederholte Jones und drehte die Stiefelspitze in der Fleischwunde herum. Brüllend packte Hannah Jones' Unterschenkel und wollte ihn fortreißen, doch ein gezielter Tritt von Baker gegen die Schulter schleuderte sie wieder zurück. Keuchend lag sie im Staub und presste beide Hände auf die blutende Wunde. Wie aus weiter Ferne hörte sie Jones' Stimme.

«Such das verdammte Aufnahmegerät, und dann nichts wie weg.»

Dann spürte sie einen harten Tritt in die Seite. «Hat dir niemand gesagt, dass dieser Trick uralt ist? Den Bösewicht zum großen Geständnis zwingen und alles auf Band aufnehmen. Lächerlich!»

Hannah krümmte sich nur noch mehr zusammen. Im nächsten Moment hörte sie Bakers triumphierendes «Ich hab's gefunden!». Sie lauschte angestrengt, und kurz darauf näherten sich Bakers Schritte erneut. Das Gesicht in den Sand gepresst, gestattete sie sich ein kleines Lächeln.

Doch kurz darauf meinte sie erneut, vor Schmerzen ohnmächtig werden zu müssen, als Jones neben ihr in die Knie ging und den Lauf des Revolvers in die Wunde am Bein drückte. Ganz nah war das Gesicht der Frau, deren Identität ihr zwei Jahre lang aufgezwungen worden war, so nah, dass sie die einzelnen Hautporen an der Nase erkennen konnte.

«Niemand legt sich mit Elsa Jones an», sagte sie. «Du wirst mir sagen, wo dieser Junge ist. Denk daran, was mit Henderson passiert ist.» Mit einer kräftigen Bewegung bohrte sie den Revolver tiefer in die Wunde. Schreiend bäumte Hannah sich auf.

Steve, dachte sie. *Bleib, wo du bist.*

Dann wurde ihr schwarz vor Augen.

30. KAPITEL

Seit mindestens einer Minute starrte Mullen den Bildschirm an, doch der zeigte immer noch den letzten Blogeintrag von Hannah Marcks.

Elsa Jones!
Sind Sie sicher …

Es war Montag, der 16. September, und in Washington war es neun Uhr abends. Wenn das Treffen irgendwo in den USA stattgefunden hatte, waren seitdem mindestens zwei, höchstens fünf Stunden vergangen. Warum meldete sich Marcks nicht, um zu berichten? Gestern Abend hatte er ihr eine Mail geschickt, in der er sie dringend warnte, sich mit Elsa Jones zu treffen. Nach einigem Zögern hatte er beschlossen, ihr von seinem Verdacht zu erzählen, das FBI könnte die Organisation sein, die sie hinter Elsa Jones vermutete. Hatte sie seine Mail überhaupt gelesen?

Seufzend stand er auf und ging nach nebenan. Die Fernseher im Großraumbüro waren auf mehrere Nachrichtensender eingestellt, die alle über das Treffen zwischen Hannah Marcks und Elsa Jones berichteten. Oder vielmehr zu berichten versuchten. Denn was sollte man schon von einem Treffen senden, von dem niemand wusste, wo oder ob es überhaupt stattgefunden hatte? Aber vielleicht würde Marcks sich direkt an die Medien wenden und denen verraten, was bei ihrem Alleingang herausgekommen war. Aus diesem Grund hatte Mullen seine Mitarbeiter zum Fernsehen verdonnert, damit ihnen nicht der kleinste Hinweis entging. Sie unterhielten sich mit gedämpften Stimmen, während ein Moderator zum x-ten Mal die Geschichte von Hannah Marcks' Verhaftung und anschließender Verurteilung zusammenfasste.

Als sein Handy klingelte, fingerte er es hastig aus der Hemdtasche.

«Ja? Mullen hier!»

Eine Männerstimme meldete sich, Englisch mit einem harten Akzent. «Mr. Mullen? Hier spricht Marek Lukow.»

Ungeduldig wollte er den Anrufer schon bitten, zu einem anderen Zeitpunkt noch einmal anzurufen, doch dann fiel der Groschen.

«Lukow? Der Bruder von Hannah Marcks?»

«Ja. Hören Sie, ich habe gerade eine Nachricht von ihr bekommen ... Sie hat mir geschrieben, wo das Treffen mit Elsa Jones stattfindet, und mich gebeten, mich mit Ihnen in Verbindung zu setzen.»

«Okay, ich höre.» Lukow nannte ihm die Koordinaten des Ortes und fügte hinzu, dass diese Stelle irgendwo im Great Basin Nationalpark in Nevada liegen müsse. Dort war es jetzt sechs Uhr abends.

«Außerdem hat Sie mich gebeten, Ihnen zu sagen, was Miles Henderson wusste.» Mit raschen Worten erklärte Lukow, Henderson habe vor ziemlich langer Zeit eine Unterhaltung zwischen Jones und Baker belauscht, in der der Name Fenderson gefallen sei. «Aber das ist, wie gesagt, schon mehrere Jahre her, und sie wusste nicht, ob der Name überhaupt noch irgendetwas zu bedeuten hat.»

Mullen ballte die freie Hand zur Faust. «Doch, er hat noch etwas zu bedeuten. Vielen Dank ...»

«Da ist noch etwas», unterbrach Lukow ihn. «Hannah schreibt, dass Steve Donaldson bei dem Treffen Zeuge sein, sich aber im Hintergrund halten wird. Und dass sie Foto- und Audioaufnahmen machen werden.» Er zögerte. «Sie schreibt weiter, wenn Sie diesen Steve in die Hände bekommen, dürfen Sie nicht zu hart mit ihm umspringen. Er sei ein feiner Kerl, schreibt sie. Trotz seines Vaters.»

Mullen wusste im ersten Moment nicht, was er sagen sollte. «Ich werde versuchen, daran zu denken», brachte er schließlich hervor.

Bei der Großfahndung, die er sofort einleitete, wurde binnen weniger Stunden ein Ring von rund sechshundert Meilen Durchmesser um die von Marek Lukow durchgegebenen Koordinaten gelegt. Hubschrauber kreisten über dem Treffpunkt, Straßensperren wurden eingerichtet, sämtliche SWAT-Teams aus Nevada und mehreren angrenzenden Bundesstaaten wurden eingeflogen. Sie schreckten ein paar Touristen, einen flüchtigen Bankräuber und drei Drogendealer auf, aber von Hannah Marcks oder Elsa Jones fehlte jede Spur.

Mullen war in Washington D.C. geblieben, um die Aktion zu koordinieren – und um Fenderson im Blick zu behalten. Am Vormittag hatte er seinem Vorgesetzten noch wie jeden Morgen Bericht erstattet, doch die Atmosphäre war merklich kühler als sonst gewesen, was bedeutete, dass sie unterhalb des Gefrierpunktes gelegen hatte. Natürlich hatte Mullen seine Nachforschungen über das DET oder sein Gespräch mit Rick Beringer mit keinem Wort erwähnt, doch irgendjemand musste Fenderson verraten haben, dass er Fragen zum DET stellte. Fenderson war auf der Hut, brachte das Thema aber nicht von sich aus zur Sprache. Vermutlich wusste er nicht, wie viel Mullen bereits wusste, und befürchtete, schlafende Hunde zu wecken.

Doch dann gelang es Fenderson doch noch, Mullen zu überraschen. Um zehn Uhr abends, die Fahndung war gerade angelaufen und hatte noch keinerlei Ergebnisse erbracht, trat Fenderson in einer eiligst einberufenen Pressekonferenz vor die Journalisten und erklärte, dass Elsa Jones und Jason Baker beide, wie er erst jetzt erfahren habe, vor einigen Jahren kurzzeitig für das FBI gearbeitet hätten.

«… ein bedauerlicher Fehler vonseiten dieser Behörde», sagte Fenderson gerade, als Mullen sich im Großraumbüro zu seinen Mitarbeitern gesellte, die gebannt auf die Fernsehgeräte starrten. «Doch ich versichere Ihnen, dass weder Jason Baker noch Elsa Jones lange in den Diensten des FBI gestanden haben. Schon nach wenigen Monaten stellte sich heraus, dass beide unzuverlässig und nicht für den Dienst in dieser Behörde geeignet waren. Selbstverständlich wurden sie daraufhin sofort vom Dienst suspendiert.»

«Wann wurden die beiden entlassen?», fragte einer der anwesenden Reporter.

«Im Jahr 1999.»

«Und wieso wurde nicht vorher bekannt, dass die beiden früher für Ihre Behörde gearbeitet haben?»

«Dazu kann ich aus Sicherheitsgründen nichts sagen.»

«Ist dem FBI bekannt, was Jones und Baker nach ihrer Entlassung aus dem FBI gemacht haben?», lautete eine weitere Frage.

«Selbstverständlich nicht», antwortete Fenderson empört.

Kurz darauf beendete er die Pressekonferenz. Prompt setzte im Raum ein Stimmengewirr ein, bei dem man kaum sein eigenes Wort verstehen konnte, Telefone klingelten, Handys piepten. Kathy drängte sich zu Mullen durch.

«Er lügt», sagte er leise. «Er versucht nur, seinen eigenen Hals zu retten, auch wenn er Hannah Marcks damit in Gefahr bringt. Aber damit wird er nicht durchkommen.»

«Was wird Jones jetzt tun, nachdem Fenderson sie nicht mehr deckt?»

Mullen schüttelte den Kopf. Daran mochte er nicht einmal denken.

Um ein Uhr nachts Washingtoner Zeit kam endlich die erste Erfolgsmeldung. An einer Straßensperre war Steve Donaldson aufgegriffen worden, der mit einem alten Ford Bronco in Richtung Westen unterwegs gewesen war. Im Wagen hatte man ein Gewehr, eine Kamera sowie ein Aufnahmegerät gefunden. Donaldson hatte keinen Widerstand geleistet, im Gegenteil, er schien froh zu sein, dass seine wochenlange Flucht ein Ende hatte. Momentan saß er auf dem Polizeirevier in Carson City und packte aus. Er hatte Elsa Jones und Jason Baker verfolgt, die Hannah als Geisel dabeihatten. Kurz hinter den Grenzen des Great Basin Nationalparks hatte er sie allerdings verloren.

Die Aufnahmen der Kamera zeigten Hannah Marcks zusammen mit Elsa Jones. Fast alle Mitarbeiter waren noch im Haus, als Mullen die Bilder als Diashow abspielte. Als Hannah Marcks angeschossen wurde und Jones genüsslich mit dem Stiefel in ihrer Wunde herumbohrte, hörte er Kathy neben sich scharf einatmen. Die nächste Großaufnahme zeigte Elsa Jones' Gesicht. Sie lächelte.

Auf den letzten Bildern war zu sehen, wie ein Mann, bei dem es sich vermutlich um Jason Baker handelte, zusammen mit Elsa Jones die bewusstlose Hannah Marcks einen schmalen Pfad hinunterschleppte.

Die Tonaufnahmen waren sogar noch ergiebiger. Die Unterhaltung zwischen Hannah Marcks und Elsa Jones war gut zu verstehen und erhellend, enthielt aber nichts, das man vor Gericht verwenden könnte. Hannahs Schmerzensschreie ließen Mullen zusammenzucken. Nachdem Baker Hannah Marcks niedergeschossen hatte, befahl Jones ihm, nach den Mikrophonen zu suchen.

«Hat dir niemand gesagt, dass dieser Trick uralt ist? Den Bösewicht zum großen Geständnis zwingen und alles auf Band aufnehmen. Lächerlich!»

Elsa Jones' ätzende Stimme wehte durch den Raum.

Kurz darauf: «Ich hab's gefunden!»

Doch die Aufnahme brach nicht ab. Mullen musste lächeln. Offensichtlich hatte Hannah Marcks zwei Aufnahmegeräte versteckt, weil sie wusste, dass Jones so etwas vermuten würde. Nicht dumm, die Frau.

«Okay, sehen wir zu, dass wir hier wegkommen.» Elsa Jones' Stimme war immer noch gut zu verstehen.

«Und was machen wir mit ihr?»

«Die nehmen wir mit. Wir müssen wissen, wo dieser Junge steckt, und sie wird es uns sagen. Bis wir in Wellington sind, wird sie schon wieder aufwachen.»

Stöhnen und scharrende Geräusche, die leiser wurden, bis es schließlich ganz still war.

«Scheiße», sagte jemand in die Stille hinein.

«Okay, Leute», sagte Mullen. «Ich breche sofort nach Nevada auf. Ihr findet inzwischen raus, welches Wellington die verdammt noch mal meinen. In den ganzen USA gibt es vermutlich mindestens zwanzig Käffer mit diesem Namen. Ich will, dass ihr das richtige findet. Klar?»

Allgemeines Kopfnicken.

«Helen, Ron. Ihr kümmert euch darum, dass die Bilder und die Tonaufnahmen so schnell wie möglich für die Fahndung zur Verfügung stehen.» Er überlegte kurz. «Gebt an die Presse weiter, dass wir Steve Donaldson haben. Vielleicht hält das Jones davon ab, Hannah zu hart anzufassen.» Er würde wetten, dass er nicht der Einzige im Raum war, der in diesem Moment die Bilder von Miles Henderson in seinem Keller im Kopf hatte. «Dennis, du hältst ständigen Kontakt zum Field Office in Las Vegas, bis ich dort bin.» Er sah zu Kathy. «Während meiner Abwesenheit hat Kathy hier das Sagen. Verstanden?»

Erneutes allgemeines Kopfnicken. Über Kathys Wangen legte sich ein leichter rötlicher Schimmer. Sie freute sich sichtlich über diese Anerkennung. Er zwinkerte ihr zu.

«Dan? Sollen wir auch das HRT verständigen?»

Mullen zögerte einen Moment, schließlich nickte er. Das Hostage Rescue Team, das Geiselbefreiungsteam des FBI, war in Quantico stationiert und jederzeit einsatzbereit. Es war auf solche Fälle spezialisiert, auch wenn seine Befreiungsaktionen schon mehr als einmal in einem Blutbad geendet hatten. Eine Befreiung durch das HRT stellte für die Geiseln in der Regel ein nicht unerhebliches Risiko dar, aber er konnte es sich nicht leisten, Elsa Jones auch nur die geringste Chance zu geben, erneut zu entwischen.

Er war gerade aus dem Waschraum gekommen, wo er sich etwas Wasser ins Gesicht gespritzt hatte, und zog sich ein frisches Hemd an, als es an der Tür klopfte.

«Komm rein», rief er, da er mit Kathy rechnete, die noch die letzten Einzelheiten mit ihm besprechen wollte, doch statt Kathy öffnete ein Mann die Tür, trat ein und schloss sie nach einem raschen Blick über die Schulter wieder.

Mullen hatte ihn noch nie gesehen. Von einer Sekunde auf die andere war sein ganzer Körper in Alarmbereitschaft. Sein Blick wanderte zu seiner Dienstwaffe, die im Holster auf dem Schreibtisch lag. Zwischen ihm und dem Fremden.

«Wer sind Sie?», fragte Mullen ruhig und fuhr fort, sein Hemd zuzuknöpfen. «Und was wollen Sie hier?»

Der Mann schaute durch die Glaswand. Im Großraumbüro nebenan war es ruhiger geworden, niemand schien den Eindringling bemerkt zu haben. Er war hochgewachsen, etwa in Mullens Alter und schlank.

«Mr. Mullen?» Eine fein modulierte, leise Stimme.

«Wer sind Sie?», wiederholte Mullen.

Der Mann sah die Waffe auf dem Schreibtisch, spürte Mullens Anspannung und hob beschwichtigend die Arme. Ein Lächeln machte sein kantiges Gesicht etwas freundlicher. «Ich bin ein

Kollege. Vom DET.» Eine kurze Pause. «Sie wissen, dass ich Ihnen meinen Namen nicht nennen darf.»

Mullen griff nach seinem Waffenholster und schnallte es sich um, dann zog er sein Jackett an. Die Flugbereitschaft war bereits informiert, der Wagen zum Flughafen wartete.

«Ich habe heute in den Nachrichten Fendersons Erklärung auf der Pressekonferenz gehört.» Der Mann warf erneut einen Blick durch die Glaswand. «Er lügt.»

Mullen erstarrte. Es war eine Sache, wenn sich die Hinweise häuften, dass Jones und Baker länger für das FBI tätig gewesen waren, als Fenderson behauptete. Eine andere war es, wenn plötzlich ein Zeuge vor ihm stand, der sich seiner Sache ziemlich sicher zu sein schien. Unschlüssig musterte er den Mann. «Haben Sie gerade Zeit?», fragte er dann.

«Zeit? Wie lange?»

«Kommen Sie, begleiten Sie mich auf dem Flug nach Las Vegas und erzählen Sie mir unterwegs alles.»

«Aber ...»

«Es ist jetzt zwei Uhr nachts. Sie können mit derselben Maschine zurückfliegen und pünktlich zum Lunch wieder hier sein. Kommen Sie», wiederholte er. Er ging zur Tür und hielt sie seinem Besucher auf.

Der Mann zögerte, dann nickte er und ging Mullen voran. Erst jetzt fiel ihm auf, dass sein Besucher das rechte Bein leicht nachzog.

Schweigend fuhren sie zum Flughafen, schweigend warteten sie, bis der Flieger in der Luft war.

«Schießen Sie los», sagte Mullen schließlich. «Elsa Jones und Jason Baker arbeiten also immer noch für das DET?»

«Ja. Das heißt, jetzt wohl vermutlich nicht mehr. Fristlos gekündigt via Pressekonferenz.» Der Mann lächelte dünn.

«Können Sie das beweisen?»

Der Mann zögerte, dann reichte er Mullen ein kleines Blatt Papier, das er die ganze Zeit in der Hand gehalten haben musste, so zerknittert war es. Auf dem Zettel standen zwei dreizehnstellige Zahlen-Buchstaben-Kombinationen.

«Das sind die Kennziffern von Jones und Baker, unter denen ihre Personalakten geführt werden. In der Akte selbst werden Sie auch die Klarnamen finden.»

Mullen starrte auf die Ziffern und Buchstaben, aufgemalt in einer säuberlichen, gut lesbaren Handschrift.

«Wie sind Sie daran gekommen?», fragte er.

Der Mann vom DET klopfte sich auf das rechte Bein. «Ich wurde ziemlich früh bei meinem ersten Einsatz verletzt. Für die Pensionierung war ich noch zu jung, also wurde ich in den Innendienst versetzt.»

«Was können Sie mir sonst noch über das DET erzählen?», fragte Mullen.

Sein Gast lehnte sich zurück und schloss einen Moment die Augen, als überlege er, wie viel er Mullen verraten konnte. «Wir sind so geheim, dass wir uns selbst nicht kennen», sagte er schließlich. Der leise Spott in seiner Stimme war nicht zu überhören. «Wir werden nicht auf dem üblichen Weg für das FBI angeworben, sondern meistens direkt aus der Armee rekrutiert, in einzelnen Fällen auch aus dem College. Die Ausbildung dauert sieben Monate, einen Teil davon absolvieren wir in Quantico. Vom ersten Tag an ist uns strikt untersagt, untereinander irgendwelche persönlichen Daten auszutauschen. Name, Geburtstag, Wohnort – alles tabu. Natürlich wird das damit erklärt, dass die Einsätze, für die wir ausgebildet werden, zu heikel sind, als dass irgendjemand unsere wahre Identität erfahren dürfte. Wir haben sämtliche große Mafiaorganisationen infiltriert, haben Leute in einigen rechten, paramilitärischen Gruppen und fangen gerade an, in islamistischen Terrornetzwerken Fuß zu fassen. Höchste Geheimhaltung ist für uns lebensnotwendig. Es wird für jeden Mitarbeiter zur zweiten Natur. Oder er überlebt nicht lange.»

«Und was genau war Jones' und Bakers Aufgabe beim DET?»

Mullens Besucher schwieg eine ganze Weile. «Sie sollten unamerikanische Umtriebe im Auge behalten.»

«Unamerikanische Umtriebe? Sie meinen, wie bei dem HUAC, dem berühmt-berüchtigten Ausschuss? Der wurde doch 1975 aufgelöst.» Vor allem während der McCarthy-Ära Anfang der fünfziger Jahre hatte dieser Ausschuss eine regelrechte Hexenjagd auf Dutzende linke und kommunistische Drehbuchautoren und Regisseure aus Hollywood veranstaltet. Weniger bekannt war, dass das Komitee bis in die sechziger Jahre hinein gegen kritische Studenten und Arbeiter vorgegangen war.

«Der Ausschuss schon, aber nicht das DET. Denken Sie daran, dem Kampf gegen den kommunistischen Terror hat das DET seine Existenz zu verdanken.»

«Okay. Jones und Baker sollten also vermeintlich linke Feinde Amerikas bekämpfen.» Mullen dachte nach. Alle Opfer von Elsa Jones – und, wie es schien, Jason Baker – konnte man im weitesten Sinne liberal oder sogar links nennen. Aber bei niemandem hatte das FBI irgendwelche Hinweise auf illegale Tätigkeiten gefunden. Wie waren sie also ins Visier des DET geraten?

«So lautete zumindest der offizielle Auftrag», sagte der Mann. «Aber ich glaube, dass das von Anfang an nur eine Legende war.» Er schwieg erneut. Mullen merkte ihm an, wie schwer es ihm fiel zu sagen, was er wusste – oder auch nur vermutete. «Normalerweise tauchen unsere Leute ganz in die Szene ein, die sie beobachten sollen. Sie lassen sich so gut wie nie im Hauptquartier des FBI blicken, in den meisten Fällen wäre das der reinste Selbstmord. Jones und Baker dagegen habe ich häufiger in Washington gesehen, ein-, zweimal im Jahr vielleicht. Und immer hatten sie einen Termin bei Fenderson, nie bei ihrem offiziellen Führungsoffizier.»

Wie elektrisiert sah Mullen den Mann an. «Sind Sie sicher?»

Der Mann nickte. «Ganz sicher.»

«Und warum haben Sie sich nicht gemeldet, als wir Elsa Jones suchten?»

«Weil ich nicht wusste, dass es Elsa Jones ist. Sie sieht ihren Fahndungsfotos nicht besonders ähnlich.» Er verzog den Mund. «Und schon gar nicht dem bekannten, das sie beim Mord an den Wheelers zeigt.» Das tatsächlich manipuliert worden war, wie Mullen inzwischen von Rick Beringer erfahren hatte. «Außerdem kannte ich ja nicht ihre Namen, sondern nur ihre Kennziffern.»

«Aber jetzt haben Sie sie erkannt?»

Der Mann nickte erneut. «Heute Abend, auf den Fahndungsfotos im Computer. Danach bin ich gleich zu Ihnen gekommen.»

Nachdenklich musterte Mullen den Mann. Helen und Ron hatten sich nach der Besprechung sofort an die Arbeit gemacht und die Bilder auf den FBI-Server gestellt, sein Besucher hatte also keine Zeit verloren. Was nicht gerade dafür sprach, dass er sich seiner Abteilung oder Fenderson in irgendeiner Weise verpflichtet fühlte.

«Sie glauben also, Jones und Baker hätten gar nicht undercover gearbeitet wie der Rest der Kollegen vom DET?», fragte er.

Der Mann zuckte die Achseln. «Es ist ja wohl offensichtlich, dass Elsa Jones sich nicht auf das Beobachten potenzieller Staatsfeinde beschränkt hat.» Er holte tief Luft. «Wussten Sie, dass Elsa Jones' Vater und Hugh Fenderson sich kannten? Sie waren beide früher in Alabama beim Ku-Klux-Klan gewesen. Ich könnte mir vorstellen, dass Fenderson seine Position als Abteilungsleiter des DET benutzt hat, um seine eigenen Ziele zu verfolgen.»

Die gezielte Tötung von Menschen, die in seinen Augen *unamerikanischen Umtrieben* nachgingen. Um das zu erreichen, hatte er Menschen wie Jones und Baker eingestellt, Menschen, von denen er wusste, dass sie seine Ansichten teilten – und die skrupellos genug waren, unter dem Schutz des FBI zu morden. Mullen lehnte sich zurück und sah sein Gegenüber an.

«Warum erzählen Sie mir das alles?», fragte er leise.

Der Mann wandte den Blick ab und starrte durch das winzige Fenster hinaus in die dunkle Nacht. Eine Weile war es ganz still in der kleinen Kabine, nur das ruhige Vibrieren der Flugzeugmotoren war zu hören. Als Mullen schon glaubte, keine Antwort auf seine Frage zu erhalten, sagte sein Gast leise: «Wissen Sie, wie das ist, wenn man über Jahre die eigene Identität aufgibt und zu einem anderen wird? Wenn man nur noch von Menschen umgeben ist, die man eigentlich verabscheut und hinter Gittern sehen will, weil sie so beschissene Sachen gemacht haben, dass einem sich der Magen umdreht? Sie wollen weg, wenigstens mal für einen Tag, ein paar Stunden, und wieder Sie selbst sein, aber das dürfen Sie nicht, weil jedes Ausbrechen aus der Rolle Ihr Leben gefährdet. Also machen Sie das Beste aus Ihrer Situation. Sie passen sich an, stellen fest, dass auch die Bösen ihre guten Seiten haben und dass das Bier mit ihnen genauso gut schmeckt. Und irgendwann fangen Sie an, so zu denken wie sie. Sie verstehen plötzlich, wieso der mehrfache Mörder gar nicht anders konnte, warum Brutalität und Gewalt einfach zum Leben dazugehören.»

Er sah Mullen an. «Wenn Sie so weit sind, haben Sie eigentlich schon verloren. Natürlich liefern Sie immer noch Informationen an Ihren Verbindungsoffizier, aber Sie fangen an zu filtern. Unmerklich wechseln Sie die Seiten. Wenn Sie es geschickt anstellen, wird keine der beiden Seiten merken, dass Sie ein doppeltes Spiel treiben. Wenn Sie einen Fehler machen, sind Sie tot.» Er wandte den Blick wieder ab. «Die Ausbildung ist hart, so etwas schweißt zusammen. Am Anfang kommt man sich noch vor wie einer der absolut Auserwählten, und natürlich will man mit seinen Kollegen darüber reden. Niemand hält das auf Dauer aus, dieses Leben im Geheimen. Also bleibt es nicht aus, dass man den einen oder anderen doch besser kennenlernt.» Er schluckte. «Ein Kollege von mir, nennen wir ihn Joe, hatte sich zu sehr auf diejenigen eingelassen, die er eigentlich im Auge behalten sollte. Es ging um viel Geld, Drogen, illegales Glücksspiel ... Eines Tages bestellte Fenderson mich zu sich und gab mir den Befehl, Joe zu töten. Und ich tat es.»

Er musste Mullen angemerkt haben, wie schockiert dieser war, denn er zuckte nur die Achseln. «Das ist die übliche Methode im DET. Abtrünnige Mitarbeiter vom Einsatz abzuziehen und vor Gericht zu bringen wäre viel zu gefährlich.» Er lächelte bitter. «Vor allem für das DET. Was glauben Sie, wieso wir unter Kennziffern in den Akten geführt werden? Damit niemand nachvollziehen kann, wenn es wieder einmal einen von uns erwischt hat – egal, von wem die Kugel stammt.»

Danach schwieg er.

«Und jetzt wollen Sie aussteigen», stellte Mullen schließlich fest.

Der Mann wandte sich wieder zu Mullen um. «Aussteigen gibt es bei uns nicht. Wir könnten ja etwas verraten von unserer supergeheimen Arbeit.» Er lachte bitter auf. «Wir werden in den Abschaum der Gesellschaft eingeschleust, um ihn zu beobachten. Beobachten, mehr nicht. Was glauben Sie, wie viele Verhaftungen in den fünf Jahren, in denen ich draußen im Einsatz war, auf mein Konto gingen? Und damit meine ich keine fetten Fische, keine großen Tiere, sondern alles, vom kleinen Schmieresteher bis zum Strippenzieher.» Er hob eine Hand und streckte zwei Finger in die Höhe. «Zwei. Zwei Verhaftungen in fünf Jahren. Ich bin ein echter Held, was? Elsa Jones hat in dieser Zeit fünf Menschen erschossen.»

Er sah aus, als hätte er am liebsten ausgespuckt. Als bereue er schon lange, sich jemals für das DET verpflichtet zu haben. Als habe er schon lange auf eine Gelegenheit gewartet, reinen Tisch zu machen.

Mullen sah auf die Uhr. In weniger als einer Stunde würden sie in Las Vegas landen.

«Können Sie mir noch irgendetwas über Elsa Jones und Jason Baker sagen?» Mullen zögerte. Wie weit konnte er dem Unbekannten trauen? Wer sagte ihm, dass Fenderson ihn nicht geschickt hatte, um ihn zu beobachten. Oder gleich auszuschalten. Aber woher hätte Fenderson ahnen sollen, dass er den Mann mit nach Nevada nehmen würde? «Wissen Sie, wo die beiden stecken könnten?» Mittlerweile hatten sämtliche Medien die Nachricht über das Treffen im Great Basin Nationalpark und die anschließende Großfahndung gebracht.

Der Mann schaute erneut aus dem Fenster, dann holte er tief Luft. «Das DET hat in jedem Bundesstaat ein oder mehrere sichere Häuser, falls die Agenten schnell untertauchen müssen. Nach ein paar Jahren werden diese Verstecke aufgegeben.» Er griff in seine Hosentasche und holte ein zusammengefaltetes Blatt Papier hervor. «Hier ist eine Liste sämtlicher sicheren Häuser in Nevada und den angrenzenden Bundesstaaten aus den letzten zehn Jahren. In irgendeinem dieser Häuser werden Sie die beiden finden, da wette ich mit Ihnen.» Er reichte Mullen die Liste.

Mullen überflog die eng gedruckten Zeilen.

Wellington, 205 Valley Lane. Aufgegeben vor vier Jahren.

Die beiden Männer sahen sich an.

«Ich bin Lewis», sagte der Mann vom DET plötzlich.

«Danke», sagte Mullen. Dann fügte er hinzu: «Ich werde sehen, was ich für Sie tun kann.»

Lewis nickte.

31. KAPITEL

Obwohl es Mitte September war, brannte die Sonne schon morgens um acht heiß am Himmel. Trockner Wüstenwind trieb den feinen Staub über den ausgedörrten Boden. Zum Schutz vor dem Sand und der Hitze hatte Mullen sich ein Tuch vor Mund und Nase gebunden, ein Fernglas schützte die Augen.

Seit einer halben Stunde lag er hier, verborgen hinter ein paar mageren Büschen auf einer Anhöhe, und beobachtete das baufällige Holzhaus, in dem sich möglicherweise Elsa Jones und Jason Baker aufhielten. Er betete, dass auch Hannah Marcks noch bei ihnen war – lebend.

Neben ihm lag Rico Sanchez, der Leiter des HRT aus Quantico, und beobachtete das ehemalige sichere Haus des DET durch sein eigenes Fernglas. Nördlich von Wellington am Rand des Smith Valley gelegen, versteckt hinter einer kleinen Hügelkette, waren hier kaum ungebetene Besucher zu erwarten. Das Haus war einstöckig, hatte eine kleine Veranda und ein spitzes Schindeldach. Mehrere Fenster waren mit Brettern vernagelt, bei der Verandatreppe fehlte die dritte Stufe. Keine zwanzig Meter vom Haus entfernt stand eine alte Scheune, bei der große Teile des Daches fehlten. Mullen sah kein Anzeichen von Leben. Kein Rauch quoll aus dem Schornstein, kein Auto stand auf dem staubigen Platz vor dem Haus. Doch Sanchez hatte ihn auf die kaum erkennbaren Reifenspuren aufmerksam gemacht, die im Sand vor dem Schuppen zu erkennen waren.

«Die müssen frisch sein», hatte er leise erklärt. «Sonst hätte der Wind sie schon längst verweht.»

Hin und wieder nahm Mullen eine Bewegung hinter einem der benachbarten Hügel wahr. In dieser kargen, unwirtlichen Landschaft gab es nur wenig Deckung, im Umkreis von fünfhundert Metern um das Haus wuchs nichts Höheres als Wüstenbeifuß und Gräser. Eine vereinzelte Kiefer kümmerte zwischen ihnen und dem Haus vor sich hin. Die Männer des Geiselbefreiungsteams hatten äußerste Vorsicht walten lassen müssen, um sich unbemerkt auch nur auf Schussnähe heranzuarbeiten.

Noch am Flughafen von Las Vegas hatte Mullen sich mit Kathy in Verbindung gesetzt und ihr das Wichtigste von dem erzählt, was er von Lewis erfahren hatte. Vor allem hatte er ihr die Kennziffern von Baker und Jones durchgegeben.

«Geh damit sofort zu Callaghan.» Der Direktor des FBI war zwar erst seit nicht einmal vierzehn Tagen im Amt, aber seine Schonzeit war vorbei. «Er soll Fenderson sofort verhaften lassen. Das gesamte DET muss durchleuchtet werden, vermutlich haben Fenderson und Jones noch weitere Komplizen. Am besten wird der Laden gleich ganz dichtgemacht.» Er überlegte kurz. «Frag Rick Beringer von den Fälschern, er kann dir vielleicht noch mehr darüber verraten. Mindestens einer seiner Kollegen scheint mit denen unter einer Decke zu stecken.»

Er hörte das leise Kratzen des Stifts, mit dem sie sich Notizen machte. «Okay, ich hab's», sagte sie schließlich. Ehe er auflegen konnte, fügte sie hinzu: «Pass auf dich auf.»

Nach einer kurzen Besprechung im Field Office in Las Vegas waren sie nach Carson City geflogen und von da aus nach Wellington gefahren. Um sechs Uhr morgens waren sie in dem gottverlassenen Ort am Südende des Smith Valley angekommen, eine Stunde später war das ehemalige sichere Haus des DET umstellt.

Wenn Elsa Jones dort drin war, hatte sie keine Chance.

Und Hannah Marcks?

Mullen setzte das Fernglas ab und rieb sich die Augen. Er wusste nicht, wann er das letzte Mal mehr als vier Stunden am Stück geschlafen hatte.

«Da! Sehen Sie!», sagte Sanchez.

Mullen riss das Fernglas wieder hoch und richtete es auf das Haus. Die Vordertür wurde geöffnet, ein Mann trat auf die Veranda. Er sah sich langsam um, als würde er die Umgebung absuchen. Er war unbewaffnet, wirkte jedoch angespannt, als ahne er, dass er beobachtet wurde.

«Jason Baker», flüsterte Mullen.

Baker verschwand wieder im Haus.

«Okay.» Sanchez informierte seine Männer über Funk, dass sich die Gesuchten tatsächlich im Haus befanden. Dann sagte er: «Normalerweise würden wir jetzt anfangen, mit den Geiselnehmern zu verhandeln.»

«Ich bezweifle, dass man mit Elsa Jones verhandeln kann.»

«Wenn wir wüssten, ob sie überhaupt eine Geisel hat, würde sich diese Frage unter Umständen gar nicht stellen.»

«Und wie bekommen wir das heraus?», fragte Mullen.

Sanchez schnaubte. «Indem wir sie fragen.»

Hannah musste eingenickt sein, denn die plärrende Megaphonstimme schreckte sie auf. Durch das zugenagelte Fenster fiel nur spärliches Licht in die kleine Kammer, in die Jones und Baker sie vor Stunden gesperrt hatten. Ihre Hände waren gefesselt, doch immerhin hatten sie ihr die Wunde am Bein verbunden, sodass sie aufgehört hatte zu bluten.

«Elsa Jones! Jason Baker! Wir wissen, dass Sie in dem Haus sind! Kommen Sie mit erhobenen Händen heraus!»

«Scheiße!» Nebenan flog ein Stuhl krachend um. Schritte, dann hektische Stimmen. «Verdammt, woher wussten die, dass wir hier sind?»

«Von Fenderson natürlich.»

Aus einem Streit, den sie vor einiger Zeit belauscht hatte, wusste Hannah, dass Fenderson Jones und Baker verraten hatte, auch wenn sie immer noch nicht genau wusste, wer dieser Fenderson war. Elsa Jones war vor Wut fast ausgerastet, während Baker offenbar fieberhaft nach einem Ausweg suchte. Er sprach davon, sich nach Mexiko abzusetzen, doch Elsa Jones hatte für diesen Vorschlag nur Verachtung übrig. «Ich hätte wissen müssen, dass du doch nur ein verdammter Feigling bist, wenn's drauf ankommt.»

Mühsam setzte Hannah sich auf und schob sich zum Fenster, um durch die Bretterspalten etwas zu erkennen. Die Scheiben fehlten, der warme Wind, der von draußen hereinwehte, strich beinahe sanft über ihr Gesicht.

Durch den schmalen Spalt sah sie Wüste.

Eine endlose Steppenlandschaft mit Wüstenbeifuß und Staubwolken.

Staubwolken, die von in der Sonne glitzernden Geländewagen erzeugt wurden. Schwarz gekleidete Gestalten sprangen aus den Wagen und gingen sofort in Deckung. Aus der Ferne ertönte zunächst ein dumpfes Grollen, dann, als der Hubschrauber näher kam und über dem Haus kreiste, ein lautes Knattern wie Gewehrschüsse.

Die Tür zur Kammer wurde aufgerissen.

Baker machte einen Schritt auf sie zu, packte ihre gefesselten Hände und zerrte sie hoch. Hannahs verletztes Bein protestierte und drohte, unter ihr nachzugeben, doch sie biss die Zähne zusammen. Baker schleifte sie in den Wohnraum des Hauses. Ein kräftiger Arm legte sich um ihren Hals, der kühle Lauf einer Waffe wurde an ihre Schläfe gepresst.

Elsa Jones öffnete die Tür, wobei sie stets in Deckung blieb.

Baker benutzte Hannah als Schutzschild und schob sie auf die Veranda. In vielleicht hundert Meter Entfernung bildeten mehrere schwarze, gepanzerte Fahrzeuge eine bedrohliche Mauer. Aus dem Schutz der schweren Karosserien sah Hannah Gewehrläufe vorragen.

Scharfschützen.

«Verpisst euch, oder sie stirbt!», brüllte Jason Baker hinter ihr.

Ich werde so oder so sterben, dachte Hannah. Der Schmerz in ihrem linken Bein war unerträglich, und wenn Baker sie nicht festgehalten hätte, wäre sie zusammengebrochen. Der Druck um ihren Hals wurde stärker, als er sie hastig zurück ins Haus zerrte. Kaum hatte Elsa Jones die Tür hinter ihnen geschlossen, ließ Baker sie fallen. Hannah landete krachend auf dem Boden und schrie vor Schmerz auf, doch weder Baker noch Jones kümmerten sich darum. Beide beobachteten durch die Fenster das Aufgebot vor dem Haus.

«Die ziehen nicht ab», stellte Baker fest.

«Was hast du denn gedacht?», zischte Jones. «Mein Gott, wie bescheuert bist du eigentlich?» Sie drehte sich zu Hannah um, die immer noch gekrümmt auf dem Boden lag. Der Verband am Bein färbte sich allmählich rot. «Die Schlampe wird uns hier rausbringen.»

Baker lachte auf. «Ach, und du bist nicht bescheuert, oder was? Die knallen sie doch eher mit ab, als dass sie uns gehen lassen.»

Hannah schloss die Augen.

Denk nach!

Baker hatte wahrscheinlich recht. Wer auch immer da draußen eine halbe Armee aufgefahren hatte, würde nie und nimmer riskieren, Elsa Jones entkommen zu lassen. Der Tod Unschuldiger galt in diesem Fall vermutlich als bedauerlicher, aber unumgänglicher Kollateralschaden.

Vorsichtig hob sie den Kopf und sah sich um. Jones und Baker standen beide an den Fenstern und schauten hinaus. Beide hatten Gewehre in der Hand.

«Das schaffen wir nicht, Elsa», sagte Baker leise. «Es ist aus.»

Jones sagte nichts, sondern musterte ihre Gegner durch das Zielfernrohr ihres Gewehrs. «Sieben Scharfschützen», sagte sie, ohne auf Bakers Bemerkung einzugehen.

Hannah dachte an das, was sie durch das zugenagelte Fenster gesehen hatte, und holte tief Luft. «Und was ist mit den zwanzig, die hinterm Haus warten?», stieß sie mühsam hervor.

Baker und Jones drehten sich gleichzeitig zu ihr um. Jones zielte mit dem Gewehr auf sie. Es war eine SIG 553, ihre Lieblingswaffe. Mit genau so einem Gewehr hatte Hannah auch schon geschossen.

«Sie hat recht, Elsa. Wir sind erledigt.»

«Halt die Schnauze!», schrie Jones, wobei ungewiss blieb, ob sie Baker meinte oder Hannah. Sie wandte sich wieder dem Fenster zu. Baker sah Hannah nachdenklich an, als überlege er, ob sie ihnen nicht doch zu irgendetwas nütze sein könnte.

«Sie könnten glatt mit einem blauen Auge davonkommen», sagte Hannah. «Sie stehen erst seit kurzem auf der Fahndungsliste. Und bisher hat man Sie mit keinem der Morde in Verbindung gebracht.»

Es wurde totenstill im Raum. Wie in Zeitlupe drehte Elsa Jones sich um. Starrte Hannah an. Und dann Baker.

Nur das Atmen der drei Menschen war zu hören.

«Sie hat recht», sagte Elsa Jones langsam. «Du könntest noch mit ein paar Jahren Knast davonkommen.»

«Red doch keinen Scheiß, Elsa. Ich hänge genauso mit drin wie du.»

Hannah hielt den Atem an.

«Dir geht es doch nur darum, deine erbärmliche Haut zu retten.»

Auf Bakers Stirn bildeten sich Schweißperlen. «Verdammt noch mal, Elsa! Jetzt hör auf mit dem Scheiß! Traust du mir etwa zu, dass ich genau so ein Arsch bin wie Fenderson und dich verrate?»

«Ja.»

In einer einzigen fließenden Bewegung riss Elsa das Gewehr hoch und drückte ab. Ein ohrenbetäubender Knall ertönte, und Baker wurde gegen die Zimmerwand geschleudert. Ein paar Sekunden lang war Hannah taub und sah die Szene wie in einem Fernseher mit abgestelltem Ton. Nur Bakers Blut, das aus der Wunde in seiner Brust und ihr ins Gesicht spritzte, wirkte real. Sie begann zu schreien.

Mullen hörte einen Schuss. Sekundenbruchteile später begann eine Frau zu schreien, bis das Geräusch abrupt abbrach. Er wechselte einen Blick mit Sanchez, der wie er in der Deckung eines gepanzerten Humvees kauerte, knapp einhundert Meter vom Haus entfernt.

«Scheiße, was ist dadrin los?»

«Vermutlich bringen die sich gegenseitig um», erklärte Sanchez nicht ohne eine gewisse Befriedigung.

«Oder Hannah Marcks.»

Sanchez schüttelte den Kopf. «Sie ist die einzige Lebensversicherung, die sie noch haben. Wenn sie sie töten, unterschreiben sie ihr eigenes Todesurteil. Dazu ist es noch zu früh.»

«Und was machen wir jetzt?» Mullen schaute durch das Fernglas und versuchte, irgendetwas im Inneren des Hauses zu erkennen. «Verhandeln?»

Sanchez zögerte. «Normalerweise wäre das der nächste Schritt. Viele Geiselnehmer geraten in Panik, wenn sie umstellt sind, und glauben alles, was wir ihnen versprechen – Fluchtwagen, Hubschrauber, Strafminderung, was auch immer. Oder sie halten sich für so mächtig, dass sie meinen, alles von uns verlangen zu können.»

«Elsa Jones wird Ihnen nicht glauben», sagte Mullen. «Sie weiß, dass es aus ist.»

«Sagen Sie das nicht. Sie und Baker wissen, dass jedes Verhandlungsangebot von uns eine Lüge ist. Aber möglicherweise setzen sie darauf, dass sie uns ausschalten können. Jones ist Scharfschützin, vergessen Sie das nicht.»

«Sie sind zu zweit gegen zwanzig!», sagte Mullen ungläubig.

«Vorausgesetzt, sie sind noch beide am Leben.» Sanchez zuckte die Achseln. «Aber auch wenn Jones jetzt allein ist, rechnet sie sich möglicherweise Chancen aus. Sie hat die bessere Deckung. Und sie hat nichts mehr zu verlieren.»

Mullen starrte auf das Haus. Das Sonnenlicht spiegelte sich in den Fenstern, unmöglich, irgendetwas zu erkennen. Sanchez' Funkgerät knackte, und einer seiner Männer meldete, dass der hintere Bereich des Hauses offensichtlich besonders gesichert war, als sei es für Angriffe wie diesen vorbereitet worden. Mullen wunderte das nicht, immerhin handelte es sich um ein ehemaliges sicheres Haus des DET. Am Schuppen regte sich etwas, ein Scharfschütze war hinter der maroden Holzwand in Deckung gegangen und zielte auf das Haus.

«Wollen Sie das Haus etwa stürmen?», fragte Mullen, obwohl er die Antwort kannte.

«Haben Sie eine bessere Idee?», fragte Sanchez.

«Aber Hannah Marcks ist noch dadrin.»

Sanchez ließ sein eigenes Fernglas sinken und sah Mullen an. «Ich weiß. Aber je länger wir warten, desto mehr Zeit haben Jones und Baker, sich auf die Situation einzustellen und sich vorzubereiten. Jetzt haben wir das Überraschungsmoment noch auf unserer Seite.»

Nach und nach zogen Sanchez' Männer den Ring um das Haus enger. Mullens Finger umkrampften das Fernglas. Wenn sie jetzt angriffen, war Hannah Marcks in wenigen Minuten tot.

Ihre Kehle kratzte vom Schreien. Elsa Jones hatte sie zwar mit einem Tritt in die Seite zum Schweigen gebracht, doch ihr Mund war wie ausgedörrt und schmerzte.

Wenige Meter von ihr entfernt lag Jason Baker auf dem Boden und rührte sich nicht. Um ihn herum hatte sich eine Blutlache gebildet.

Jones stand am Fenster und beobachtete die Armada vor dem Haus. Einmal war sie kurz im hinteren Zimmer verschwunden und wenige Sekunden später fluchend wiedergekommen. Hannah hatte nicht einmal genug Zeit gehabt, sich aufzusetzen.

Der Raum war spärlich möbliert mit einem Sofa, einem zerschlissenen Teppich, einem Tisch und zwei Stühlen, von denen bei einem die Rückenlehne schief herunterhing. Auf dem Küchentresen hatte Jones Unmengen von Munition aufgebaut. Vor ihr auf der Fensterbank lag ein Revolver, die SIG 553 hielt sie in der Hand. Neben dem Fenster lehnte Bakers Gewehr. Aus den Augenwinkeln behielt sie Hannah im Blick.

Denk nach!

Wie viel Zeit hatte sie noch, bis diese Rambos draußen das Haus stürmten? Vermutlich ziemlich wenig. Sie schaute sich erneut um. Das Haus sah aus, als könnte es jeden Moment zusammenbrechen. Der Fußboden war an manchen Stellen durchgefault, bei einigen Fenstern fehlten die Scheiben.

Hannah versuchte, sich aufzusetzen.

«Keine Bewegung, Schlampe», sagte Jones und richtete kurz den Lauf ihrer Waffe auf Hannah. Sie hielt den Atem an und blieb liegen. Konzentriert starrte Jones durch das Zielfernrohr des Gewehrs. Es war klar, dass sie niemals auf die Aufforderungen, sich zu ergeben, reagieren würde, die in regelmäßigen Abständen über ein Megaphon an sie gerichtet wurden.

«Elsa Jones! Jason Baker! Das Haus ist umstellt, Sie haben keine Chance. Kommen Sie mit erhobenen Händen heraus!»

«Idioten», murmelte Jones.

«Stimmt», sagte Hannah.

Jones wandte sich zu ihr um. Sie wirkte fast ein wenig verblüfft. Das war gut.

Denk nach!

«Sie haben recht. Das da draußen sind Idioten.» Sie versuchte erneut, sich aufzusetzen, und dieses Mal erhob Jones keine Einwände. Jetzt konnte sie knapp über den Rand der niedrigen Fensterbrüstung hinweg nach draußen schauen und sah eine Mauer aus schwarzen, funkelnden Fahrzeugen. «Natürlich werden Sie nicht mit erhobenen Händen da rausgehen, die würden Sie nämlich sofort erschießen.» Hannah schwieg. «Allerdings ist Ihre Chance, hier lebend rauszukommen, auch sonst nicht besonders groß.» Sie schaute demonstrativ zu der Munition auf dem Tresen. «Ich schätze mal, das sind etwa fünfhundert Schuss Munition pro Gewehr. Nehmen wir mal an, da draußen warten dreißig Scharfschützen, das macht dann also rund dreiunddreißig Schuss für jeden. Das Problem ist bloß: Wie wollen Sie allein diese dreißig Leute erledigen?»

Jones schnaubte verächtlich. «Das lass mal meine Sorge sein, Schlampe», sagte sie und schaute wieder aus dem Fenster.

Denk nach!

«Pro Schuss müssen Sie etwa zehn Sekunden einrechnen. Danach neu zielen, kontrollieren, abdrücken, wieder zehn Sekunden. Macht bei dreißig Mann da draußen fünf Minuten reine Feuerzeit. Fünf Minuten, in denen Sie ungeschützt am Fenster stehen müssen und selbst ein gutes Ziel abgeben. Was glauben Sie, wie lange es dauert, bis es Sie erwischt?»

Jones zog die Augenbrauen zusammen.

«Dazu kommt, dass die Männer garantiert kugelsichere Westen tragen. Das heißt, Ihnen bleibt nichts anderes übrig, als auf den Kopf zu zielen. Bei einem Streukreis von durchschnittlich elf Zentimetern auf einer Serie von zehn Schuss ergibt sich bei einer durchschnittlichen Gesichtsfläche von 0,34 Quadratmetern eine Fehlerquote von vielleicht fünf Prozent. Kommen also noch einmal fünfzehn Sekunden hinzu, in denen Sie ungeschützt am offenen Fenster stehen.»

«Halt dein verdammtes Maul, Schlampe», schrie Jones.

Hannah redete einfach weiter. «Was ich damit sagen will: Ihre Chancen verbessern sich schlagartig um fünfzig Prozent, wenn Sie mir eines der Gewehre überlassen.»

Jones ließ den Lauf ihrer Waffe sinken. «Wie bitte?» Sie war so verblüfft, dass sie die Männer draußen für einen Moment völlig vergessen zu haben schien. «Ich soll dir ein Gewehr in die Hand drücken? Für wie bescheuert hältst du mich eigentlich?»

«Für nicht halb so bescheuert wie Sie mich», sagte Hannah so ruhig wie möglich, obwohl ihr Herz heftig pochte und ihr der Schweiß unangenehm brennend über den Rücken lief. «Ich habe Ihnen schon gestern gesagt, dass ich dem FBI nicht traue. Wenn die das Haus stürmen, bin ich genauso tot wie Sie. Sie haben bisher ein beträchtliches Talent gezeigt, am Leben und unentdeckt zu bleiben. Und obwohl Sie sich redlich Mühe gegeben haben, mich auszuschalten, lebe ich auch noch und sitze nicht im Knast.» Sie holte tief Luft. «Gemeinsam hätten wir vielleicht eine Chance. Zumal die nicht damit rechnen, dass wir uns zusammentun.»

Elsa Jones warf einen raschen Blick auf den Platz vor dem Haus. Dort war noch alles ruhig. Die Ruhe vor dem Sturm.

«Du kannst doch gar nicht schießen», sagte sie.

«Doch.» Hannah deutete mit einem Kopfnicken auf das Gewehr in Jones' Hand. «Mit genau so einer Waffe habe ich einen Tag lang bei Matthews Hütte Schießübungen veranstaltet.»

Elsa Jones lachte schnaubend. «Einen Tag!»

«Ich kann es Ihnen beweisen.» Hannah hob die gefesselten Arme. «Dazu bräuchte ich allerdings beide Hände.»

Elsa Jones starrte sie an. Sie sagte kein Wort, aber Hannah merkte, wie es in ihr arbeitete. Sie warf noch einen Blick aus dem Fenster auf die schwarzen Humvees, ihr Kiefer machte mahlende Bewegungen. «Okay», sagte sie schließlich. «Komm her.»

Mühsam stand Hannah auf, ihr linkes Bein protestierte, und sie spürte, wie frisches, warmes Blut aus der Wunde sickerte. Sie humpelte zu Elsa Jones hinüber, bis sie auf Armeslänge an sie herangekommen war. Sie streckte die Arme aus, und Jones schnitt den Kabelbinder mit einem Messer durch. Hannah rieb sich die schmerzenden Gelenke, als das Blut langsam begann, wieder in den Adern zu zirkulieren.

«Und wer sagt mir, dass du nicht versuchst, mich abzuknallen, sobald ich dir den Rücken zukehre?»

«Niemand.» Sie war Jones so nahe, dass sie einander hätten berühren können. Sie roch Schweiß und war sich nicht sicher, ob es ihr eigener oder der von Elsa Jones war. «Aber ich kann genauso wenig sicher sein, dass Sie mich nicht erschießen, wenn Sie mich nicht mehr brauchen.»

Das Schweigen war so dicht, dass es sich wie eine Decke um die beiden Frauen legte. Schließlich reichte Elsa Jones ihr die SIG 553. Gleichzeitig nahm sie den Revolver, entsicherte ihn und richtete den Lauf auf Hannahs Schläfe. Sie trat einen Schritt zurück.

«Also los. Zeig mir, dass du schießen kannst. Knall einen der Idioten da draußen ab.»

Mullen starrte so angestrengt durch sein Fernglas, dass seine Augen brannten. Um ihn herum waren Sanchez' Männer bereit zum Stürmen, sie warteten nur noch auf ein Zeichen. Mullen wusste, dass es keinen Zweck hatte, mit Sanchez zu streiten. Hier vor Ort hatte das HRT das Kommando, er selbst war nur als Zuschauer zugelassen.

Da! War da nicht gerade eine Bewegung hinter dem rechten

Fenster gewesen? «Warten Sie», sagte er zu Sanchez, «ich glaube, da rührt sich was!»

Glas klirrte, die Fensterscheibe zersplitterte, und ein Gewehrlauf wurde durch die kleine Öffnung geschoben. Die Männer duckten sich noch tiefer hinter ihrer Deckung. Zehn Sekunden später ertönte ein Schuss, doch kein Einschlag einer Kugel war zu hören. Dann noch ein Schuss, wieder kein Treffer. Fünf Schüsse später hörte er ein leises Knacken hinter sich. Als er sich umdrehte, sah er, wie ein dünner Ast der einsamen Kiefer sich wie in Zeitlupe nach unten senkte. Ein letzter Schuss, der Ast brach vollständig ab und krachte auf den Wüstenboden.

Mullen und Sanchez sahen sich an.

«Was soll das denn? Veranstalten die jetzt Schießübungen oder was?» Dann schätzte Sanchez die Entfernung zwischen Haus und Baum. «Hundertsiebzig Meter.» Ein Hauch Respekt lag in seiner Stimme. «Elsa Jones kann tatsächlich schießen.»

Wollte sie ihr Können demonstrieren und die Männer vor dem Haus demoralisieren? Mullen sah sich um. Die Atmosphäre hatte sich kaum merklich verändert: Die Scharfschützen schauten weiterhin konzentriert auf das Haus, doch jetzt wirkten ihre Körper angespannt wie die Sehne eines Bogens.

Ein weiterer Schuss ertönte, ein metallisches, dumpfes *Klack*, als einer der Humvees getroffen wurde und das Geschoss abprallte. *Klack, Klack, Klack*, dann herrschte eine Weile Stille. Die Anspannung, die auf den Männern lag, war förmlich mit Händen zu greifen.

Mullen versuchte, durch die zerbrochene Scheibe etwas zu erkennen. Waren da nicht zwei Personen zu sehen? Schemenhafte Bewegungen im Dunkeln der Hütte. Unmöglich, irgendetwas zu erkennen.

Keine Minute später wurde beim linken Fenster ebenfalls die Scheibe zerschlagen, ein zweiter Gewehrlauf ragte heraus.

Zwei Schützen. Das bedeutete, dass Jason Baker noch am Leben war und der Schuss im Inneren der Hütte Hannah Marcks gegolten haben musste.

Was vermutlich bedeutete, dass sie tot war. Ein Blick von Sanchez verriet Mullen, dass der andere zu demselben Schluss gekommen war.

Sanchez gab den Befehl, das Haus zu stürmen.

Mündungsenergie. Windgeschwindigkeit. Flugbahnabweichung. Aufprallwinkel. Hannah berechnete alle Faktoren und wurde ganz ruhig. Die Sonne war mittlerweile weitergewandert und kam eher von der Seite. Die schwarzen, gepanzerten Humvees funkelten im grellen Licht. Die Einschlaglöcher ihrer Schüsse waren im Zielfernrohr gut zu erkennen, kleine Dellen, aus denen die Geschosse zurückgeworfen worden waren. Hannah hatte die Einschläge der Querschläger in der Holzwand des Hauses gezählt. Drei Treffer bei vier Schüssen. Nicht schlecht, aber viel zu ungenau. Aus den Augenwinkeln nahm sie draußen eine Bewegung wahr, hinter sich meinte sie, ein leises Scharren zu hören. Der Angriff begann.

Sie warf noch einen kurzen Seitenblick zu Elsa Jones am anderen Fenster. Der Revolver lag schussbereit neben ihr auf der Fensterbank, und sie hatte sich so hingestellt, dass sie Hannah jederzeit mit im Blick hatte. Außerdem hatte sie Hannahs Füße gefesselt, sodass sie nur winzige Schritte machen konnte. Wenn Hannah den Gewehrlauf ihrer SIG 553 zurückziehen würde, um auf Elsa Jones zu schießen, würde diese es auf jeden Fall bemerken und zuerst schießen. Jetzt hielt Jones Bakers Gewehr in die Höhe und zielte damit auf die Scharfschützen dort draußen. Ein Schuss prallte an der gepanzerten Scheibe eines Humvees ab.

Hannah holte tief Luft. Zielte. Rechnete. Wurde ruhig. Und drückte ab. Der Querschläger schlug in der Holzwand rechts von ihr ein, einen knappen Meter von Elsa Jones entfernt. Sie zielte erneut auf die Frontblende des Humvees und zog den Abzug. Dieses Mal splitterte das Glas von Jones' Fenster, und ein Glasschauer rieselte vor ihr zu Boden.

Ohrenbetäubender Lärm erfüllte die Luft, als die Männer draußen ebenfalls zu feuern begannen. Aus dem hinteren Teil des Hauses war deutlich das Geräusch splitternden Holzes zu hören.

Hannah korrigierte ihre Berechnung, zielte, wurde ganz ruhig.

Ganz langsam krümmte sie den Zeigefinger.

Elsa Jones, keine drei Meter von ihr entfernt, schrie auf und sackte zu Boden.

Im selben Moment brachen die Männer die Hintertür auf, schwere Stiefelschritte näherten sich. Hannah ließ das Gewehr fallen, drehte sich um, so schnell ihre gefesselten Beine es zuließen, und hob die Hände. Ihr linkes Bein war blutüberströmt, und sie hatte Schwierigkeiten, sich aufrecht zu halten. Schwarz vermummte Gestalten stürmten den Raum mit vorgehaltenen Waffen. Hannah sah das Mündungsfeuer aufblitzen, im selben Moment hatte sie das Gefühl, einen heftigen Schlag in den Magen zu erhalten. Sie schwankte und versuchte, sich festzuhalten, doch dann gab das verletzte Bein endgültig unter ihr nach. Hart schlug sie auf dem Boden auf.

Sekundenbruchteile später ragten drei Gestalten in unförmigen Kampfmonturen und mit maskierten Gesichtern drohend über ihr auf und zielten mit Gewehren auf sie. Sie schloss die Augen und wagte nicht, sich zu rühren. Rufe und Schreie erfüllten den Raum. Die Vordertür wurde aufgerissen, weitere Männer stürmten herein.

Hannah lag auf dem Rücken und versuchte, die Schmerzen zu ignorieren. Als jemand die Fessel an ihren Beinen löste, schrie sie auf.

Sie spürte, wie sich jemand neben ihr auf den Boden hockte.

«Ms. Marcks?», fragte eine ungläubige Stimme.

Sie öffnete die Augen und sah in ein Gesicht, so schwarz, wie sie noch keines zuvor gesehen hatte. Mullen sah von der Waffe, die neben ihr auf dem Boden lag, zu Elsa Jones und wieder zu Hannah.

Sie verlor das Bewusstsein.

EPILOG

Das frische Frühlingsgras leuchtete grün, der Wind beugte das Schilfrohr am Fluss, und die Luft war erfüllt vom aufgeregten Blöken der Lämmer, die heute zum ersten Mal auf dem Deich waren und ihre Mütter suchten. Es roch nach Dung und Brackwasser, nach feuchter Erde und Wolle.

Hannah betrachtete ihre Schafe, die gut gelaunt den Deich wieder in Besitz nahmen. Die Lämmer vollführten übermütige Sprünge, die Mutterschafe grasten zufrieden, froh, dem engen, dunklen Stall entronnen zu sein.

Sieben Monate waren seit der Schießerei in dem abgelegenen Haus in Nevada vergangen. Es war knapp gewesen, Hannah hatte viel Blut verloren und musste mehrmals operiert werden, bis sie endgültig über den Berg gewesen war. Zwei Wochen hatte es gedauert, bis sie sich so weit erholt hatte, dass sie Mullens Erklärungen folgen konnte.

«Die ballistische Untersuchung hat ergeben, dass Elsa Jones von einer Kugel aus Ihrer Waffe getroffen wurde», hatte er erklärt und hinzugefügt: «Und laut kriminaltechnischer Spurenauswertung wurde das Haus von auffallend vielen Querschlägern aus Ihrer Waffe getroffen.»

Hannah nickte langsam. «Ich habe sechs gezählt. Der siebte ging daneben.»

Mullen starrte sie mit offenem Mund an. «Wollen Sie damit sagen, Sie hätten das *geplant?*»

Als sie nickte, aber nichts weiter dazu sagte, holte er tief Luft, als sei ihm plötzlich etwas klargeworden. «Elsa Jones hat behauptet, Sie hätten ihr vorgeschlagen, mit ihr zusammenzuarbeiten. Ich habe es nicht geglaubt, aber sie hat die Wahrheit gesagt, nicht wahr? Sie wollten sie in Sicherheit wiegen.»

Hannah hatte nur genickt und geschwiegen. Was für einen Sinn hätte es, ihm von dem Moment zu erzählen, in dem sie tatsächlich gedacht hatte, an Elsa Jones' Seite sei ihre Chance zu überleben größer? Von den Sekunden, in denen sie gespürt hatte, dass sie womöglich mehr mit dieser Frau gemein hatte, als sie wollte. In denen sie bereit gewesen wäre zu töten – nicht, um zu leben, sondern aus Zorn über die Ausweglosigkeit ihrer Lage, aus Wut auf die Männer dort draußen, die ihr Leben aufs Spiel setzten, als gälte es nichts. Nie würde sie den Moment vergessen, in dem Elsa Jones ihr das Gewehr in die Hand gedrückt hatte, den Blick der anderen, ihr stummer Triumph: Du bist wie ich, weil ich dich dazu gemacht habe.

Am Ende hatte Elsa Jones doch nicht triumphiert. Sie war, wie Hannah, schwer verletzt worden, doch sie hatte überlebt und saß jetzt in Nevada im Gefängnis. Ihr drohte die Todesstrafe. Für Jason Baker dagegen war jede Hilfe zu spät gekommen, er war verblutet. Ihr langjähriger Vorgesetzter und Mentor Hugh Fenderson hatte sich seiner Verhaftung durch Selbstmord entzogen. Mike Taylor, dem man ebenfalls vorwarf, in die illegalen Machenschaften des DET eingeweiht gewesen zu sein, hatte einen zweiten Herzinfarkt erlitten, er lebte mittlerweile in einem Pflegeheim und war nicht vernehmungsfähig. Zwei weitere Mitglieder des DET sowie Rick Beringers Kollege von den Fälschern waren verhaftet worden, zusammen mit Elsa Jones würden sie des gemeinschaftlichen Mordes und der Beihilfe zum Mord angeklagt werden. Natürlich hatte die Presse die Sache aufgegriffen, und die Empörung, dass eine Regierungsbehörde in die Morde von Elsa Jones verwickelt war, war gewaltig. Doch nach mehreren Wochen verschwand das Thema zuerst aus den Schlagzeilen und schließlich ganz aus den Zeitungen.

Steve Donaldson hatte einen milden Richter gefunden, der ihn lediglich wegen unerlaubten Waffenbesitzes zu einer einjährigen Jugendstrafe verurteilte. Vor zwei Wochen hatte Hannah einen Brief von ihm bekommen; er saß im Jugendgefängnis und bereitete sich dort auf seinen Highschool-Abschluss vor. Er hatte immer noch vor, zur Armee zu gehen, weil er, wie er schrieb, das einfach am besten konnte. Hannah hatte ihn einmal besucht, nachdem sie aus dem Krankenhaus entlassen worden war. Ihre spektakulären Schüsse waren noch in aller Munde gewesen, und er hatte sie fast bewundernd angeschaut. Dann hatte er sie schief angegrinst. «Wahnsinn. Und ich habe dir das Schießen beigebracht!» Die restliche Zeit hatten sie geschwiegen, so wie sie oft geschwiegen hatten, als sie zusammen unterwegs gewesen waren. Doch ohne ein gemeinsames Ziel, das sie verband, wurde rasch ein verlegenes Schweigen daraus. Erst zum Abschied hatte er noch einmal sein freches Jungengrinsen aufgesetzt. «War schon eine abgefahrene Zeit mit dir. Trotz allem.»

Noch im Krankenhaus hatten sie zwei Vertreter der deutschen Botschaft besucht und ihr vollste Unterstützung zugesichert. Man bedauere sehr, dass man ihr Hilfegesuch vor zwei Jahren habe ablehnen müssen, aber die Beweislage schien damals so eindeutig gewesen zu sein. Hannah hatte den Besuch schweigend über sich ergehen lassen und lediglich darauf gedrungen, so schnell wie möglich einen vorläufigen Reisepass ausgestellt zu bekommen.

Mullen besuchte sie häufiger, vor allem nachdem sie in ein Washingtoner Krankenhaus verlegt worden war. Er hielt sie über die neusten Ermittlungsergebnisse auf dem Laufenden. Von ihm erfuhr sie auch, dass einer von Jones' Kollegen beim DET sich als Kronzeuge zur Verfügung gestellt hatte und im Großen und Ganzen das bestätigt hatte, worauf sie durch ihre eigenen Überlegungen schon gekommen war. Fenderson hatte die Gruppe zwar 1999 ins Leben gerufen, doch Elsa Jones war es gewesen, die auf die Idee gekommen war, Menschen, die ihr zu unamerikanisch waren, zu töten. Was Fenderson sich genau dabei gedacht hatte, als er zunächst Baker und kurz darauf Jones anheuerte, ließ sich nicht mehr nachvollziehen. Fenderson und Baker waren tot, und Elsa Jones verweigerte beharrlich die Aussage. Alle anderen Mitverschwörer waren erst später dazugestoßen, nach dem Mord an Judith Beckett.

Mullen war es auch, der sie Anfang November zum Flughafen brachte. Gerade eine Woche zuvor war er erneut befördert worden, zum Leiter der Abteilung für Betrugsdelikte. Als Hannah ihm gratulieren wollte, winkte er ab.

«Dazu besteht kein Grund, diese Beförderung ist nur scheinbar eine Auszeichnung. Das Betrugsdezernat ist so ziemlich das kleinste und unbedeutendste, das man finden konnte. Man wollte mich aus dem Weg schaffen, weil ich zu viele unangenehme Fragen über das DET gestellt habe.»

«Wurde die Abteilung denn nicht aufgelöst?», fragte Hannah.

«Nein. Der Direktor des FBI hat sie nicht einmal genauer durchleuchtet.» Ihm selbst hatte Callaghan mit dem Hinweis auf die nationalen Sicherheitsinteressen zu verstehen gegeben, dass weitere Nachforschungen in diese Richtung ernste Konsequenzen für ihn hätten. Unwillkürlich umklammerte er das Lenkrad fester.

«Sie sind wütend», stellte Hannah fest.

Er warf ihr einen kurzen Seitenblick zu. «Sie haben ein gutes Gespür für Menschen.»

Hannah schüttelte den Kopf. «Nicht für Menschen. Aber für Logik. Wie sollten Sie nicht wütend sein? Man hat Sie genauso benutzt wie mich, und jetzt werden Sie zum Dank aufs Abstellgleis geschoben. Ich an Ihrer Stelle wäre stinksauer.»

Mullen lächelte. «Immerhin hilft Ihnen Ihre Logik, sich ziemlich gut in Menschen hineinzuversetzen.»

Zum Abschied schüttelten sie einander die Hand. Unvermittelt musste Hannah an den Moment denken, als sie sich zum ersten Mal gesehen hatten, sie auf dem Boden kniend und halb benommen, er mit triumphierendem Blick. Sie schüttelte den Gedanken ab.

Es war vorbei.

Marek hatte sie am Flughafen abgeholt, und sie hatte zugelassen, dass er sie lange in den Arm nahm. Sie war immer noch müde und erschöpft von ihren Verletzungen, aber sie war froh, dass er für sie da war. Sie blieb ein paar Tage bei ihm in Hamburg, ehe sie in das kleine Dorf fuhr. Die Brandruine ihres Hauses war von Unkraut überwuchert, sogar ein paar kleine Birken hatten sich schon darin eingerichtet. Hermann, der Schäfer, begrüßte sie, als sei sie wie geplant nach drei Monaten aus dem Urlaub nach Hause gekommen, nicht über zwei Jahre später. Den Schafen gehe es gut, sagte er, nur ihn selbst plage die Arthritis. Ob sie nicht mal kurz zum Deich laufen könne, um dort nach dem Rechten zu sehen?

Und Hannah war zum Deich gelaufen. November war es gewesen, als sie die Schafe zum ersten Mal wieder gesehen hatte. Der graue Himmel hing schwer über dem Fluss, das Blöken der Lämmer, von denen viele klein geblieben waren in diesem Jahr, klang melancholisch. Eine Woche später hatte sie einen Wohnwagen neben der Brandruine aufgestellt.

Sie spürte, wie etwas sie am linken Bein anstupste. Die Wunde war immer noch empfindlich, und sie zuckte zusammen. Elfriede mit dem braunen Kopf sah zu ihr hoch und versuchte, mit der Schnauze in ihrer Jackentasche zu wühlen. Hannah zog ein Stückchen Brot heraus, das sie zur Bestechung eingesteckt hatte, und gab es dem selbstbewussten Schaf. Elfriede schlang das Brot zufrieden herunter und ließ sich noch ein Weilchen hinterm Ohr kraulen.

Zusammen mit dem Brot hatte sie den Brief aus der Tasche gezogen, den sie heute Morgen bekommen hatte. Zwei Wochen war er von den USA zu ihr unterwegs gewesen.

Dear Ms. Marcks,
Mr. Mullen war so freundlich, mir Ihre Adresse zu verraten, nachdem er Sie um Ihre Erlaubnis gefragt hat – er lässt Sie übrigens recht herzlich grüßen.
Ich möchte mich bei Ihnen bedanken. Bedanken und Sie zugleich um Verzeihung bitten. Wie so viele Menschen war ich der festen Überzeugung gewesen, Sie seien Elsa Jones und somit für den Tod meines geliebten Mannes und meiner Tochter verantwortlich. Natürlich wusste ich, dass Sie leugneten, diese Frau zu sein, doch ich habe Ihnen nicht geglaubt. Ich glaubte das, was die Polizisten mir sagten und was die Zeitungen schrieben.
Sie haben mich eines Besseren belehrt. Nur weil alle das Gleiche behaupten, muss es nicht wahr sein. Sie haben gezeigt, dass wir uns irrten. Sie haben dafür gesorgt, dass Malcolm, Samantha und allen anderen Opfern von Elsa Jones – und nicht zuletzt Ihnen selbst – endlich Gerechtigkeit widerfahren ist.
Ich bewundere Ihren Mut und wünschte, ich könnte meine Dankbarkeit Ihnen gegenüber angemessener ausdrücken als durch diese Zeilen.
Gott segne Sie!
Ihre Dorothy Wheeler

Hannah faltete den Brief zusammen und steckte ihn ein. Judith Beckett. Walter Cheltham. Alicia Brights. Felipe Alonso. Jeff Morgan. Allan Springs. Mohammed Ben'Ali. Elaine Rotham. Julia Michaels. Clark Mansion. Malcolm Wheeler. Samantha Wheeler.

Keinen dieser Menschen hatte sie gekannt, und doch fühlte sie sich ihnen manchmal immer noch näher als allen Lebenden. Sie glaubte nicht an ein Leben nach dem Tod oder an die Existenz einer Seele, nur manchmal hatte sie das Gefühl, der Wind trüge ein leises Lachen herbei, aus weiter Ferne, vielstimmig und lebendig.

MIX
Papier aus verantwortungsvollen Quellen
FSC® C083411

Das für dieses Buch verwendete FSC®-zertifizierte Papier
Lux Cream liefert Stora Enso, Finnland.